Lisa Thyssen

AF239889

Magic Kids

- Das Erwachen des Grauens

Lisa Thyssen

Magic Kids

– Das Erwachen des Grauens

Sistabooks

Thyssen, Lisa
Magic Kids – Das Erwachen des Grauens
Originalausgabe – 1. Auflage – Horgen 2021
Sistabooks GmbH, Churfirstenstr. 5, CH-8810 Horgen
Homepage: www.sistabooks.ch
(Sistabooks – Fantasy-Roman)
ISBN: 978-3-907860-27-4

1. Auflage 2021
Alle Rechte vorbehalten
Covergestaltung: Carole Enz und Michèle Combaz Thyssen
Herstellung: Books on Demand GmbH, Norderstedt

Inhaltsverzeichnis

Ich widme dieses Buch allen,
die mir geholfen haben, diesen Traum
zu verwirklichen.

Der Anfang vom Ende der Welt

Professor Feuerlein jauchzte: «Ich habe es geschafft! Ich habe es endlich geschafft! Von nun an müssen die Menschen nicht mehr so hart arbeiten, und sie haben immer etwas zu essen! Ich habe es tatsächlich geschafft!»

Seine Kollegen, Professor Klimmerting und Professor Ohnehose, sowie ihre jungen Laborschüler sahen ihn erregt an: «Wirklich? Hast du es tatsächlich geschafft?», fragte Professor Ohnehose mit vor Aufregung quietschender Stimme. In Wirklichkeit hiess er eigentlich Ohnehosten, aber alle nannten ihn immer nur Ohnehose.

Klimmerting, den die Schüler zum Spass manchmal Professor Klingelton nannten, blickte Feuerlein nur sprachlos an. Er schien Feuerlein sofort zu glauben, aber es schien ihm die Sprache verschlagen zu haben.

Die Schüler drängten sich neugierig um die Arbeitsnische von Professor Feuerlein, um einen Blick auf die neueste Erfindung des Professors zu werfen, doch Feuerlein hatte sie zugedeckt, da er erstens nicht wollte, dass es alle gleich sahen, und da er seine Erfindung zweitens noch schützen wollte.

«Vorsichtig», flüsterte er, «erschreckt es nicht! Es ist noch sehr empfindlich, aber ich habe das Gefühl, dass das nicht mehr lange so sein wird. Aber bis dahin muss man vorsichtig mit ihm umgehen! Ich nenne es: das *Munaster!*»

Alle wurden ganz leise und sahen respektvoll auf die Abdeckung, darauf wartend, dass Professor Feuerlein diese zur Seite zog, und sie endlich sehen liess, was er nun wirklich erfunden hatte. Sie waren zum Zerreissen gespannt.

1

Doch Feuerlein liess sich Zeit mit der Vorstellung. Er erklärte ausführlich, wie er so weit gekommen war und warum das Munaster noch so sensibel war.

Die anderen hörten geduldig zu, doch alle waren gespannt auf das Ergebnis von Feuerleins Forschung und wollten unbedingt das Munaster sehen.

Nach einer halben Stunde ballte Olivia die Hände zu Fäusten und wollte sich wutentbrannt auf Feuerlein stürzen, da sie sehr ungeduldig und hitzig war, doch Felix hielt sie zurück. Anders als sie es bei allen anderen tun würde, verprügelte Olivia ihn nicht, sondern schnaubte nur wütend und starrte Feuerlein feindselig an.

Olivia war zehn Jahre alt und stammte aus einer Bauernfamilie, doch wie bei den meisten anderen Kindern war sie nun eine Waise: Ihre Eltern waren bei einem Waldbrand ums Leben gekommen, als sie Olivia vor dem Feuer beschützen wollten. Olivia war deshalb total verbittert, doch hier hatte sie ein neues Zuhause bei den verrückten Professoren gefunden und Felix kennengelernt.

Felix kam aus einer reichen Familie, jedoch war er nicht glücklich, weil seine sechs Jahre ältere Schwester hatte ihn immer eine Missgeburt genannt, da sie eifersüchtig gewesen war, weil er jetzt auch Aufmerksamkeit bekam und sie nicht mehr die ungeteilte Aufmerksamkeit ihrer Eltern hatte. Jetzt hatte sie «einen süssen, kleinen Bruder», wie ihre Eltern immer sagten.

Julia, so hiess die Schwester, hatte in Gegenwart ihrer Eltern immer wirklich nett getan, doch immer, wenn sie allein waren, hatte sie Felix ohne Grund geschlagen und ihm mit allem Übeln gedroht, wenn er es irgendjemandem verriet. Sie hatte ihm das Leben zur Hölle gemacht.

Niemand merkte es, und Julia tat immer so nett, dass Felix sowieso niemand geglaubt hätte, wie gemein seine grosse Schwester war. Deshalb hatte er gar nie versucht, es jemandem zu sagen, sondern hatte einfach versucht, zu tun, was seine Schwester befahl, damit sie ihn nicht wieder schlug.

Mit der Zeit hatte ihr Verhältnis dafür gesorgt, dass Julia zu einer verwöhnten, tussigen, zickigen «Prinzessin» wurde, während Felix meistens zurückhaltend und unauffällig war und mit allem zufrieden schien, vermutlich, weil alles besser war, als mit seiner Schwester zu streiten. Er war ziemlich vorsichtig und zurückhaltend und vertraute niemandem vollständig, bis dieser Jemand gezeigt hatte, dass man ihm oder ihr vertrauen konnte.

Als Felix sechs Jahre alt war, hatten seine Eltern einen so heftigen Streit, dass der Vater die Mutter mit einem schweren Gegenstand so fest auf den Kopf geschlagen hatte, dass er sie – natürlich aus Versehen – erschlagen hatte.

Als er das begriff, war er so verzweifelt, dass er Selbstmord beging, was natürlich für beide Kinder schrecklich war, doch Julia liess all ihre Wut und Verzweiflung an Felix aus, was natürlich auch nicht half.

Aus irgendeinem Grund beschlossen diejenigen, die sich nun um die Waisenkinder kümmern sollten, dass die Kinder weiterhin in der riesigen Villa der Eltern allein mit den Dienstboten leben sollten und dass Julia sich um Felix kümmern sollte.

Das tat sie auch: Sie machte Felix im kommenden Jahr das Leben so zur Hölle, dass Felix mit sieben weglief, da selbst er – obwohl er mit mieser Behandlung aufgewachsen war – es nicht mehr aushielt.

Die Professoren hatten ihn damals aufgenommen, wie sie das mit allen Waisenkindern machten, die völlig verzweifelt waren. Sie gaben denen, die sonst nirgends mehr leben konnten, ein neues Zuhause.

Felix war nun schon zwei Jahre lang hier, und er hatte sich gut eingelebt. Er schien zufrieden zu sein und war meistens erstaunlich fröhlich, wenn man bedachte, was er alles durchgemacht hatte.

Olivia war erst seit einem halben Jahr hier, und sie war noch längst nicht über den Verlust ihrer Eltern hinweggekommen. Doch hier waren alle nett zu ihr, und alle kümmerten sich um einander.

Olivia war heimlich in Felix verliebt, doch sie wusste, wie sie das verheimlichen konnte. Niemand ausser ihr wusste das. Olivia war auch nicht so eine, die sich besonders schön machte, nur weil sie verliebt war. Aber natürlich freute sie sich immer, wenn sie etwas mit Felix zusammen unternehmen konnte.

Olivia war hübsch, auch wenn sie das selber nicht wusste. Sie hatte ihre blonden Haare immer zu einem Zopf oder zu zwei Zöpfen geflochten. Sie trug immer ein einfaches, blaues Kleid – welches ihre blauen Augen betonte – und braune Sandalen, nichts Besonderes halt. Doch sie war von Natur aus hübsch.

Was Felix anging: Er hatte braune, immer zerzauste Haare, ungefähr schulterlang. Und es war kein richtig regelmässiger Haarschnitt, am ehesten mit Hayden Christensens (Anakins) Frisur in *Star Wars* drei zu vergleichen, doch eigentlich auch ganz anders… – auf jeden Fall echt schwierig zu beschreiben.

Er hatte helle grüne Augen und trug meistens T-Shirt und Shorts, doch er schien auch keine Mühe damit zu haben, ein Kleid zu tragen. (Einmal hatten sie eine Art Kostümfest veranstaltet, an dem die Mädchen typische Jungs-Kleidung und die Jungs Kleidchen tragen mussten. Die Mädchen hatten damit verständlicherweise weniger Probleme gehabt als die Jungs.) Auf jeden Fall schien es Felix ziemlich egal zu sein, was er trug, solange man sich darin gut bewegen konnte.

An all das dachte Olivia nun, anstatt Feuerlein bei seinem «überaus spannenden» Vortrag zuzuhören, wie man so ein supertolles Munaster erschuf.

Alle, ausser Feuerlein, Ohnehose und Klingelton sahen gelangweilt und genervt aus, sogar Felix. Alle Schüler wollten nun unbedingt das Munaster sehen.

Doch Feuerlein schien noch lang nicht fertig zu sein und erzählte weiterhin ganz ausführlich, was er alles gemacht hatte, um das Munaster zu erschaffen.

Schliesslich fing Olivia aus Langeweile an, im Labor umherzuschauen. Ihr Blick blieb – natürlich – mal wieder an Felix hängen. Auch Felix sah Feuerlein nicht mehr an – das tat ausser Klimmerting und Ohnehose sowieso niemand mehr. So ziemlich alle sahen sich im Labor um, vielleicht, um an etwas auf Feuerleins Tisch zu erahnen, wie das Munaster aussah.

Dann begegneten sich Olivias und Felix' Blicke. Anders, als viele andere es getan hätten, wurde Olivia nicht rot, sie schaute nicht schnell weg – nein, sie erwiderte Felix' Blick, mit der Entschlossenheit, nun keine Schwäche zu zeigen, Felix nicht zu zeigen, was sie für ihn empfand. Doch in ihrem Hinterkopf fing wieder eine leise Stimme an, zu sagen, wie süss er doch sei.

Hör auf!, schalt sie sich, *du sorgst noch dafür, dass du doch noch rot wirst, und dann ist alles umsonst!* Sie hatte keine Ahnung, was Felix dann denken, wie er reagieren würde, doch sie wollte es eigentlich auch gar nicht wissen.

Also nahm sie sich zusammen und erwiderte Felix' Blick kühl. Felix runzelte verwirrt die Stirn: «Ist was? Hab ich… hab ich dir irgendetwas getan?»

Erst jetzt ging Olivia auf, dass sie wohl kalt und herablassend blickte, obwohl sie es gar nicht so meinte. Erschrocken schaute sie dann weg, und murmelte zerknirscht: «Tut... tut mir leid, wirklich! Ich wollte... ich wollte nicht so schauen... Ich war mit meinen Gedanken woanders», entschuldigte sie sich.

Felix lächelte. «Na, dann ist ja alles gut. Ich hab mir nur Sorgen gemacht, weil ich dachte, du seist sauer auf mich», erklärte Felix. «Warum sollte ich denn sauer auf *dich* sein???», fragte Olivia ungläubig. Sie konnte sich nicht vorstellen, dass irgendjemand wütend auf Felix sein konnte. Abgesehen von Julia, diesem Arsch!

«Vielleicht, weil ich irgendwas falschgemacht habe», murmelte Felix nachdenklich. Olivia lachte: «Du und etwas falsch machen??? Also bitte! Vergiss es! Du machst nie was falsch!», erklärte sie bestimmt. «Nie!»

Felix schüttelte entschieden den Kopf: «Hey, ich bin auch nicht perfekt! Und ausserdem habe ich wohl wirklich ein paar echt fatale Fehler gemacht», widersprach er leise, den Blick zu Boden gerichtet.

Olivia legte ihm die Hand auf den Arm. «Das stimmt nicht!», flüsterte sie beruhigend, «Das hat nur deine Schwester immer gesagt. Dabei ist *sie* diejenige, die *definitiv* mehr als nur etwas falsch gemacht hat!»

Felix schüttelte den Kopf. «Das stimmt nicht. Daran ist nicht Julia schuld. Sie hat so oft wie möglich gesagt, ich mache alles falsch, aber ich habe tatsächlich auch einmal was sehr Wichtiges möglicherweise total falsch gemacht, als ich klein war. Ich habe...»

Doch, was immer er sagen wollte, er sprach es nicht aus, sondern sah plötzlich interessiert nach vorne. Offenbar hatte Feuerlein seinen Vortrag endlich beendet. Wie Felix *das* mitbekommen hatte, konnte sich Olivia allerdings echt nicht erklären.

Aber momentan spielte das auch keine Rolle, denn Feuerlein fing nun langsam, mit einem übermütigen Ausdruck auf dem Gesicht, an, den Vorhang zur Seite zu ziehen, und alle reckten die Hälse, um als Erste einen Blick auf das geheimnisvolle Munaster zu werfen.

Olivia wollte es auch unbedingt sehen, also stieg sie kurzerhand auf einen Arbeitstisch, um über die Köpfe der anderen zu schauen. Und da lag es! Eine Art Elefantenbaby ohne Rüssel, mit rosaroter Haut, ungefähr einen Meter lang. Als es seine Augen öffnete, sah Olivia, dass sie rötlich–braun waren.

Sie atmete erleichtert auf. Sie hatte insgeheim befürchtet, dass das Munaster unheimlich und gefährlich sei, aber nix da: Es sah niedlich aus! Und es schien absolut keine Bedrohung zu sein.

Die anderen schienen derselben Meinung zu sein, und Feuerlein wurde mit Komplimenten überhäuft. Er sah ziemlich selbstzufrieden aus, und dazu hatte er auch allen Grund. Das Munaster schien perfekt!

Nun, zum eigentlichen Zweck des Munasters; es sollte gegen den Nahrungsmangel auf der Welt helfen, denn es vermehrte sich sehr schnell, brauchte gerade mal eine Nacht, um erwachsen zu werden, brauchte keinerlei Nahrung, ausser Luft, und gab wunderbares Fleisch ab. Auf jeden Fall sollte es das sein. Aber das funktionierte natürlich nur, wenn man alles richtig machte. Hatte Feuerlein das getan? Das würden sie wohl bald herausfinden…

Auf jeden Fall würde das Munaster unglaublich viele Probleme lösen, da es sich auch ganz klein machen konnte, aber trotzdem unglaublich viel und gutes Fleisch gab. Und es würde dem Erfinder wohl Millionen einbringen.

Nach eingehender Bewunderung erklärten die Professoren allerdings, dass es schon spät war und dass die Kinder ins Bett mussten. Diese maulten, aber da es sowieso nichts nützte, gehorchten sie schlussendlich doch und gingen in die nach Geschlechter getrennten Schlafzimmer.

Allerdings konnte von *schlafen* keine Rede sein; alle Mädchen schwatzten wild durcheinander, wie süss das Munaster sei, besser gesagt: alle ausser Olivia.

Schliesslich stiess ein Mädchen sie in die Schulter und fragte: «Was ist, Olivia? Findest du das Munaster nicht süss?» – «Doch, natürlich!», antwortete Olivia zerstreut, «Aber ich denke gerade an jemanden, der noch viel süsser ist als das Munaster...»

Die Mädchen sahen sie stirnrunzelnd an: «Süsser als das Munaster?», fragte eine, als ob sie nicht glauben könnte, dass jemand niedlicher als das Munaster sein kann.

Olivia sah auf: «Ja, natürlich! Wisst ihr ernsthaft nicht, an wen ich denke?», fragte sie ungläubig. Die Mädchen schüttelten alle verwirrt den Kopf. Das konnte doch nicht wahr sein! Fanden sie das Munaster tatsächlich am süssesten, oder hatten sie Felix tatsächlich vergessen? Olivia konnte beides nicht glauben.

Doch dann schlug sich Leslie gegen die Stirn: «Mann, sind wir blöd! Ich weiss jetzt, an wen Olivia denkt! Wie konnten wir ihn nur vergessen??? Und *natürlich* ist er süsser als das Munaster!»

Endlich!, dachte Olivia. Leslie hatte es kapiert. Aber die anderen Mädchen starrten sie immer noch fragend an. Leslie seufzte: «Ernsthaft, Mädels? An wen denken wir wohl? Keinen Schimmer? Im Ernst? Oje. Na gut, ich löse es auf: Felix.»

Jetzt kapierten die anderen Mädchen es endlich auch, und alle fingen an, durcheinander zu reden. Sie schienen sich alle das Gleiche zu fragen. Erstens: Wie hatten sie Felix vergessen können? Zweitens: War Olivia etwa verliebt? (Die Antwort auf die zweite Frage war übrigens *ja*.)

8

Sie fingen an, über Jungs zu reden, und Olivia schlief dann irgendwann ein, da sie erstens müde war und sich zweitens nicht für dieses Thema interessierte. Sie freute sich auf morgen.

Doch als sie am nächsten Tag aufwachte, rannten alle Mädchen panisch durcheinander. Auf Olivias erschrockene Frage, was denn passiert sei, antwortete ein Mädchen: «Das Munaster hat sich über Nacht unglaublich vermehrt, und alle Babys sind schon erwachsen! Feuerlein hat es mit dem Erwachsenwerden wohl zu gut gemeint. Aber das ist nur ein Teil des Problems: Die Munaster wollen sich statt nur von Luft lieber von Fleisch und Blut ernähren – dem Fleisch und Blut der Menschen! Wir sind in dieses Zimmer gerannt und haben die Tür verschlossen, und die Jungs haben das Gleiche getan, aber einige Jungs sind noch draussen.»

Olivia keuchte entsetzt auf: «Was ist mit Felix?» – «Ich weiss es nicht», antwortete das andere Mädchen (Jill hiess sie) händeringend, doch Olivia konnte ihr ansehen, dass sie die Antwort zu wissen glaubte – es Olivia jedoch nicht antun konnte, ihr die ganze Wahrheit zu sagen – oder auf jeden Fall das, was ziemlich sicher die Wahrheit war.

Olivia fing verzweifelt an, zu schluchzen; sie hatte ihre Eltern und ihr Zuhause verloren, und konnte den Gedanken nicht ertragen, dass irgendjemand von ihrer neuen Familie starb – besonders nicht Leslie oder Felix!

Plötzlich hörte sie draussen schnelle Schritte, und ein Junge rief: «Kommt raus Mädchen, ihr müsst hier raus! Die Monster sind fast da! Und sie lassen sich von Türen und Schlössern nicht aufhalten! Ihr müsst sofort hier raus!»

Neben Olivia sah Leslie hoffnungsvoll auf: «Felix?», war alles, was sie herausbrachte. Dann stürmte sie zur Tür, entriegelte sie so schnell sie konnte und riss sie auf.

Tatsächlich stand Felix im Türrahmen. Leslie schloss ihn überglücklich in die Arme und seufzte erleichtert. «Felix, du bist am Leben! Aber… ach du meine Güte!», stiess sie hervor, als sie Felix genauer ansah.

Auch Olivias Herz machte einen Entsetzenssprung, als sie Felix' Verletzungen sah (er hatte einige Krallenspuren im Gesicht), doch Felix wischte das Thema mit einer Handbewegung zur Seite. «Mir geht's gut. Aber ihr müsst raus hier! Sofort! Die Monster sind schon fast da!»

Das brachte die Mädchen in Bewegung, doch es war schon zu spät; Als sie auf den Flur hinaustraten, sahen sie die Munaster – oder *Monster*, wie Felix sie jetzt nannte – schon auf sich zu stürzen.

«Lauft!», schrie Jill. «Ich halte sie so lange wie möglich auf!» – «NEIN!», schrien die anderen Mädchen, doch Amanda, Jills Zwillingsschwester, schob sie vorwärts und rannte dann zurück, um ihrer Schwester zu helfen. Den Mädchen blieb nichts anderes übrig, als zu rennen.

Während sie rannten, trafen sie auf einige Jungs, welche auch auf dem Weg zur Türe waren, doch als sie dort ankamen fanden sie heraus, dass die Monster ihnen den Weg versperrten, indem sie überall herumstanden, brüllten und niemanden lebendig durchliessen.

«Aufteilen!», brüllte Leslie und nahm Felix an die eine und Olivia an die andere Hand. Viele andere taten es ihr gleich, versuchten mit ihren besten Freunden oder Geschwistern zusammen zu sein und rannten dann los, durch die Monster.

Auch Leslie rannte los, und irgendwie schafften sie es lebendig hinaus. Leslie führte sie sicher durch die Monster und wich geschickt Schlägen und allem möglichen anderen aus.

Als sie gerade draussen angekommen waren, flog hinter ihnen das Labor der drei Professoren in die Luft.

Leslie rannte auf den Wald zu, doch Olivia hörte genau, wie diese schrecklichen neuen Kreaturen immer mehr aufholten...

Ein schreckliches Ereignis

Luna war es langweilig. Es war eine schrecklich langweilige Schulstunde. Mathe! Und noch dazu laberte der Lehrer vorne über schriftliche Addition und Subtraktion, obwohl Luna das schon lang kapiert hatte. Und nur, weil einige Idioten das nicht verstanden, musste sich jetzt die ganze Klasse einen einstündigen Vortrag über schriftliches Rechnen anhören. Hmpf! Ignoranten!

Zum Glück war nachher Pause. Und nach der Pause hatte sie Chemie, ihr Lieblingsfach! Das liebte Luna am Mittwoch. Die Doppelstunde Chemie nach der Pause war jeweils das Beste der ganzen Schulwoche. Endlich war die Stunde vorbei! Diese 45 Minuten waren Luna wie 45 Jahre vorgekommen.

In der Pause suchte sie sich einen ruhigen Platz. Irgendwann setzte sie sich zu Nina, die auf einer Mauer sass. Eigentlich mochte Luna die Mädchen in dieser Schule nicht, aber bei Nina war das etwas Anderes. Nina kicherte. «Was ist denn so Lustiges passiert?», fragte Luna sie. «Ach, du kennst doch diese fiesen Jungs, die immer jüngere Kinder mobben, oder?» – «Ja, aber das ist doch nicht lustig, sondern gemein! Was gibt es da zu lachen?», fragte Luna verblüfft.

«Ach nein, so war das nicht gemeint! Sie haben es bei Nico versucht!» – «Ach so, ja dann ist ja klar! Was hat er mit ihnen gemacht?», fragte Luna lachend. Nico war eigentlich nicht gerade dafür bekannt, dass er sich gut wehren konnte. (Also gegen Schläge. Was giftige Kommentare anging… da konnte sich nur Luna mit ihm messen.) Das lag aber nur daran, dass ihn ausser den zwei Mädchen noch niemand beim Pflanzenzaubern gesehen hatte.

«Nun, er ist zwischen den Bäumen dort hinten durchgerannt, und dann fiel, ganz zufälligerweise, einem Angreifer ein Ast auf den Kopf, ein anderer verhedderte sich in einer Wurzel, ein Dritter übersah ein Loch im Boden... Aber der Chef der Bande, den hat es wirklich erwischt: Als alle zu Boden gingen, hat er sie angebrüllt: *Was seid ihr doch für Trottel! Echt, das sind doch nur ein paar Bäume! Ich zeig euch mal, wie man das macht!*

Er stapfte weiter, übersah eine Wurzel, fiel hin und stiess sich den Kopf ziemlich heftig an einem Baum an. Aber nicht so fest, dass er das Bewusstsein verlor. Dann kam die Pausenaufsicht, um zu sehen, was los war, vergewisserte sich, dass die Kinder nicht ernsthaft verwundet waren, und schimpfte sie dann fürchterlich aus. Danach wurden die Eltern benachrichtigt» Die beiden Mädchen kringelten sich vor Lachen.

«So ein Pech aber auch!», rief jemand von hinten. «Aber ich kann ganz bestimmt nichts dafür! Ich meine, die Natur macht, was sie will. Und sie mag diese Idioten nicht!» Verwirrt drehten sich die Mädchen um. «Nico!», rief Nina, «Das hast du toll gemacht!» – «Danke» Nico grinste. «Aber sagt es niemandem!» – «Was denn? Ich habe keine Ahnung, wovon du sprichst! Das war doch reiner Zufall!», erklärten die beiden Mädchen grinsend und wie aus einem Munde.

Nico lachte. «Das ist auch gut so. Aber mal im Ernst; habt ihr es jemals jemand anderem erzählt?» – «Nein, natürlich nicht!» – «Nee, niemals!» – «Dann ist es ja gut!», antwortete Nico beruhigt, «Ich hab natürlich auch niemandem euer Geheimnis verraten!»

Sie redeten noch ein bisschen über dieses und jenes und verzehrten ihren Znüni. Dann war die Pause auch schon vorbei, und sie gingen zurück ins Schulhaus. Während sich Luna auf die nächste Stunde wirklich freute, regte sich Nina auf: «Oh Mann! Jetzt haben wir Turnen. Und ich hasse Turnen!» Nico grinste. «Na dann, viel Spass!»

Nina trottete unzufrieden Richtung Turnhalle. Sie lief in die Garderobe, um sich umzuziehen. Dort waren die meisten anderen Mädchen schon und redeten und kreischten alle durcheinander. Warum mussten die auch immer so einen Riesenkrach machen?

Nina zog sich missmutig um und lief dann in die Turnhalle. Heute standen Fussball und Volleyball auf dem Stundenplan, die beiden Ballspiele, die Nina (nebst Handball und Basketball) am meisten hasste. Also eigentlich hasste sie alle Ballspiele.

Na, sie würde die Turnstunde schon überleben. Sie wollte mal ein bisschen optimistisch sein, aber das war schwierig, da sie Sport nun mal verabscheute. Sie wünschte sich Nicos Optimismus. Aber den hatte sie leider nicht. Es war ja schon schlimm genug, überhaupt Turnen zu haben, und dann hatte sie auch noch diese schrecklichen, furchtbaren Ballspiele… Igitt! Es war zum Kotzen!

Als die Turnstunde anfing, versuchte Nina, sich möglichst wenig zu beteiligen. Es war ihr zuwider, und sie hoffte, dass ihr diesmal ein intensives Spiel erspart würde. Sie hatte Glück. Sie war mit den besten Spielern der Klasse in der Gruppe, weshalb sie fast nichts tun musste. Glücklicherweise war auch die Turnstunde irgendwann zu Ende, und Nina konnte nach Hause gehen.

Luna war unterdessen wesentlich glücklicher mit ihrem Unterricht. Sie war sehr gut in Chemie und, sie liebte dieses Fach auch, was einen grossen Unterschied machte. Luna freute sich immer auf Chemie. Sie war die Beste in Chemie.

Sie genoss die Chemiestunde in vollen Zügen. Wie wundervoll es doch war, wenn man sich auf etwas freuen konnte. Wenn es

Chemie nicht gäbe, wüsste Luna nicht, worauf sie sich jeweils freuen sollte.

Als Nico ins Klassenzimmer kam, brüllten die Jungs alle durcheinander. Sein Banknachbar antwortete auf seine Frage, was denn los sei: «Ach ja, ich habe ja ganz vergessen, dass du nicht dabei warst beim Fussball. Wir haben gegen die anderen gewonnen. Endlich mal!»

«Oh. Na dann, herzlichen Glückwunsch» – «Danke. Wir haben eine tolle neue Strategie» – «Super! Oh nein», beschwerte sich Nico und senkte die Stimme, «Die alte Schachtel ist angekommen.»

Mit «Die alte Schachtel» war die Mathelehrerin gemeint, die immer versuchte, die Kinder auf altmodische Weise zu erziehen, weshalb sie überhaupt nicht beliebt war.

Sie schlug mit einem Holzstab an die Tafel: «Ruhe, aber sofort! Hier herrscht Disziplin! Anders als die anderen Lehrer weiss ich noch genau, wie man unerzogene Kinder erzieht! Wenn sie reinschwatzen, was macht man dann, Leon?»

«Man hält ihnen eine Standpauke und haut ihnen auf die Finger!», antwortete Leon wie aus der Pistole geschossen. «Ja. Und wenn es das zweite Mal vorkommt, Kim?» – «Dann müssen sie Strafarbeiten machen!» – «Genau», antwortete die Mathelehrerin mit einem bösen Funkeln in den Augen. «Und wenn Kinder ungezogene Kommentare machen oder wüst reden, Nico?» – «Ohrfeige» – «Mach gefälligst ganze Sätze!» – «Dann geben Sie den Kindern eine Ohrfeige.»

«Genau! Jetzt haben wir die wichtigsten Regeln repetiert. Jetzt holt die Bücher raus und zeigt mir eure Hausaufgaben!» Alle Kinder holten sofort die Hausaufgaben und zeigten sie. Niemand vergass je die Hausaufgaben in Mathe. Denn dann hielt einem

die Lehrerin eine Standpauke und man musste zehn Seiten Straf-
aufgaben zu Hause machen.

Aber auch die Doppelstunde Mathe war irgendwann vorbei. Die
alte Schreckschraube gab ihnen wieder zehn Heftseiten Hausaufgaben. Dadurch kam sie zwar mit dem Stoff immer locker
durch, vergraulte aber auch die Kinder (was ihr egal war).

Als die drei Kinder nach Hause gingen, mussten sie erst einmal
Hausaufgaben machen. Nina hatte vor der Pause Deutsch gehabt,
und jetzt musste sie einen drei- bis vierseitigen Aufsatz schrei-
ben. Das tat sie zwar sehr gern, aber es kostete auch viel Zeit.

Luna hatte sehr viele Hausaufgaben in Chemie, was ihre Begeis-
terung gleich etwas dämpfte. Heute hatte sie nämlich lauthals
verkündet, dass sie die Beste in Chemie war, worauf der Lehrer
meinte, sie solle das erst einmal beweisen, und ihr dreimal so
viele Hausaufgaben wie den anderen aufgegeben hatte.

Und Nico regte sich über die Mathelehrerin auf. Das tat übrigens
die ganze dritte Klasse. Die Mathelehrerin war einfach grässlich.
Eine alte Schreckschraube, die das Gefühl hatte, einen Erziehungsauftrag zu haben. Dabei sollte sie doch nur unterrichten!

Aber was brachte es, sich aufzuregen? Dadurch wurden die
Hausaufgaben auch nicht weniger. Als die Kinder fertig waren,
widmeten sie sich alle drei verschiedenen Beschäftigungen: Luna machte chemische Experimente und versuchte, nicht das Haus
in die Luft zu jagen, da sonst die Nachbarn sauer wären.

Nina las – zum x-ten Mal – ihr Lieblingsbuch über Psychologie
und versuchte immer noch, das menschliche Gedächtnis zu verstehen und zu verstehen, was ihre Fähigkeit damit zu tun hatte.
Dafür musste es doch eine logische Erklärung geben! Später
akzeptierte sie, dass es Zauberei war, sonst gab es keine Erklärung.

Und Nico spielte – natürlich – in der Natur mit den Tieren. Er konnte sich mit den Tieren unterhalten und sie spielten gerne Fangen, Verstecken, oder Ratespiele. Was sie manchmal auch machten, war eine «Witzrunde»: Sie setzten sich alle in einem Kreis auf den Boden und erzählten der Reihe nach einen Witz. (Das war Nicos Lieblingsspiel. Denn die Tiere kannten erstaunlich viele gute Witze!) Der Witz, bei dem am meisten gelacht wurde, bekam einen Punkt. Und dann spielten sie in Runden, bis ihnen keine Witze mehr einfielen. Wer am Schluss die meisten Punkte hatte, gewann.

So vertrieben sich die Kinder den Nachmittag. Das machten sie eigentlich fast jeden Nachmittag, wenn sie sich nicht gerade trafen. Sie verabredeten sich öfters, auch wenn sie sich dann nie auf eine Beschäftigung einigen konnten. Luna wollte etwas mit Chemie oder Dinge auflösen, Nina wollte etwas mit Psychologie, und Nico wollte in die Natur und bekam jedes Mal einen Wutanfall, wenn auch nur «Bäume auflösen» erwähnt wurde. (Was ja auch irgendwie verständlich war.)

Deshalb machten eher mal die Mädchen etwas zusammen. Nico spielte sowieso am liebsten mit den Tieren. Nina und Luna mochte er, aber eigentlich nur sie, denn auch er spürte, dass die *Magic Kids* nicht wie andere Kinder waren. Er spielte nicht so gern mit anderen Kindern (vor allem aus der Klasse) und das war auch der eine Grund, warum er beim Fussball nicht mitgemacht hatte. Der andere Grund war, dass er Fussball einfach nicht mochte.

Einerseits mochte er – wie Nina – Ballspiele allgemein nicht, andererseits spielten die aus der Parallelklasse total brutal und überhaupt nicht fair. So machte es natürlich keinen Spass, ausser für die, die so gern Fussball spielten, dass es ihnen nichts ausmachte, wenn jemand brutal spielte (das waren die meisten Jungs und ungefähr die Hälfte der Mädchen).

Am nächsten Tag trafen die Kinder sich vor der Schule. Sie wollten noch kurz miteinander reden, bevor die Schule anfing. Aber Nico kam zu spät. «Tschuldigung, verschlafen», keuchte er. Luna seufzte: «Nico, wenn wir abmachen, dass wir uns vor der Schule treffen, musst du früher ins Bett!» – «Es war deine Idee. Ich hab dir gleich gesagt, dass ich sehr wahrscheinlich zu spät komme! Aber du hast mir ja nicht zugehört! Das machst du übrigens nie!», schimpfte Nico wütend.

Jetzt meldete sich auch Nina zu Wort: «Ich hab auch gesagt, dass ich es keine gute Idee finde. Ich hab zu wenig geschlafen. Aber was solls? Es ist jetzt halt so. Und wenn wir uns noch lange streiten, kommen wir zu spät in die Schule!» Das brachte die anderen dazu, den Streit auf sich beruhen zu lassen und die Türen anzusteuern, was gut war, da es in zwei Minuten das zweite Mal läutete.

Am nächsten Tag (am Freitag) geschah nichts Besonderes. Alles war wie immer. Doch ein paar Tage später, als sie sich in der Pause trafen, waren alle drei ganz aufgeregt: «Habt ihr die Nachrichten gesehen?», fragte Luna ausser Atem. «Nein, aber Zeitung gelesen», antwortete Nina. «Geht es um diese schrecklichen Monster, die sich überall in der Welt verbreiten?» – «Ja», antwortete Luna, panisch nach Luft ringend, «sie machen alles kaputt! In den Nachrichten haben sie Bilder von kaputten Städten gezeigt. Es ist schrecklich!»

«Ich hab auch davon gehört», murmelte Nico. «Die Bäume flüstern. Die Monster machen die Natur kaputt. Sie sind eine Riesenkatastrophe! Sie zerstören alles, was ihnen in den Weg kommt. Irgend so ein verrückter Professor hat die erschaffen, um den Nahrungsmangel in der Welt zu bekämpfen. Sie sollten sich von Luft ernähren. Aber stattdessen ernähren sie sich lieber von menschlichem Fleisch und Blut. Und sie vermehren sich unglaublich schnell. Es ist schrecklich!» – «Nico!», rief Luna überrascht. «Woher weisst du das alles? In den Nachrichten hiess es nur, dass sie offenbar von Menschen erschaffen wurden, sonst nichts.»

«Nun, ich sagte doch, die Bäume flüstern», antwortete Nico. «Und sie wissen das von den Bäumen, die neben dem Labor stehen oder standen und direkt durch die Fenster sehen konnten. Und von Tieren, die in der Nähe oder sogar im Labor drin waren. Und das sind wohl die zuverlässigsten Quellen.»

Nina seufzte: «Ich habe dich schon oft um die Fähigkeit beneidet, mit Tieren und Pflanzen reden zu können. Damals dachte ich, es wäre unterhaltsam... aber ich wusste nicht, wie praktisch es sein kann! Meinst du wirklich, dass es sich genau so abgespielt hat?» – «Also bitte!», zeigte sich Nico empört. «Willst du damit etwa sagen, dass du den Bäumen nicht glaubst??? Die Bäume lügen doch nicht! Nie und nimmer! Und bei sowas irren sie sich auch nicht! Nie im Leben!»

«Nein, so war das nicht gemeint», rief Nina beschwichtigend, «Es tut mir leid. Ich kann es nur irgendwie nicht glauben. Obwohl... eigentlich schon. Es klingt logisch. Wow, ich glaube, das weiss sonst kein Mensch – ausser, jemand im Labor hat überlebt...» – «Jetzt red doch nicht so!», stöhnte Nico. «Ich weiss von den Bäumen, dass dort drei Professoren und lauter Kinder und Jugendliche drin waren. Und ich weiss auch, dass mindestens ein paar der Kinder die Explosion, wie auch die darauffolgende Verfolgung der Monster überlebt haben.»

«Was???», fragte Nina entsetzt. «Kinder waren dort drin? Und nicht alle sind lebendig rausgekommen?» – «Ja», antwortete Nico, «aber die meisten kamen schon lebendig raus. Nur überlebten sie dann die Verfolgungsjagd nicht, weil sie zu langsam oder verwundet waren.» Nina keuchte auf: «Das ist ja entsetzlich! Kinder umgebracht, nur weil irgend so ein verrückter Professor Monster erschaffen hat, die keine Monster sein sollten und sich total schnell vermehren! Das kann doch nicht wahr sein!»

«Es ist wahr», widersprach Nico. «Und stell dir vor – bei den Angriffen der Monster auf die verschiedenen Städte sind noch viel mehr Kinder umgekommen. Also allgemein Menschen. Auch in abgelegenen Dörfern, von denen es niemand bemerkt hat. Schon Hunderte sind diesen Monstern zum Opfer gefallen, und bald werden es tausende sein! Und ausserdem kommen sie immer näher!» Luna stöhnte: «Oh Mann, ich kann es nicht glauben! Ich will es nicht glauben! Diese Monster könnten jederzeit hier ankommen und uns umbringen! Das ist fürchterlich!»

In diesem Moment läutete es, und alle Kinder strömten auf den Eingang zu. Auch die Magic Kids mussten wieder ins Schulgebäude, auch wenn sie lieber noch länger über die furchterregenden Monster geredet hätten.

Nach der Schule trafen sie sich draussen wieder. Gerade als sie nach Hause gehen wollten, geschah etwas Seltsames; alle drei spürten etwas, wie einen Stich. Plötzlich kreischte ein Mädchen: «Hilfe! Monster! Kann sie denn niemand aufhalten??? Aaaaaaahhhhhhh!!!!!!» Die Magic Kids fuhren herum.

Tatsächlich! Riesige Monster wüteten auf dem Schulgelände. Sie waren alle unterschiedlich: Einige waren riesengross, andere wiederum recht klein. Einige hatten dichtes Fell, andere schienen «nackt» zu sein. Manche Monster waren gestreift, einige gefleckt, ein paar waren einfarbig und ein paar wenige hatten einen solchen Farbenmix im Fell, das man sich fragte, ob das natürlich war. (War es natürlich *nicht*.)

Es gab so gut wie keine Farbe, die man im Fell der Monster nicht sah. Die fellosen Monster waren weniger farbenfroh: Sie waren alle einfarbig und entweder braun, rosa oder grün.

Die meisten Monster hatten vier Beine, es gab aber auch welche mit drei, fünf oder sechs Beinen. Sie hatten ganz unterschiedliche Formen, von denen man keine richtig zuordnen konnte.

Viele hatten grosse scharfe Zähne oder Hörner, so gross, dass es ein Wunder war, dass die ihnen nicht schon längst den Schädel eingedrückt oder ihnen das Genick gebrochen hatten. Auf jeden Fall waren die Hörner oder Zähne absolut furchterregend. Die Monster waren allgemein ausserordentlich furchterregend, weshalb auch auf dem ganzen Schulgelände Panik herrschte; alle rannten durcheinander und versuchten, sich in Sicherheit zu bringen.

Die Mobber, die sich immer so angeberisch aufführten, rannten davon wie kleine Kinder. Doch sie hatten keine Chance. Die Monster waren zu schnell. Schon setzten sie zum Sprung an und – Happ! – hatten sie die Jungs auch schon im Mund. Sie kauten und spuckten Knochen aus… – es war auf jeden Fall klar, dass die Mobber tot waren. (Und es war nicht gerade appetitlich.)

«Na, die werden auf jeden Fall niemanden mehr mobben!», bemerkte Nico trocken. «Nico, so kenn ich dich ja gar nicht!», rief Luna erschrocken. «Ich auch nicht!», murmelte Nina. «Ich weiss auch nicht warum, aber ich glaube, das ist nicht der richtige Ort, um sich darüber zu wundern. Vorsicht!», rief Nico. Ein grosses Monster kam auf die Magic Kids zu gerannt. Sie wichen ihm aus, aber es kam zurückgerannt.

«Lauft!», schrie Nina. Das liessen sich die anderen nicht zweimal sagen, und zu dritt rannten sie los. Um viele Ecken, durchs Gebüsch… quer durch die ganze Stadt. Aber die Monster blieben ihnen dicht auf den Fersen. Es wurden immer mehr. Schliesslich standen die Magic Kids in einer Sackgasse.

Als es schon schien, als müssten sie elendiglich sterben, kam Luna etwas in den Sinn: Sachen auflösen! Mann, war sie blöd!

Warum war sie vorher nicht daraufgekommen? Sie probierte es und – tadaa! – die Mauer löste sich auf. Schnell rannten die Kinder weiter.

Plötzlich trat ihnen ein Polizist in den Weg, der sie aufhalten wollte. «Bitte lassen Sie uns durch! Monster!» – «Jaja, genau! Das könnte euch so passen! Das ist Beamtenbeleidigung! Das ist – Hä? Wo bin ich? Moment… *wer* bin ich???» Doch die Kinder waren schon lang weitergerannt.

Nina hatte den Polizisten verwirrt, damit sie weiterrennen konnten. Der Polizist war leider nicht so schnell. Er wurde aufgefressen. Die Magic Kids hatten Glück: die Monster waren auf Lunas Pfütze ausgerutscht. Es gab immer eine Pfütze, wenn sie etwas aufgelöst hatte. z.B., wenn sie Stein aufgelöst hatte, hatte die Pfütze die Farbe von Stein. Bei Zucker war sie süss, usw. Das hatte ihnen ein bisschen Zeit verschafft.

Schnell rannten sie weiter. Endlich waren sie am Ende der Stadt angekommen. Aber damit war der Horror natürlich nicht vorbei. Wenigstens würde es jetzt einfacher sein, da Nico die Natur beeinflussen konnte. Und schon tauchte das erste Hindernis auf: eine Wand aus Bäumen. Doch als die Magic Kids näherkamen, bogen sich die Bäume auseinander, damit sie zwischen ihnen hindurchrennen konnten.

Danach traten die Bäume wieder zusammen und verwandelten sich in eine massive Felswand. «Das dürfte sie notdürftig aufhalten», keuchte Nico. «Warum hast du die Bäume in eine Felswand verwandelt?», fragte Nina verwirrt. «Erstens, weil die Monster sonst die Bäume kaputt machen würden, und zweitens, weil eine Felswand viel stabiler ist als eine Wand aus Bäumen.», antwortete Nico. «Lauft!», schrie Luna, denn die Monster prallten bereits mit voller Wucht gegen die Felswand.

Also legten die Magic Kids noch einen Zahn zu. Nach einiger Zeit jedoch blieb Nico stehen. «Ich kann nicht mehr! Und überhaupt, ich bin ja schön blöd! Was muss ich laufen? Wozu kann ich denn bitteschön die Natur beeinflussen???» – «Äh, Nico?», fragte Nina. Doch schon hoben die Bäume die Kinder in die Luft und warfen sie einander zu, immer weiter weg von den Monstern. Zuerst kreischten die Mädchen vor Schreck – und Nico lachte sich kaputt über ihre Gesichter – aber dann merkten sie schnell, dass das nur Nicos Magie war, nicht irgendein böser Zauber.

«Mann hast du mich erschreckt!», keuchte Nina. «Mich auch! Und warum hast du uns ausgelacht???», fragte Luna genervt. «Was ausgelacht? Eure Gesichter waren einfach zu lustig. Ich hab euch nicht ausgelacht!», verteidigte sich Nico. «Ja, wow», antwortete Luna verächtlich, «Aber genau *so* lacht man auch Leute aus! Du könntest echt mal ein bisschen aufpassen, dass man es nicht falsch versteht. Und ausserdem ist es so oder so nicht nett!»

«Blablabla! Bist du meine Mutter, oder was?! Und übrigens: Die Monster sind auch nicht nett!» – «Jetzt tu nicht so! Du weisst genau, dass das nicht nett ist – und red dich jetzt nicht mit den Monstern raus! Ausserdem bin ich älter als du und weiss wohl eher…» – «Ich rede mich nicht raus! Und du hast keinen Erziehungsauftrag!», schimpfte Nico.

«Äh, Leute… Vielleicht solltet ihr mal aufhören zu streiten und daran denken, dass uns die Monster ja immer noch auf den Fersen sind!», mischte sich Nina ein. «Ach ja, stimmt!», rief Nico, und augenblicklich wurden die Kinder wieder schneller. Das war auch gut so, denn in der Ferne hörten sie schon wieder die Monster brüllen, die die Felswand gerade eben überwunden hatten.

Am Abend, als die Kinder langsam müde wurden, setzten die Bäume, die sie bis jetzt geworfen hatten, sie an einer Lichtung ab. «Und was sollen wir jetzt machen?», fragte Nico gähnend. «Nico, hast du denn überhaupt keine Angst?», fragte Nina verblüfft. «Warum sollte ich Angst haben? Wir sind in der Natur. Und in der Natur fühle ich mich sicher. Sie ist sozusagen mein zweites Zuhause!», erklärte Nico. «Apropos Zuhause: Ich hab Heimweh! Und ich hab Hunger!», jammerte Luna.

«Na, das eine lässt sich ändern», murmelte Nico, und augenblicklich wuchsen um sie herum Sträucher, Büsche und Bäume mit leckerem Obst und Beeren. «Wow!», staunte Nina, «Ich staune immer wieder über die Vielfalt der Natur! Danke Nico!» – «Gern geschehen! Aber jetzt essen wir mal!», antwortete dieser grinsend.

Nachdem sie gegessen hatten, kletterte Nico wieder auf einen Baum, dessen Äste scheinbar zufällig mit denen des Nachbarbaumes verwoben waren und eine Art Hängematte bildeten. «Wow! Kannst du das auch für uns machen?», fragte Luna. «Na klar!», antwortete Nico, und schon waren zwei weitere «Hängematten» bereit.

Als es immer dunkler wurde, kamen Mücken. Aber so ganz miese kleine Dinger, deren Stiche nicht nur juckten, sondern auch ziemlich wehtaten. Und sie liessen sich nicht einmal verscheuchen! Bald reichte es Luna, und sie löste die Mücken einfach auf. Dafür waren ihr die anderen sehr dankbar, und endlich schliefen alle ein.

Der nächste Tag war wunderschön. Die Sonne schien, doch die Schönheit war trügerisch. An diesem Morgen war etwas Schreckliches passiert! Als die Magic Kids aufwachten, hörten sie von einer Katastrophe. Also, besser gesagt, Nico hörte davon, weil die Bäume es ihm erzählten. Also liessen sich die Kinder von den Bäumen zu einer hoch gelegenen Stelle bringen, um die Katastrophe zu sehen.

Als sie um sich schauten, verschlug es ihnen den Atem; dort wo ihre Heimatstadt gewesen ist, war jetzt nur noch ein Trümmerhaufen! Doch damit nicht genug; überall waren Monster, die in der Natur wüteten, Bäume kaputt machten und alle Leute, die noch am Leben waren, auffrassen.

Die Kinder waren entsetzt. Sie überlegten, was sie jetzt tun könnten, aber es fiel ihnen nichts ein. Es war schrecklich! Sie waren auf einer Art Berg. Langsam sammelten sich die Monster um diesen Berg, um die Kinder zu fressen. Oder auf jeden Fall sah es so aus.

Die drei gerieten in Panik. Was sollten sie tun? Es schien, als gab es keinen Ausweg. Doch dann erschien plötzlich eine Art Tunnel, durch den die Kinder flüchten konnten. Sie hörten die Monster wütend brüllen, aber das war ihnen egal. Sie rannten, so schnell sie konnten, durch den Tunnel und kamen dort, wo ihre Stadt einst gewesen war, wieder hinaus.

Sie hatten keine Ahnung was sie jetzt tun sollten, sie wussten nur, dass sie so schnell wie möglich von diesem Ort wegwollten. Bloss, in welche Richtung? Sie hatten keine Ahnung, wo es noch keine Monster hatte; sie wussten nur, dass aus Osten und Norden ziemlich lautes Monstergebrüll zu hören war.

Also liefen sie nach Westen. Sie hatten keine Ahnung, ob das eine gute Idee war, aber es blieb ihnen nichts anderes übrig, denn auch aus dem Süden kam schon Gebrüll. Schliesslich flüchteten sie sich auf einen hohen Hügel. Sie hofften, dass sie dort einigermassen sicher wären.

Die Monster kamen immer näher. Die Kinder hatten Angst, aber weniger vor den Monstern als vielmehr vor etwas anderem. Nur hatten sie keine Ahnung, wovor sie Angst hatten und warum sie vor den Monstern keine Angst hatten, aber es war Tatsache.

Plötzlich waren die Monster weg. Darüber wunderten sich die Kinder, weil sie wussten, dass ihre Kräfte nicht im Stande waren, so etwas zu tun. «Mir ist nicht sehr wohl dabei... Das ist doch bestimmt eine Falle!», befürchtete Luna. «Mir ist auch nicht wohl dabei, aber was sollen wir tun? Ich meine, wenn wir jetzt ziellos rumrennen, bis wir müde sind, was nützt uns das?», gab Nico zu bedenken.

Schliesslich entschieden sie, dass es wohl das Beste wäre, wenn sie sich zuerst mal ausruhen und dann weitersahen. Es kam ihnen ein bisschen komisch vor, denn sie hatten gerade erst zu Mittag gegessen und niemand von ihnen hielt normalerweise ein Mittagsschläfchen. Aber sie waren so müde...

Monster

Als Luna aufwachte, fühlte sie sich überhaupt nicht wohl in ihrer Haut. Sie versuchte sich zu bewegen, aber sie war gefesselt! Dann fiel es ihr wieder ein; sie hatten gerade zu Mittag gegessen, als sie plötzlich ganz schläfrig wurden. Vermutlich hatten die Monster einen Zauber ausgelöst, damit sie langsam einschliefen. Natürlich! Das war's! Aber wo war sie jetzt?

Plötzlich kam ihr eine schreckliche Erkenntnis: Sie war von den Monstern gefangen worden! Und nicht nur sie: Direkt neben sich sah sie Nina, die auch gerade aufwachte. «Wo bin ich?», fragte Nina ganz benommen. Dann schien sie zu bemerken, wo sie war, denn sie wurde blass und sah sich verängstigt um. Nico hingegen schlief weiterhin, denn man konnte ihn nicht mit einer ‚kleinen Entführung' aufwecken. Schliesslich wachte er aber von selbst auf und wunderte sich, wo er war. «Wir sind in einem Monsterlager, falls du das noch nicht bemerkt hast», antwortete Luna entnervt. Danach sah sie sich um.

Überall um sie herum waren schauerliche Monster. Nico war wütend und behauptete, Luna habe ihn geweckt. (Das stimmte zwar nicht, aber Nico war eben sauer, weil Luna so getan hatte, als wäre er dumm. *Wir sind in einem Monsterlager, falls du das noch nicht bemerkt hast.* Er war eben gerade erst aufgewacht!) Luna hingegen meinte, dass Nico ja sowieso nicht zu wecken war, wenn er schlief. Beide waren kurz davor wieder zu streiten. «Hey Leute! Wir haben ein Problem, schon vergessen?», ermahnte sie Nina. Augenblicklich waren die zwei Streithähne wieder still.

Dann kamen nervige Fliegen. Luna war so genervt, dass sie versuchte, die Fliegen aufzulösen. Das schaffte sie jedoch nicht. Ihr war sehr mulmig zumute. «Das liegt vermutlich an den blöden

Handschuhen!», vermutete Nico grummelnd. «Was für Handschuhe?», fragte Luna erschrocken.

Dann bemerkte sie es selbst. Alle drei Kinder hatten Handschuhe aus kleinen Kettenringchen an, die sie offensichtlich daran hinderten, ihre Fähigkeiten zu benutzen. Luna war entsetzt, aber sie fragte sich gleichzeitig auch, warum die Monster sie nicht umgebracht hatten. Darauf sollte sie jedoch sowieso gleich eine Antwort kriegen. Denn plötzlich fingen die Monster an zu streiten. Sie stritten darüber, ob sie die Kinder wie befohlen zum Chef bringen sollten, oder ob sie sie nicht auch gleich auffressen könnten.

«Igitt, ich will nicht zum Monsterchef!», jammerte Luna und schauderte. «Willst du lieber aufgefressen werden?», fragte Nina, aber auch ihr schauderte sichtbar bei dem Gedanken an einen Monsterchef. «Was meinst übrigens du dazu, Nico?» – «Ich meine, dass ich diesen Monsterangriff gern überleben würde» – «Jaah, aber würdest du lieber aufgefressen, oder vor den Monsterchef gebracht werden?» – «Egal, das mit der grössten Überlebenschance!» – «Du bist unmöglich! Echt!» – «Das weiss ich selber! Aber wir können ja eh nicht selber entscheiden! Übrigens, Nina, warum hast du heute so schlechte Laune?» – «Ich habe zu wenig und schlecht geschlafen!» – «Aha. Kann man so schlechte Laune bekommen, wenn man zu wenig geschlafen hat?»

Nico war eben meistens gut gelaunt, auch wenn er manchmal etwas aufbrausend war und dauernd mit Luna aneinandergeriet. Dann war er natürlich *nicht* gut gelaunt. Er hatte auch immer genug Schlaf. Er konnte gar nicht verstehen, wie man in der Natur schlecht gelaunt sein konnte (ausserdem hatte er die Monster schon wieder fast vergessen). Nico hatte auch Glück, denn wenn er schlief, war er nicht wach zu kriegen. Er wachte erst auf, wenn er genug geschlafen hatte. Das war in vielen Situationen mühsam, zum Beispiel, wenn er in die Schule musste, oder eben jetzt, wenn die Monster näherkamen.

Jetzt wurden aber alle wieder daran erinnert, dass sie nicht allein waren. Die Monster schienen sich geeinigt zu haben und packten die Kinder unsanft an den Armen und zerrten sie zu einer halbwegs versteckten Lichtung.

Da lag der Monsterboss, dick und fett, auf einer Mischung aus Thron und Bett. Nico kicherte. «Nico, das ist kein Witz, sondern bitterer Ernst!», zischte ihm Luna wütend zu. «Aber er sieht aus wie Jabba!» «Na und? Es ist nicht lustig!», zischte Luna noch wütender. «Äh, Leute... ich glaube das ist der falsche Ort zum Streiten!», ermahnte sie Nina.

«Ach ja, stimmt! Jabba hat schlechte Laune» – «Nico vielleicht solltest du ein bisschen Respekt zeigen» – «Respekt? Haben die Star Wars-Heinis jemals vor Jabba Respekt gezeigt? Nein!» – «Du solltest das wirklich ernster nehmen, ver–» – «Hey, ich kann nichts dafür, dass du schlecht geschlafen hast!», erinnerte sie Nico.

Grummelnd wandte sich Nina ab. «Jabba» – ähh, der Monsterboss – hatte sich inzwischen bei seinen Monstern über die Kinder informiert. «Ihr also magisch fähick?» – «Was fragt er?», fragte Luna. «Ich glaube, er fragt, ob wir wirklich magische Fähigkeiten haben», antwortete Nina. Die Kinder nickten. «Jabba» schien zufrieden. «Ihr magisch fähick. Ihr dumm?» Kopfschütteln. «Test. Test machen. Aber zuerst noch ande mach.» – «Der redet ja total unverständlich!», murrte Nico.

«Jabba» befahl etwas Unverständliches. Die Monster packten die Kinder und schleiften sie weg, zu ein paar Bäumen in der Nähe. «Was machen wir jetzt?», jammerte Nina. «Keine Ahnung», antwortete Luna genauso niedergeschlagen. Nico schien nicht weniger bedrückt.

Dann – nach zwei, drei Stunden – passierte plötzlich etwas Seltsames: die Monster fingen an zu brüllen, und manche bäumten sich auf. «Was haben die denn?», fragte Nico erschrocken. «Vielleicht sind Feinde in der Nähe», vermutete Luna.

«Ja, das könnte sein», stimmte Nina ihr zu. «Es tönt auf jeden Fall gar nicht gut!», murmelte Nico. «Ich hab Angst!» – «Ich dachte, du hast in der Natur keine Angst, sie sei wie dein zweites Zuhause?», fragte Nina verwundert. «Ja, aber die Monster bringen alles durcheinander! Sie machen die Natur kaputt, fressen Menschen, und so weiter. Anders kann ich mir das mit der Angst nicht erklären!», jammerte Nico leise.

«Hey Nico, was ist los? Bist du krank?», fragte Nina besorgt. «Die Monster machen die Natur kaputt. Normalerweise erträgt mein Körper das. Aber jetzt ist nichts normal! Die blöden Monster! Was haben die eigentlich hier zu suchen? Tauchen einfach auf, machen alles kaputt und fressen Menschen, als ob das selbstverständlich wäre!», grummelte Nico und seine Stimme, die einen trotzigen Ton angenommen hatte, klang schon wieder viel kräftiger.

Luna musste schmunzeln bei dem Gedanken, dass sich aufregen ihm offenbar guttat. Bei den meisten Menschen war es nämlich andersherum. Aber Nico war ja auch nicht normal. Luna war das übrigens auch nicht, und das wusste sie auch. Nur zeigte sie das nicht so stark wie Nico. Und Nina war auch nicht normal. Keines der Magic Kids war normal, aber bei Nico merkte man das wohl am schnellsten und am besten. Na, das war aber auch typisch!

Luna dachte nach. Die Monster schienen nicht mit vielen Gegnern zu rechnen. Eher mit einem, der dafür sehr stark war. Woher sie das wusste? Das hätte sie auch gern gewusst. Konnte sie Gedanken lesen? Sie überlegte, was die Monster wohl vorhaben könnten.

Plötzlich hatte Luna eine Idee: Egal, was die Monster planten, sie waren abgelenkt und würden es wohl weniger bemerken, wenn die Kinder abhauen würden. Ausserdem dachte Luna, dass sie sich dann vielleicht irgendwo in der Natur verstecken könnten.

Sie drehte sich gerade zu den anderen um, um ihnen ihren Plan zu erklären, als ihr noch eine Idee kam: was, wenn… – nein! Das konnte nicht sein! Oder doch? Egal, sie drehte sich zu den anderen um und erzählte ihnen, was sie vorhatte.

Die anderen waren wenig überzeugt, aber sie hatten auch keine bessere Idee. Also warteten sie. Es kam ihnen wie eine Ewigkeit vor, aber irgendwann schienen die Monster bereit zum Kampf. Lunas Verdacht von vorher – der, den sie nicht glauben konnte – verhärtete sich mit jeder Sekunde.

Ja, die Monster bereiteten sich vor, nur – sie waren offenbar diejenigen, welche angriffen. Allerdings schienen sie mit keinem Fussmarsch zu rechnen, obwohl meilenweit keine Feinde waren. Alle Monster waren schwer beladen, und damit konnten sie schlecht laufen.

Eines der Monster brüllte ganz laut, und alle setzten sich in Bewegung. Luna hatte es bis zum letzten Augenblick nicht glauben können, aber die Monster gingen tatsächlich auf den Monsterboss los. Und sie waren schnell. Der Monsterboss, der offenbar nicht mit einer Monsterrebellion gerechnet hatte, konnte ihnen nichts entgegensetzen.

«Jabba» brüllte und fluchte, aber es sah gar nicht gut aus. die Monster stürzten sich auf ihn und er konnte dem ersten Angriff nur mit Müh und Not standhalten. Er sah plötzlich panisch aus. Ja, damit hatte er bestimmt nicht gerechnet! Er sah, dass er den Ungeheuern nicht allzu lange Widerstand leisten konnte, aber er griff sie an. Er war offenbar durch den Schreck wahnsinnig geworden.

Währenddessen versuchten die Kinder, sich zu befreien. Es war sehr schwierig, und wenn die Monster aufgepasst hätten, hätten sie es bestimmt nicht geschafft. Aber die Monster passten ja nicht auf. Sie waren zu sehr damit beschäftigt, mit «Jabba» zu kämpfen.

«Sehr schön!», flüsterte Nico, «Jetzt reissen sie sich gegenseitig in Stücke, und wir haben Zeit, uns zu befreien» Sie versuchten, die Fesseln zu lösen, aber es funktioniert nicht. Da kam Luna ein Gedanke: «Natürlich!», sie wollte sich mit der Hand an die Stirn schlagen, aber ihre Hände waren ja gefesselt, «Wir müssen zuerst die Handschuhe loswerden! Sonst schaffen wir das nie! Also, hat irgendjemand eine Idee, wie wir diese Handschuhe loswerden?»

«Nee, leider nicht», murmelte Nina bedrückt. Nico sah sich währenddessen aufmerksam Ninas Hände an. Luna fragte sich, was das wohl sollte. «Was machst du denn da?» – «Ich sehe mir die Handschuhe an, und überlege, ob und wie man diese ausziehen kann. Nur hab ich keinen blassen Schimmer wie!», seufzte Nico.

«Lass mich mal sehen», grummelte Luna genervt. «Ich glaub, ich weiss, wie», murmelte Nina düster, «Gar nicht!» Nico stieg währenddessen rückwärts über seine Hände und holte sie so nach vorne. «Wenn wir schon mit gefesselten Händen rennen müssen, dann will ich sie wenigstens vorne haben», erklärte er unzufrieden, «denn sonst fall ich hundertprozentig auf die Fr – ähh Schnauze – und kann dann nicht mehr aufstehen»

«Ich weiss, was du vorher sagen wolltest», begann Luna drohend, «und das ist echt nicht schön! Und *Schnauze* ist auch nicht viel besser.» – «Wie gut, dass wir alle Zeit der Welt haben, um uns darüber zu streiten», bemerkte Nico sarkastisch, «Wir sind ja nicht von kämpfenden Monstern umringt und wollen nicht lebendig rauskommen, vom Flüchten ganz zu schweigen!»

Luna grummelte Verwünschungen, aber leider hatte Nico Recht. Und ausserdem wurde der Kampf immer schlimmer, die Monster rissen aneinander, Blut spritzte, und Felsbrocken flogen durch die Gegend. Die Kinder mussten aufpassen, dass sie nicht umgebracht wurden.

Also holte Luna auch ihre Hände nach vorne. Nina hatte das während des kurzen Streits gemacht. Dann rannten sie los. Zwei Monster bemerkten die Flucht der Kinder, aber diese schafften es irgendwie, die Monster zu verwunden. Dann rannten sie weiter. Sie rannten, so schnell sie konnten und so leise sie konnten, doch es half nichts. Nina stolperte über eine Wurzel und fiel hin. Leise fluchend rappelte sie sich wieder auf.

Die Kinder rannten, so schnell sie konnten, weiter, aber sie hörten die Monster wütend hinter sich brüllen, allerdings schienen diese nicht sicher zu sein, was sie zuerst tun sollten: die Kinder einfangen, oder «Jabba» umbringen. Denn der war erstaunlicherweise immer noch am Leben.

Sie entschieden sich offenbar dafür, zuerst die Kinder einzufangen, denn als diese hinter sich schauten, sahen sie, wie die Monster immer näherkamen. Offenbar liessen sie ein paar Wachen zurück, die «Jabba» bewachen sollten. Darunter erkannten die Kinder auch die zwei, die sie verwundet hatten. Allerdings hatten sie momentan echt grössere Probleme!

Die Monster kamen immer näher. Die Kinder rannten wild durch den Wald, verloren sich fast, fanden einander wieder und merkten, dass die Bestien nur noch etwa zehn Meter hinter ihnen waren und rasch aufholten. Also sprangen sie ins Gebüsch und versteckten sich dort.

Die gemeinen Ungeheuer kamen immer näher. Noch fünf Meter, noch vier, noch drei, noch zwei, noch einen... und sie waren da! Dann fingen sie an zu suchen. Eines kam geradewegs in ihre Richtung! Sie wagten nicht, sich zu bewegen und hatten schreckliche Angst.

Dann – gerade, als sie dachten, das Monster würde es sich doch anders überlegen – sprang dieses fiese Ungetüm auf sie zu. Es packte Nina an den Beinen und trug sie zu den anderen Monstern. Diese wollten Nina fressen, doch dann fiel dem Vieh, das sie festhielt, ein Stein auf den Kopf.

Luna sah erstaunt zu Nico hinüber, der sich gerade den zweiten Handschuh auszog. Wie hatte er das denn geschafft? Jetzt sprang Nina zu ihnen. Gerade, als die Monster zum Sprung ansetzten, um sie alle zu vernichten, spürten sie plötzlich einen Sog und merkten, dass sich irgendwas um sie herum veränderte. Nur... was?

Allen drei kam gleichzeitig eine Erkenntnis: «Jabba» wurde in diesem Moment umgebracht! Sie hörten seine Stimme: «Test bestehen. Dann zurück. Wenn Test nicht bestanden, ihr alle qualvoll sterben! Hahaha!» Nach langem, unverständlichem Fluchen war er endlich tot. Die Monster hatten ihn offenbar gekillt. Kein Wunder, so fett wie der war! Da konnte er sich ja wohl kaum verteidigen.

Luna und Nina merkten, wie sich auch ihre Fesseln lösten. Dann wurde alles Schwarz und sie sahen, spürten und hörten erst einmal überhaupt nichts mehr.

Nullilula

Sie landeten in einer Art Wald. Rund um sie herum waren Bäume. Sie hatten den Eindruck, als ob der Wald uralt wäre. Das war er wahrscheinlich auch. Die Bäume um sie herum waren knorrig und unglaublich dick. Auf dem Boden lag noch immer Laub, vermutlich vom letzten Herbst. Massenhaft Laub! Sanftes, grünes Licht fiel durch das dichte Blätterdach. Es war zauberhaft, aber auch verwirrend.

Sie spürten, dass sie in einer anderen Welt waren, in einer anderen Zeit. Es fühlte sich einfach anders an. Älter und doch neuer. Eine Mischung aus futuristischer Technik und altmodischer Lebensweise. Es war verwirrend. Aber das Verwirrendste war definitiv, dass sie das überhaupt wussten. Das war doch verrückt!

«Oh nein, jetzt sind wir irgendwo und nicht mal in unserer Welt!», jammerte Luna, «Warum musste das ausgerechnet uns passieren?» – «Weil wir die einzigen noch lebenden Menschen in der Gegend waren und weil wir magische Fähigkeiten haben», vermutete Nico. «Ja, aber warum muss es ausgerechnet uns erwischen?», fragte Luna verzweifelt, «Ich meine, wir habe doch niemandem etwas getan!»

«Ich sehe diese Fähigkeiten eher als Segen, denn als Fluch. Warum findest du das so schlimm?», fragte Nico. «Es ist einfach… oje! Ich weiss auch nicht, warum, aber ich empfinde das hier als Strafe, die wir nicht verdient hätten», seufzte sie. «Ich finde es auch überhaupt nicht toll, aber was sollen wir machen? Wenn wir uns jetzt über diese Welt aufregen, bevor wir sie kennen, was bringt uns das? Schauen wir doch erst mal, wo wir sind», schlug Nico vor.

«Okay», seufzte Luna. Nina sah sich um. Wo konnten sie nur sein? Es war ein Wald. Aber wo? Darauf wusste niemand eine

Antwort. «Komisch. Hier kommt es mir überhaupt nicht bekannt vor!», bemerkte Nico überrascht. «Warum sollte es *dir* hier bekannt vorkommen?», fragte Luna verwirrt.

«Normalerweise hab ich das Gefühl, den Ort zu kennen, deshalb weiss ich in der Natur auch immer, wo Nord, Ost, Süd und West sind, und wo wir hingehen müssen. Dieses Gefühl hab ich hier nicht. Es fühlt sich so an, als hätte ich mich in der Natur verlaufen.»

«Hast du das denn nicht? Dich in der Natur verlaufen? Oh Mann, immer wenn man deinen Richtungssinn braucht, ist er nicht da! Tz–tz–tz», warf ihm Luna genervt vor. «He! Ich kann doch nichts dafür!», verteidigte sich Nico. «Oh, nein, du kannst natürlich nichts dafür! Ich bin ja auch nicht das schönste Mädchen auf der Welt und hab auch nicht den ersten Preis bei jeder Modenschau gewonnen!», zickte Luna gespielt. Das hatte zwar nichts mit der Situation zu tun, aber sie zog Nico halt gern auf. Luna fand sich übrigens nicht schön. Sie wollte nur Nico irgendwie ärgern.

«Aber es ist schon so und du kannst es auch nicht bestreiten! Jetzt, wo wir sie am meisten brauchen, hast du deine Fähigkeit, den Ort zu bestimmen, verloren. So können wir dich überhaupt nicht brauchen!», fügte sie ironisch hinzu.

«Oh, ich hasse dich! Du bist das gemeinste und hässlichste Mädchen der Welt», gab Nico ironisch zurück. Luna zog eine gespielte Schnute und Nina musste lachen. Die zwei anderen sahen sie verwundert an. «Ihr kennt doch Star Gags, diese Star Wars Fails, oder?» – «Ja» – «Natürlich!» – «Gut. Das vorhin, das *Oh, ich hasse dich!* hat gerade so geklungen, wie *Anakin* (Hayden Christensen), der statt *I HATE YOU!!!* zu schreien, sagt: *oh, I hate you.* Es klang nicht sehr überzeugend.» – «Aha. Ja, das ist lustig!», kicherte Nico. Dann fingen sie an, über Star Wars zu diskutieren.

Schliesslich kamen sie auf eine Lichtung. Nico stockte der Atem, Nina erstarrte und Luna fiel beinahe in Ohnmacht. Auf der Lichtung standen zwei junge Männer, von denen einer Anakin Skywalker recht ähnlich sah, und schienen zu streiten. Sie strahlten eine Art magische Aura aus, und das und die Tatsache, dass einer Anakin ähnlich sah, wo sie doch gerade über Star Wars geredet hatten, verursachte das Staunen der Kinder. Nico fand als Erster die Sprache wieder.

«Über was die wohl streiten?» – «Keine Ahnung», antwortete Nina. «Luna hat's die Sprache verschlagen, und ich weiss auch, warum; dieser junge Mann ist *noch* hübscher als Ani im Film!», bemerkte Nico grinsend und rannte dann vor Luna davon, die ganz rot geworden war. «Siehst du, Nina, es stimmt! Sonst wäre sie ja nicht so rot! Hey, Luna! Willst du nicht lieber mit *Anakin*, oder wer immer das ist, reden, anstatt mich durch den Wald zu jagen? Diese Gelegenheit kriegst du wahrscheinlich nie wieder!»

Währenddessen hatten die beiden Männer aufgehört zu streiten und schauten sich um. «Wer schreit denn da so rum? Und was ist mit diesem Anakin?» – «Äh, also… das sind meine Freunde, die da so rumschreien… also besser nur Nico, Luna schreit nicht rum… noch nicht… und ähhm… Anakin Skywalker aus Star War ist gemeint… das sind Geschichten aus unserer Welt… also eigentlich nicht… ach, egal…», antwortete Nina verlegen, der die Sache ein bisschen peinlich war.

In dem Moment kam Nico auf die Lichtung gestolpert, dicht gefolgt von Luna. Beide erstarrten, als alle Gesichter ihnen zugewandt wurden. «Hallo, zusammen. Und, habt ihr euch gut unterhalten?», fragte Nico und flüsterte Luna zu: «Wenn du mich jetzt verhauen willst, hinterlässt du einen ganz schlechten Eindruck bei deinem Schwarm!» Luna starrte Nico wütend an, wollte aber ihre Streitereien offenbar nicht vor den anderen austragen.

Nina, die gehört hatte, was Nico Luna zugeflüstert hatte, verdrehte die Augen. Dass die zwei sich aber auch nie vertragen konnten! Sie waren gerade in einer Zauberwelt und standen vor wildfremden Personen – von denen einer Luna sehr wahrscheinlich gefiel – und ihr erster Eindruck auf die Männer war, dass sie unberechenbare Streithähne sind. Super gemacht! Bravo!

Jetzt meldete sich «Anakin» zu Wort: «Also, wer seid ihr nochmal?» – «Ich heisse Nico, und wir kommen aus einer Welt mit Monstern…» – «… die uns gerade eben durch ein Portal in diese Welt befördert haben. Ich bin Nina», unterbrach Nina, «Wer seid ihr?» – «Ich bin Jakob», antwortete einer, offensichtlich der Ältere von den beiden, «Und mein Freund hier ist William.» Er deutete auf den, der aussah wie Anakin. «Genau», bekräftigte William, «Und wie heisst du?», fragte er Luna. Nina fing Nicos Blick auf, der so viel bedeutete wie *Uuuuuuuuuuuu! Wenn sie jetzt nicht normal antwortet, ist sie sowas von verknallt!* Sie nickte.

«Ich äh… ich… ich… ich heisse ähh… ich heisse… Lu… Lu… Luna», stotterte Luna. Nico kicherte, und auch Nina musste sich zusammennehmen. Gleichzeitig dachte sie auch mal wieder, was Nico doch für ein nerviges, unverschämtes Kind war. Das hier war Ernst! Luna war knallrot geworden, und Jakob fragte: «Was hat sie denn?» – «Ach, sie ist manchmal etwas… seltsam», antwortete Nico, «Das ist nichts, worüber man sich Sorgen machen muss.»

«Ihr behauptet, ihr kämt aus einer Welt mit Monstern. Wie meint ihr das?», fragte William. «So, wie wir es gesagt haben», antwortete Nico leicht genervt. «Eine ganz normale Welt – bis die Monster kamen, die uns alle umbringen wollten! Weil sie einfach blöd sind! Blöde Idioten!» – «Wisst ihr was? Ihr scheint durcheinander zu sein, und gleich zieht ein Gewitter auf. Kommt doch rein! Dann besprechen wir, was wir machen», unterbrach Jakob. «Rein?», fragte Nina, während sie sich umsah. Nirgends war etwas, wo man hinein gehen konnte. «Ja, hier ist ein Portal. Kommt, einfach mir nach!» Während die Kinder durch das Portal gingen, überlegten sie, wo sie wohl rauskommen würden.

«Wow, Wahnsinn! Was ist das für eine Stadt?», fragte Nico, während er sich umsah. «Das ist Nullilula», antwortete Jakob, «aber kommt mit, bevor wir nass werden!» In diesem Moment fing es an zu regnen. «Na toll, jetzt ist es schon zu spät! Machen wir, dass wir wegkommen! Sonst erkälten wir uns noch. Nur... wo gehen wir hin?», fragte sich Jakob. «Wir könnten ins Goldsuchthaus gehen», schlug William vor.

«Goldsuchthaus?», fragte Nina leicht amüsiert. «Das ist einer von den wenigen Orten, wo Fremde nicht gleich bedrängt werden», erklärte William. «Oh ja, das wär gut!», grummelte Nico düster, was gar nicht zu ihm passte, «Ich hab nämlich überhaupt keine Lust, bedrängt zu werden.»

Also gingen sie ins Goldsuchthaus, das vermutlich so hiess, weil fast alles darin golden war. Es war so gut wie leer. Das gefiel den Kindern, sie waren sehr erleichtert. William zeigte ihnen eine Ecke, wo ein gemütliches Sofa stand. Es war eine ruhige, fast versteckte Ecke, die den Kindern zusagte, vor allem, weil sie dann von eventuellen anderen Besuchern nicht gleich entdeckt wurden. Sie setzten sich also auf das bequeme Sofa.

Als sie dort sassen und darauf warteten, dass der Regen aufhörte, begannen die Kinder, über verschiedene Bücher-Kategorien zu fachsimpeln: «Was für Bücher-Kategorien mögt ihr am liebsten? Ich mag Krimis am liebsten.», begann Nina das Gespräch. «Fantasy», antwortete Nico. «Fantasy? Hahaha! Das ist was für Babys! Man braucht etwas Realistisches!» – «Was denn, Luna? Etwa Liebesgeschichten?», höhnte Nico. «Ich hab mal gesehen, was du liest: Hot Kiss» Er tat so, als müsse er sich übergeben und auch Nina fand das recht kitschig und nicht nach ihrem Geschmack, aber jeder hat seinen eigenen Geschmack.

Luna und Nico aber schien das egal zu sein. Sie stritten sich lauthals. «Apropos realistisch: Mir kommt dieses Abenteuer sehr wie eine Fantasygeschichte vor!» – «Wenn ihr so laut weiterstreitet, nützt uns dieses *Versteck* auch nichts! Dann bemerken uns die anderen Leute sowieso!», schimpfte Nina, aber die anderen hörten nicht zu, sie waren zu beschäftigt, sich zu streiten.

Luna gab Nico eine Ohrfeige, und Nico schubste sie von der Bank. Luna stand wieder auf, und Nico verschwand unter dem Tisch. Nina stand besorgt auf und brachte sich in Sicherheit, denn jetzt löste Luna den Tisch auf. Doch bevor sie zuschlagen konnte, wickelten sich starke Ranken um ihre Füsse und brachten sie zu Fall. Die Ranken fingen an, sich um Luna zu wickeln, aber Luna schrie wütend auf, und löste die Ranken auf.

«AUFHÖREN!!!» schrie Nina aus voller Kehle. Die beiden Streithähne hielten inne und sahen Nina an. Dann fingen sie an, sich zu rechtfertigen und sich gegenseitig zu beschuldigen. Nina hörte zu, aber dann machte sie einen Fehler: sie ergriff Partei. Sie wusste danach nicht einmal genau, warum, aber sie fing an, Luna recht zu geben. Nico merkte es sofort.

«Du bist jetzt also auch gegen mich», bemerkte er erstaunlich ruhig. «Luna hat recht!», rief Nina, «Du bist ein vorlautes, nerviges Baby!» Luna war ein bisschen überrascht, aber dann ergriff sie die Chance. «Siehst du, ich hab recht! Ich hatte immer recht! Wir brauchen dich nicht, du nervst nur!»

Nico starrte sie fassungslos und rasend vor Wut an und schien sich zu fragen, womit er das verdient hatte. «Jetzt glotz nicht so blöd!», fuhr ihn Nina an und Luna doppelte nach: «Womit du das verdient hast? Frag dich selber! Oder bist du zu dumm dafür?»

«Wenn ihr mich tatsächlich nicht braucht, dann werdet ihr hier vielleicht glücklich! Ich brauche euch auch nicht!» brüllte Nico, dann brach er in Tränen aus und rannte davon, in den strömen-

40

den Regen. Nina sah zu, wie er davonrannte, wie sich der Regen teilte und Nico durchliess, ohne dass er nass wurde.

Sie war erleichtert. Nun hatte sie das Gefühl, dass sie sicher waren. Zwar konnte sie sich dieses Gefühl nicht erklären, aber sie war sicher, dass es wahr war. Auf irgendeine Art und Weise wäre Nico ihnen gefährlich geworden. Ganz sicher! Sie war ganz sicher, dass sie recht hatte.

Als der Regen aufgehört hatte, gingen sie hinaus in die Stadt, und Jakob zeigte ihnen tolle Läden, wo sie shoppen gehen konnten. Sie hatten plötzlich Geld in den Tasche, aber sie fragten sich nicht, warum. Sie gingen also shoppen...

Sie entdeckten die unterschiedlichsten Läden, allesamt voll mit irgendwelchem Ramsch (Make-up, Handtaschen, Haarzubehör, usw.) Sie gingen hinein, kauften gefühlt hunderttausend Sachen, plapperten mit dem Verkäufer und gingen weiter zum nächsten Laden. So verbrachten sie den Nachmittag.

Am Abend kamen sie schwerbepackt mit allem möglichen Blödsinn, den sie nicht brauchten, zum Goldsuchthaus zurück. Sie hatten Kleider, Schuhe, Handtaschen, Make-up und anderen mädchenhaften Kram ohne Ende gekauft. Sie präsentierten stolz ihre Errungenschaften, Jakob und William staunten und lobten ihren hervorragenden Geschmack, dann zeigten sie ihnen ihre Zimmer. Zufrieden legte sich Nina ins Bett und schlief ein.

Aber am nächsten Morgen fragte sie sich langsam, was in sie gefahren war. Sie hatte keine Ahnung, warum sie das getan hatte, warum sie Partei ergriffen hatte, und erst recht nicht, was dieses blöde falsche Gefühl sollte. Warum hatte sie das geglaubt?

Als sie Luna sah, erklärte sie ihr, was sie dachte. Zu ihrem Schreck war Luna felsenfest davon überzeugt, dass sie das Richtige getan hatten. Nina dachte: *Na gut, sie ist noch sauer auf Nico. Herrje. Aber ich kann sie bestimmt zur Vernunft bringen.*

Allerdings konnte sie das nicht. Luna wurde zickig und behauptete, Nina nehme Nico in Schutz, obwohl das gar nicht nötig war, und sie habe doch selber und überhaupt…

Dann kamen Jakob und William und hörten ihnen, ohne dass die Mädchen es bemerkten, eine Weile zu. Dann mischte sich William ein: «Komm doch mal mit Nina, dann können wir das bestimmt klären.» Weil Nina nicht wusste, was sie sonst tun sollte, folgte sie William in ein grosses, luxuriöses Gebäude, in der Mitte der Stadt.

«Warte bitte hier», bat William, «ich spreche kurz mit unserem Chef» Nina setzte sich auf ein Samtsofa. Das Sofa war bequem, aber sie fühlte sich überhaupt nicht wohl in ihrer Haut. Sie wusste natürlich, dass sich Lauschen nicht gehört, aber sie konnte einfach nicht anders. Sie lauschte also an der Tür:

«… bei Luna sollte es noch eine Weile halten, aber ich wusste von Anfang an, dass es bei Nina nicht lange halten wird», hörte sie William sagen. «Warum denn nicht? Lassen deine Kräfte nach?», fragte eine andere Stimme, beinahe angriffslustig. «Nein», erklärte William ruhig, «aber Nina kann selbst auch Leute verwirren, und normalerweise verträgt sie sich mit dem Jungen recht gut, während Luna und er öfters Streit haben. Ich hab gestern Luna ausgefragt, und sie hat mir das und einige andere nützliche Dinge gesagt.»

«Okay», begann die andere Stimme, «Nina steht also nicht mehr unter deinem Zauber. Na, das ist halb so schlimm. Die Hauptsache ist, dass der Junge aus dem Weg ist. Und das ist er! Heulend weggerannt, sagst du? Was für ein Baby! Hahaha! Damit Nina Luna nicht beeinflusst, müssen wir also nur noch Nina aus dem Verkehr ziehen. Das wird leicht. Wir sperren sie erst ein, dann kommt sie mit Luna – in zwei Wochen, wenn der Zauber nämlich sehr wahrscheinlich auch bei ihr nachlässt – in unser *Erziehungsheim*, und dann überlassen wir sie einen Monat den Pflegerinnen dort. Dann sind sie bereit für unser Ritual. So, und jetzt gehen wir Nina holen.»

Nina war entsetzt. Sie versteckte sich, so schnell sie konnte, allerdings gab es nicht sonderlich viele Möglichkeiten. Sie versteckte sich unter dem Sofa und hoffte, dass die zwei Männer sie nicht entdecken würden. Sie wusste genau, dass sie William nicht verwirren konnte, aber sie hoffte, dass sie wenigstens den anderen irritieren könnte.

Dieser entdeckte sie tatsächlich, aber Nina war schlau und schnell: sie verwirrte ihn, so dass er ganz normal aufstand, noch an einem anderen Ort nachsah (im Schrank) und dann zum Fenster rannte, um sich dort hinauszustürzen. William fluchte und warf ein komisches Ding auf den Schrank. Mit Schaudern stellte Nina fest, dass es eine Lähmungskugel war. Wenn sie wirklich im Schrank gewesen wäre, wäre sie jetzt eine Stunde lang gelähmt!

Zum Glück war sie ja nicht im Schrank. Während William den Chef davon abhielt, sich aus dem Fenster zu stürzen und die Verwirrung aufhob, rannte Nina so leise wie möglich in das Zimmer, aus dem die beiden Herrschaften vorher gekommen waren. Dort versteckte sie sich unter dem Schreibtisch.

Währenddessen hatte William den Chef wieder zur Vernunft gebracht. Dem Fluchen entnahm sie, dass William schon entdeckt hatte, dass sie nicht im Schrank war. Sie hoffte, dass die beiden Männer irgendwo anders suchen würden, aber sie wurde enttäuscht.

William kam ins Zimmer und sah sich um. Nina verhielt sich ganz still. Sie wagte nicht, sich zu bewegen oder auch nur zu atmen. William durchsuchte das ganze Zimmer und kam langsam auf sie zu. Als er vor dem Schreibtisch stand und sich gerade bücken wollte, sah Nina nur noch einen Ausweg; sie kickte ihm mit aller Kraft ins Schienbein, sprang auf und rannte davon.

William schrie auf und brüllte nach den Wachen, aber Nina war schnell. Bevor William oder die Wachen irgendetwas tun konnten, rannte Nina auf die Strasse und bahnte sich einen Weg durch die Menge. Sie hörte William hinter sich herumschreien und den Leuten Befehle erteilen, aber das war ihr momentan egal.

Während sie rannte, bemerkte sie einige Details, wie zum Beispiel, dass sie keine einzige Frau sah. Das beunruhigte sie sehr und verstärkte ihren Verdacht, was hier lief. Wenn das wirklich stimmte, war sie verloren! Sie musste ganz schnell weg von hier!

Dann – als sie schon dachte, sie schaffe es – stiess sie mit Luna zusammen. Luna hielt sie fest. «Luna, lass mich los! Luna, komm zur Vernunft! Wir müssen weg hier! Ich weiss, was sie mit uns machen wollen!» – «Ja, Verräterinnen bestrafen, aber mich werden sie ein ruhiges, glückliches Leben führen lassen», antwortete Luna wie in Trance, «ICH HAB SIE!»

«Sehr gut gemacht, Luna!», rief William und kam von weitem auf sie zugerannt. Nina versuchte unterdessen, Luna zur Vernunft zu bringen, aber sie war erschöpft, und Williams Zauber war sehr stark. Gleichzeitig fragte sie sich, wo William eigentlich blieb. Er war nicht so weit weg. Er hätte sie schon längst erreichen müssen. Von ihr aus hätte er sich ja ruhig das Bein brechen können, aber sie wollte auf jeden Fall wissen, wo er war.

Dann merkte sie, dass Luna kreischte. Als sie sich umdrehte, sah sie, dass William verletzt war; ein wunderschöner, aber furchterregender Säbelzahntiger hatte ihn angegriffen. Danach sprang der Säbelzahntiger davon und durch einen wirbelnden blauen Strudel, offenbar das Portal, durch das sie hierhergekommen waren.

Die Wachen stürzten hinterher, aber das Portal wurde immer kleiner. Dann hörte Nina noch, wie jemand – offenbar auf der anderen Seite des Portals – sprach: «… die ewige Sonne und verschliesse dieses Portal für immer» Täuschte sie sich, oder war das tatsächlich Nicos Stimme? Auf jeden Fall brüllten die Wachen los und stürzen sich ins Portal hinein, nur war das Portal nicht mehr da.

Also fielen die Wachen nicht ins Portal, sondern in das dahinter, und das war dummerweise ausgerechnet eine Dornenhecke. Fluchend standen sie wieder auf, zogen sich Dornen aus der Haut und wurden ziemlich rot. Allerdings war nicht klar, ob sie aus Wut rot wurden, oder ob es ihnen einfach peinlich war.

Unterdessen hatten alle das Spektakel mit weit aufgerissenen Augen verfolgt. Nun stürzten Luna und ein paar andere los, um William zu helfen. Nina sah ihre Chance und rannte los. Leider wurde sie um die nächste Ecke schon wieder angehalten, weil die Wachen dort wissen wollten, was da hinten los war. Nina erzählte es ihnen in aller Eile und rannte dann weiter, während die Wachen losstürzten, um William zu helfen. Entweder halfen hier alle immer sofort, wenn irgendwer verletzt war, oder William war eine sehr wichtige Persönlichkeit. Nina ging von Letzterem aus.

Sie rannte weiter. Sie hörte, dass sie verfolgt wurde, aber sie rannte weiter, weiter, weiter. Sie rannte um die Häuser, in eine Sackgasse, durch ein Haus aus der Sackgasse hinaus und durch alle möglichen Gärten, wo die Besitzer hinter ihr her schimpften, dann aber Platz für die Wachen machten.

Plötzlich sah Nina eine Gruppe von mindestens zwanzig jugendlichen Muskelprotzen, die sie fangen wollten, und schöpfte Hoffnung. Sie verwirrte die Jungs, so dass diese die Wachen ablenkten und aufhielten, während Nina weiterrannte und nach einer Möglichkeit suchte, aus Nullilula rauszukommen.

Ninas mulmiges Gefühl wurde immer schlimmer. Sie hatte immer noch keine Frauen gesehen und hatte langsam das Gefühl, dass es hier gar keine Frauen gab. Mit Schrecken wurde ihr klar was, das bedeuten könnte, was diese ungehobelten Männer mit ihnen vorhaben könnten.

Wenn das wirklich wahr war, dann musste sie so schnell wie möglich hier raus. Aber wie? Immerhin hatte Nico oder sonst irgendwer gesagt, dass er das Portal, durch das sie gekommen waren, *für immer verschliesse...* Wie sollte sie denn jetzt entkommen?

Sie war so verzweifelt, dass sie gar nicht bemerkte, dass sie in eine Sackgasse gelaufen war, bis es zu spät war. «Haben wir dich endlich, du dumme Göre! Du bist bei weitem die, die es am schnellsten gemerkt hat und am längsten fortlaufen konnte. Aber jetzt haben wir dich. NEHMT SIE FEST!»

Das Gefängnis war trostlos. Es war ein kalter Raum, nur mit einem Bett, einem WC, einer Art mit Wasser gefülltem Waschbecken zum Händewaschen – offenbar gab es hier kein fliessendes Wasser. Nina hatte in vielen Gärten Brunnen gesehen, aus denen die Leute Wasser schöpften – und einer Tür mit vergittertem Fenster.

Die Wachen waren von William absolut immun gegen Ninas Zauberkräfte gemacht worden und allesamt höchst unfreundlich. Am Morgen, Mittag und Abend wurde jeweils Essen und ein Krug Wasser reingeschoben, sonst lief nichts. Das Essen war Meistens irgendein nicht sehr kreativer Frass. Die Nullilulaner konnten vermutlich nicht kochen, weshalb sie wohl einfach immer «kalt» assen.

Die Gefangene langweilte sich furchtbar und geriet ins Grübeln. Sie fragte sich, was Luna wohl machte, denn obwohl Luna verzaubert war, war Nina trotzdem sehr wütend auf Luna. Langsam fing sie an, zu verstehen, warum Nico immer mit Luna aneinandergeriet. Wenn Luna mal anfing, mit jemandem zu streiten, oder auch nur zu provozieren, war es verdammt schwierig, nichts darauf zu erwidern.

Und sie fragte sich, was Nico wohl machte und wie es ihm ging. Sie konnte noch immer nicht fassen, was sie gestern im Goldsuchthaus getan hatte. Sie und Luna waren beide so gemein gewesen! Auch wenn es an Williams Zauber lag, machte sich Nina Vorwürfe. Das war genau die Art Zauber, die sie selber auch beherrschte, aber sie hatte nicht mal etwas davon gemerkt, geschweige denn sich dagegen wehren können.

William! Der Teufel in Nullilula. Wie konnte so ein gemeiner Kerl überhaupt geboren werden? Und wieder wurde ihr übel, wenn sie daran dachte. Aber – das war einfach nicht in Ordnung! Na, entweder wollten diese Rüpel von Nullilulanern es nicht wahrhaben, oder sie waren einfach zu dumm, um es zu kapieren.

Wie auch immer, Nullilula war gross, voll unanständiger, blöder Männer und – zu allem Übel – auch noch verschlossen, von irgendjemandem. Vielleicht war es Nico gewesen, vielleicht sonst irgendwer. Aber das war momentan eigentlich ziemlich egal genauso, wie es egal war, wie diese Person das Portal verschliessen konnte. Tatsache war, dass die beiden Mädchen ein ziemliches Problem hatten.

Nina sah absolut keine Möglichkeit, hier wieder heil herauszukommen. Wenn sie nur mit Luna hätte sprechen können! Aber Luna war nicht hier. Hier waren nur die Wachen und die wollten überhaupt nicht mit Nina reden. Und Nina hatte nicht einmal ein Buch! Wie sollte sie denn ohne Buch hier durchkommen?

Sie war total verzweifelt. Wenn sie doch bloss irgendetwas hätte tun können!

Wichtige neue Erkenntnis

Nico war verzweifelt. Er war nach dem Streit mit Luna und Nina davongerannt, wusste aber nicht so genau, was er eigentlich machen sollte. Dann war ihm das Portal eingefallen, und er hatte es nach einigem Suchen tatsächlich auch gefunden. Dann war er durch das Portal abgehauen.

Jetzt war er wieder im zauberhaften Wald und erzählte den Tieren, was passiert war. Die Tiere waren sofort gekommen, als er weinend aus dem Portal gestolpert war. Als er fertig war, beschwerten sich die Tiere lauthals, was für eine Gemeinheit das sei und dass Luna und Nina sich gefälligst benehmen sollten.

Allerdings beharrten die Tiere auch darauf, dass er mal eine Runde schlafen sollte. Es war viel passiert für einen Tag, und Nico brauchte dringend Schlaf. Allerdings konnte er nicht schlafen. Es war doch noch Tag, und Nico konnte einfach nicht vergessen, wie gemein die Mädchen gewesen waren.

Dann bot eine Nachtigall an, ihm ein Gutenachtlied vorzusingen. Sie sang über das Entstehen der Welt, darüber, wie die Natur vor vielen hundert Jahren ausgesehen hatte und darüber, wie schön das Leben in der Natur doch war.

Sie war eine begabte Sängerin, das Lied war sehr einschläfernd, und Nico war sowieso schon sehr müde. Schliesslich fielen ihm trotz der schrecklichen Ereignisse und trotz der gemeinen Sachen, die die Mädchen gesagt hatten, die Augen zu.

Als er am nächsten Tag erwachte, war es schon hell. Er merkte, dass er Hunger hatte und zauberte sich deshalb Essen herbei. Es war ein sehr leckeres, vielfältiges Frühstück, auch ohne Pfannkuchen, Rührei und Speck. Viele der Tiere freuten sich und assen mit.

Als sie gerade fertig waren, kam plötzlich ein grosser Tiger durch das Portal geprescht und erzählte, dass er vor den fiesen Männern davongelaufen sei und dass er den Verdacht habe, dass jemand die Mädchen verhext habe. Er erzählte noch einiges von den Sitten des Landes, und Nico bekam langsam Angst. Er konnte sich ungefähr denken, was passiert war, aber wenn das wirklich wahr war, hätte er es lieber nicht gewusst.

Allerdings hatte er jetzt noch etwas anderes zu tun; er musste unbedingt das Portal verschliessen. Der Tiger hatte nämlich gesagt, dass er der Tiger war, den die Nullilulaner für das Ritual benutzen wollten, deshalb würden sie ihn verfolgen. Sie würden sicher bald merken, wo er war, und dann würden sie kommen und ihn holen.

Nico wollte erstens nicht entdeckt werden, und zweitens war er erbost, weil sie den armen Tiger dann zuerst gewaltig misshandeln und dann auch noch umbringen würden. Das durfte er nicht zulassen! Diese blöden Nullilulaner hatten schon genug angerichtet. Sie würden definitiv nicht auch noch den Tiger bekommen! Ganz sicher nicht! Was hatte der Tiger ihnen denn getan? Nichts!

«Also», fragte er die Tiere, «wie kann man dieses Portal verschliessen?» – «Mal überlegen», zwitscherte eine Elster, «ah, ich hab's! Jetzt kann ich mich wieder erinnern; du brauchst dafür das Blut von einem Nullilulaner. Und du brauchst irgendwas, was du ihnen schenken kannst. Ich weiss nicht was, das musst du dir selber ausdenken. Dann musst du dich darauf konzentrieren und dir ganz fest wünschen, dass das Portal zu geht. Und währenddessen musst du sagen:

Ich, (dein Vor- und Nachname) möchte keine Verbindung mehr mit Nullilula haben, nie mehr! Ich habe euer Blut und hoffe, dass es ab jetzt nie mehr hier gesehen wir, mit oder ohne Mensch. Ich schenke euch was auch immer und verschliesse dieses Portal für immer. Auf Nimmerwiedersehen! Merk dir einfach, dass das sehr anstrengend ist und sehr viel Kraft braucht. Sehr wahrscheinlich wird es sich nie wieder öffnen. Also überleg es dir gut»

«Okay», murmelte Nico, «ja, ich will es eigentlich schon machen. Nur haben wir zwei Probleme. Erstens: wir haben kein Nullilula–Blut. Zweitens...» – «Das Blut kann ich besorgen», warf eine Säbelzahntigerdame ein. «Ich hab eh noch eine Rechnung mit William zu begleichen. Er hätte fast meinen Bruder umgebracht!»

«Was? Also William ist doch wirklich der letzte Dreck! Okay, danke Liumana!», antwortete Nico. Woher er wusste, wie Liumana hiess? Nun, er hatte schon früher mit Tieren gesprochen. Liumana war eine alte Freundin, eigentlich sogar viel mehr.

«Du hast noch ein zweites Problem erwähnt. Was ist das für ein Problem?», fragte eine Eule von ihrem Ast aus. «Nun», begann Nico und wandte sich an die Elster: «Du hast gesagt Vor– und Nachname» – «Ja, das ist sehr wichtig für den Zauber» – «Das Problem ist: Ich habe keinen Nachnamen»

«Keinen Nachnamen?», fragten die Tiere fassungslos. «Jeder Mensch hat doch einen Nachnamen! Genau wie jeder Eltern hat» – «Nein. Ich hab weder Eltern noch einen Nachnamen.» Die Tiere redeten alle durcheinander und schrien, das sei unmöglich, bis ein alter Hirsch vortrat: «Doch, es ist möglich, wenn aber auch sehr selten. Es kommt nur alle hundert bis tausend Jahre vor. Das letzte Mal war... genau, vor dreihundert Jahren! Ich war damals noch ein kleines Hirschbaby, aber meine Eltern haben mir nachher davon erzählt.

Was ich sagen will, ist, dass es tatsächlich möglich wäre. Diese Kinder sind am liebsten draussen in der Natur, haben beeindruckende Kräfte und das Potenzial für die Unsterblichkeit. Es gibt nur ein grosses Problem: Sie werden nie älter als neun Jahre alt. Meistens finden sie es erst ein Jahr davor heraus, und das ist zu wenig, um das Geheimnis der Unsterblichkeit lüften. Nico, wie alt bist du?»

«Neun», antwortete Nico tonlos, «Mein zehnter Geburtstag ist in zwei Wochen.» Alle Tiere schrien durcheinander, kreischten, das dürfe nicht wahr sein und das könne nicht wahr sein und das sei doch alles Quatsch und dafür gebe es keinen Beweis, und so weiter und so fort. Bis sich der Hirsch einschaltete: «Ruhe», röhrte er. «Nun, viele sagen, dass es nicht wahr sei. Es gibt einen ganz einfachen Test. Nico, bitte lass mal einen Baum wachsen» «Was für einen?» – «Keinen bestimmten. Einfach einen Baum»

Nico hatte noch nie darüber nachgedacht, aber immer, wenn er einen Baum wachsen liess, hatte er an einen bestimmten Baum gedacht. Einfach an keinen zu denken… – er wusste nicht, ob das funktionierte.

«Okay», murmelte er, holte tief Luft und liess einfach irgendeinen Baum wachsen. Als er die Augen öffnete, schnappte er nach Luft. «Was ist das für ein Baum?» So einen hatte er noch nie gesehen! «Also doch», seufzte der Hirsch, «Nico, deine Mutter ist tatsächlich Mutter Natur. Es ist ein Wunder, dass du überhaupt bis jetzt überlebt hast.»

«Die Natur?», fragte Nico entsetzt. «Na super! Was ist das für ein Baum?», fragte er dann, weil er schnellstens vom Thema ablenken wollte. Mann, wenn er Glück hatte, hatte er noch zwei Wochen, wenn er Pech hatte, würde er in diesem Moment tot umfallen. Was für tolle Aussichten!

Der Baum war riesig, blutrot und trug die seltsamsten Früchte, die Nico je gesehen hatte. Sie waren regenbogenfarbig und von der Form her eine Mischung aus Birne, Avocado und Drachenfrucht. Wie die wohl schmeckten?

«Das ist ein Ursprungs-Baum. Diese Bäume waren die ersten Bäume, die es jemals gab. Nur Kinder der Natur können sie wachsen lassen. Es ist jeweils der erste Baum, der euch einfällt, allerdings nur im Unterbewusstsein. Danach fällt euch gleich ein anderer Baum ein, deshalb lasst ihr nie zufällig Ursprungs-Bäume wachsen. Allerdings, wenn ihr an gar keinen Baum denkt, lässt ihr automatisch einen Ursprungs-Baum wachsen», antwortete der Hirsch.

In dem Moment kam Liumana zurück. «Du solltest anfangen», grummelte sie etwas atemlos, «Die Männer sind mir dicht auf den Fersen. Ich hab Williams Blut.» – «Super, Liumana! Okay, ich fang gleich an.

Ich, Nico, Kind der Natur, möchte keine Verbindung mehr mit Nullilula haben, nie mehr! Ich habe euer Blut und hoffe, dass es ab jetzt nie mehr hier gesehen wird, mit oder ohne Mensch. Ich schenke euch die ewige Sonne und verschliesse dieses Portal für immer. Auf Nimmerwiedersehen!»

Beim letzten Wort stolperte Nico, wurde aber zum Glück von zwei Rehen aufgefangen. Sie legten ihn sanft auf den Boden, wo er sich zusammenrollte und einschlief oder ohnmächtig wurde. Das war nicht klar, aber Liumana befürchtete, dass er ohnmächtig war.

«Ja», bemerkte der Hirsch mitleidig, «Das war sehr viel auf einmal – zu viel.» – «Was ist eigentlich passiert, während ich weg war?», fragte Liumana misstrauisch, «Die Stimmung war wie auf einer Beerdigung. Und was war das mit: *Ich, Nico, Kind der Natur*? Das war doch hoffentlich nicht wörtlich gemeint, oder. Nur ein Ersatz wegen dem Fehlenden Nachnamen?», aber sie glaubte es selber nicht.

«Nun», antwortete eine Eule, «doch, wir haben herausgefunden, dass Nico ein Kind der Natur ist.» – «Also doch!», seufzte Liumana traurig. «Ich habe es schon lange befürchtet. Aber ich wollte es nicht wahrhaben. Ich wollte Felinuss fragen, aber ich hab ihn nicht gefunden. Wo warst du eigentlich?», fragte sie den Hirsch vorwurfsvoll.

Felinuss, der alte Hirsch, wand sich. «Ich war... überall Ich... ich möchte nicht darüber reden. Nicht vor den anderen.» – «Na gut, aber du erzählst es mir nachher!», befahl Liumana. «Also, auf jeden Fall wollte ich bei unserer nächsten Begegnung mehr herausfinden. Allerdings habt ihr mir dazu keine Zeit gelassen. Es ist schrecklich! Ich muss ihm irgendwie helfen! Wenn es sein muss, dann versuchen wir halt das Unmögliche!»

«Ich versteh ja, dass ihr gut befreundet seid und dass du ihm helfen willst», begann eine andere Eule vorsichtig, «aber du scheinst besessen davon zu sein, ihm zu helfen. Ist das nicht ein bisschen extrem?»

«Nein», entgegnete Liumana, «Ihr versteht das nicht, das könnt ihr gar nicht, da euch Informationen fehlen: Er ist mein Schützling.» – «Dein Schützling?» – «Ja, mein Schützling. Wir Samt-Säbelzahntiger suchen uns jeweils schon früh einen menschlichen Schützling aus. Meine Verbindung zu Nico ist besonders stark, weil ich ihn mir als Schützling ausgesucht habe, als er noch nicht mal ein Jahr alt war. Und ich hab ihn auch dann kennengelernt. Ich hab persönlich mit ihm gesprochen, als er grösser war. Das ist etwas sehr besonderes; die meisten meines Volkes haben ihre Schützlinge nie persönlich getroffen. Nico kann mit Tieren sprechen und hatte nie Angst vor mir, weil er mich schon so früh kannte – und vermutlich auch, weil er ein Kind der Natur ist. Aber zurück zum Schützlingssystem: Je nachdem, was dein Schützling wird, oder wie mächtig er wird, wird entschieden, welchen Rang du verdienst, ein wie gutes Gespür du hast. Der Schützling von unserem Chef zum Beispiel ist Präsident der grössten Umweltschutzorganisation. Wenn die anderen erfahren würden, was Nico wirklich ist...»

«Und du rennst nicht los, um dich befördern zu lassen?», fragte ein Häschen ungläubig. «Natürlich nicht! Er ist mein Schützling und mein Freund und er braucht meine Hilfe! Ich lass ihn sicher nicht im Stich, jetzt, wo er mich so dringend braucht! Da wär ich keinen Deut besser als die Blut–Säbelzahntiger, die ihre *Schützlinge* nach der Beförderung umbringen!»

«WAS tun die??? Wie kann man denn so herzlos sein?» – «Weiss ich auch nicht. Wir sind gar nicht stolz auf unsere Verwandten!», erklärte Liumana resigniert.

«Aber darum geht es doch gar nicht. Ich muss Nico helfen! Wartet schnell, ich muss was schauen. Ah ja, ich hab noch!» Sie zog ein Büschel Kräuter aus ihrem Fell, das eine praktische Taschenfunktion hatte. «Das sind magische Kräuter», erklärte sie den Tieren, «die ihm noch genug Lebenskraft für den Rest der Frist geben sollten. Er sollte noch bis eine Minute vor seinem zehnten Geburtstag leben. Er wär der Erste, der so lang überlebt.»

Sie flösste ihm einen Trank und die Kräuter ein. Nico stöhnte und schlug die Augen auf. «Wie? Was? Wo bin ich?» Er rieb sich die Augen und schaute sich um. «Ach ja, jetzt erinnere ich mich! Was… was ist passiert?»

«Du bist ohnmächtig geworden, nach dem Zauber», erklärte Liumana mit sanfter Stimme, «Es war einfach zu viel» – «Meinst du, dass wir vorvorgestern von den Monstern aus unserem Zuhause vertrieben wurden und alleine überleben mussten, dann (vorgestern) von den Monstern gefangen und gestern im Monsterlager aufgewacht, geflüchtet und in Nullilula gelandet sind, dass sich dann die Mädchen gegen mich verschworen haben, ich hierher abgehauen bin und schliesslich heute erfahren habe, dass ich ein Kind der Natur bin und höchstens noch zwei Wochen lebe? Ach ja, ich hätte fast vergessen, dass ich noch dieses Scheissportal verschlossen habe. Meint ihr das?», fragte Nico und musterte die sprachlosen Tiere grinsend.

Liumana fand als Erste die Sprache wieder: «Ich finde, damit hast du die Lage ganz gut zusammengefasst. Übrigens, ich hab dir etwas gegeben, was dafür sorgt, dass du wirklich noch bis eine Minute vor deinem zehnten Geburtstag leben kannst. Tut mir leid, dass ich noch nicht mehr tun konnte.»

«Danke Liumana, du bist die Beste!», seufzte Nico erleichtert. Jetzt brauchte er sich wenigstens keine Sorgen zu machen, dass er auf der Stelle tot umfiel. Was für eine Erleichterung!

Liumana erklärte ihm auf das Drängen der anderen Tiere hin noch die Sachen mit dem Schützling. «Na, dann herzlichen Glückwunsch zu deiner Wahl! Minalusa wird sich grün und blau ärgern!», bemerkte Nico grinsend, «Ich bin übrigens sehr froh, dass ich *dein* Schützling bin. Ich kann mir keine bessere Freundin und Beschützerin vorstellen! Du bist immer da, wenn ich dich brauche!»

Er lächelte sie an und Liumana hatte Freudetränen in den Augen. Noch nie hatte ihr jemand so ein grosses Kompliment gemacht! Und sie war so glücklich, dass sie sich Nico als Schützling ausgesucht hatte. Nicht viele Schützlinge hatten je herausgefunden, dass sie Schützlinge waren. Nur die Erfolgreichsten, durch Briefe, die ihnen aber nicht verrieten, dass ihre *Beschützer* Säbelzahntiger waren. Und die hatten alle – in einem Brief, den die Säbelzahntiger an einer bestimmten Stelle abholten – etwa so geantwortet: «Siehst du, ist doch gut, dass du mich genommen hast, denn ich bin der oder die Beste!»

Nun, noch nie hatte ein Samt-Säbelzahntiger sich ein Kind der Natur als Schützling ausgesucht. Nico war also der grösste Erfolg der ganzen Säbelzahntiger-Schützlings-Vereinbarung. Und das wusste er auch. Aber als er es erfahren hatte, hatte er nichts von wegen «Eben, ich bin der Beste» oder dergleichen gesagt, sondern Liumana ein Riesenkompliment gemacht und gesagt, jetzt könne sie das Minalusa unter die Nase reiben.

Minalusa war Liumanas ewige Widersacherin, ihre Stiefschwester, die sich für den tollsten und coolsten Säbelzahntiger der Welt hielt und immer mit ihrem Schützling angab. Sie hatte sich nämlich ein Mädchen ausgesucht, das damals schon fünfzehn gewesen war und das jetzt eine begabte und berühmte Sängerin war.

Minalusa hatte immer gesagt, dass Liumana eine schlechte Wahl getroffen hatte, das Nico nur «ein nerviger, kleiner Junge» war, der «ein bisschen mit der Natur spielen» konnte. Na, wenn die die Wahrheit über Nico erfuhr…

«Wer ist Minalusa?», fragte ein kleines Kaninchen. «Das ist Liumanas total dumme, tussige, zickige, hochnäsige Stiefschwester», antwortete Nico, «Sie denkt, sie sei die Coolste und die Welt drehe sich nur um sie. Ihr Schützling… ist das diese Sängerin, mit der sie immer angibt?»

«Was? Ach… ja. Ja, das ist ihr Schützling», antwortete Liumana zerstreut. Mann, dieser Junge hörte aber auch alles! Als die beiden Säbelzahntigerschwestern vor ein, zwei Jahren etwas abseits gestritten hatten, hatte Minalusa immer wieder mit der Sängerin angegeben. Nico hatte zwar irgendwie Hausaufgaben gemacht oder so, aber offenbar hatte er es trotzdem gehört.

«Wie hiess die nochmal? Ach ja, Alin Roose, oder so» Woher wusste er denn das schon wieder? Minalusa hatte das höchstens mal am Rand erwähnt, und Nico konnte das kaum gehört haben. Aber er hatte es offenbar doch mitbekommen.

«Ich hab mal meine Eltern nach ihr gefragt», murmelte Nico. Damit meinte er natürlich seine Pflegeeltern. Er hatte sie nicht per Internet gesucht, da er diese ganzen neuen Geräte nicht allzu sehr mochte. «Sie hatten sogar eine CD von ihr. Na, ich weiss nicht. Sie singt schon schön, aber es gibt viele, die schön singen. Was ist an ihr so besonders?», fragte Nico, an Liumana gewandt.

«Sie ist die Jüngste, die so singt. Mit 20 Jahren hatte sie ihren ersten grossen Auftritt. Klar, ist das eigentlich alt für Sänger*innen, aber sonst wird diese Art von Musik nur noch von uralten Frauen gesungen. Alin hat diese Musik sozusagen neu entdeckt. Schon mit fünfzehn (kurz nachdem Minalusa sie ausgewählt hatte) hatte sie ein paar kleinere Auftritte. Zuerst fanden die Leute es komisch, dass eine junge Sängerin sowas singt, aber immer mehr liessen sich dafür begeistern. Auch in den Jahren danach hatte Alin mehrere kleinere Auftritte. Seit ihrem grossen Auftritt mit 20 hatte sie immer mehr Auftritte und ist sehr, sehr erfolgreich. Sie verdient sehr gut, aber sie ist nicht verschwenderisch. Sie hat vor, viel Geld einer Umweltorganisation zu spenden», leierte Liumana herunter.

«Minalusa hat das ungefähr 78-mal erklärt. Ich finde Alin Roose eigentlich ganz nett, recht sympathisch. Aber Minalusa hat sie mir komplett verdorben, mit ihrer Angeberei. Natürlich muss ausgerechnet die miese Minalusa dieses nette Mädel haben. Aber egal. Der netteste und beste Schützling bist sowieso du, Nico!»

«Danke!», antwortete Nico geschmeichelt und errötete leicht. «Nun, was meinst du dazu, wenn wir mal zu Mittag essen? Ich hab Hunger. Und am besten kann man doch eh beim Essen schwatzen!» – «Du hast absolut recht!», gab ihm Liumana lachend recht.

Nico liess in Sekundenschnelle eine üppige Mahlzeit wachsen, und alle fingen an, zu essen. Auch Liumana stopfte sich genüsslich den Bauch voll.

Warum ich?

Nina sass in ihrer Zelle und fühlte sich elend. Sie sass jetzt schon seit fünf Tagen hier drin und wusste langsam nicht mehr, wie mit ihrem Gefühlen fertig werden sollte. Sie hatte sich bei der Verfolgungsjagt leicht verletzt, aber das war nicht der Grund für ihre schlechte Laune. Sie konnte einfach nicht fassen, wie gemein sie sich Nico gegenüber benommen hatte, wie abweisen, zickig und idiotisch sich Luna ihr gegenüber aufgeführt hatte und dass Nico – offenbar, sie wusste nicht, wer es sonst gewesen sein sollte – das Portal verschlossen hatte.

Für immer? Wenn ja, dann wusste Nina nicht, wie sie hier wieder weg kommen sollte. Allerdings, wenn ihre schlimmsten Befürchtungen wirklich wahr waren, würde sie hier so oder so nicht mehr lebend herauskommen. Sie und Luna (diese Verräterin! Klar, diese war verzaubert gewesen, aber Nina war trotzdem ultrasauer) würden zuerst eingesperrt, dann «erzogen», dann misshandelt und zum Schluss umgebracht werden. Schöne Aussichten!

Sie war verzweifelt. Nicht nur wegen ihrer Lage, sondern auch, weil Nico ihretwegen in der Natur auf sich allein gestellt war. (Klar, sie war nicht recht bei Sinnen gewesen, und am schlimmsten war Luna gewesen. Nina fühlte sich schuldig. Gerade *sie* hätte diesem Zauber doch widerstehen müssen!) Sie machte sich entsetzliche Vorwürfe, aber das brachte auch nichts. Sie hoffte einfach, dass es Nico gut ging, besser als ihr.

Und sie regte sich auch darüber auf, dass sie nichts zum Lesen hatte. Mit einem Buch wär die Lage nur halb so elend gewesen. Aber sie hatte ja kein Buch und glaubte auch nicht, dass diese ungehobelten Kerle hier ihr ein Buch geben würden. Konnten die überhaupt lesen? Gab es hier überhaupt Bücher? Konnte man überhaupt ohne Bücher leben? Wenn irgendjemand das schaffen konnte, dann wohl diese Kerle. Aber trotzdem. Ein Leben ohne Bücher…

Dann fing sie aus totaler Langeweile an, sich ihr Leben als Buch vorzustellen. Sie fing mit ihrer Kindheit an: Als sie sechs gewesen war, hatte sie zum ersten Mal ihre Fähigkeit entdeckt. Sie war furchtbar wütend auf ein Kind im Kindergarten gewesen, sodass sie sich vorgestellt hatte, dass diesem Kind etwas Schlimmes passierte. Dann konnte sich das Kind plötzlich an gar nichts mehr erinnern. Die Ärzte hatten das einem Gedächtnisverlust zugeschrieben. Nina hatte den Vorfall vergessen.

Dann, an ihrem siebten Geburtstag, wollte sie ein blöder Wächter irgendwo nicht hineinlassen. (Nina wusste selbst nicht mehr, wo) Sie hatte sich furchtbar über ihn aufgeregt, und dann hatte er sie plötzlich eingelassen und ziemlich verwirrt gewirkt.

Mit der Zeit hatte Nina dann herausgefunden, wie sie ihre Fähigkeit kontrollieren konnte. An ihrem achten Geburtstag hatte sie aus Spass angefangen, Partygäste zu verwirren und sie Sachen machen lassen, von denen sie immer behauptet hatten, sie könnten es nicht.

Seitdem konnte Nina ihre Fähigkeit richtig kontrollieren. Mit den Jahren hatte sie an ihrer Technik gefeilt und sie absolut kontrollierbar gemacht. Das würde ihr hoffentlich irgendwann helfen. Jetzt musste sie erst einmal lernen, wie sie sich gegen den Zauber anderer Leute (grummel, William, grummel) wehren konnte.

Sie wusste nicht genau, wie sie das anstellen sollte, aber sie würde das schon schaffen. Sie *musste* das schaffen! Zum ersten Mal heute war sie optimistisch. Sie konnte das! Das war sie Luna und Nico schuldig, vor allem Nico.

Plötzlich wurde ihr schwindlig. Nico. Ohne ihn und seine Fähigkeiten hätten sie und Luna vermutlich nicht einmal den ersten Tag überlebt. Es war einfach selbstverständlich für sie alle gewesen, aber was, wenn Nico nicht bei ihnen gewesen wäre? Nina wurde bei diesem Gedanken schlecht.

Sie fragte sich, was Nico wohl machte und was er gerade empfand. Sie war noch immer geschockt darüber, was sie ihm im Goldsuchthaus an den Kopf geworfen hatte. «Du bist ein vorlautes, nerviges Baby! Wir brauchen dich nicht, du nervst nur!» Das war schon sehr heftig gewesen. Warum hatte sie das nur getan? Es tat ihr jetzt so leid! Sie wusste nicht, ob Nico ihr oder Luna jemals verzeihen würde.

Dann dachte sie mehr über Luna nach und fragte sich, was Luna jetzt wohl dachte. Stand sie noch immer unter dem Zauber? Sehr wahrscheinlich. Was wusste sie eigentlich über Luna? Sie musste schmunzeln, als sie über ihre erste Begegnung mit Luna nachdachte.

Sie war gerade erst in diese Schule gekommen, da sie in der Unterstufe in einer anderen Schule gewesen war. Nina war einsam auf dem Schulgelände herumgestreift, auf der Suche nach einem ruhigen Plätzchen.

In einer abgeschiedenen Ecke hatte sie dann Luna und Nico getroffen. Die beiden waren – welch Überraschung – am Streiten. Sie diskutierten über irgendetwas, was Nina nicht verstand. Dann bemerkten sie Nina, worauf Luna rot anlief.

Nina hatte gefragt, was sie da machten. «Wir äh… wir ähh» – «Wir streiten. Sieht man das denn nicht? Und, wow, du hast das geschafft, was ich schon die ganze Zeit versuche: Luna hat das Reden verlernt», hatte Nico fröhlich geantwortet. «Wie hast du das geschafft? Wer bist du eigentlich? Bist du neu hier?»

«Äh, ich bin Nina. Und ja, ich bin neu hier. Wer seid ihr?» – «Ich bin Luna. Tut mir leid, falls du dich angegriffen fühlst. So ist Nico eben immer.» – «He!», beschwerte sich Nico, aber Luna hielt ihm den Mund zu. «Wir ähh wir haben auf dich vielleicht den Eindruck gemacht, dass wir immer streiten? Wir, ähm, wir streiten tatsächlich sehr oft, aber das… das ist jetzt nicht so wichtig. Willkommen an unserer Schule! Kannst du mir mehr über dich erzählen? Aua! NICO!»

Aber Nico war schon davongerannt. Als Nina sich besorgt erkundigte: «Was ist denn passiert?» antwortete Luna: «Nico hat mich in die Hand gebissen. Er ist manchmal ein unverschämter, nerviger kleiner Bengel, aber das ist ja jetzt egal. Interessiert dich bestimmt nicht. Was kannst du mir über *dich* erzählen?»

Und dann hatten die Mädchen geschwatzt, Geschichten ausgetauscht und zusammen gelacht. Nina wusste, dass sie eine richtig gute Freundin gefunden hatte. In der nächsten Pause hatte Luna ihr ein schönes, ruhiges Plätzchen gezeigt, wo sie ein bisschen Ruhe hatten. Dann war Luna aufs WC verschwunden.

Nina war gerade dagesessen und hatte darüber nachgedacht, was für ein Glück sie doch hatte, grad am ersten Schultag eine nette Freundin gefunden zu haben, als ihr jemand von hinten auf die Schulter tippte.

«Luna hat dir sicher jede Menge Blödsinn über mich erzählt, oder?» Nico sah sie erwartungsvoll an. Nina wand sich. «Also, ja, sie hat mir ein paar Geschichten über dich erzählt. Aber ob das Blödsinn war… ich glaube ihr», antwortete sie schliesslich.

Nico seufzte. «Ja, das glaube ich. Sie kann sehr überzeugend sein. Aber *was* hat sie dir denn erzählt?» – «Das geht dich nichts an!» – «Oh doch, es geht mich sehr wohl was an! Schliesslich geht es ja um mich! Nein? Na gut, lass mich raten…» und dann zählte er mehrere Geschichten auf, die Luna Nina anvertraut hatte.

Als er fertig war, sah Nina ihn erstaunt an: «Woher weisst du das?» – «Ach, das erzählt sie immer. Aber sie erzählt aus *ihrer* Sicht. Das ist nicht gut.» – «Dann erzähl es mir mal aus deiner Sicht», forderte Nina ihn auf.

Diesmal war Nico mit Erstaunt sein dran. «Im Ernst?» – «Ja, natürlich! Warum nicht?» – «Normalerweise will das nie jemand hören. Ich *bin* nun einmal recht unverschämt. Dann glauben sie mir eher nicht, dass meine Geschichten wahrer wären als Lunas», grinste er.

«Ach… Na, ist ja auch deine Schuld, wenn du gleich einen schlechten Eindruck auf die Leute machst», hatte Nina grinsend geantwortet. «Aber ich würde es gerne mal aus deiner Sicht hören, auch wenn ich das Gefühl habe, dass Lunas Geschichten nicht ganz unwahr sind.» – «Das hab ich auch nicht gesagt.» – «Dann lass doch mal hören» – «Okay…» Und dann erzählte er ihr die Geschichten aus seiner Sicht, wo sie etwas anders waren. Nina glaubte auch ihm.

Als Nico fertig war, fragte er sie nach *ihrer* Vergangenheit. Also fing Nina an zu erzählen. Sie hatte auch einige spannende und amüsante Geschichten auf Lager. Nico grinste, als sie ihm von einigen lustigen Abenteuern erzählte.

Plötzlich nahm Nina hinter sich eine Bewegung wahr. Aber bevor sie auch nur einen Ton von sich geben konnte, hatte Luna Nico schon am Nacken gepackt. «Aua!» Nico wand sich, aber Luna hatte ihn fest genug gepackt und hielt ihn fest. «Soso. Also da bist du! Was sollte das eigentlich? Du kannst mich doch nicht einfach beissen!» – «Und du kannst mir nicht einfach den Mund zu halten!» – «Natürlich kann ich das!»

Nina schmunzelte. Aus diesen beiden Streithähnen würde sie vermutlich nie schlau werden! Allerding hatte sie damals schon ein sehr gutes Gefühl.

In den nächsten Wochen hatten sie sich immer besser kennengelernt und Luna und Nico stritten auch nicht so oft. Nina war darüber froh, denn wenn sie mal wieder stritten, musste Nina immer den Schiedsrichter spielen, und das war mühsam.

Nun dachte Nina darüber nach, was Luna ihr damals erzählt hatte. Luna war bei ihrer Mutter und ihrem – sehr netten – Stiefvater aufgewachsen. Ihren Vater kannte sie nicht. Luna war sehr beliebt, weil sie immer sehr anständig und hilfsbereit war und dafür sorgte, dass Nico nicht allzu viele ungezogene Kommentare machte.

Womit Nina bei Nico war. Über ihn wusste sie allerlei – dachte sie zumindest, bis sie genauer darüber nachdachte. Sie wusste gar nichts über seine Vergangenheit, ausser den Geschichten, die Luna und Nico ihr am ersten Schultag erzählt hatten.

Das war erschreckend. Wusste Luna mehr über Nico? Nina bezweifelte es, aber irgendein Gefühl sagte ihr, dass sie Luna trotzdem mal über Nico löchern sollte. Seltsames Gefühl.

Aber es war nicht so ein Gefühl wie das, das sie gehabt hatte, als Nico davongelaufen war. Es war mehr wie ein Instinkt. Nicht wie Williams böse Zauberei… da war er wieder: William. Sie musste es schaffen, sich gegen seinen Zauber wehren zu können!

Plötzlich kam ihr eine Idee: Sie musste Luna von dem bösen Zauber befreien. Und sie wusste plötzlich, wie sie das anstellen sollte. Allerdings musste sie sich dafür sehr konzentrieren. Und das fiel ihr schwer, da ihr noch immer Fragen durch den Kopf schwirrten. War Luna wirklich immer so perfekt? *Kannte* Nina Nico überhaupt? Wer waren Nicos Eltern? Hatte er auch…

Hör auf damit, Nina! Du kannst dir diese Fragen nicht beantworten. Nur wenn du Luna von dem Zauber befreien kannst, wirst du vielleicht Antworten bekommen!, rief sie sich selbst zur Ordnung.

Dann konzentrierte sie sich: **Luna! Luna, hörst du mich? Luna! Luuna! Luna, kannst du mich hören?** *Mhm.* Wow, das funktionierte tatsächlich! **Luna! Luna, du musst dich von Williams Zauber befreien!** *William ist super!* **Nein! William ist ein Verräter, verstehst du? Ein Verräter!** *Nein...*

Na toll, dachte sich Nina. *In ihrem Unterbewusstsein ist noch ein eigener Wille vorhanden, aber selbst der ist getrübt. Wie soll ich sie denn jetzt zur Vernunft bringen?*

Sie versuchte es nochmal, diesmal mit einem anderen Argument: **Luna! Luna! William ist gemein! Er hat uns verzaubert!** *Wie bitte? Verzaubert? Das geht gar nicht!* **Ja, eben! Das geht gar nicht! Du musst dich von ihm befreien!** *Befreien... William ist hübsch!* **William ist vielleicht äusserlich hübsch, aber innerlich ist er ein Monster! Befreie dich! Das schadet dir doch nichts.** *Okay...*

Und nun verliess Nina alle Kraft. Sie wankte zum Bett und liess sich darauf fallen. Sie dachte an all die Fragen, die sie Luna stellen wollte. Aber sie wollte eigentlich die Fragen gar nicht stellen können. Sie wollte, dass Luna, wenn es irgendwie möglich war, entkam.

Aber sie wusste irgendwie, dass Luna nicht entkommen würde. Sie würde gefangen und eingesperrt werden. Plötzlich hatte Nina das Gefühl, in eine andere Welt zu treten. Sie sah etwas Unheimliches: Eine düstere Gestalt, um die ein Sturm tobte, ragte über einem neun– bis zehnjährigen Jungen mit etwas längeren blonden, schmutzigen Haaren auf, der eine Rüstung trug und ein langes Schwert schwang, das Nina irgendwie vage bekannt vorkam.

Nina schrie auf und öffnete die Augen. Sie sah nur die Steindecke über sich. Sie versuchte, ihre Gedanken zu ordnen, aber das Bild der dunklen Gestalt hatte sich in ihre Gedanken eingebrannt.

Nina

Nina hatte das Gefühl, die Zukunft gesehen zu haben, aber sie hatte keine Ahnung, wessen Zukunft das sein sollte. Wie auch immer, sie wünschte das niemandem. Es sah ziemlich übel aus.

Nina wünschte sich, sie hätte diese Szene nicht gesehen. Sie machte sich Sorgen, grosse Sorgen. Aber momentan konnte sie nichts machen. Sie musste sich überhaupt wohl eher um ihr eigenes Leben sorgen.

Als sie sich wieder ein wenig besser fühlte, stand Nina auf und wanderte durch das Zimmer. Wenn sie sich schon Sorgen machen musste, dann wollte sie sich keine Sorgen um sich selbst machen. Sie dachte über ihre Vision nach und fragte sich, wer dieser Junge wohl war und ob sie ihm irgendwie helfen konnte.

Dann wurde sie wieder an ihre missliche Lage erinnert. Sie konnte diesem Jungen nicht helfen, solange sie selbst Hilfe brauchte. Aber an irgendjemanden erinnerte sie dieser Junge.

Bevor sie noch mehr darüber nachdenken konnte, wurde die Tür aufgerissen, und ein Mädchen mit braunen, zerzausten Haaren, zerrissenen Kleidern und Blut im Gesicht wurde hereingestossen.

«Luna!», rief Nina und fing sie auf, als Luna vornüberkippte. Luna hatte sich offenbar nicht einfach so festnehmen lassen. Sie hatte sich ganz klar gewehrt. Und es war offensichtlich nicht so gut gelaufen.

Luna brach schluchzend in Ninas Armen zusammen. Nina versuchte, sie zu trösten, aber sie wusste nicht, wie. «Was ist passiert?», fragte sie. «Ich... ich habe eine Stimme gehört. Und... und dann... dann hab ich es verstanden. Aber ich konnte nicht entkommen. Ich habe mich gewehrt. Was... was wollen die von uns?» – «Ich hab da so eine Befürchtung...»

Eine dunkle Zeit

Luna weinte. Sie war so verzweifelt, dass sie einfach zusammenbrach. Sie weinte, weil es einfach zu viel war! Nachdem sie realisiert hatte, dass sie verzaubert gewesen war, hatte sie nach dem ersten Schock versucht, zu fliehen.

Das war leider fehlgeschlagen. Luna war entdeckt worden. Als die Nullilulaner sie festnehmen wollten, hatte Luna sich gewehrt, aber sie hatte keine Chance gehabt. Und sie war nur verletzt worden. Sie war gescheitert. Und nachdem Nina ihr erzählt hatte, was sie befürchtete, was passieren würde, wusste sie nicht mehr weiter.

Noch immer konnte sie Williams enttäuschten Blick spüren. «Ich dachte, du hättest mehr Verstand!» Dabei war William derjenige, der keinen Verstand besass. Leider war er auch der hübscheste Mann in Nullilula.

«Luna», begann Nina, fast schüchtern, «ich weiss, dass du viel durchgemacht hast, aber ich habe ein paar Fragen an dich.» – «Nur zu, frag. Ich gebe dir, wenn möglich, Antworten» – «Okay, danke. Also: weisst du etwas über Nicos Vergangenheit? Irgendwas über ihn, was ich nicht weiss? Eine innere Stimme hat mir gesagt, dass du mehr weisst. Und diese Stimme war nicht William.»

Luna dachte an ein Geheimnis, das Nico ihr vor so langer Zeit anvertraut hatte. Er hatte ihr das Versprechen abgenommen, es niemandem zu erzählen. Aber das hier war Nina. Sie hatte Luna von Williams Zauber befreit und nun wohl wirklich ein Recht, das zu wissen.

«Ja. Vor langer Zeit hat er mir etwas erzählt. Er hat mich versprechen lassen, dass ich es niemandem sage, aber ich glaube und hoffe, dass er mir nicht böse sein wird, wenn ich es dir erzähle. Seine Eltern... das sind nicht seine wahren Eltern. Seine wahren Eltern... nun, er behauptet steif und fest, keine Eltern zu haben, auf jeden Fall keine menschlichen.»

Nina sah sie erstaunt an: «Heisst das, dass er bei Pflegeeltern aufgewachsen ist?» – «Ja, so ungefähr.» – «Oh mein Gott. Und warum wusste das niemand ausser dir und ihm?» – «Er mochte dieses Thema überhaupt nicht. Bei den wenigen Erwachsenen, die es wussten, galt er als Waise, aber Nico stritt das immer ab. Nun ja... du weisst ja, wie stur er sein kann.» – «Oh ja, das weiss ich»

Die beiden Mädchen sahen sich schweigend an und Luna sah, dass Nina diese Information erst mal verarbeiten musste. Sie wusste selbst, wie schockierend das war. Sie war auch ziemlich schockiert gewesen, als Nico es ihr erzählt hatte.

Schliesslich fragte Nina: «Und was ist mit dir? Was ist mit deiner Vergangenheit? Darüber weiss ich auch herzlich wenig. Wann hast du zum ersten Mal herausgefunden, dass du diese Fähigkeit hast? Wann konntest du sie kontrollieren?»

Luna war verwirrt. Warum stellte Nina ihr genau diese Fragen? Woher wusste Nina, dass das die Fragen über Lunas Fähigkeit waren, die sie beantworten konnte? «Also, das erste Mal *getan* habe ich es mit... drei? Aber da war ich noch nicht so mächtig wie jetzt. Ich konnte damals nur Mücken auflösen, sonst nichts. *Realisiert* habe ich es mit sechs. *Kontrollieren* konnte ich es mit acht. Seither hab ich einfach noch an meiner Technik gefeilt. Warum siehst du mich so an?»

Nina starrte sie fassungslos an. Dann riss sie sich zusammen. «Nun, ich habe es mit sechs zum ersten Mal gemacht. An meinem siebten Geburtstag hab ich es langsam realisiert. Dann hab ich geübt. An meinem achten Geburtstag konnte ich es kontrollieren. Und seither feile ich einfach noch an meiner Technik.» –

«Das ist ja ziemlich ähnlich wie bei mir!», rief Luna aus. «Ja, eben. Deshalb hab ich dich ja auch so angestarrt.»

«Haben wir irgendeine Chance, zu entkommen?», fragte Luna. «Ich glaube nicht. Es waren vermutlich schon Hunderte von Mädchen und Frauen vor uns hier und keine ist je entkommen. Die Chancen stehen eins zu einer Billion, dass wir nicht rauskommen.»

Diese Nachricht musste Luna erst mal verarbeiten. Sie würden also nicht lebend entkommen, es gab so gut wie keine Chancen, hier hinauszukommen. Es war hoffnungslos. Sie bewunderte Nina dafür, dass sie so ruhig bleiben konnte. Luna wollte nur noch losheulen.

«Was sollen wir denn jetzt machen?», fragte sie mit weinerlicher Stimme. «Ich hab alles vermasselt! Ich hab den Streit im Goldsuchthaus angefangen. Ich… ich hab dich verraten. Das ist alles meine Schuld!»

«Nein, Luna, das ist nicht deine Schuld! Du warst verzaubert. Im Goldsuchthaus hat William deine Wut entfacht und geschürt. Ich vermute mal, dass er auch dafür gesorgt hat, dass du den Streit überhaupt angefangen hast. Normalerweise wärst du viel zu vernünftig, um einen Streit anzufangen, wenn es um Fragen geht, die alle anders beantworten können! Nein, ich bin schuld! Ich hätte mich gegen Williams Zauber wehren oder ihn wenigstens erkennen sollen! Aber nein, ich musste mich natürlich mir nichts, dir nichts verzaubern lassen!», regte sich Nina auf.

«Nein, Nina. Das war eine ganz neue Erfahrung für dich. Und du hast mich geweckt! Das war unglaublich toll von dir! Das hast du super gemacht! Wirklich super!», tröstete sie Luna.

Nina holte tief Luft: «Du hast Recht! Es bringt auch nichts, wenn wir uns selbst mit *Ich hätte doch...* fertig machen. Sorgen wir lieber dafür, dass wir nicht vor Langeweile sterben und dass wir, wenn möglich mehr Informationen bekommen.» – «Gute Idee! Also, dann tragen wir mal zusammen, was wir wissen, was wir vermuten und was wir wissen müssen», antwortete Luna, froh, wenigstens etwas tun zu können. Nina sah sie an: «Na, dann los!»

Und die beiden Mädchen machten sich an die Arbeit. Nina zog Papier und Stift, die sie immer bei sich trug, wie sie erklärte, aus der Tasche, und sie legten los. Sie schrieben auf, was sie wussten. Dann schrieben sie auf, was sie vermuteten. Und dann schrieben sie auf, was sie noch in Erfahrung bringen mussten.

Nachdem sie das getan hatten, sah Nina beunruhigt auf das Blatt. «Das ist nicht gut. Das ist gar nicht gut!», murmelte sie. «Was ist denn?», fragte sie Luna beunruhigt. Nina sah sie aus ihren blauen, schwer lesbaren Augen traurig an: «Es bestätigt unsere schlimmsten Befürchtungen.» – «Was? Lass mich mal sehen!», erwiderte Luna, nahm ihr das Blatt sanft aus der Hand und sah selbst. Nina hatte Recht. Es bestätigte ihre schlimmsten Befürchtungen. Das war in der Tat nicht gut! «Na schön!», grummelte sie mutlos und gab Nina das Blatt zurück.

Dann sah sie sie an. Nina hatte schöne, lange hellblonde Haare mit ein paar etwas dunkleren Stränen, und blaue Augen. Sie trug im Sommer am liebsten Shorts oder Leggins (seltener Jeans, aber genau jetzt trug sie Jeans – abgeschnittene Jeans, eigentlich Shorts) und ein T-Shirt. Im Winter Trainerhose und Pullover. Luna war eher der Kleidchen-Typ. Sie trug im Sommer gerne lange, wallende Kleider, weshalb immer Jungs sie anglotzten.

Luna beneidete Nina um ihre blonden Haare und um ihre blauen Augen. Luna selbst hatte nämlich braune Haare und grüne Augen. Nina und Nico erklärten immer, dass Luna schön sei, so wie sie ist, aber Luna hätte so gerne blonde Haare und blaue Augen! Dieses Verlangen ging aber nicht so weit, dass sie sich die Haare färben wollte. Sie wusste, dass Bleichen die Haare kaputt machte, und das wollte sie am Wenigsten von allem! Blaue Kontaktlinsen kamen auch gar nicht in Frage, sie wollte nicht schummeln.

Aber sie fand trotzdem, dass es unfair war. Denn auch Nico war blond. Nur Luna, die sich nichts sehnlicher wünschte als blonde Haare, hatte natürlich braune Haare. Und dann hatte sie noch nicht mal braune Augen, passend zu den Haaren! Nico hatte braune Augen und Luna fand, dass Nico eigentlich recht süss war, aber irgendetwas fehlte. Nur wusste sie nicht, was.

«Nina, ich beneide dich so um deine blonden Haare und deine blauen Augen!», jammerte Luna sehnsüchtig. «Ach, komm schon! Du bist doch schön, so wie du bist!» – «Das sagt ihr immer!» – «Weil es stimmt!» – «Vielleicht, aber wenn es doch wenigstens zusammenpassen würde! Wenn schon braune Haare, dann möchte ich Nicos Augen! Warme, braune Augen.

Übrigens finde ich, dass Blond und Braun sehr gut zusammen passen! Er ist süss! Aber irgendetwas stört mich trotzdem. Irgendein Detail fehlt. Geht es dir ähnlich?» – «Jetzt, wo du es sagst... ja! Stimmt! Erst jetzt ist mir aufgefallen, warum ich die Kombination etwas komisch fand: irgendein Detail fehlt! Nur... was ist das?» – «Das wüsste ich auch gerne! Aber ich komm nicht drauf!», ärgerte sich Luna.

«Hey, ist doch nicht so schlimm! Ich komm doch auch nicht drauf!», tröstete sie Nina. Luna nickte, aber sie regte sich trotzdem auf. Sie wusste das mit dem Detail schon ewig, aber sie wusste noch immer nicht, was genau das für ein Detail war. Das war so ärgerlich!

Aber nun lenkte Nina ihre Gedanken in eine andere Richtung, indem sie fragte: «Wie lange kennt ihr euch eigentlich schon, du und Nico?» Luna dachte an einen Moment weit, weit zurück. Sie wusste nicht genau, wann das gewesen war, aber sie glaubte sich zu erinnern, dass Nico damals zwei gewesen war.

Ihre Eltern waren bei Nicos Pflegeeltern zum Essen eingeladen und nahmen ihre Tochter mit. Luna hatte sich sofort über den frechen kleinen Jungen geärgert und gleichzeitig gefreut. Als die Eltern assen, hatten Luna und Nico zusammen gespielt. Als sie gehen musste, hatte Luna einen Wutanfall hingelegt, da sie nicht gehen wollte. Danach hatten die Eltern dafür gesorgt, dass die beiden sich regelmässig sahen. Sie kannten sich wirklich schon lange!

«Luna?», fragte Nina besorgt, und Luna fiel wieder ein, dass Nina ja eine Frage gestellt hatte. «Was? Ach,… ach ja, richtig! Wir lange wir uns schon kennen. Sehr lange. Bei unserem ersten Treffen war er, glaube ich, zwei Jahre alt.» Dann erzählte sie ihr die Geschichte.

«Aber… irgendetwas war mir damals an Nicos Eltern – oder eben Pflegeeltern – komisch vorgekommen. Sie waren mir durch und durch unsympathisch gewesen. Aber das lag wahrscheinlich daran, dass ich damals noch sehr klein gewesen war und sie fremde Erwachsene waren. Obwohl… Nein. Nein, das ist Quatsch!»

Nina runzelte die Stirn. «Was ist Quatsch? Erzähl es mir!», bat sie. «Ich fand damals Nicos Verhalten etwas seltsam. Er war nicht wie heute. Er schien ängstlich zu sein und sah immer wieder besorgt zur Zimmertür, als ob er Angst hätte, dass unsere Eltern hereinkommen. Aus irgendeinem Grund schien ihm diese Vorstellung Angst zu bereiten. Aber wahrscheinlich hab ich mir das eingebildet, oder meine Erinnerung ist falsch. Es ist immerhin schon ungefähr sieben Jahre her», erklärte Luna.

Nina nickte: «Dann machen wir uns darüber mal keine Gedanken, wenn du das nicht willst.» – «Okay, danke» – «Weisst du mehr über Nico? Irgendetwas, was ihm jetzt helfen könnte?», fragte Nina flehend.

71

Luna konnte das verstehen. Sie wünschte sich auch nichts mehr, als dass es Nico gut ging, jetzt, nachdem sie ihn vertrieben hatten. «Nur seine magischen Fähigkeiten. Aber die sind beträchtlich! Er kann mit Tieren reden, alles Mögliche – auch Essen im Winter – wachsen lassen und sich in der Natur super zurechtfinden.

Und er *ist* in der Natur. Er kann sich Essen wachsen lassen, leicht eine Höhle finden und Hilfe und Schutz bei den Tieren suchen.» – «Dann hat er es definitiv besser als wir. Das ist gut», antwortete Nina erleichtert.

Auch Luna war froh darüber, dass es Nico – hoffentlich – gut ging. Auch wenn die beiden ständig stritten, mochte sie Nico eben doch sehr. Zwischen den beiden bestand eine Verbindung, die sie beide zwar nicht verstanden, aber wussten, dass sie sehr, sehr stark war.

Luna sah zu Nina hinüber und fragte sich, ob sie ihr das mit der Verbindung erklären sollte. Sie entschied sich aber dagegen, zum einen, weil sie selbst nicht viel darüber wusste, zum anderen, weil sie nicht dachte, dass Nico sehr begeistert wäre, wenn sie Nina alles über ihn und sie erzählte.

«Ich vermisse ihn», murmelte Nina und riss Luna somit aus ihren Gedanken. «Wie? Was? Ach ja,… ich vermisse Nico auch. Sehr sogar!» – «Es tut mir so leid, was wir im Goldsuchthaus gesagt haben!» – «Meinst du, mir nicht? Ich meine, ich hab den Streit sogar angefangen! Es tut mir so leid! Ich fühle mich sowas von schlecht!», antwortete Luna mit dünner Stimme.

«Hey, wir können es jetzt nicht mehr ändern. Wir können nur hoffen, dass es ihm gut geht. Und… und ich hoffe sehr, dass es das tut. Ich glaube es auch. Nico ist vielleicht ein Kindskopf, aber er ist nicht nur das. Er kann sehr vernünftig sein, das spüre ich. Aber er zeigt es nie. Keine Ahnung, warum. Vermutlich passt das einfach nicht zu seinem Charakter. Vermutlich, weil er *er* ist. Aber er *kann* sehr vernünftig sein. Und er hat starke Tierfreunde. Die werden ihm helfen, da bin ich mir hundertprozentig sicher!», tröstete sie Nina.

«Wie kannst du dir da so sicher sein?», fragte Luna etwas verwirrt. «Ich glaube, ich kann gewissermassen in die Zukunft sehen, auf jeden Fall hatte ich eine Vision, kurz bevor du hier angekommen bist.» – «Was für eine Vision?» – «Willst du das wirklich wissen?» – «Auf jeden Fall!» – «Na, gut. Ich sah eine düstere Gestalt, um die ein Sturm tobte, die über einem neun- bis zehnjährigen Jungen mit etwas längeren blonden, schmutzigen Haaren und lauter Schrammen im Gesicht aufragte, der eine Rüstung trug und ein langes Schwert schwang, das mir irgendwie vage bekannt vorkam. Aber nicht nur das Schwert. Auch der Junge kam mir irgendwie bekannt vor, ich weiss nur nicht woher.» – «Beschreib ihn mir bitte nochmal.» Nina tat ihr den Gefallen.

Aber auch Luna konnte ihn nicht einordnen. «Neun- bis zehnjährig würde auf Nico zutreffen, genauso wie blond. Aber längere blonde schmutzige Haare und Schrammen im Gesicht passen gar nicht. Er wird in der Natur nie dreckig, geschweige denn, dass er sich verletzt. Und seine Haare trägt er auch kurz. Schwert und Rüstung passen aber definitiv am wenigsten zu ihm. Er kann gar kein Schwert führen. Und auch wenn er der unverschämteste Junge ist, den ich kenne, ist er eigentlich von sanfter Natur. Ein Schwert zu tragen… niemals! Ausserdem kämpft Nico mit seinen magischen Fähigkeiten, das reicht ihm. Vor allem, wenn er noch seine geliebten Tiere auf seiner Seite hat.»

«Du hast Recht. Aber jetzt wissen wir nur, wer dieser Junge definitiv nicht ist. Aber was bringt uns das?» – «Das weiss ich auch nicht», antwortete Luna niedergeschlagen. Und was brächte es auch, das zu wissen? Es würde sie auch nicht aus dieser verzwickten Lage befreien.

Langsam dämmerte es Luna, dass diese Situation ernster war als alles, was sie je erlebt hatte. Niemand war hier, um sie zu retten, sie konnte nicht einfach ihre Freunde oder um Hilfe bitten, denn ausser Nina und Luna war niemand hier. Und Nina wusste auch keinen Rat.

Auf ins Abenteuer!

Liumana genoss die Lagebesprechung in vollen Zügen. Es war einfach herrlich, an einem Lagerfeuer zu sitzen, zu essen und dabei mit Nico, Felinuss und den anderen Tieren zu Plaudern.

Auch wenn viele Tiere Neuigkeiten von Monstern brachten, fühlte sich Liumana in ihrer Gesellschaft deutlich wohler, als wenn Minalusa mal wieder mit Alin angab und schimpfte, dass Nico doch ein unverschämter kleiner Bengel war, auch wenn das teilweise stimmte.

«Mmh. Eine Frage», fragte Nico mit vollem Mund und schluckte dann den Bissen noch schnell herunter, «wenn ihr aus der normalen Welt kommt, wie könnt ihr dann in diese Zauberwelt? Ich meine, Luna, Nina und ich, wir sind ja durch ein Portal gekommen, aber ihr?»

«Das wissen wir auch nicht genau. Aber wir wissen, dass die Monster alles durcheinander bringen, und vermutlich verwischen sie auch die Grenzen zwischen den Welten. Wir können nur hoffen, dass sie nicht auch noch die Grenzen zwischen den verschiedenen Zeitzonen verwischen. Das wäre am schlimmsten!», antwortete Liumana. Nico nickte. «Aufo müffen wir die Mompfter auf'alten!», fasste er die Lage nuschelnd mit vollem Mund zusammen. Dann sah er sich ziemlich erstaunt um.

«Nico? Was ist?», fragte Liumana besorgt und sah sich um. Nico schluckte hinunter und lachte: «Nichts, ich habe mich nur gewundert, dass niemand schimpft, dass ich mit vollem Mund rede. Sonst ist nichts!» Dann wurde er wieder ernst: «Ich hoffe, es geht den Mädchen gut. Ich vermisse sie. Ich glaube nicht, dass sie recht bei Sinnen waren, als sie das gesagt haben. Das kann und will ich nicht glauben!» – «Ich glaube auch kaum, dass sie normal waren, auch wenn ich das nicht beurteilen kann», mischte sich der Tiger vom Portal ein, «William besitzt die Fähigkeit, andere zu verwirren. Und diese ist leider ziemlich stark.»

«Das könnte durchaus sein…», murmelte Nico nachdenklich, «Nina kann zwar auch verwirren, aber ich weiss nicht, ob sie sich auch gegen so einen Zauber wehren kann. Und wenn er sehr plötzlich kommt… – ja, das könnte durchaus sein! Danke… wie heisst du eigentlich?», fragte er an den Tiger gewandt. «Ich bin Wilhelm der Rote, wegen meinem rötlichen Fell», antwortete dieser.

«Okay, danke Wilhelm!», rief Nico, und die Tiere applaudierten. «Du weisst gar nicht, wie froh ich bin, dass die Mädchen nur verzaubert waren! Denn sie waren verzaubert, da bin ich mir sicher! Und danke, dass du uns gewarnt hast, falls wir diesem miesen kleinen – oder eher grossen – Verräter nochmals begegnen», grummelte Nico dankbar.

Dann wandte er sich an die Tiere: «Aber wir haben das Wichtigste vergessen: wer möchte Nachtisch?» Alle Tiere jubelten und riefen: «Ich! Ich! Ich!» Liumana kicherte: «Nachtisch zum Frühstück?» (Ja, sie assen mitten am Nachmittag Frühstück) Nico sah sie an: «Warum nicht?» – «Okay, eigentlich hast du Recht!», antwortete Liumana und nahm sich eine Portion Himbeeren in Ahornsirup. «Mmh, lecker!», schmatzte sie.

Nach dem Frühstück berieten sie, was sie jetzt machen sollten. Beim Frühstück hatten sie Geschichten und Informationen ausgetauscht, jetzt berieten sie über das weitere Vorgehen. «Ich würde sagen, ihr verteidigt in Gruppen die verschiedenen Grenzen, während Nico und ich versuchen, das Problem mit dem zehnten Geburtstag zu lösen. Wir werden helfen, wo wir können, wenn wir gerade in der Nähe sind.», schlug Liumana vor. «Falls es wirklich grosse Probleme gibt, sendet Boten, die um Verstärkung bitten. Dann kommen wir auch!», versicherte sie.

Alle fanden den Vorschlag gut, und sie fingen an, sich in Gruppen aufzuteilen und die Verteidigungsgebiete zu verteilen. Liumana zog Felinuss zur Seite. «Also: erstens. Wo um Himmels Willen warst du???», fragte sie ihn. Felinuss holte tief Luft und begann zu erzählen: «Also, ich war gerade auf einem Streifzug durch den Wald, als mir ein alter Mann zurief, er brauche unbedingt meine Hilfe, mich zur Seite zog und mich innigst bat, für ihn einen geheimen Auftrag auszuführen» – «Was für ein Auftrag?», fragte Liumana scharf. Felinuss sah sie verzweifelt an: «Das darf ich nicht sagen. Ich musste schwören, dass ich es niemandem sage! Es… es tut mir leid, Liumana. Aber wenn ihr euch auf die Suche nach der Unsterblichkeit macht, weiss ich jemanden, der euch helfen könnte. Ein alter Freund von mir. Ein Hirsch namens Indilis. Er wird euch helfen können, hoffe ich» – «Na schön. Behalt dein Geheimnis. Ich verstehe, wenn du geschworen hast…– Na, auf jeden Fall danke für den Tipp. Wo finden wir Indilis?» Felinuss beschrieb den Weg. «Okay, danke. Dann machen wir uns demnächst auf den Weg. Auf Wiedersehen – hoffe ich!» – «Auf Wiedersehen. Und passt gut auf euch auf!»

Liumana und Nico bereiteten sich vor und überlegten, was sie wohl brauchen würden. Sie kamen zu dem Schluss, dass sie wohl kaum etwas benötigten, da Nico ja sowieso die Natur beeinflussen konnte. Am nächsten Tag machten sie sich auf den Weg.

Die Bäume konnten Liumana nicht werfen, und Liumana wollte auch nicht geworfen werden, deshalb entschieden sie, dass sie besser zu Fuss gehen würden. Liumana liess Nico auf sich reiten, und Nico hatte sehr viel Spass dabei.

Am zweiten Tag kamen sie an einer Schlacht vorbei; ein ganzes Heer von Monstern kämpfte gegen ein Rudel von Wölfen, und es sah gar nicht gut aus für die Wölfe. «Halt mal kurz an», bat Nico. Liumana hielt an.

Nico glitt von ihrem Rücken und rannte auf die Wölfe zu. Liumana sprang hinterher. «Wölfe! Wölfe! Kommt, zieht euch zurück! Zwischen den Bäumen dahinten durch», rief Nico den Wölfen zu.

Glücklicherweise gehorchten die Wölfe, ohne zu fragen, warum. Sie zogen sich also zurück. Die Monster verfolgten sie. Als sie zwischen den Bäumen hindurchrannten, fielen Steine herunter und drückten die Monster platt.

Die Wölfe jubelten und bedankten sich vielmals. «War doch klar, dass ich euch helfe! Ihr verteidigt die Natur. Dann *muss* ich euch ja helfen! Ich hoffe, dass ihr nie wieder angegriffen werdet! Schönen Tag noch!», wünschte Nico. Dann ritt er auf Liumana weiter.

Nach weiteren zwei Tagen kamen sie zu Indilis' Zuhause. «Das hat viel zu lange gedauert!», beschwerte sich Liumana, «Wir hätte eben doch gleich losreiten sollen, anstatt noch einen Tag zu warten! Wir haben vier Tage bis hierher gebraucht! Jetzt haben wir nur noch neun Tage bis zu deinem zehnten Geburtstag!» – «Ach, reg dich doch nicht so auf! Wir schaffen das schon!», beruhigte sie Nico zuversichtlich.

Liumana bewunderte seinen Optimismus. Aber sie war eben nicht so optimistisch. Nico war immer optimistisch, aber er war eben auch leichtsinnig. Das konnte sehr gefährlich sein. Das war aber auch bei Pessimismus so. Und Liumana konnte manchmal recht pessimistisch sein.

Währenddessen klopfte Nico an. Ein alter Hirsch trat zur Türe heraus. Er sah noch älter aus als Felinuss, und das will etwas heissen! Liumana trat vor. Während der Reise hatten sie und Nico abgemacht, dass sie reden würde, da Nico wirklich ziemlich vorlaut war und es vielleicht nicht sehr vorteilhaft war, den Hirsch gleich zu verärgern.

«Wer seid ihr? Was wollt ihr?», fragte Indilis ängstlich. «Ich bin Liumana, eine von den Samt-Säbelzahntigern. Und das ist Nico, mein Schützling» – «Oh, eine Samt-Säbelzahntigerin! Wie schön! Ich hab schon ewig niemanden von euch mehr gesehen! Kommt doch rein, dann besprechen wir euer Problem.»

Er führte sie in eine gemütliche Höhle. Es hatte in der Decke ein Fenster, durch das sanftes, grünes Licht fiel und die ganze Höhle in ein warmes Licht tauchte. Der Boden war mit Gras ausgelegt – dachte Liumana zumindest, bis sie merkte, dass das eine echte kleine Wiese war. An der Wand hingen Schöpfkellen und sonstiges Besteck, über einem Kessel, der wiederum über einem Feuer hing.

Zwei Türen führten aus dem Raum: Vermutlich das Schlafzimmer und das Badezimmer. Auf dem Boden standen gemütliche Sessel und an den Wänden standen eine Kommode und viele Gestelle mit diversen Gläsern mit den unterschiedlichsten Flüssigkeiten.

«Setzt euch doch», bat Indilis und bot ihnen ein Sofa an. «Was habt ihr für ein Problem?» Liumana sah Nico an, aber Nico sah sie erwartungsvoll an, also erwartete er, dass sie erzählte.

«Also», begann Liumana, «Felinuss hat uns geschickt. Weil..., weil Nico ein Kind der Natur ist. Und... und sein zehnter Geburtstag ist in... in neun Tagen» – «Ein... ein Kind der Natur?», fragte Indilis fassungslos, «In neun Tagen... ja, da habt ihr allerdings ein Problem. Ein *wirklich* grosses Problem. Felinuss schickt euch? Ja, er glaubt wohl, dass ich helfen kann. Aber was soll man da machen? Ich kann euch weder mehr Zeit verschaffen noch das Geheimnis der Unsterblichkeit verraten. Es tut mir wirklich leid. Aber das Geheimnis der Unsterblichkeit kennt nur einer.»

«Wer denn?» – «Ein alter Mann namens Alberto. Nur... niemand weiss, wo er zu finden ist.» – «Dann werden *wir* ihn finden! Das müssen wir!» – «Tatsächlich haben ihn schon zwei bis drei Kinder der Natur im Laufe der Jahrtausende gefunden, aber sie konnten das nicht tun, was sie hätten tun müssen. Das wird auf jeden Fall bei uns erzählt», erklärte Indilis.

Liumana hatte sich mehr erhofft. Dafür hatten sie den langen Weg zurückgelegt? Um zu erfahren, dass sie einen alten Mann finden mussten, von dem niemand wusste, wo er sich aufhielt? Und dann hiess es auch noch, dass die Kinder der Natur seinen Forderungen nicht hätten nachkommen können? Na super!

«Das ist wirklich…», begann sie. – «… nett von dir. Danke!», unterbrach Nico. «Ich wünschte, ich könnte mehr tun», murmelte Indilis mit hängendem Kopf. «Aber das kann ich leider nicht. Es tut mir sehr leid!» – «Schon gut. Wir wissen jetzt wenigstens, *wen* wir suchen müssen», entgegnete Nico und sah Liumana mit funkelnden Augen an. «Ich kann mich in der Natur gut zurechtfinden. Vielleicht können wir dann auch Alberto finden.» – «Okay», willigte Liumana zögernd ein. Ihr gefiel die Bemerkung nicht, dass die Unsterblichkeit offenbar etwas forderte, was die Kinder der Natur nicht tun konnten. Das klang bedrohlich.

Als Indilis sie zur Tür hinausbrachte, hörte Liumana ihn leise reden: «Ich konnte ihm nicht helfen, also darf ich das nicht verlangen! Neineinein! Das darf ich nicht!» – «Was? Was darfst du nicht verlangen?», fragte Nico mit sanfter Stimme. Indilis sah ihn traurig an: «Vor langer Zeit hat ein Kind der Natur in meiner Höhle einen Ursprungsbaum wachsen lassen. Der ist aber nach einem Jahrhundert verdorrt, und seither hab ich das Gefühl, dass ich von der Natur abgeschnitten bin. Und… und ich wollte fragen…»

«Ob ich einen neuen wachsen lassen kann. Natürlich kann ich das!» Nico bewegte leicht die Hand, schaute über die Schulter und nickte zufrieden. «So, jetzt hast du wieder einen Ursprungs-

baum. Liumana komm, wir müssen einen alten Mann finden!»
Er stieg auf ihren Rücken.

Indilis starrte den Ursprungsbaum ungläubig an, dann drehte er
sich zu Nico um: «Das kann ich nicht annehmen!» – «Zu spät!
Liumana, wir müssen los! Auf Wiedersehen, Indilis!»

Damit ritt er davon und liess den völlig überwältigten Indilis vor
der Höhle stehen. Als sie ein paar Kilometer weiter waren, hielt
Liumana an, um mit Nico die Lage zu besprechen. «Okay, wie
gehen wir weiter vor?» – «Hmm. Als der Name Alberto gefallen
ist, wollte mein Hirn sofort los, irgendwohin, wo sehr wahrscheinlich dieser Alberto ist... Was denkst du, finde ich ihn
echt?»

«Aber sicher!», zeigte sich Liumana überzeugt. «Okay. Dann
werden wir ihn hoffentlich finden. Ich habe nämlich nicht vor,
dich zu enttäuschen! Aber bevor wir weiterreiten, musst du dich
ausruhen!»

«Was? Nein! Wir müssen sofort los! Wir müssen Alberto finden!
Wir müssen herausfinden, wie wir dich retten können! Ich muss
dich retten! Ich muss...» – «Du musst dich *ausruhen*», beharrte
Nico, «Auch du brauchst Schlaf!

Wenn du nachher völlig übermüdet bist, nützt uns das auch
nichts. Du musst ausgeruht sein, wenn wir die Reise antreten. Es
ist nämlich weit. Sehr weit. Und ich glaube nicht, dass wir ohne
Kämpfen dorthin kommen. Die Monster werden uns an allen
Ecken und Enden auflauern. Und dann brauch ich dich!

Aber jetzt, schlaf. Ich werde so lang aufpassen. Du *brauchst*
Schlaf!» – «Nein!», protestierte Liumana, merkte aber langsam
selber, dass sie müde war. Sie hatte bei der ganzen viertägigen
Reise nicht ein einziges Mal geschlafen.

«Doch! Du schläfst und ich halte Wache», erklärte Nico sanft, aber bestimmt. «Wenn es unbedingt sein muss», grummelte Liumana, «Aber weck mich am Abend!» – «Na gu.t»

Liumana legte sich hin und schlief sofort ein. Sie träumte, dass sie mit Minalusa Streit hatte und dass sich die beiden Säbelzahntigerinnen prügelten. Als Minalusa sie gerade in das rechte Vorderbein biss, spürte sie, dass jemand sie leicht schüttelte.

Sie öffnete die Augen. «Es ist Abend. Die Sonne geht gerade unter. Ich sollte dich bei Sonnenuntergang wecken.» – «Du solltest mich *am Abend* wecken!», knurrte Liumana, «Jetzt sind wir wieder zu spät dran! Steig auf. Wo geht es durch?» – «Vorwärts.»

Dann ritten sie in den Sonnenuntergang hinein.

Vollmondnacht

Nina träumte wieder von dem Jungen. Sie sah, wie er mit dem Schwert gegen ein furchtbares Monster kämpfte: Das Fell des Monsters war blau–grün gesprenkelt und so gross wie ein Wohnmobil. Es hatte Hörner, so riesig, dass Nina überrascht war, dass sie dem Monster nicht schon längst den Schädel eingedrückt hatten. Die Augen des Monsters waren so gross wie Autoreifen. Sie waren blutrot und loderten vor Zorn. Zwischen den Vorderbeinen des Monsters kam eine blau–grün gesprenkelte Hand heraus, die ein halb zerfressenes, rostiges Schwert mit verdächtig aussehenden braunen Flecken, die kein Rost waren, hielt.

Der Junge hielt wieder das elegante, lange Schwert, das Nina irgendwie bekannt vorkam, in der Hand und kämpfte gegen das Monster. Er war sagenhaft! Er fing die Hiebe des Monsters ab, wich aus, schlug dem Monster das Schwert zur Seite und stach zu.

Das Monster heulte auf und setzte zu einem letzten Sprung an, aber ein Tier, das Nina nicht genau erkennen konnte, sprang auf das Monster und biss ihm in den Nacken. Das Monster heulte noch lauter auf, und das Tier – das sehr wahrscheinlich eine Raubkatze war – sprang von ihm herunter und brachte sich in Sicherheit.

Als das Monster mit einem Knall zu einem Haufen aus grünem und blauem Fell zerfiel, hielt sich der Junge schützend den Arm vor die Augen und wandte sich ab. Als die Explosion vorbei war, musterte der Junge den Fellhaufen misstrauisch und hob sein Schwert auf, das nach dem «Feuerwerk» neben dem Fellhaufen gelandet war.

Er schien auf etwas zu warten. Dann brach plötzlich ein Mini–Exemplar des vorherigen Monsters von vorher durch das Fell und stürzte sich auf ihn. Es war vielleicht klein, aber es hätte ihn in Stücke gerissen, wenn er es nicht offenbar schon erwartet hätte; mit unglaublicher Geschicklichkeit schlug er zu und schlug dem Monster den Kopf ab.

Dann kam die – wie Nina vermutete – Raubkatze hinter einem Baum hervor und die beiden umarmten sich. Moment – war das nicht doch eine sehr geschmeidige Frau? Nina glaubte es. Der Junge im Traum war vielleicht jünger als sie, aber Nina entwickelte schon einen gewaltigen Respekt vor ihm. Sie hatte noch nie jemanden mit einem Schwert kämpfen sehen, aber dieser Schwertkämpfer verstand sein Handwerk!

Sie hoffte, dass sich dieser Junge – falls sie sich je begegneten – als Freund herausstellte, nicht als Feind. Denn erstens war er ein grossartiger Schwertkämpfer und würde auf ihrer Seite supernützlich und auf der anderen Seite supergefährlich sein, und zweitens fand sie ihn sympathisch. Sehr sympathisch sogar.

Doch halt, jetzt änderte sich der Traum, und Nina sah ein höchstens neunjähriges Mädchen mit langen, braunen Haaren und grünen Augen, das Luna irgendwie ähnlich sah. Sie hielt Pfeil und Bogen in der Hand, drehte sich aber um und rief jemandem, den Nina nicht sehen konnte, zu: «Kannst du nicht mal aufhören zu schreien? Wie soll ich denn zielen, wenn du hier einen Wutanfall hinlegst? In der Schlacht!»

Plötzlich merkte Nina, wie jemand sie schüttelte. Sie schlug die Augen auf und sah Luna ins Gesicht. «Nina! Nina! Aufwachen!» Sie rieb sich die Augen: «Was ist denn?» – «Was ist? Morgen ist! Frühstückszeit. Und ausserdem sind es nur noch acht Tage, bis wir ins *Erziehungsheim* kommen.» – «Was? Heisst das, ich sitze schon sechs Tage hier drin?» – «Ja. Und jetzt, komm. Sonst esse ich das ganze Frühstück allein!» Nina lachte und stand auf. Zum Frühstück gab es Milch und Brot.

Nina

Während sie assen, erzählte Nina von ihrem Traum. Luna sah besorgt aus: «Du meinst also, es gibt irgendwo da draussen einen genialen Schwertkämpfer, der unser Gegner sein könnte?» – «Genau», antwortete Nina.

«Aber er kämpft gegen Monster?» – «Ja, aber das bedeutet noch nicht, dass er nicht gegen uns sein kann! Leider», erklärte Nina bedauernd. Luna nickte. «Dann können wir nur hoffen, dass er auf unserer Seite ist, so, wie du ihn beim Kämpfen beschreibst.»

Nina nickte. «Genau, das meine ich!» – «Na, dann hoffen wir mal!», seufzte Luna. «Und was mit diesem Mädchen? Und wer legt denn *bitteschön* in einer Schlacht einen Wutanfall hin?!» – «Woher soll ich das wissen? Ich habe doch schon gesagt, ich habe nicht gesehen, mit wem sie sprach.»

«Okay, wenn wir die jemals treffen, finden wir heraus, was das soll. Was können wir *jetzt* machen?» – «Nichts.» Luna starrte Nina fassungslos an: «Nichts?» – «Nichts. Und damit meine ich auch nichts. Einfach gar nichts. Ausser hoffen, dass ein Wunder geschieht und wir gerettet werden.»

Nina fand es genauso schrecklich wie Luna, aber sie hatte sich schon mehr oder weniger damit abgefunden. Mehr oder weniger. Sie wollte einfach unbedingt mehr über diesen blonden Jungen herausfinden! Wer war er? Was machte er? Wer waren seine Eltern? Und wer war dieses Mädchen? Mit wem hatte sie gesprochen? Es gab so viele Fragen, die Nina gern geklärt hätte. Aber sie sass fest. In einer Zelle, auf Misshandlung und Tod wartend. Oder das erwartete sie zumindest. Nach dem Gespräch zwischen William und dem Chef der Nullilulaner…

«Das ist furchtbar!», beschwerte sich Luna, «*Furchtbar!*» – «Ich weiss, ich weiss. Übrigens, was hast du auf heute geträumt?» Nina wusste, dass Luna etwas Schönes geträumt hatte, denn Lunas Blick wurde träumerisch: «Ich… ich hab auch von einem Jungen geträumt», antwortete sie verträumt, «Aber von meinem

Traumjungen. Gross und stark, aber trotzdem sanft und freundlich. Einer, der mich immer beschützen oder trösten konnte.

In meinem Traum hat er mich vor den Nullilulanern beschützt. Mit nichts als seinen Händen, aber die Nullilulaner sind nach dem Kampf schwer verletzt abgezogen, während mein Freund nicht einmal ausser Atem war. Und nachher hat er mich getröstet. Und… und mir versprochen, mir bei der Suche nach Nico zu helfen.

Aber zuerst haben wir dich aus dem Gefängnis gerettet. Dann haben wir uns alle drei auf die Suche nach Nico gemacht. Doch wir konnten ihn nicht finden. Jeden Abend hat mein Freund mich getröstet, mir gesagt, es werde alles gut, wir werden ihn finden. Nur stimmte das nicht. Wir haben Nico nicht gefunden.

Eines Abends hat mein Freund mir gesagt, dass ich, nachdem du eingeschlafen bist, zu ihm kommen sollte. Das tat ich. Wir haben eine wunderschöne Nacht zusammen verbracht, gekuschelt, geküsst… es war einfach herrlich!» Lunas Blick war weit, weit weg.

«Das klingt wunderschön!», antwortete Nina träumerisch, «Wie sah denn dein Traumjunge aus? Hatte er einen Namen?» Luna legte die Stirn in Falten: «Jetzt, wo du es sagst… Nein! Er hatte keinen Namen. Aber… warum bemerk ich das erst jetzt?» – «Das ist manchmal so. Im Traum ist etwas unlogisch, aber man bemerkt es erst, wenn man wieder wach ist und mehr darüber nachdenkt»

«Ja», antwortete Luna, klang aber immer noch unzufrieden, «Du hast gefragt, wie er ausgesehen hat. Nun, gross und stark hab ich ja schon gesagt. Er hatte kurze, hellblonde Haare und wunderschöne blaue Augen. Er trug T-Shirt und Jeans.»

Nina konnte verstehen, dass Luna von diesem Jungen einfach hin und weg war. Auch Nina hatte eine Schwäche für starke, selbstbewusste, aber trotzdem nette Jungs, mit blonden oder braunen Haaren und blauen oder grünen Augen. Sie fand bei den Haaren, dass einigen jungen Männern – räusper, Anakin, räusper – etwas längere Haare recht gut standen, allerdings auch nicht allen.

Die Frisuren, die Nina bei Jungs nicht ausstehen konnte, waren die, die mit viel Gel zu einer «coolen» Frisur gegelt waren. Das hasste sie, denn es sah einfach nur affig aus. Und diese Jungs waren dann meistens auch so: «Hey Hübsche, willst du heute Abend mit mir ausgehen? Wir könnten auch für dich schickere Kleider shoppen gehen!», hatten sie dann immer mit einem etwas angewiderten Blick auf Ninas Kleidung hinzugefügt.

Nina hatte solche Verehrer immer an Luna weiterverwiesen, da Luna solche Typen mochte. Uääh! Nina hasste die. Aber was solls, jede hat ihren eigenen Geschmack. Das Problem an diesen Jungs war, dass sie immer älter als die meisten Mädchen waren und «Ich bin doch viel zu jung, mit elf will ich keinen Freund» nicht verstanden.

Diese Jungs hatten immer zuerst Nina angesehen, wegen ihrer blonden Haare und ihren blauen Augen. Als sie dann Lunas Kleider gesehen hatten, hatten sie immer gemeint, wenn Nina diese Kleider tragen würde, würde sie ihrem Schönheitsideal entsprechen.

Aber schlussendlich hatten sich die meisten doch für Luna entschieden, da Nina bei solchen Angebern sehr abweisend war. Dadurch hatte Luna schon einige Freunde gehabt, Nina jedoch keinen. Es war auch noch gar nichts für sie. Und Luna war sowieso total frühreif. Ausserdem hatte sie ja auch nichts Intimes mit den Jungs gemacht. Trotzdem… sie war doch erst dreizehn!

Nina hatte nur einen Freund, der ein Junge war: Nico. Und er war einfach ihr bester Freund (und Luna ihre beste Freundin), aber mit Liebe hatte das natürlich nichts zu tun – also, eigentlich doch. Mit der Liebe, die man Geschwistern gegenüber empfindet.

Womit sie wieder bei Nico war. Sie hoffte so sehr, dass es ihm gut ging. Es tat ihr alles so leid! Aber jetzt konnte sie ihm nicht helfen. Sie musste einfach hoffen, dass es ihm gut ging. Luna schien es ähnlich zu gehen, jedenfalls ihrem Gesicht nach zu urteilen.

Der Tag schlich nervtötend langsam und doch zu schnell vorbei. Nina und Luna war langweilig. Sie hatten nichts mehr zu bereden, und sonst konnten sie nichts machen. «Ich kann mir nicht vorstellen, wie du diese Langeweile fünf Tage lang allein ausgehalten hast», erklärte Luna gegen Mittag.

Nina dachte an die vergangenen Tage, in denen sie sich halb zu Tode gelangweilt hatte. Sie wusste auch nicht genau, wie sie das überlebt hatte. Mit viel Elend auf jeden Fall!

Währenddessen plapperte Luna weiter: «Ich glaube, ich wäre schon am ersten Tag vor Langeweile gestorben! Wirklich! Ich hasse Langeweile!» – «Ich hab mich einfach aufgeregt, dass ich kein Buch dabeihatte. Mit Buch wäre das viel erträglicher gewesen! Dann hätte ich es auch immer wieder lesen können! Aber nein, ich hatte ja keins dabei!», regte sich Nina auf.

Luna lachte. «Das ist mal wieder typisch du! Gib mir ein Buch, und die Welt ist wieder in Ordnung!» Nun musste auch Nina lachen: «Ja was, so bin ich halt!» – «Ich mache dir ja auch keinen Vorwurf!», erklärte Luna lachend, «Ich meine bloss!» – «Ich weiss, ich weiss!», antwortete Nina, immer noch lachend. Sie dachte an die schönen Tage, als sie mit ihren Eltern draussen am Frühstückstisch gesessen und über Bücher und Geschichten diskutiert hatte.

Dieser Gedanke liess sie wieder ernst werden. Sie sah sich in der Zelle um und fragte sich, warum sie nicht schon lange daran gedacht hatte. Sie sass seit sechs Tagen hier drin und war seit neun Tagen auf der Flucht. Aber sie hatte nie an die anderen gedacht...

Luna hörte auf zu lachen. «Nina, was ist mit dir?», fragte sie besorgt, «Du siehst so elend aus. Was ist los? An was denkst du gerade?» – «Meine Familie!», flüsterte Nina heiser, «Warum hab ich nie an meine Familie gedacht?»

Auch Luna sah komplett schockiert aus: «Du hast Recht! Ich... ich hab nie an meine Familie gedacht! Warum??? Warum? Bin ich so egoistisch? Oh Gott, oh Gott! Warum???» Dann fing sie an zu heulen, was Nina auch schon tat.

Sie waren so mit ihrer eigenen Lage beschäftigt gewesen, dass sie gar nicht an ihre Eltern gedacht hatten! Jetzt übermannte sie Furcht und Wut, obwohl sie nicht genau wussten, auf was sie sauer waren; Die Monster, das Schicksal oder sich selbst. Sie fühlten sich nämlich schuldig, da sie nie an ihre armen Eltern gedacht hatte, die nicht gewarnt waren und keine magischen Fähigkeiten hatten.

Die beiden Mädchen umarmten sich, um sich zu trösten, aber sie weinten ja doch beide. Wie sollten sie sich denn trösten, wenn sie vor lauter Geheule nichts ausser «Buhuhu» sagen konnten? Es war hoffnungslos. Sie waren verzweifelt. Und niemand war da, um sie trösten zu können. Nach all den letzten Tagen, in denen sie sich mit Nico zerstritten hatten, gefangen und eingesperrt wurden, war das mit den vergessenen Familien einfach zu viel.

Sie hätten vermutlich noch ewig weitergeheult, wenn nicht in dem Moment einer der Wachen das Essen unter der Tür durchgeschoben – es gab dort eine Öffnung – und gerufen hätte: «Nicht so herumflennen Mädels! Das nützt auch nichts!»

Nina riss sich zusammen. Es nützte ihren Eltern auch nichts, wenn sie hier herumflennte, da hatte der Wächter schon Recht.

Im Gegenteil, es war eher kontraproduktiv, wenn sie heulte, statt nachzudenken. Also dachte sie nach.

Es gab eine kleine – wenn auch wirklich sehr geringe – Chance, dass ihre Eltern noch lebten. Nina war bereit, sich an diesen letzten Rest Hoffnung zu klammern, bis auch diese allerletzte Hoffnung zerstört würde. Sie weigerte sich nämlich, zu glauben, dass ihre Eltern tot waren, bis ihr jemand Beweise brachte, falls überhaupt jemand überlebte, um ihr Beweise zu bringen. Ach ja, und falls sie das hier überlebte, wonach es momentan eher nicht aussah.

Nina wischte sich die Tränen ab und sah zu Luna hinüber, die sich auch gerade beruhigte und sich die Tränen abwischte. Dann wandten sich die Mädchen dem Essen zu.

Es gab – welche Überraschung – Sauerkraut mit Wasser und einem Apfel. Es gab jeden zweiten Mittag Sauerkraut mit Wasser und Apfel, deshalb war Nina nicht überrascht. Sie war eher überrascht, dass es schon Mittag war, aber das Zeitgefühl von Menschen war sowieso verwirrend. Wie überhaupt alles an ihrer Psychologie. Verwirrend und faszinierend. Ninas Fachgebiet.

Manchmal ging die Zeit gefühlt so schnell vorbei, dass man eine Stunde für fünf Minuten halten konnte, und manchmal schlich sie so langsam vorbei, dass einem eine Minute wie ein ganzer Tag oder sogar länger vorkam. Es war so unberechenbar.

Nina schüttelte den Kopf, um diese Gedanken loszuwerden, und wandte sich wieder ihrem Essen zu. Sie und Luna assen schweigend nebeneinander und dachten beide über irgendetwas nach.

Den restlichen Tag unterhielten sie sich mit Geschichten, mit wahren und erfundenen, Kindergeschichten, Krimis, Liebesgeschichten, sogar Fantasy, obwohl das eigentlich Nicos Fachgebiet war, einfach mit allem, was ihnen gerade einfiel.

Nina

Als es langsam Abend wurde, legten sie sich beide ins Bett, und Luna fragte: «Du hast erzählt, dass du dir am Abend immer Geschichten ausdenkst, um einschlafen zu können» – «Ja?», fragte Nina.

«Ich habe mich gefragt, ob du vielleicht, eventuell, mir eine Geschichte erzählen könntest?», fragte Luna verlegen. Nina lächelte. «Natürlich! Um was soll es denn gehen?» – «Hmm. Um zwei Mädchen, die gemeinsam viele Abenteuer erleben und nachher beide ihre wahre Liebe finden. Und dann küssen sie ihre grosse Liebe bei Vollmondnacht»

Nina schmunzelte. Natürlich eine Liebesgeschichte! Und der Kuss-Teil war auch wieder typisch Luna! «Okay, aber bei dem Die-wahre-Liebe-finden-Teil musst du mir helfen! Dort kennst du dich besser aus» Luna lachte. «Natürlich!»

«Übrigens», tat Nina mit einem Blick aus dem vergitterten Fenster kund, «heute *ist* Vollmondnacht.» Die beiden Mädchen sahen sich an und betrachteten dann zusammen den Mond. «Schöön!», riefen sie beide gleichzeitig, als silbernes Licht die Zelle füllte und die Metallgegenstände zum Leuchten brachte. Luna, der Mond, schenkte ihnen sein schönstes Licht. Es war friedlich und einfach schön, so schön, wie es hier schon sehr lange nicht mehr gewesen war.

Die Mädchen legten sich wieder hin und suchten eine bequeme Position zum Schlafen. Als sie endlich eine gefunden hatte, sah Luna zur Decke und wünschte: «Schöne Abenteuer, Mädels.» (Sie meinte die Mädchen in der Geschichte, die Nina erzählen sollte) «Hoffen wir, dass es euch gut geht. Okay, ja, das wird es, wenn Nina so erzählt, wie ich es beschrieben habe. Ich freue mich auf die Geschichte! Ich habe noch nie eine Gutenachtgeschichte gehört, gelesen, oder sonst irgendwie… wie soll ich das jetzt erklären? Was wollte ich sagen? Na, egal. Natürlich habe ich mir auch noch nie eine ausgedacht. Aber ich schweife ab. Viel Glück, ihr mutigen Kriegerinnen», wünschte sie kichernd.

Und dann fing Nina an zu erzählen, wie es ihr gerade in den Sinn kam.

Der Hexenberg

Liumana rannte die ganze Nacht hindurch, und auch Nico schlief nicht, obwohl Liumana ihn die ganze Zeit dazu aufforderte. Er argumentierte, dass er sie einerseits lotsen musste und dass er andererseits eh viel zu aufgeregt zum Schlafen war.

Irgendwann gab Liumana die Diskussion auf, da diese hoffnungslos war. Nico würde nie nachgeben. Wenn er nicht schlafen wollte, wollte er nicht schlafen, und er konnte ganz schön stur sein. Luna war das übrigens auch, und das war einer der Gründe, warum sie ständig stritten; niemand von ihnen wollte je nachgeben.

Deshalb musste Nina immer schlichten. Das war schon fast Tradition. Liumana musste bei dem Gedanken, daran, wie oft sie Kinder bei allem möglichem, vor allem aber Diskussionen, beobachtet hatte, lächeln. Sie beschleunigte, und sie und Nico rasten durch die kühle Nacht.

Sie sprachen nicht viel, sondern ritten einfach die ganze Nacht hindurch. Die einzigen Ausnahmen waren, wenn Liumana von Nico den Weg wissen musste. Beide hingen ihren eigenen Gedanken nach, aber sie brauchten nicht zu reden, um sich zu verständigen; Nico hatte die Arme um Liumanas Hals geschlungen und hielt sich so fest, und Liumana konnte spüren, dass er aufgeregt war.

Er zitterte leicht und hielt sich sehr fest an Liumanas Hals. Liumana fand das schön, so wusste sie immer, dass ihr Nico nahe war und umgekehrt. Das war ihnen irgendwie wichtig. Es war eine klare Nacht, und sie sahen Hunderttausende von Sternen. Der Mond schien von oben, und keine einzige Wolke bedeckte ihn. Wie schon gesagt, war es eine kühle Nacht. Nicht viele Tiere waren unterwegs. Liumana sprang mit Leichtigkeit durch das schlimmste Gestrüpp, und Nico sorgte dafür, dass die Natur ihnen nicht wehtat.

Mit anderen Worten: Es war friedlich. Es war eine schöne Stimmung. Es war ruhig und ein guter Moment, um über alles Mögliche nachzudenken. Die frische Luft tat der Tigerin gut und sorgte dafür, dass sie einen klaren Kopf behielt. Der Mond erhellte ihren Weg und schien nur für sie zu scheinen. Die Sterne formten alle Sternbilder, die Liumana kannte, und noch viele mehr. Es war eine zauberhafte Stimmung. Liumana dachte, dass sie das öfters machen sollte.

«Dort vorne links abbiegen», flüsterte ihr Nico ins Ohr und riss sie somit aus ihren Gedanken. Liumana sah auf und sah eine Abzweigung nicht weit voraus. Sie atmete die kalte Luft ein und rannte schneller.

«Wunderschön, nicht wahr?», fragte Nico mit – wie Liumana von der Position seines Kopfes vermutete – dem Blick zu den Sternen gerichtet. «Ja», hauchte Liumana, bog links ab und dachte daran, wie schön es war, dass Nico dabei war, auch wenn sie kaum redeten. Alleine wäre es nur halb so schön.

Nun tauchten sie wieder für eine Weile unter die Bäume, wo man die Sterne nicht sehen konnte, aber der Mond schien auch durch das dichte Blätterdach hindurch und leuchtete ihnen den Weg. Eine Eule flog vorüber. Ein Kaninchen huschte erschrocken in seinen Bau.

Liumana spürte, wie sich der Waldweg unter ihren Füssen veränderte: Statt Wurzeln spürte sie Kiefernnadeln, was das Laufen angenehmer machte. Der Weg wurde schmaler, und Liumana sah etwas über den Weg huschen. Vielleicht ein Fuchs auf der Jagd oder ein Beutetier auf der Flucht.

Eine innere Ruhe breitete sich in Liumana aus, und sie hatte das Gefühl, dass es Nico genauso ging. Es war einfach beruhigend, auch wenn sie sich nicht erklären konnte, warum genau.

Nico schmiegte sich an ihren Hals. «Immer geradeaus», flüsterte er liebevoll, «geniess den Ritt. Ich hoffe, dass wir das wieder machen, aber möglicherweise ist das Wetter morgen Nacht nicht mehr so schön. Also, geniess es.» – «Das tu ich», seufzte Liumana glücklich.

So ritten sie die ganze Nacht hindurch, ohne Gespräche, mit Achtung und Respekt vor der Schönheit der Natur und der Ruhe. Liumana hatte das Gefühl, dass nicht einmal Nico, obwohl er ein Kind der Natur war, je eine so schöne Nacht in der Natur verbracht hatte.

Als es langsam dämmerte, verlangsamte Liumana und verlangte, dass Nico auch mal schlief. «Ich will und muss nicht schlafen!», protestierte Nico. «Ausserdem muss ich dir den Weg weisen!» Er brachte noch haufenweise andere Argumente, aber Liumana liess nicht mit sich reden. «Du brauchst Schlaf, genauso wie ich und alle anderen Tiere und Menschen!», beharrte sie.

«Aber…» – «Schlaf!», knurrte sie in einem gebieterischen Tonfall. Sie hatte eigentlich nicht befehlen wollen, aber Nico ging ihr langsam gewaltig auf den Geist. Dass dieser unvernünftige Junge aber auch nie hören wollte!

Irgendwann gab Nico dann – oh Wunder – tatsächlich nach, da Liumana einfach noch sturer war als er selbst. «Wenn's denn unbedingt sein muss», seufzte er genervt, «Aber zuerst will ich was essen. Ich hab nämlich Hunger!» – «Okay», stimmte Liumana zu, der auch schon der Magen knurrte, «aber dann schläfst du eine Runde!» – «Jaah», antwortete Nico gereizt.

Er liess ein wunderbares Frühstück heranwachsen – alle möglichen Beeren, Ahornsirup, Äpfel, Bananen, usw. – und die beiden setzten sich hin und assen. Sie redeten noch immer nicht viel, aber Nico fragte irgendwann während dem Essen: «Können wir Frieden schliessen? Ich hab schon Luna und Nina aufgrund von Streit verloren. Ich will mich nicht auch noch mit dir zerstreiten!»

Liumana sah ihn an und hatte plötzlich wieder Mitleid mit ihm. Sie war kein bisschen mehr sauer. Ihr tat der kleine Junge neben ihr einfach leid. Sie fand sich selbst irgendwie unfair, aber das war lächerlich, denn er brauchte nun mal wirklich Schlaf! Liumana fühlte sich mehr denn je für ihn verantwortlich, weshalb sie auch darauf bestand, dass er schlief.

«Natürlich!», antwortete sie, «Das vorher hab ich nicht böse gemeint, wirklich! Es war nur…»» – «Schon klar», unterbrach sie Nico lachend, «manchmal kann ich ganz schön uneinsichtig sein!», gab er dann zu.

Liumana seufzte erleichtert. Nico war nicht sauer auf sie. Im Gegenteil, er hatte sogar zugegeben, dass er im Unrecht gewesen war, was er Luna gegenüber bestimmt niemals zugegeben hätte.

«Also, ich werde schlafen», stellte Nico klar, «Aber nur unter einer Bedingung!» – «Ja?», fragte Liumana und war etwas besorgt, dass er wieder unvernünftig wurde. «Weck mich am Abend!» – «Na, gut», stimmte Liumana zu, «aber dann musst du bald schlafen!» – «Okay»

Als sie mit dem Frühstück fertig waren (auch wenn es eher ein «Spätstück» war), gab Nico die letzten Anweisungen: «Dort vorne links abbiegen. Dann immer geradeaus, egal, ob es einen Weg hat oder nicht. Dann müssten wir am schnellsten hinkommen»

Liumana fragte nicht, wo sie hinkommen würden, denn Nico wusste selbst nicht, wohin er sie führte; er spürte einfach, wo sie durch mussten. Es ging um Vertrauen. Liumana vertraute Nico, dass er sie sicher ans Ziel führte. Und Nico vertraute seinem Richtungssinn, dass dieser sich nicht täuschte. Es brauchte nicht viel schiefzugehen, und sie könnten sich übelst verirren oder sogar sterben. Obwohl das beides bei Nico ja eh zusammenhing. Zeit ist Geld. Oder in diesem Fall eben Leben! Es war schon spät. Keiner von beiden hegte viel Hoffnung. Aber Liumana weigerte sich, Nicos Tod einfach so hinzunehmen, ohne etwas dagegen zu unternehmen.

Sie liess Nico aufsteigen und warnte noch: «Dass du dann ja nicht runterfällst!» – «Runterfallen? Von dir? Also bitte!», antwortete Nico lachend und legte die Arme um ihren Hals.

Dann sprang Liumana los. Nico hielt sich fest und schlief dann auch ziemlich bald ein. Liumana folgte seinen Angaben, und der Weg bog tatsächlich bald ab, aber Liumana sprang einfach durch das Gebüsch und ignorierte die Äste und Dornen, die sich sowieso auseinanderbogen, sobald sie zwischendurchrannte.

Es hatte seine Vorteile, mit einem Kind der Natur auf seinem Rücken durch die Wildnis zu laufen. Denn die Pflanzen und Tiere machten selbst einem *schlafenden* Kind der Natur sofort Platz.

So rannte Liumana mit Leichtigkeit durch den dichten Wald. Nun, da es Tag war, konnte sie sich den Wald genauer ansehen. Es hatte dicke, knorrige, uralte Bäume, ebenso dünne, zarte, junge Bäume, die dicht an dicht wuchsen.

Der Boden war so mit Laub und Tannennadeln bedeckt, dass man nicht mehr wusste, wo der Boden anfing und wo nur Laub war. So konnte man leicht eine Wurzel übersehen und stolpern, aber nicht Liumana; sie war schon immer eine schnelle und sichere Läuferin gewesen, wodurch sie bei den Samt-Säbelzahntigern zahlreiche Wettrennen gewonnen hatte. Sie schien gewissermassen zu spüren, wo Wurzeln und sonstige Hindernisse – wie zum Beispiel Steine, Löcher, Pfützen, Sand, Stacheldraht, usw. – versteckt waren.

Das grünlich-gelbe Licht, das durch die Blätter schien, erhellte den Weg und sorgte – zusammen mit dem Geruch nach Wald und Wiesen und dem Wind, der durch die Blätter streifte – für eine ganz aussergewöhnliche Stimmung.

Liumana sprang, bis es Abend wurde, durch den Wald, immer geradeaus, wie Nico es gesagt hatte. Immer, wenn sie sich müde und erschöpft fühlte, schöpfte sie Kraft aus der frischen Luft. Es fühlte sich einfach richtig an. Was? Das wusste Liumana auch nicht. Es fühlte sich einfach gut und richtig an.

Als es langsam eindunkelte, weckte Liumana Nico, wie er es verlangt hatte. Er rieb sich verwirrt die Augen: «Wo sind wir?» – «Das weiss ich auch nicht», antwortete Liumana besorgt, «Hoffentlich bin ich nicht falsch gelaufen! Das wäre schrecklich!»

Nico sah sich um. Dann klärte sich sein Gesichtsausdruck: «Jetzt weiss ich wieder, wo wir sind! Nein, Liumana, du bist perfekt richtig gelaufen! Alles gut! Ich war nur müde!», beruhigte er sie, «Jetzt musst du rechts, dann – Moment, nein, du musst dich ausruhen! Du bist lang gelaufen, du bist bestimmt müde!»

«Nein, kein Bisschen!», protestierte Liumana, auch wenn das nicht stimmte. «Rechts, und dann?» Sie sah Nico fragend an. Er zögerte. «Du weisst genau, wie stur ich sein kann», warnte Liumana. – «Dann um 45 Grad links drehen, und ab da immer geradeaus», antwortete Nico immer noch zögernd. «Super», antwortete Liumana, «Na dann…», sie sah ihn auffordernd an. «Steig auf!»

Nico seufzte resigniert. «Wie du willst. Aber du musst auch mal schlafen!» – «Ja, aber ich entscheide, wann. Und ich werde definitiv nicht mehr heute schlafen!»

Dann sprang sie los. Nico schrie auf und klammerte sich an ihren Hals «Du hättest mich fast abgeworfen!», beschwerte er sich, «Kannst du mich nicht wenigstens jeweils vorwarnen?» –

«Okay, ja, tut mir leid.» – «Schon okay. Aber mach das bitte nicht mehr.» – «Keine Sorge, ich warne dich jeweils vor.» – «Gut, danke.»

Liumana sprang los, bog dann dort, wo Nico zeigte, rechts ab. Nach zehn Metern sprang sie links ins Gebüsch. Ab da lief sie kilometerlange Wege – oder eben *nicht* Wege – durch die Nacht und hielt nie an, verschnaufte nie, obwohl Nico sie immer dazu drängte.

Es war wieder eine schöne und sehr klare Nacht. Überdies war Vollmondnacht. Der Mond schenkte ihnen sein schönstes Silberlicht, das ihnen den Weg leuchtete. «Luna», flüsterte Nico, und Liumana verstand – nach einem kurzen Moment der Verwirrung –, dass er nicht Luna das Mädchen meinte, sondern den Mond. Der war wirklich bewundernswert, und keine Lichter funkten beim Sternenbetrachten drein, keine Autos hupten und verpesteten die Luft. Reine, schöne Natur. Nico dachte offenbar genau das Gleiche, denn er murmelte: «Die Menschen sind Zerstörer. Rücksichtslose Zerstörer!» – «Allerdings! Aber glücklicherweise nicht alle Menschen.» – «Zum Glück.»

Danach redeten sie nicht mehr, sondern genossen die Ruhe und den Frieden der Natur. Aber sie beide spürten eine tiefliegende Unruhe, von den Monstern verbreitet, die die Bäume zum Knurren und Knarren brachte. Ansonsten war es still.

Bei Sonnenaufgang gelangten sie auf einen kleinen Berg. «Der Hexenberg», flüsterte Nico voller Bewunderung. Er sah sich genauer um. Liumana tat das Gleiche: Die ersten Sonnenstrahlen tauchten den grossen Platz auf dem Hexenberg in goldenes Licht. In der Mitte des Platzes war ein grosser Kreis zu sehen, von dem goldene, magische Zeichen aufstiegen. Rundherum war ein alter, fast mysteriöser Wald, ausser auf einer Seite, an einer Klippe, von der aus man den Sonnenaufgang sehen konnte. Genauer gesagt, hatte man dort den Sonnenaufgang direkt vor der Nase.

Vögel zwitscherten in den Bäumen, und Eichhörnchen huschten durch die Äste. Ein Fuchs verkroch sich in seinem Bau. Der strahlend blaue Himmel war wolkenlos. Ein paar Vögelchen flogen Richtung Sonnenaufgang. Liumana sah sich den Kreis genauer an. Er hatte einen Durchmesser von ungefähr fünf Metern und war von mit einer goldenen Aussenlinie markiert. Ein fünfeckiger Stern zog sich durch den Kreis.

In der Mitte stand eine einen Meter grosse Säule mit einer grossen Schüssel mit einem Durchmesser von fünfzig Zentimetern obendrauf befestigt. Dieses ganze Gebilde war aus Gold. Statt mit Wasser schien auch die Schüssel mit flüssigem Gold gefüllt zu sein, das nur durch eine dünne Glasschicht am Auslaufen gehindert wurde.

Es war klar, warum das hier der Hexenberg war. Hier hatten ohne Frage einmal mächtige Zauber und uralte Zeremonien und Riten stattgefunden. Dieser Ort strahlte Macht und Wissen aus, so stark, dass es Liumana fast schlecht wurde.

«Wir müssen warten, bis die Sonne die Glasschicht trifft», erklärte Nico leise und glitt von Liumanas Rücken. «Und was machen wir bis dann?», fragte Liumana. «Na was wohl?», antwortete Nico, «Wir geniessen den Sonnenaufgang!»

Er setzte sich vor dem goldenen Zauberkunstwerk auf den Boden und betrachtete den Sonnenaufgang. Liumana liess sich neben ihm zu Boden gleiten und sah sich Schauspiel der Farben in der vielfarbigen Sonne an: Liumana sah Rot, Orange, Gelb, Rosa, Violett und eine Mischung aus Rot, Violett und Rosa, alles in einem wilden Mix aus ineinander verschlungenen Farben. So einen schönen Sonnenaufgang hatte sie in ihrem ganzen Leben noch nie gesehen!

Als die Sonne langsam höher stieg und allmählich all ihre vielen Farben verlor, drehte sich Liumana zu Nico um, der immer noch die Sonne ansah. «Warum müssen wir eigentlich warten, bis die Sonne auf die Schüssel scheint?», fragte sie.

«Das weiss ich auch nicht so genau», gab Nico zu, «Aber dann wird ein Zauber stattfinden, der uns hilft. Das spüre ich. Ich weiss zwar nicht, was das für ein Zauber ist, oder wie der uns helfen soll, aber ich spüre immerhin, *dass* er uns helfen wird.»

Liumana wusste zwar nicht so recht, was sie von dieser Aussage halten sollte, aber sie hoffte, dass Nico Recht hatte. Sie war den Weg hierher viermal so schnell gerannt, wie den Weg zu Indilis, was bedeutete, dass sie in der halben Zeit die doppelte Strecke zurückgelegt hatte.

Sie war wirklich erschöpft – was sie Nico gegenüber aber niemals zugeben würde – und wollte, dass es sich wenigstens gelohnt hatte, so weit zu laufen.

Langsam stieg die Sonne am Himmel und enthüllte immer mehr Ecken und Winkel des alten Waldes, die bis jetzt verborgen gewesen waren. Es war zauberhaft schön.

Grünes Feuer

Die Sonne stieg immer höher und höher und noch höher, bis sie endlich so hoch war, dass sie in wenigen Sekunden auf die Schüssel scheinen musste.

Liumana wartete angespannt. Dieser angebliche Zauber, der demnächst stattfinden sollte, machte sie nervös. Sie zeigte das zwar nicht, aber sie war es schon. Auch Nico – der wieder auf ihrem Rücken sass – schien angespannt zu sein, das merkte sie an seiner Körperhaltung und daran, dass er ganz still sass, was eigentlich eher selten vorkam.

Alle Geräusche waren verstummt, nichts war zu hören. Die ganze Welt schien zu warten (was durchaus möglich wäre – jedenfalls bei der ganzen *Natur* – da vermutlich Nicos Leben von diesem Zauber abhing).

Dann schien die Sonne endlich auf die Glasschicht. Ein Licht blitzte auf, und Liumana sah erst einmal gar nichts mehr, so grell war das Licht gewesen. Sie bedeckte ihre Augen und versuchte, nicht in Panik zu geraten, was schwer war, da sie nichts mehr sah.

Plötzlich hörte sie eine Frauenstimme: «Ah, endlich wieder Gäste! Seit zweihundert Jahren hab ich hier niemanden ausser Plünderern, Zerstörern, allen möglichen anderen bösartigen Kreaturen und Monstern mehr gesehen. Was wollt ihr? Denn nur die Verzweifeltsten suchen diesen Ort auf. Es heisst, er sei verflucht. Aber das stimmt nicht. Wir Hexen aus alter Zeit haben tatsächlich hier unsere Rituale durchgeführt und spiritistische Sitzungen abgehalten. Aber wir waren nie böse. Nicht alle Hexen sind böse. Manche, aber nicht wir. Doch ihr langweilt euch bestimmt. Nun, was möchtet ihr denn? Und wie habt ihr den Weg hierher gefunden? Er führt durch magische und teuflische Welten und ist gefährlich.»

«Wir suchen einen alten Mann namens Alberto», antwortete Nico, «Ich bin ein Kind der Natur. Mein zehnter Geburtstag ist in… ah ja, sechs Tagen. Ich spürte einfach, wo wir hinmussten und – sobald wir hier waren – wie dieser Ort hier heisst. Bitte, wir brauchen Alberto!», fügte er flehend hinzu.

«Oh», antwortete die Hexe mitleidig, «Das verstehe ich. Aber Alberto braucht zwei Tage, um herzukommen, da kann man nichts machen. Ich kann höchstens bewirken, dass ein Tag ganz schnell vergeht, dann ist Alberto in einem Tag da. Aber dann könnt ihr einen Tag lang nichts unternehmen, weil er zu schnell vergeht.»

«Mach das», murmelte Nico, und Liumana fand, dass er ein wenig zu schnell einwilligte. «Pass auf, was du sagst!», mahnte sie, «Diese Hexe könnte alle Zeit mega schnell vergehen lassen und dann wärst du tot. Das könnte ich nicht ertragen!» – «Das weiss ich», antwortete Nico sanft. «Aber ich vertraue ihr. Und ein Tag ist besser als zwei»

«Das stimmt schon. Aber ich finde, dass du doch ziemlich leichtsinnig mit deinem Leben umgehst.» Nico lachte. «Das stimmt schon. Aber ich *bin* halt einfach leichtsinnig. Das weisst du.» Liumana sah ihn unglücklich an und erklärte dann: «Es ist deine Entscheidung. Ich möchte einfach nicht, dass dir etwas passiert!» – «Ich weiss. Glaub mir, ich weiss das zu schätzen. Aber ich sehe keine andere Möglichkeit»

Dann wandte er sich wieder der Stimme zu, von der noch immer nichts zu sehen war, da sie offenbar inmitten des Lichtes vom goldenen «Altar» kam: «Okay, wenn du das wirklich kannst, dann bring Alberto bitte hierher. Wir brauchen ihn dringend.»

«Natürlich», antwortete die Stimme, «Ich bin froh, dass ihr euch entschieden habt. Ich werde Alberto holen. So, nun muss ich gehen.» – «Warte!», rief Nico, «Ich hab noch eine Frage» – «Ja?», fragte die Stimme, offenbar verwirrt. «Wie heisst du?», fragte Nico.

Liumana hatte das Gefühl, dass die Stimme lächelte: «Mein Name wurde schon seit zweihundert Jahren nicht mehr ausgesprochen. Bei uns haben Namen Macht. Zuletzt hat unsere Stammesälteste meinen Namen gebraucht, um mich an diesen Altar zu binden, damit ich ihn hüten kann, während die anderen Hexen in den Krieg ziehen. Damals war ich eine der jüngsten, unerfahrensten Hexen. Ich war leichtsinnig.» Nico lachte: «Das kennen wir doch!» Auch die Hexe lachte jetzt.

Dann erzählte sie weiter: «Die Stammesälteste hatte gesagt, wenn sie zurückkomme, würde sie den Zauber aufheben. Wenn sie nicht zurückkäme, würde die neue Stammesälteste es tun. Also musste ich nur auf unser Heiligtum aufpassen. Ich fühlte mich geehrt. Ich hätte niemals gedacht, dass es so enden würde» Sie klang traurig.

Auf Nicos Gesicht zeigte sich Verständnis: «Keine kam je zurück, oder?», fragte er leise. «Ja», antwortete die Stimme. «Das tut mir leid», murmelte Nico mitfühlend, «Aber wie heisst du denn jetzt eigentlich wirklich? Du heisst wohl kaum: Ach, ich zitiere jetzt nicht, was du alles gesagt hast.»

Die Stimme lachte wieder. «Du Quatschkopf! Aber ich bin in der Tat recht abgeschweift. Also, ich heisse Silugana. Wenn du jemals dringend ein Portal brauchst, kannst du nach mir rufen. Es wird zwar kaum funktionieren, da ich hier festsitze, aber einen Versuch ist es wert. Ich hab nämlich Portalhexerei studiert.»

«Oh, ist das schwierig? Ou, vielleicht sollte ich dich mal in Ruhe machen lassen. Vielen Dank für das Angebot! Ich werde es versuchen, wenn es nötig ist. Und ich werde nicht darauf bauen, dass es funktioniert.» – «Super! Nun, dann werde ich jetzt Alberto rufen. Viel Glück!» Damit verschwand das Licht. Der goldene Altar sah aus, als wäre nie etwas passiert. Für einen kurzen Augenblick dachte Liumana, sie hätte sich das alles nur eingebildet.

Dann fing die Welt an, sich zu drehen. Zuerst langsam, dann immer schneller, bis Liumana dachte, sie würde an einem Schwindelanfall mit Zugabe sterben.

Da stoppte es plötzlich. Nico klammerte sich an Liumanas Hals und stöhnte. «Das wär was für Nina. Der wird nie schwindlig. Puh! Ich dachte, ich müsse kotzen.» – «Sind wir froh, dass es nicht so weit kam», schmunzelte Liumana.

«Ja, ein Glück!», seufzte Nico entnervt. «Ich hoffe, das passiert mir nie wieder!» Liumana grunzte: «Du nimmst mir die Worte aus dem Mund. Scheiss-Karussell!» Nico lachte: «Meine Rede!»

Liumana wollte gerade noch etwas Blödsinniges erwidern, als plötzlich der Altar in einem grünen Licht aufloderte. «Sowas hab ich noch nie gesehen!», rief Nico nach einem Moment verblüfften Schweigens. «Grünes Feuer!»

Tatsächlich loderte der goldene Altar in einem smaragdgrünen Feuer. Liumana war noch immer sprachlos, aber langsam überwand auch sie den Schock. Sie fragte sich, was das sollte. Zuerst die Stimme namens Silugana, dann das Karussell und jetzt auch noch das grüne Feuer. War das alles ein schlechter Scherz? Es kam ihr fast so vor.

Nach ungefähr fünf Minuten verschwand das Feuer, und ein alter, verwirrt aussehender Mann sass auf dem Altar. Er glitt vom Altar und sah sich um. Dann erspähte er Liumana: «Oh, ein Säbelzahntiger! Wie schön! Ich hab schon seit einer Ewigkeit keine Samt-Säbelzahntigerin mehr gesehen!» Dann wandte er sich

Nico zu: «Und du? Wie konntest du den Ritt durch die bösen Lande überleben?»

«Ich bin Nico, ein Kind der Natur, und wir brauchen deine Hilfe, Alberto. Ich hab in sechs – nein warte – fünf Tagen Geburtstag, mein zehnter Geburtstag um genau zu sein, und, naja, ich glaube, du verstehst unser Problem…»

Alberto musterte ihn forschend. «In der Tat, ich verstehe euer Problem. Ich glaube, wir müssen reden. Erzählt mir bitte, wie lange ihr das mit dem Kind der Natur schon wisst und was ihr schon unternommen habt. Nun gut, erzählt mir am besten einfach die ganze Geschichte von Anfang an.»

Das taten sie dann auch. Sie erzählten von dem Streit in Nullilula, über das Verschliessen des Portals bis zu Silugana, die ihnen erklärt hatte, dass sie die Letzte von ihrem Stamm war. Alberto hörte geduldig zu.

Als sie fertig waren, strich er sich über den langen Bart und sprach: «Ja, das ist eine traurige Geschichte mit dem Stamm der glühenden Hexen.» – «Der Stamm der glühenden Hexen?», fragte Nico mit nur mit Mühe unterdrücktem Grinsen. «Komischer Name!»

«Früher gab es viele spezielle Namen. Nun gibt es fast nur noch unkreative Namen. Ach ja, und Hexen gibt es gar keine mehr. Eigentlich schade. Die glühenden Hexen waren sehr nett. Nun, nein, es stimmt nicht ganz, dass es keine Hexen mehr gibt»

«Silugana», meinte Nico nachdenklich, «Ich finde sie nett. Sie tut mir leid.» – «Mir auch», antwortete Alberto traurig, «Aber niemand kann ihr helfen. Niemand ausser den glühenden Hexen wusste, wie es geht, und niemand ausser ihnen konnte den Zauber ausüben. Und Silugana kann sich auch nicht selber freisprechen, auch wenn sie den Zauber weiss. Man kann sich nicht selber freisprechen.»

«Schade», meinte Liumana, die langsam auch Mitleid mit Silugana hatte, «arme Silugana. Aber, wie Alberto selbst gesagt
hat, wir können ihr nicht helfen. Ausserdem haben wir ein anderes Problem!» – «Ja, die Unsterblichkeit», meinte Alberto nachdenklich, «Für Kinder der Natur der einzige Weg zu überleben.
Ein grosses Risiko, ein grosses Opfer. Bis jetzt konnte das noch
niemand bringen…»

«Moment mal», unterbrach ihn Nico scharf, «ein grosses Opfer?
Was heisst das?» – «Das darf ich nicht sagen. Nicht, bevor die
Entscheidung kommt. Die ist nahe, aber noch nicht da. Sei froh.
Dann hast du eine kleine Verschnaufpause.» Nico sah ihn ver-
wirrt an. «Sprechen alle alten Männer in Rätseln? Gandalf,
Dumbledore, Herne und jetzt auch noch du! Das ist doch echt
mühsam!»

Alberto lachte: «Nein, aber das ist so eine Angewohnheit von
mir.» Er lächelte. «Nun, ich habe aber nun eine Bitte an euch:
Ich war schon lange nicht mehr ausserhalb der Natur. Dann hab
ich vermutlich ein veraltetes Weltbild. Du machst auf mich auch
nicht den Eindruck, als wärst du so ein Junge, wie sie zu meiner
Zeit als normal bezeichnet wurden: stark, selbstsicher, egoistisch, arrogant und gefühlslos.»

«Na, deine Zeit scheint eine ganze Weile zurückzuliegen»,
grummelte Nico, schien aber amüsiert. «Du hast wohl wirklich
ein veraltetes Weltbild. Liumana kannst *du* das ihm bitte erklären? Ich bin mies mit Erklärungen.» – «Na gut», antwortete Liumana widerstrebend.

Dann erklärte sie Alberto mehr oder weniger die moderne Welt.
Nico war es offenbar langweilig, denn er stand auf und sah sich
den Altar genauer an. Liumana liess ihn gewähren. Als sie mit
ihrer Erklärung fertig war, schien Alberto das erst mal verarbeiten zu müssen. «Da hat sich ja allerlei verändert! Meine Güte,

nur gut, dass du mir das so geduldig erklärt hast! Danke. Übrigens, wo ist eigentlich Nico?»

Liumana sah sich erschrocken um, aber Nico war noch immer mit dem Altar beschäftigt. «Pass auf, dass du keinen Zauber auslöst!», rief sie ihm zu. «Und mach nichts kaputt!» – «Neinein, keine Sorge!», rief Nico zurück.

Aber noch während er das noch versicherte, passierte es: Er drückte versehentlich auf einen versteckten Knopf und der Altar versprühte dichten, roten Nebel. Nico schrie auf, als sich der Nebel um ihn herumwand, ihn einhüllte. Auch Liumana schrie auf und rannte auf den Nebel zu, aber eine Art unsichtbarer Schild hielt sie zurück.

Liumana versuchte verzweifelt, an dem Schild vorbeizukommen, doch dieser schien rund zu sein und alles innerhalb des magischen goldenen Kreises von der Aussenwelt abzuschirmen. Liumana sprang aus purer Verzweiflung mit voller Wucht gegen den Schild, aber das brachte auch nichts, ausser Kopfschmerzen.

Als sie sich umsah, sah sie, dass Alberto ebenfalls aufgesprungen war. «Meine Güte, dieser Junge hat einen Knopf gefunden, der jahrtausendelang verschollen war und den nicht mal die glühenden Hexen finden konnten!», rief Alberto überrascht.

Liumana ärgerte sich. Darum ging es hier nicht! Es ging darum, dass dieser idiotische Nebel Nico gefangen hatte! Und, dass dieser dumme Junge natürlich genau *diesen* Knopf hatte drücken müssen! «Das ist doch jetzt egal! Es geht darum, dass wir Nico helfen müssen!», schrie Liumana ihm zu und rammte ihren Kopf gegen den Schild.

Plötzlich glitt ihr Kopf – aber nur ihr Kopf – durch den Schutzschild und sie hörte Nicos Schmerzensschreie. Dann wurde ihr Kopf wieder aus dem Schild gestossen, und sie taumelte zurück und rannte Alberto über den Haufen, der verwirrt hinter ihr stand.

«Was ist denn los?», stöhnte Alberto, als er wieder aufstand und sich den Rücken hielt. «Nico! Dieses *Ding* tut Nico weh! Ich hab's genau gehört! Mach, dass das blöde Zeugs Nico in Ruhe lässt!», kreischte Liumana hysterisch und rannte schon wieder gegen den Schild. Normalerweise war Liumana nicht hysterisch. Aber wenn jemand oder etwas Nico Schmerzen zufügte und sie nicht dagegen tun konnte, konnte sie schon mal wahnsinnig vor Sorge werden.

«Moment, Moment, was ist los? Was hast du gesehen oder gehört, dass du so panisch wirst und mich über den Haufen rennst? Erzähl es mir! Nur so kann ich ihm eventuell helfen!»

Liumana setzte sich hin, damit sie nicht umfiel, und erzählte, was sie gehört hatte. «Du musst was dagegen unternehmen! Du *musst*!», schrie sie immer noch voller Panik.

«Ich schaue, was ich tun kann», versprach Alberto und trat vor den Schutzschild.

Die Entscheidung

Nico wusste nicht, was er tun sollte. Nachdem er den Knopf gedrückte hatte, hatte der Nebel ihn sofort eingehüllt, und Nico verstand nicht so ganz, was das sollte. Er versuchte sich zu konzentrieren, aber das war schwierig, da sein ganzer Körper brannte. Er war sich so vage bewusst, dass er schrie und dass Liumana immer wieder gegen eine Art unsichtbare Mauer oder so rannte, warum auch immer.

Er sah grauenhafte Bilder: Luna und Nina in einer Zelle, beide mit schmutzigen, zerfetzten Kleidern, schmutzigen Gesichtern und verfilzten Haaren. Sie sahen sehr verzweifelt aus.

Dann sah er etwas anderes: Er wusste nicht ganz, was das für ein Raum war, aber er sah aus wie eine Folterkammer. Überall standen Foltergeräte aus dem Mittelalter, die sie in der Schule auf Wunsch der Kinder mal durchgenommen hatten. Eigentlich hatten sie einen sehr netten Lehrer, aber der konnte aus irgendeinem Grund nicht rechnen, weshalb die alte Schachtel sie in Mathe unterrichtete. Ob die die Monsterattacke überlebt hatte? Es wäre ihr glatt zuzutrauen. Und dann würde sie immer genau dort auftauchen, wo die Magic Kids Schutz suchten. Das wäre typisch!

Aber wieder zu der Folterkammer: Nebst den alten Foltergeräten waren auch neuere Erfindungen, wie zum Beispiel ein elektrischer Stuhl, zu sehen. Aber das Schlimmste: Mitten in der Folterkammer standen, mit schwerem Ketten gefesselt, Luna und Nina, während etwas abseits einige fies aussehende Frauen scheinbar diskutierten. Vermutlich, wie man die Mädchen am besten foltern konnte.

Und das Bild wechselte. Diesmal sah er die beiden Mädchen, wie sie an Guillotinen gefesselt waren, bereit zum Köpfen. Luna lag schlaff wie eine Puppe da, und Nico nahm an, dass sie ohnmächtig war. Nina war aber wach und sah sich panisch um. Gerade als William – dieses Scheusal! – ein Zeichen gab und die Nullilulaner jubelten, wechselte das Bild abermals.

Nun sah Nico sich selbst und die beiden Mädchen in – wie bitte? War das tatsächlich… eine antike Stadt? Das konnte nicht sein! Dann dachte er an die Bemerkung von Liumana, dass die Monster die Grenzen verwischen, glücklicherweise noch nicht die Zeitgrenzen. Konnte es sein, dass…

Er dachte den Gedanken nicht zu Ende, da nun die Bilder verschwanden und der Schmerz sich verdoppelte. Nico sah durch einen Schleier aus Schmerz – und natürlich durch den roten Nebel –, wie Alberto irgendetwas murmelte, während er von seltsamen Zeichen und Buchstaben umschwirrt wurde. Na super! Dieser alte Mann machte es mit seinen Zaubersprüchen nur noch schlimmer!

Nico dachte daran, was er mal in der Schule gehört hatte; Dass es so etwas wie Zauberei nicht gab. Das stimmte offensichtlich nicht so ganz. Allerdings konnte er momentan fast nur daran denken, dass es endlich aufhören sollte. Er fragte sich, was das alles sollte.

Zu seiner Überraschung bekam er darauf eine Antwort. Es war nicht, wie wenn jemand redete, viel eher, als ob er gerade daran dachte – was natürlich nicht der Fall war. Aber eine Schrift schien sich in sein Gedächtnis einzubrennen:

Dies war die Aufnahmeprüfung für junge Hexen. Wer zu den glühenden Hexen gehören wollte, musste einen Tag lang in dem Nebel stehen. Wer das überlebte, war würdig. Wer nicht… nun, dann war die Möchtegern-Hexe tot. Da gab es nichts mehr zu sagen. Die glühenden Hexen waren gute Hexen, weshalb sie aufpassen mussten, dass sich keine bösen Hexen einschlichen. Das taten sie mit dieser Prüfung. Ansonsten versuchten sie,

Schmerz und Tod zu vermeiden, aber der Schutz ihrer Reinheit **musste** *bewahrt werden.*

Na, super, dachte Nico, *Ich will doch gar keine Hexe werden! Ich will raus! Lass mich raus!* Aber natürlich hörte der fiese rote Nebel nicht auf ihn, und Albertos Zaubereien schienen auch nichts zu nützen, nur zu schaden. *Aber das klingt so, als ob das eh nur Frauen und Mädchen überleben würden!*, regte sich Nico auf, *und ich will* **wirklich** *keine Hexe werden! Echt nicht! Also, lass mich raus!*

Aber langsam wurde ihm klar, dass es nur einen Weg hier hinaus gab: Überleben. Dafür war dieser Nebel geschaffen worden. Rückzug gab es nicht. Aber Nico bezweifelte, dass er das hier überleben würde. *Ich wäre so oder so früher oder später gestorben*, meinte ein Teil von ihm, *warum rege ich mich dann so auf?* Aber der andere Teil jammerte: *Aber der andere Tod wäre weniger schmerzhaft gewesen! Und warum muss es eigentlich immer mich erwischen?* Darauf wusste der erste Teil auch keine Antwort mehr.

Nico wusste, dass es eigentlich nur eine Möglichkeit gab: durchhalten und hoffen, dass es bald vorbei war. Aber darauf hatte er keine Lust. Er wollte, dass es hier und jetzt aufhörte. Nur wusste er nicht, wie er das machen sollte – bis er die Bäume sah.

Mama, dachte er, *wenn du wirklich meine Mutter bist, hilf mir! Sonst bringt mich dieser blöde Nebel um!* Er bekam keine Antwort, aber das Gras fing an, sich zu bewegen und der Nebel fing an, sich aufzulösen. Das war gut. Dann wurde alles schwarz. Das war nicht so gut.

Als er aufwachte, merkte Nico, dass er im Gras lag, was nicht so überraschend war. Dann merkte er, dass er in einem Wald war und dass Liumana und Alberto neben ihm sassen.

Er rieb sich die Augen: «Wo sind wir?» Liumana seufzte erleichtert auf. «Endlich! Du warst einen Tag lang ohnmächtig.» – «Wundert mich überhaupt nicht», murmelte Nico. «Aber du hast meine Frage nicht beantwortet: Wo sind wir?»

«Immer noch auf dem Hexenberg. In dem Wald. Hier ist es sehr schön! Und es hat so viele freundliche Tiere!», schwärmte Liumana. «Was sie sagen will», nahm Alberto den Faden wieder auf, «ist, dass wir in Sicherheit sind. Keine Sorge, das ist kein böser Ort.»

«Das hab ich auch nicht gedacht», meinte Nico, «Aber sind wir hier auch vor den Monstern sicher? Ich glaube nicht.» – «Darüber haben wir uns noch gar keine Gedanken gemacht», murmelte Alberto nachdenklich. «Aber ich fürchte, du hast Recht. Kein Ort ist mehr sicher. Ausser vielleicht Nullilula, weil du den einzigen Zugang verschlossen hast. Aber die Nullilulaner sind selbst Monster.»

Nico seufzte. «Das weiss ich. Immerhin hat William den Streit verursacht. Und das alles nur, weil sie immer die Frauen umbringen!», regte er sich auf. «Ja, die Nullilulaner sind ziemlich dumm und böse!» – «Jungs, ich möchte ja eigentlich nicht stören, aber die Späher berichten, dass Monster an der Grenze gesichtet wurden. Wir müssen uns vorbereiten», unterbrach Liumana.

Die anderen zwei sprangen sofort auf und rannten hinter ihr her, während Liumana ihnen den Weg zeigte. Alberto schien ein bisschen verärgert zu sein, vielleicht weil Liumana «Jungs» gesagt hatte und Alberto das eine Beleidigung fand. Bei ihm konnte man das nie wissen. Aber sie hatten andere Probleme als einen beleidigten Alberto. Die Monster griffen an!

Als sie zu der Grenze kamen, wütete dort schon ein Kampf: Vögel, Eichhörnchen, Füchse und noch ein halbes Dutzend andere Tierarten wehrten sich, so gut sie konnten, gegen die Monster, aber sie hatten keine Chance: Es waren mindestens zehn Monster – nein, nur noch neun. Die Tiere hatten eines erlegt. Aber viele verwundete Tiere lagen am Rand des Schlachtfeldes. Zum Glück schienen alle noch am Leben zu sein. Nico war trotzdem wütend.

Und das war nicht gut für die Monster. Es war nicht schwer, Nico wütend zu machen, aber es war schwer, ihn richtig wütend zu machen. Eine Möglichkeit, das zu erreichen, war, wenn man Tiere verwundete und umbringen wollte.

Jetzt spielte die Natur verrückt: die Bäume bewegten sich und fingen an, auf den Monstern herumzutrampeln, was denen ziemlich wehtat, sie aber leider nicht umbrachte. Dafür spie jetzt plötzlich der goldene Hexenaltar eine Anzahl Wurfmesser aus und brachte alle Monster ausser zweien um.

Eine Frau in grünbraunen Gewändern erhob sich aus dem Altar und lächelte. «Endlich wieder frei! Ich war so lange hier gefangen, doch nun bin ich frei! Alles dank dir, Nico» – «Wegen mir???», fragte Nico verwirrt, «Übrigens: Bist du Silugana?»

Die Frau lächelte wieder. Sie hatte wunderschöne, knielange schwarze Haare und warme, braune Augen wie Nico. Ihr Gesicht war vermutlich mal wunderschön gewesen, aber nun war es zerkratzt und von halb verheilten Schrammen und getrocknetem Blut bedeckt, was Nico ehrlich gesagt besser fand, da man sah, dass sie kämpfte. Sie war leicht gebräunt und hatte einen schönen Teint.

«Ja, ich bin Silugana», antwortete sie, «und zu deiner anderen Frage: Mit deinem… Missgeschick gestern hast du die uralten Grenzen umgestossen. Bisher konnte noch niemand vor dem vorgeschriebenen Tag aus dem Zaubernebel heraus.» – «Alles passiert irgendwann zum ersten Mal» – «Was ich damit sagen will, Nico, ist, dass ich mich selbst freisprechen konnte, da du die Grenzen umgestossen hast. Herzlichen Dank!»

Nico war ganz schön überwältigt. Also hatte das Missgeschick von gestern doch etwas Gutes. Das war gut, denn Nico hasste unnötige Dinge, ganz egal, was es war. Aber nun wieder zu Silugana: Sie zog ein langes, silbernes Schwert und ging auf die zwei verbliebenen Monster los. Die Monster schlugen nach ihr und versuchten, sie mit ihren Krallen aufzuspiessen, aber Silugana war schnell. Sie wich geschickt aus, hieb, stach, wehrte ab und erschlug die Monster schliesslich.

Die anderen starrten mit offenen Mündern das Kampfgetümmel an, während die Monster gar nicht wussten, wie ihnen geschah. Innerhalb kürzester Zeit waren von den Monstern nur noch zwei verbrannte Stellen übrig, da sie statt einfach zur Leiche zu werden, verbrannten. Das taten alle Monster: zu Staub zerfallen, explodieren, verbrennen, zu sonst etwas (z.B. Sand, Erde, Fell) zerfallen. So verursachten sie wenigstens keine Umweltverschmutzung.

Silugana war gerade fertig, als ein Tier neben dem Schlachtfeld Alarm schlug: «Hilfe, Hilfe meine Schwester stirbt!» Es war ein kleines Kaninchen, das weinend neben seiner grossen Schwester hockte. Nico reagierte sofort, rannte zu dem Kaninchen und kniete sich neben der verwundeten Schwester nieder. Er untersuchte das arme Tier und meinte dann: «Nur ein Wunder kann sie jetzt noch retten.» – «Ein Wunder… oder eine Hexe», korrigierte Silugana, kniete sich ebenfalls nieder, legte dem Häschen eine Hand auf den Bauch und murmelte einige Zaubersprüche.

Tatsächlich kam das Kaninchen augenblicklich wieder zu sich, und das kleinere Geschwister weinte wieder, aber diesmal vor Freude. Nico sah Silugana überrascht an: «Du kannst heilen? Ich dachte, du hast Portalhexerei studiert.» - «Das hab ich auch», erklärte Silugana, «aber jede Hexe hat nebst den Hexereien, die sie studiert, auch eine angeborene Gabe. Meine ist…» – «Heilung», tippte Liumana. «Genau», antwortete Silugana, «Und ich hab neben meinem Studium noch, eher als Hobby, Schwert-

kampf trainiert. Hexen kämpfen eigentlich nur mit Zaubersprüchen, müsst ihr wissen. Aber es war sehr nützlich in den letzten
zwei Jahrhunderten. Ohne diese Kenntnisse… lassen wir's.»

Nico starrte sie noch immer voller Bewunderung an: «Deine
Schwertkampftechnik ist der Hammer! Wo hast du das gelernt?»
– «Nun», antwortete Silugana etwas verlegen, «Das hab ich als
Kind bei den Soldaten meines Heimatdorfs abgeschaut und mir
den Rest als Erwachsene selbst beigebracht, mit Hilfe von ural-
ten Schriften über den Hexenkampfstil – bevor die Hexen faul
wurden und nur noch Zauberei benutzten.» – «Wow!», staunte
Nico zutiefst beeindruckt.

«Was hast du jetzt vor, wo du wieder frei bist?», fragte Alberto.
«Nun, ich glaube, ich gehe in die Hexenhöhle, unser Notquartier
hier, und schaue, ob sich da noch was machen lässt.» – «Warum
nur Notquartier?», fragte Liumana.

«Wir glühenden Hexen haben an einem anderen Ort, zwei Ta-
gesritte von hier entfernt, gelebt. Hier war nur unser Notquartier,
falls wir belagert wurden. Aber den Hexenberg hier hab ich so
lange verteidigt, dass er mir als Zuhause richtiger vorkommt.
Und…ich weiss nicht, ob ich unser altes Zuhause ohne meine
Hexenschwestern ertragen würde», erklärte Silugana traurig.

Das verstanden die anderen drei natürlich. Nico hob die Hand:
«Noch eine Frage: Du hast gesagt, du würdest schauen, ob sich
da noch was machen lässt. Wie meinst du das?» – «Feinde der
glühenden Hexen haben das schon seit Ewigkeiten zerstört. Vielleicht kann ich es durch Zauberei noch retten, aber ich muss eben
schauen», erklärte Silugana.

Nico nickte zum Zeichen, dass er verstanden hatte. Silugana verabschiedete sich noch und lief dann los. Vor einer Abzweigung
drehte sie sich um und winkte nochmal. Dann verschwand sie
hinter der Kurve.

116

Sie hatten abgemacht, sich in einer Stunde wieder hier zu treffen – Sie konnten an der Sonne sehen, wann eine Stunde vorbei war. Dann würde Silugana wissen, ob sie die Hexenhöhle noch retten konnte. Und dann würden sie sich auch trennen.

Als Nico, Liumana und Alberto sich umschauten und sich wohl alle das Gleiche fragten – nämlich, was sie in der Stunde machen sollten – sah Nico plötzlich ein Monster auf sich zuspringen. Es war so unerwartet, dass er nicht mehr reagieren konnte. Das Monster hätte ihn mit seinen Krallen aufgespiesst, wenn Liumana ihm nicht in den Weg gesprungen wäre.

Sie schaffte es, das Monster zu verletzen, aber das Monster bohrte seine Kralle – die aussah wie ein Krummschwert – tief in Liumanas Rücken und zog sie dann wieder heraus, während Liumana zur Seite sackte und dort reglos liegen blieb.

«NEIIIN!», schrie Nico, schnappte sich eines von Siluganas Wurfmessern und schoss damit auf das Monster. Wie durch ein Wunder traf er sogar, und das Monster löste sich zu einem violetten Blätterhaufen auf. Offenbar waren Siluganas Messer vergiftet, denn normalerweise brauchte man mehr als einen Messerstich, um ein Monster zu töten – ausser man traf direkt ins Herz.

Dann rannte Nico zu Liumana, schlang die Arme um ihren Hals und sah sich die Wunde an. Es war leider ziemlich klar: Liumana war nicht mehr zu retten. Sie war zu stark verwundet.

«Nein!», schluchzte Nico. «Nein! Liumana! Neineinein!» Dann sah er Alberto wütend an: «Du musst sie retten! Du musst! Oder hol halt Silugana! Irgendwas *muss* man doch machen können!» – «Nun… nun, auch Siluganas ganze beträchtliche Heilkraft kann hier nichts mehr ausrichten. Aber ich glaube, ich kann sie tatsächlich retten», antwortete Alberto. «Worauf wartest du dann noch? Rette sie!»

«Wenn ich sie rette, kann ich dich nicht unsterblich machen. Du wirst deinen zehnten Geburtstag zwar überleben, aber du wirst nicht unsterblich sein. Und glaub mir, du wirst die Unsterblichkeit brauchen! Ich kann dich unsterblich machen. Aber dann kann ich deine Freundin nicht retten. Und egal, was du nimmst, es fordert ein grosses Opfer. Also, was willst du?»

Nico war empört: «Was soll das für eine Frage sein?! Ich *muss* Liumana retten!» – «Dann bist du also bereit?» – «Ja. Noch eine Frage: Was ist das für ein Opfer?» Alberto blickte ihn traurig an. «Deine magischen Fähigkeiten. Alle.»

«Was???» Nico hatte insgeheim schlimmere Sachen befürchtet; das Leben oder die Kraft von anderen Freunden. Aber er war trotzdem schockiert. Er wusste nicht, was er ohne seine magischen Fähigkeiten machen sollte.

Er wusste nicht, ob er seine magischen Fähigkeiten nur für die Unsterblichkeit aufgegeben hätte, aber hier war die Entscheidung klar. Das hier war Liumana! Sie hatte ihm so oft das Leben gerettet! Natürlich würde er sie retten! Ganz egal, was es kostete.

Aber ein bisschen machte es ihm auch Sorgen (von Angst ganz zu schweigen): «Ich meine... heisst das, dass ich nie wieder mit Tieren sprechen kann? Ich meine, ich werde Liumana sowieso retten, aber trotzdem...»

«Nein. Diese Fähigkeit wird dir bleiben, weil du aus Liebe zu Liumana gehandelt hast. Aber damit hat es sich auch schon. Du wirst alle anderen Fähigkeiten verlieren – die Fähigkeiten, die dich bis jetzt am Leben erhalten haben. Also, überleg es dir gut!»

«Was gibt es denn da bitteschön zu überlegen? Natürlich rette ich Liumana! Wir werden das nachher schon schaffen!», antwortete Nico zuversichtlich. Mit Liumana konnte er alles schaffen! Sie hatten Alberto gefunden. Und sie hatten auch noch Silugana. Also...

Alberto seufzte. «Nun… so soll es sein!» Er schloss die Augen, und Nico umklammerte Liumanas Hals fester. Er spürte, wie die magischen Fähigkeiten verschwanden. Es fühlte sich an, als würde sich ein Teil von ihm auflösen – ein Teil, den er eigentlich nicht entbehren konnte. Vermutlich übertrug sich seine Kraft auf Liumana – in Gestalt von Lebenskraft, nicht als magische Fähigkeiten.

Es war ein ziemlich unbeschreibliches Gefühl, und zwar nicht gerade auf die positive Art. Andererseits fühlte es sich auch gut an. Es war nämlich eine grosse Verantwortung, und das spürten die Kinder der Natur auch. Wenn dann die ganze Verantwortung weg war, war das schon irgendwie befreiend. Aber es war auch beunruhigend, dass die Fähigkeiten jetzt einfach weg waren, und Nico spürte eine Ohnmacht kommen.

Das passte ihm nicht. Er wollte nicht schon wieder ohnmächtig werden. Das war echt nervig! Andererseits hatte er dann Ruhe. Und er konnte sowieso nichts dagegen unternehmen. Nico spürte, wie seine Augenlieder schwer wurden und eine starke Müdigkeit unaufhörlich näher rückte. Eine schwere Müdigkeit. Er fühlte sich so wehrlos wie noch nie in seinem Leben. Und so erschöpft wie noch nie. Für einen Moment verlor er sogar seine Hoffnung auf eine gute Zukunft. Aber dann sah er die bewusstlose Liumana an und er wusste, dass mit ihr nichts unmöglich war.

«Wir werden das schon schaffen!», wiederholte er flüsternd. Dann wurde alles schwarz.

Gelbes Blut

Silugana fand die Hexenhöhle sofort. In all den Jahren hatte sie etwas kein bisschen vergessen: den Ort, wo die Hexenhöhle stand oder mal gestanden hatte. Zu ihrer grossen Überraschung und Freude war die Höhle noch vorhanden, doch als sie herein ging, traf sie fast der Schlag; die Höhle sah schrecklich aus! Die Regale – oder das, was davon übrig war – lagen kreuz und quer auf dem Boden verstreut. Alle ehemals ordentlich sortiert darin stehenden Gläser lagen überall auf dem mit Blut bedeckten Boden, aber da sie glücklicherweise alle aus bruchsicherem Hexenglas bestanden, waren sie alle noch ganz, und nichts war ausgelaufen.

Der Rest der Höhle sah noch schlimmer aus: Die ehemals schöne Sitzecke war vollkommen verwüstet. Die Wände und der Boden waren mit Dreck, Blut und noch etwas anderem bedeckt, was Silugana nicht zuordnen konnte.

Die wertvollen roten Sessel, die mit magischer, sehr seltener Hexenseide bezogen waren, und das zierliche kleine silberne Tischchen waren verschwunden, nur die total zerfetzten Kissen waren noch übrig. Die Federn und Fetzen ihrer Bezüge lagen überall auf dem Boden herum.

Silugana fand ein smaragdgrünes Kissen, das noch einigermassen intakt war, und schöpfte Hoffnung; das war jeweils ihr Kissen gewesen und sie interpretierte es als gutes Omen, dass genau dieses Kissen noch ganz war, auch wenn der grüne Überzug an einigen Stellen zerfetzt war.

Silugana trat etwas bange in das mit einem Vorhang abgetrennte Schlafzimmer, das neben einem immer leeren, grossen Platz für Magie in der Mitte der Höhle, der letzte Ort war, den Silugana noch nicht genauer untersucht hatte.

Sie erlebte eine angenehme Überraschung: Das Schlafzimmer war noch intakt, es schien gar nicht berührt worden zu sein in den letzten zweihundert Jahren, aber es lag auch kein Staub. Dann fiel Silugana ein, dass sie ja dabei gewesen war, als sie sich entschieden hatten, das Schlafzimmer mit ganz starken Zaubern zu schützen, so dass sie im schlimmsten Notfall dorthin flüchten konnten.

Warum ausgerechnet das Schlafzimmer? Es war der einzige halbwegs vom Rest der Höhle getrennte «Raum», und man konnte mit den guten Zaubern der glühenden Hexen nicht allzu grosse Flächen schützen. Ausserdem will doch niemand überfallen werden, wenn er gerade in einem Traum Süssigkeiten isst oder sonst etwas Tolles macht, oder?

Nun wandte sich Silugana wieder dem Rest der Höhle zu, der es zu flicken galt, wenn sie hier wohnen wollte. Nun, die Regale könnte sie vielleicht mit Magie reparieren oder Neue machen. Das Wichtigste und Wertvollste der Hexen, die vielen Gläser voller Zauberutensilien, musste sie nur wieder richtig draufstellen. Der leere Platz in der Mitte war nur dreckig und mit dem Rest des Höhleninhaltes voll, aber das liesse sich sehr schnell wieder richten: Nur ein bisschen saubermachen und aufräumen.

Die Sitzecke war das grösste Problem. Es war nicht, weil sie nicht mehr dort sitzen konnte, sondern weil der Tisch ebenfalls ein sehr wichtiges Heiligtum der glühenden Hexen war. Er war mit sehr alten Zaubersprüchen verziert und mit sehr mächtigen Zaubern belegt.

Auch die Stühle waren wegen der seltenen Hexenseide sehr wertvoll. Das war aber nicht der eigentliche Grund, warum Silugana die Stühle zurückwollte; man konnte die Zauber des Tisches nur nutzen, wenn man mindestens einen mit Hexenseide überzogenen Sessel und ein Kissen von der Sorte von Siluganas hatte. Das alles musste intakt sein (also Kratzer waren nicht so

schlimm, wenn der Kissenüberzug noch über das Kissen drüber-
gezogen werden konnte). Silugana hatte aber momentan nur das
Kissen.

Dann schoss ihr ein Gedanke durch den Kopf: Vielleicht konnte
das Kissen ja den Tisch und mindestens einen Stuhl finden! Das
wäre durchaus möglich. Und sie mit ihrer Portalhexerei konnte
dann mit einem Portal dorthin reisen und sie holen. Wenn es
tatsächlich funktionierte…

Trotzdem war Silugana wieder voller Hoffnung und Tatendrang
und wollte es gerade ausprobieren, als ihr auffiel, dass schon fast
eine Stunde vorbei war. Sie wollte nicht zu spät kommen, um
ihre Freunde zu verabschieden. Noch ahnte sie nicht, was sie
erwartete…

Als Silugana wieder um die Biegung kam, die sie vom Hinweg
kannte, sah sie Alberto neben einem auf der Seite liegenden,
offenbar bewusstlosen Jungen knien, welcher die Arme um den
Hals eines neben ihm liegenden Säbelzahntigers geschlungen
hatte. Mit Schrecken erkannte Silugana, dass das Liumana und
Nico waren, die dort auf dem Boden lagen.

Sie rannte hin und fragte Alberto erschrocken, was denn passiert
sei. Alberto sah auf und seufzte. «Ich fürchte», antwortete er
schliesslich, «es gibt eine Planänderung.» Dann erzählte er ihr,
was passiert war.

Als er fertig war, war Silugana gleichermassen schockiert wie
verwundert. Sie fand es schrecklich, dass Liumana gestorben
war, auch wenn Alberto versicherte, dass es ihr bald wieder gut
gehen werde. Und Silugana fand es empörend, dass die Unsterblichkeit (oder eben die Rettung Liumanas) Nicos gesamte magischen Fähigkeiten – ausser mit Tieren sprechen – gekostet hatte.

Sie wunderte sich auch, wie Nico seine Fähigkeiten so leichtfer-
tig weggeben konnte und dass Liumana so bereitwillig gestorben

war, um Nico zu beschützen. Offenbar bestand zwischen ihnen eine viel stärkere Verbindung, als Silugana bisher angenommen hatte.

Liumana hatte Nico das Leben gerettet und dafür mit ihrem eigenen Leben bezahlt. Nico hatte seine magischen Fähigkeiten weggegeben, um Liumana ins Leben zurückzuholen und dafür seinen zehnten Geburtstag zu überleben, was er nach Albertos ziemlich detailliertem Bericht aber eher als Nebensächlichkeit sah.

«Was machen wir jetzt?», fragte sie. Alberto sah sie an und antwortete dann: «Ich fürchte, du musst die Höhle so schnell wie möglich reparieren und dich dann um die beiden kümmern. Sie sind auf dich angewiesen. Könntest du ihnen diesen Gefallen tun?»

«Natürlich!», antwortete Silugana klar. «Ich bin Nico sowieso noch einen Gefallen schuldig. Schliesslich hat er mir – wenn auch unbeabsichtigt – geholfen, den bindenden Zauber zu brechen. Ausserdem mag ich sie beide sehr. Und ich habe festgestellt, dass unsere Schutzzauber beim Schlafraum gewirkt haben. Auch der Rest der Höhle sieht nicht allzu schlimm aus», fügte sie hinzu.

Sie schaffte es, Liumana mit einem Zauber zu transportieren, und Nico war nicht sehr schwer. Auf dem Weg zurück zur Höhle sprachen sie und Alberto kein Wort. Beide waren zu sehr mit ihren eigenen Gedanken beschäftigt.

Als sie in der Höhle ankamen, führte Silugana Alberto direkt zur Schlafstelle, wo sie Nico und Liumana ablegte. Alberto sah sich währenddessen in der verwüsteten Höhle um: «Schrecklich, was diese Unholde mit euerm schönen Notfallzuhause angerichtet haben!» Mit «diese Unholde» waren die Gewinner des grossen Hexenkrieges gemeint, die das Chaos angerichtet hatten.

Es war nämlich so: Nachdem der einzige Zaubererstamm aus dieser Zeit den Krieg gegen die Hexen gewonnen hatten, hatten sie die heiligen Stätten und die Wohnorte aller Hexen, die gegen sie gekämpft hatten, dem Erdboden gleichgemacht. Nur der Hexenberg stand noch, da Silugana ihn zwei Jahrhunderte lang verteidigt hatte.

Aber nicht einmal Silugana hatte alle Zerstörer aufhalten können. Ein paar wenige waren bis zu der Hexenhöhle vorgedrungen und hatten dort alles in Schutt und Asche legen wollten. Silugana konnte nur den Hexenberg, also vor allem das Heiligtum verteidigen; für die Hexenhöhle hatte es nicht ganz gereicht.

Allerdings hatte Silugana die Fackelträger alle umgebracht, weshalb den Zerstörern nur eine andere Möglichkeit blieb: Zerstörung und Verwüstung von Hand, was nicht so wirkungsvoll war wie Feuer, aber auch ganz schön wirksam.

Alberto war auch ziemlich alt, älter als Silugana. Wie alt, hatte noch nie jemand ausser ihm gewusst, und auch jetzt wusste es niemand. Aber Alberto hatte die Kriege auch erlebt, überlebt und einige gute Freunde dabei verloren.

Silugana war zu müde und zu traurig und geschockt, als dass sie jetzt aufräumen konnte. Alberto bemerkte das: «Du musst nicht jetzt saubermachen. Das wäre zu viel für dich!»

Sie brauchten nicht zu sprechen, um zu wissen, was sie jetzt machen wollten. Wie selbstverständlich setzten sie sich beide gleichzeitig auf den Boden und fingen dann an, von den alten Zeiten zu sprechen. Sie verstanden sich gut. Niemand ausser ihnen beiden war nach ihrem Wissen noch am Leben, der oder die die Kriege der alten Zeiten erlebt hatte. Alberto war uralt und unsterblich, und Silugana war die ganze Zeit von dem Bindezauber am Leben gehalten worden und nun wahrscheinlich auch unsterblich.

Nach einem langen und sehnsüchtigen Gespräch musste Alberto weiter, und Silugana spürte, dass sie dringend Schlaf brauchte. Alberto stand auf und half ihr auf.

Als er schon gehen wollte, drehte er sich nochmal um: «Ach ja, ich hätte fast vergessen, dass ich dich noch um einen letzten Gefallen bitten wollte. Noch nie hat ein Kind der Natur die Unsterblichkeit erlangt. Das hier wurde mir von Mutter Natur anvertraut, falls je eins von ihren Kindern seinen zehnten Geburtstag überlebt.»

Er formte mit beiden Händen einen Kreis in der Luft Dann tauchte plötzlich eine Rüstung und ein Schwert samt Schwertscheide in seinen Händen auf. «Kannst du das bitte Nico geben, wenn er aufwacht», bat er sie, «er wird es brauchen. Es könnte seine letzte Hoffnung sein. Bewahre es gut»

Voller Ehrfurcht nahm Silugana die Rüstung und das Schwert entgegen und versprach, gut darauf aufzupassen und es Nico zu geben, wenn er erwachte. Alberto warnte sie noch, dass das nicht vor Nicos zehntem Geburtstag sein werde. Liumana würde sehr wahrscheinlich vor seinem Geburtstag erwachen, aber Nico ganz bestimmt nicht.

Als er gegangen war, suchte Silugana einen sicheren Ort für die Rüstung und ging dann zu Bett. Selbst für eine jahrhundertealte Hexe war es ein langer Tag gewesen. Also, diese Rüstung war total… unmöglich in Worte zu fassen. Aber Mutter Natur persönlich… sie war schon so lange inaktiv, dass Alberto noch viel älter sein musste, als Silugana es sich in ihren wildesten Träumen hätte vorstellen können!

Silugana träumte von den guten alten Zeiten, als sie mit ihren Hexenschwestern hier oder in ihrem früheren Zuhause gesessen und gelacht hatte. Es war so schön gewesen; Silugana hatte sich nie vorstellen können, ohne ihren Stamm zu leben.

Dafür hatte sie jetzt neue Freunde, die ihre Hilfe brauchten. Sie war sich sicher, dass sie, Liumana und Nico noch einiges zusammen erleben werden. Das war das Schöne daran, eine Hexe zu sein; sie wusste manchmal Sachen aus der Zukunft im vornherein.

Am nächsten Tag fing Silugana mit den Aufräumarbeiten an: Sie stellte neue Regale her und räumte die ganzen Gläser wieder ein. Das dauerte sehr lange: Sie fing bei Sonnenaufgang an und war noch bis nach Sonnenuntergang daran.

Am nächsten Tag ging ihr auf, dass Nicos Geburtstag schon in zwei Tagen war. Sie wandte sich den letzten paar Gläsern zu und fing an, sie einzuräumen.

Am Mittag, als sie gerade fertig war und überlegte, um was sie sich als Nächstes kümmern sollte, regte sich plötzlich Liumana; sie drehte sich unruhig von einer Seite auf die andere und wieder zurück. Silugana sah zu und wusste nicht so genau, wie sie reagieren sollte.

Dann schlug Liumana plötzlich die Augen auf und sah sich panisch um. Sie blinzelte. Dann sah sie Silugana: «Was um Himmels Willen ist denn passiert?»

Silugana stand nur da und war zu verdutzt, um zu antworten. Liumana drehte sich derweil auf die andere Seite: «Was… Nico! Was ist denn los? Wie geht es Nico? Was ist passiert? Wie kann es sein, dass ich noch lebe? Ich bin doch von dem Monster umgebracht worden! Hä? Ich verstehe gar nichts mehr!»

Sie sah Silugana verwirrt an, und Silugana klärte sie über die momentane Lage auf. Dass Liumana tatsächlich gestorben war, dass Alberto Nico vor die Wahl gestellt hatte und was jetzt Tatsache war. Liumana hörte mit wachsender Verwunderung zu.

Als Silugana fertig war, fragte Liumana: «Was??? Heisst das, Nico kann nicht mehr in der Natur herumzaubern? Hat Alberto dir wirklich Schwert und Rüstung gegeben? Das ist cool!» – «Ja. Allerdings. Aber du weisst auch, warum er mir das gegeben hat.» – «Ja», grummelte Liumana unzufrieden. «Das ist nicht so cool.»

Dann half sie Silugana dabei, den Boden freizuräumen, was den ganzen Nachmittag dauerte. Dabei tauschten sie Geschichten und Erlebnisse aus und erzählten sich gegenseitig eine Kurzversion ihres Lebens.

Als die Sonne gerade unterging, waren die beiden mit dem Boden so weit fertig, dass er frei war. Sie machten ab, dass sie morgen den Boden und die Wände putzen würden, was dringend nötig war.

Nach einer traumlosen Nacht fingen sie an, die Decke zu putzen. Dann fuhren sie mit den Wänden fort. Am späten Nachmittag fingen sie dann mit dem Boden an. Das alles war dringend nötig, denn die Wände und der Boden waren vollkommen dreckig, vor allem mit einer gelben Flüssigkeit verschmiert, bei der sie sich fragten, ob das tatsächlich Blut sein konnte, denn es fühlte sich von der Konsistenz an wie Blut.

Der Boden war besonders voll damit, weshalb es wirklich dringendst nötig war, ihn zu putzen. Kurz bevor sie damit anfingen, gönnten sie sich eine kurze Pause.

Liumana sah zu Nico hinüber. «Hoffentlich wacht er morgen auf», meinte sie besorgt, «Dann ist doch sein Geburtstag, oder?», fragte sie in einem seltsamen Ton. Sie schien sich wirklich ziemliche Sorgen um Nico zu machen – immerhin war er ihr Schützling. Tolles Geburtstagsgeschenk: keine magischen Fähigkeiten mehr.

Das hatte Silugana ganz vergessen, aber es stimmte. «Ja, das stimmt. Aber Alberto hat gesagt, bestimmt nicht *vor* seinem Geburtstag. Er hat nicht gesagt, *an* seinem Geburtstag.» – «Aber es wäre immerhin möglich?», fragte Liumana flehentlich.

«Natürlich wäre es möglich, sogar sehr gut!», versicherte Silugana hastig. Sie hatte gerade erst kapiert, wie wichtig das für Liumana war und machte sich innerlich gerade selbst zur Schnecke, weil sie das nicht von Anfang an verstanden hatte.

Liumana atmete erleichtert auf. «Dann ist es ja gut! Ich wollte nur sichergehen. Weisst du, ich mache mir Vorwürfe wegen dem, was passiert ist. Ich hätte…» – «Du hast dich für ihn geopfert! Das war unglaublich mutig! Warum machst du dir Vorwürfe?» – «Weil», begann Liumana, «ach, egal. Nico hätte bestimmt dasselbe für mich getan. Eigentlich ist doch *er mein* Schützling, nicht umgekehrt!»

Darauf wusste Silugana keine Antwort mehr, weshalb sie wieder mit Geschichtenaustauschen und Bodenschrubben anfingen. Das taten sie, bis die Sonne unterging.

Als sie sich umschauten, staunten sie: Die ganze Höhle war sauber und leer, bis auf die vielen Regale, die abgetrennte Schlafecke und den Rasen auf dem Zauberplatz in der Mitte.

Die beiden Frauen sahen sich an: «Gute Arbeit!», lobten sie ihre Arbeit beide gleichzeitig. Dann bewunderten sie nochmal ihr Werk und kamen zum Schluss, dass die Kissen-Sessel-Tischchen-Zauberei noch Zeit hatte. Nun brauchten sie erst einmal Schlaf. Und morgen würden sie schauen, was sie machten. Dann gingen sie zu Bett.

Silugana wachte vor Liumana auf und fing an, alles für den Zauber vorzubereiten. Das Gute an diesen Vorbereitungen war, dass man es auch einfach stehen lassen konnte, wenn einem etwas dazwischen kam (wie zum Beispiel, dass Nico aufwachte).

Eine halbe Stunde nach ihr stand auch Liumana auf. Anders als Silugana ging Liumana gleich zu Nico, um seinen Puls zu fühlen und auch sonst sicherzugehen, dass er noch lebte. Silugana staunte wieder über die Verbindung zwischen den beiden, die sie als Hexe fast *sehen* konnte – spüren sowieso.

Dann stand Liumana auf und kam zu Silugana, um ihr zu helfen. Offenbar kannte sie sich auch ein bisschen mit Zaubern aus, denn die beiden arbeiteten schweigend nebeneinander und Silugana musste nichts sagen, nur ab und zu zeigen, was sie brauchte.

Gegen Mittag fingen sie mit dem Zauber an. Es funktionierte tatsächlich! Silugana spürte ein warmes Ziehen und merkte, dass sie mit nur einer kleinen Kraftanstrengung das Tischchen herbeizaubern konnte, was sie auch gleich machte.

Und wirklich: Der Tisch tauchte neben ihr auf. Er war genauso, wie sie ihn in Erinnerung hatte: ein zierlicher kleiner Silbertisch, der an den Seiten mit uralten Schriften verziert war und auf vier Beinen stand, die alle von der Mitte ausgingen.

«Wow, bravo!», lobte eine Stimme von hinten. Liumana und Silugana fuhren herum, um zu sehen, wer das gesagt hatte. Silugana hatte das Gefühl gehabt, die Stimme zu kennen.

Und wirklich: Nico lag bäuchlings auf dem Bett, den Kopf auf die Hände gestützt, und schaute von der einen zur anderen: «Eine Frage: Was ist hier eigentlich los??? Das Letzte, woran ich mich erinnern kann, ist, dass ich gespürt habe, wie meine Fähigkeiten verschwanden.» Liumana schluchzte vor Freude, sprang vorwärts und fiel ihm um den Hals. Auch Nico freute sich offensichtlich. «Gut, dass es dir wieder gut geht! Au, meine Rippen! Es war schrecklich, als du tot warst!», er schauderte. «Aber mal zu dir, Silugana: Ist das die Hexenhöhle? Sehr schön hier. Nur… was zum Geier ist jetzt eigentlich passiert?»

Silugana erzählte ihm, wie sie die Hexenhöhle aufgefunden hatte, wie sie von Alberto erfahren hatte, was passiert war und wie sie Nico und Liumana in die Höhle gebracht hatten. Nico hörte schweigend zu. Silugana erzählte ganz kurz von ihrem Gespräch mit Alberto und dann, was sie und Liumana in den letzten zwei Tagen gemacht hatten.

«… und ich soll dir das hier von Alberto geben», schloss sie und holte die Rüstung und das Schwert hervor. Nico starrte sie fassungslos an: «Du machst Witze, oder? Das ist doch eine echte Rüstung und ein echtes Schwert! Das kann niemals…»

«Nein, ich mache keine Witze. Ich soll dir das von Alberto geben, da du keine magischen Fähigkeiten mehr hast. Und jetzt nimm! Oder willst du sie nicht?»

Nico schnappte sich die Rüstung schnell und betrachtete sie noch immer staunend. Dann zog er das Schwert hervor und zog es aus der Schwertscheide: «Was ist das für ein Schwert?», fragte er, während er es bestaunte, «Das sieht aus wie Andúril, Aragorns Schwert aus *der Herr der Ringe*. Aus welchem Material ist das?»

Darüber hatte Silugana noch gar nicht nachgedacht, aber es stimmte. Das Schwert sah tatsächlich wie Andúril, das Schwert des Königs aus, es war recht lang und sehr kunstvoll verziert. Woher Silugana Andúril kannte? Oder die Herr-der-Ringe-Filme? Nun, die letzten zwei Jahrhunderte hatte sie hauptsächlich die Menschen in Visionen besucht, weshalb sie ganz schön viel über die moderne Menschheit wusste.

«Stimmt, du hast Recht! Das sieht in der Tat aus wie Andúril. Leider weiss ich auch nicht, aus welchem Material, das besteht. Das musst du Alberto fragen», antwortete Silugana nachdenklich. Nico fand allerdings, dass das jetzt nicht so eine grosse Rolle spielte und, dass er jetzt viel lieber wissen wollte, was die anderen zwei für Geschichten ausgetauscht hatten.

Also setzten sich die drei zusammen und erzählten einander Geschichten. Alle erzählten ihre Lebensgeschichte so detailliert wie möglich, und die anderen durften nicht dreinschwatzen. Wenn man eine Frage hatte, musste man die aufschreiben und ganz am Schluss stellen.

Nico schaffte es tatsächlich, nicht dreinzureden, was Liumana angenehm überraschte: «Wow, du kannst ja richtig stillsitzen! Warum hast du mir das noch nie gesagt?», neckte sie ihn. Nico grinste sie frech an: «Frag lieber nicht.»

Doch bei Nico glaubte Silugana nicht, dass er alles erzählt hatte. Er schien ihr etwas zu verschweigen. Nach Liumanas Haltung wusste Liumana, was das war, schien aber zu verstehen, warum Nico das nicht erzählen wollte.

Nachdem alle fertig waren, war Nico vor allem an einer Sache interessiert: das gelbe Blut. Alles andere war schnell geklärt, aber für das gelbe Blut fand niemand eine Erklärung. «Und dann wäre da noch eine Unklarheit», erklärte Nico, an Silugana gewandt: «Wirst du mir beibringen, wie ich mein neues Schwert richtig benutzen kann?»

Geschichten

Luna war beeindruckt. Ninas Geschichte gestern Abend war wirklich gut gewesen! Sie hatte noch lange darüber nachgedacht und sich gewünscht, mit den Mädchen in der Geschichte Rollen tauschen zu können.

Aber sie musste leider auch daran denken, dass das nicht ging. Sie waren gefangen. Sie würden in sieben Tagen in ein schreckliches «Erziehungsheim» gebracht werden, welches sie – wenn Nina richtig lag – auf etwas Schreckliches, etwas überaus Brutales vorbereiten würde.

Beide Mädchen hofften, dass Nina falsch lag, aber zu viel sprach für das Gegenteil. Es war einfach gemein, wie die Nullilulaner mit ihnen umgingen!

Luna regte sich furchtbar auf. Sie hasste William. Sie hasste alle Nullilulaner. Warum musste es auch ausgerechnet sie und Nina erwischen? Das war nicht fair! Genauso wenig, wie es fair war, dass Nico jetzt ganz allein war, wenigstens in der Natur, aber doch allein.

Sie machte sich noch immer schreckliche Vorwürfe wegen dem Streit mit Nico und der Tatsache, dass sie Nina festgehalten hatte und ausliefern wollte. Auch, dass Nina sie eine Verräterin genannt hatte, machte ihr sehr zu schaffen.

Nina behauptete zwar die ganze Zeit, dass Luna verzaubert gewesen war und dass William ein Arschloch und an allem schuld sei, aber Luna machte sich dennoch Vorwürfe. Nina meinte dafür die ganze Zeit, dass sie den Zauber hätte spüren und aufheben sollen. Luna fand das nicht richtig, dass Nina die ganze Schuld auf sich nahm.

Kurz gesagt: Die Mädchen waren die meiste Zeit damit beschäftigt, sich selbst Vorwürfe zu machen und der anderen zu versichern, dass sie sich keine Vorwürfe zu machen brauchte, und zu erklären, warum sie selber an allem schuld waren. Sehr sinnvoll.

Gegen Mittag war die Stimmung so gereizt und beide Mädchen so in Selbstmitleid versunken, dass das kleinste Geräusch eine Explosion hätte auslösen können, was dann natürlich auch passierte: Nina, die auf ihrem Bett lag, fegte mit einer unüberlegten Handbewegung die seltsame silberne Kugel auf dem Bettpfosten (ja, es gab eine Silberkugel auf dem Bettpfosten) zu Boden, was einen Riesenkrach verursachte, da dieses Ding recht schwer war.

Luna schreckte aus ihren Gedanken auf und wollte wissen, ob es eine Explosion gewesen war. «Nein, natürlich nicht, ich hab nur aus Versehen die Silberkugel runtergeschmissen», antwortete Nina verärgert. «Hast du das Gefühl schwerhörig zu sein, oder warum fragst du so dumm?»

Luna fühlte sich, als ob ihr Nina ins Gesicht geschlagen hätte. Dann ging sie zum Angriff über: «Wie bitte??? Wahrscheinlich bist du schwerhörig, da du nicht gehört hast, was für einen Riesenlärm du gerade gemacht hast! Und übrigens, was fällt dir ein, mich so zu beleidigen?! Du hast nicht das Recht...»

«Natürlich habe ich das Recht dazu, dich zu beleidigen», fauchte Nina, «zu jeder Zeit, an jedem Ort. Und du immer mit deinem *Du hast nicht das Recht... Du darfst das nicht! Du weisst genau, dass man das nicht macht.* Also ehrlich, das ist doch zum Kotzen! Ich kann langsam richtig gut verstehen, warum Nico immer Streit mit dir hat! Du kannst so unglaublich nerven! Warum bloss ist mir das noch nie aufgefallen? Nico war klug, dir nicht zu vertrauen.»

«Lass Nico aus dem Spiel!», brauste nun Luna auf, «Um ihn geht es hier gar nicht! Und seine kindlichen Provokationen sind nichts im Vergleich zu dem, was du hier abziehst! Du bist ganz mies! Ich kann gar nicht glauben, dass du mal meine Freundin warst!»

«Ich auch nicht!», gab Nina zurück. «Ich wusste gar nicht, wie gemein und... *dumm* du sein kannst, Nina Farfalla! Übrigens passt dieser Name nicht zu dir. *Schmetterling.* Benutzt du ihn deshalb nie? Weil du eingesehen hast, dass er nicht zu dir passt?», schimpfte Luna.

«Warum benutzt *du* denn deinen Namen nicht, *Luna Felizia*?», antwortete Nina schlagfertig, «Weil er zu sehr nach dem Zaubertrank *Felix Felicis* aus Harry Potter tönt? Nein, das ist ja eigentlich noch gut. Oder einfach, weil er nicht *in* genug ist, um die Jungs zu beeindrucken?»

«Wenigstens *kann* ich Jungs beeindrucken, anders als du! Selbst ohne blonde Haare und blaue Augen kann ich Jungs beeindrucken, weil ich einfach zu hübsch für diese Welt bin! Du hast nur Glück und weisst das nicht mal zu schätzen! *Ich* habe nicht so viel Glück, aber ich versuche das Beste daraus zu machen! Pah!» Sie drehte Nina beleidigt den Rücken zu und schmollte.

Nun aber fragte Nina mit honigsüsser Stimme: «Ach wirklich? Ich finde, dir würden blaue Augen noch gut stehen! Veilchen nämlich, du blöde Angeberin! Warum bist du nie zufrieden? Immer musst du motzen! Und nicht mal mit deiner Augenfarbe bist du zufrieden! Ich kann das nicht verstehen!»

Das machte Luna noch wütender. «Ach ja? Nun, meine Augen passen eben nicht zu meinen Haaren! Blau und blond passt sehr gut. Grün und blond auch. Aber grün und braun... Uääähhh!!! Das passt sowas von nicht! Wenn schon nicht blond und blau, möchte ich wenigstens braune Augen haben, auch wenn die Jungs das nicht sonderlich attraktiv finden. Wenigstens passte es dann etwas besser!»

Sie wartete darauf, dass Nina etwas darauf erwiderte, aber das tat sie nicht. Verwirrt drehte sich Luna um, um zu sehen, warum ihrer Freundin die Argumente ausgegangen waren. Dass Nina bei einem Wortstreit verlor, war recht selten.

Nina sass auf ihrem Bett und starrte verträumt die Wand an, aber ihr Blick schien durch die Wand hindurchzugleiten, etwas in weiter, weiter Ferne zu sehen – oder eben nicht zu sehen.

«Was ist?», fragte Luna angriffslustig. «Willst du nichts mehr sagen? Hab ich dich zu schwer getroffen? Fällt dir nichts mehr ein? Oder hast du das Sprechen verlernt?» Sie hatte damit gerechnet, dass Nina entweder zurückgiften oder weinen würde, doch auf Ninas Antwort war sie absolut nicht gefasst: «Braune Augen», antwortete Nina sehnsüchtig, «braune Augen wie Nico. Warme, braune, vertrauensvolle Augen. Ich kann nicht glauben, dass wir dieses Vertrauen so missbraucht, so furchtbar schnell zerstört haben! So lange haben wir uns vertraut. Und jetzt...»

Und dann brach sie in Tränen aus. Aber Luna wollte und konnte sie jetzt nicht mehr deswegen beleidigen. Nina hatte Recht. Sie hatten Nicos Vertrauen missbraucht, ihn verraten! Und nun stritten sie sich wie kleine Mädchen um Aussehen und anderen oberflächlichen Kram ohne klare Vorstellung, was das eigentlich bringen sollte. Was waren sie doch für miese Freundinnen!

Nun brach auch Luna in Tränen aus, sie konnte es einfach nicht verhindern. Sie sah zu Nina hinüber, die bäuchlings auf ihrem Bett lag und hemmungslos schluchzte. Luna war auch danach zumute.

Sie hatten vermutlich nicht nur eine Freundschaft zerstört, sondern gleich zwei! Ob sich Nina jemals wieder mit Luna vertragen würden? Sie fühlte sich so allein.

Nico würde ihnen wahrscheinlich nicht so schnell vergeben. Sie waren zu gemein zu ihm gewesen. Luna selbst würde den anderen nämlich auch nicht so schnell vergeben – vor allem wenn sie die jüngste wäre. Das könnte sie nicht. Und sie kannte Nico gut und lange genug, um sich so ein Urteil zu erlauben. Es war schrecklich!

Bis zum Abend weinten die beiden Mädchen verzweifelt in ihre Kissen und vertrauten denen eine Menge unschmeichelhafter Schimpfwörter über die Nullilulaner, vor allem William, an. Zum Glück konnten die Kissen ihren Herren nicht verraten, was die Mädchen gesagt hatten. Sonst… naja, sonst hätte das wohl Konsequenzen gehabt.

Als der Abend langsam hereinbrach, schob wieder jemand das Essen unter der Tür hindurch, doch Luna ignorierte es. Sie hatte keinen Hunger, keinen Appetit. Sie fühlte sich einfach elend und wünschte sich, sie könnte einfach einschlafen und erst wieder aufwachen, wenn alles vorbei war.

Nina hingegen schien Hunger zu haben; sie stieg – noch immer schniefend und zitternd – von ihrem Bett und machte sich dann über ihren Teil des Essens her. Luna sah ihr dabei zu.

Als Nina fertig war, stand sie auf und kam zu Luna hinüber. «Iss was», flüsterte sie beruhigend. «Du musst was essen. Und du wirst nicht glauben, wie beruhigend Essen sein kann! Wirklich! Komm schon, was hast du denn zu verlieren, ausser deiner schlechten Laune?»

Schliesslich liess sich Luna überreden, einen Bissen zu essen und staunte darüber, wie recht Nina gehabt hatte. Das Essen beruhigte sie tatsächlich. Sie ass ihre Portion ganz auf, auch wenn das Essen nichts Besonderes war – es war besser als heulen.

Danach fühlte sie sich besser. Nina schien das auch zu merken, denn sie rutschte näher zu Luna heran und entschuldigte sich: «Es… es tut mir ja so leid, wegen dem Streit! Ich hab angefangen! Ich… ich weiss selbst nicht, warum. Es war einfach…»

«Verzweiflung», erklärte Luna sanft, «Ja. Aber du bist nicht schuld. Ich habe überreagiert. Ich hätte mich beherrschen sollen» – «Nein», widersprach Nina, «ich habe die Silberkugel heruntergewischt. Ich habe so aggressiv reagiert. Ich…»

Und dann versuchten sie sich gegenseitig zu erklären, warum die jeweils andere nicht schuld war und gleichzeitig, warum sie selbst an allem schuld waren, widersprachen, und so weiter.

Genau das Gleiche taten sie auch die nächsten drei Tage. Sie versuchten, sich gegenseitig zu trösten, was sogar ziemlich gut funktionierte, vor allem, weil sie jetzt langsam aufhörten, sich selbst allzu grosse Vorwürfe zu machen.

Ab dem vierten Tag machten sie etwas anderes, einen anderen Zeitvertreib, von der Luna nie gedacht hatte, dass er funktionierte. Es war eine Idee von Nina, als sie nicht mehr wusste, wie sie sich beschäftigen sollten. Das lief so: Die beiden Mädchen sassen gelangweilt herum. «Mir ist langweilig!», beschwerte sich Luna. Nina starrte wieder die Wand an. Dann wandte sie sich von der unglaublich spannenden Wand ab und sah Luna an: «Mir auch. Ich wünschte, ich hätte…»

Plötzlich schlug sie sich mit der Hand vor die Stirn. «Natürlich!», rief sie aus. «Warum bin ich nicht früher drauf gekommen?» Luna sah sie etwas verwirrt an und fragte sich, ob die Einsamkeit Nina ein bisschen verunsichert hatte. Bei Luna funktionierte die Einsamkeits-Verwirr-Methode jedenfalls sehr gut – zu gut.

«Ähhm», fragte sie deshalb vorsichtig, «ist alles in Ordnung bei dir?» Nina sah sie aus seltsam funkelnden Augen an, und Luna musste wieder daran denken, wie hübsch Nina mit ihren blonden Haaren und blauen Augen aussah, selbst in T–Shirt und Shorts, nach einer Woche in Gefangenschaft. Ihre Kleider waren total verschmutzt und an manchen Stellen zerrissen. Ihre Haare waren verfilzt. Aber sie sah gut aus. Sozusagen auf wilde Art.

Luna dagegen sah bestimmt schrecklich aus! Ihre Haare waren total verfilzt, und ihre ehemals weisse Kleidung war braun und schwarz verschlammt und an einigen Stellen blutig (wegen ihren Schrammen). Sie hatte überall Kratzer und blaue Flecken und fühlte sich durch und durch elend.

Hör endlich auf damit!, rief sie sich selbst zur Ordnung. *Darum geht es jetzt doch überhaupt nicht! Es geht um Ninas Idee – oder Verstand.* Also fragte sie nochmal: «Ist alles in Ordnung? Hast du eine Idee?»

Nina nickte zufrieden. «Ja, hab ich. Du erinnerst dich doch noch an meine Geschichte, oder?» – «Ja, die war genial!» – «Danke. Nun, wir könnten doch ein Spiel machen, dass immer eine irgendein Thema vorgibt und die andere muss daraus eine Geschichte machen.»

«Das ist eine tolle Idee!», antwortete Luna zögernd. «Das Problem ist nur…» – «Dass du keine Geschichten erfinden kannst?», unterbrach Nina. «Das ist ja genau der Sinn der Sache! Du musst auch lernen, dir Geschichten auszudenken. Dann können wir uns am Abend gegenseitig Geschichten erzählen. Das wär doch super!»

Dagegen konnte auch Luna nicht mehr viel einwenden, ausser, dass Nina ihr das Geschichtenausdenken beibringen musste. Nina meinte zwar, dass man das schon konnte, ohne dass jemand es einem beibrachte, willigte dann aber ein. Danach fingen die Mädchen an.

Luna stellte schnell fest, dass Nina Recht gehabt hatte. Nina erklärte ihr die Grundlagen, und dann kam mit der Zeit alles von selbst. Es war lustig, sich mit Nina Geschichten auszudenken, vor allem, weil sie immer wieder ein Riesenchaos machten und beide lachen mussten. Einmal mussten sie so fest lachen, dass sie sich auf dem Boden kugelten und sich die Bäuche hielten.

So vertrieben sie sich die Zeit, bis die zwei Wochen gänzlich um waren. Es gab in den vier Tagen viel mehr Gelächter als sonst irgendwann. Es war eine Gute-Laune-Stimmung.

Am Tag nach den zwei Wochen kam William mit zwei Wachen ins Zimmer und forderte die Mädchen auf, ihnen zu folgen, was sie natürlich nicht taten. Sie liessen sich doch nicht von diesen Trotteln herumkommandieren!

Allerdings sprühten ihnen die Nullilulaner dann etwas ins Gesicht, wovon sie ganz schläfrig wurden und nicht mehr klar denken konnten. Das Letzte, was Luna spürte, war wie einer der Wachen sie am Arm packte. Dann wurde alles dunkel...

Das Überwindungsmain

Als Luna erwachte, fand sie sich in einem Raum wieder, der aussah wie – Schauder! – eine Folterkammer. Überall standen unangenehm aussehende Geräte, unter anderem auch ein elektrischer Stuhl, mit denen Luna lieber nicht in Verbindung gebracht werden wollte.

Neben ihr setzte sich Nina stöhnend auf und sah sich dann schockiert um. Sie schien den Raum auch als Folterkammer zu erkennen, was Luna die letzte Hoffnung nahm. Denn Nina kannte sich mit solchen Sachen besser aus als Luna. Sie hatte manchmal etwas sadistische Züge. Luna kannte sich dafür mit anständigem Benehmen besser aus, was ihr hier aber herzlich wenig half.

Nina schaute auf ihre Hände und stöhnte dann verzweifelt auf. Luna bemerkte es erst jetzt, aber die beiden Mädchen waren mit schweren Ketten an Händen und Füssen gefesselt, so, dass sie weder weglaufen noch ihre Hände richtig bewegen konnten.

Plötzlich hörte Luna ein Geräusch und sah sich danach um. Tatsächlich: Etwas abseits standen einige nicht gerade nett aussehende Frauen und diskutierten über irgendetwas. Luna befürchtete, dass sie wusste, worüber die redeten: Wie man die Mädchen am besten foltern konnte.

Doch nun fragte Nina: «Was hast *du* geträumt?» – «Geträumt?», fragte Luna verwirrt, «Ich hab gar nichts geträumt. Du etwa?» Nina sah sie an: «Ja. Ich hab wieder vom blonden Schwertkämpfer geträumt.» Luna seufzte: «Den könnten wir jetzt brauchen. Er würde uns bestimmt retten. Lass mich raten: Du hast ihn kämpfen sehen.»

«Genau. Aber dieses Mal hat er gegen eine Frau gekämpft, die eindeutig besser war als er.» – «Besser als er? Wie denn das? So, wie du ihn mir beim Kämpfen beschrieben hast, kann ich mir nicht vorstellen, dass jemand noch besser kämpfen kann, als er!», wunderte sich Luna beeindruckt, wenn sie an die Beschreibung seines Kampfstils dachte.

«Das dachte ich auch», antwortete Nina, «Aber sie war besser als er. Die beiden haben also gekämpft. Aber sie haben dabei beide gegrinst und als sie ihn entwaffnet hat, hat er etwas gesagt wie: *Kannst du mir das bitte auch mal beibringen? Ich weiss, dass ich das gegen die Monster nicht brauchen kann, aber es ist trotzdem mega cool!* Und die Frau hat gelacht und gemeint, das könne sie schon mal tun. Offenbar ist sie seine Schwertkampflehrerin.»

«Wahrscheinlich», antwortete Luna, aber sie war mit ihren Gedanken woanders: Sie wünschte sich, dass dieser Junge älter wäre. Dann wäre er nämlich jemand zum Verlieben. Blond, sympathisch – ausser, wenn Luna und Nina eine andere Vorstellung von sympathisch hatten – exzellenter Schwertkämpfer und kein schlechter Verlierer. Luna könnte einen beschützerischen Freund brauchen.

«Bist du sicher, dass er nicht älter als neun oder zehn ist?», fragte sie. Nina lachte. «Ich weiss, was du denkst. Das hab ich mir auch schon überlegt. Aber nein. Er kann unmöglich älter als zehn sein, dann wäre er… anders. Am Körper kann man das gut sehen. Und ich glaube, ich kann das gut beurteilen, da ich selber elf Jahre alt bin.»

«Dann stimmt es wohl. Schade!», meinte Luna etwas niedergeschlagen. «Hey, wir können uns immer noch mit ihm anfreunden!», versuchte sie Nina aufzumuntern, «Oder vielleicht… vielleicht macht Nico das für uns. Sie sind beide ungefähr gleich alt. Sie sind beide in der Natur. Bei Nico sind die Chancen zehnmal so gross wie bei uns. Wenn sie sich treffen, schafft er das, da bin mir sicher!»

Nina hatte vermutlich Recht. Wenn jemand von ihnen sich mit dem Schwertkämpfer anfreunden konnte, dann Nico. Schliesslich waren sie beiden Jungs ungefähr gleich alt. Und beide in der Natur. Und beides Jung. Luna hoffte dass Nico es schaffte. Denn momentan hatten die Mädchen grössere Probleme: Die Frauen schienen sich endlich entschieden zu haben.

Sie drehten sich zu den Mädchen um und lächelten grausam. Dann fing eine – vermutlich die Chefin – an, zu sprechen: «Herzlich willkommen in unserem bescheidenem Heim, wo wir Mädchen und Frauen ein wenig… nacherziehen.

Vielleicht habt ihr schon mal davon gehört. Es heisst: *das Überwindungsmain* und ist der einzige Ort in Nullilula, wo Frauen und Mädchen erlaubt sind – mal abgesehen von dem Gefängnis. Aber hier arbeiten und wohnen wir.

Aber mal zu dem Tagesprogramm für heute: Zuerst führen wir euch in unserem Haus ein bisschen herum, dann erklären wir euch, wie ein Tag hier normalerweise verläuft. Und dann bekommt ihr noch das Abendprogramm, über das wir noch abstimmen müssen.» Sie versuchte, reizend zu lächeln, was ihr aber gar nicht gelang, da sie verschlagen und brutal aussah und den beiden Mädchen eine Heidenangst einjagte.

Dann fing sie mit der Führung an und erklärte: «Das hier ist also die Folterkammer. Hier haben wir ein paar hübsche Foltergeräte, falls ihr uns nicht gehorcht. Aber keine Sorge; bei massvoller Anwendung, entsteht nur geringer Schaden. Aber nun weiter…»

Sie liess die anderen Frauen den Mädchen die Fussfesseln abnehmen und führte sie weiter. Aus der Türe heraus, dann rechts, noch einmal rechts, links, geradeaus, bis sie in eine grosse Höhle kamen. Die Mädchen schnappten beide gleichzeitig nach Luft. Die Höhle war riesig! Und furchtbar leer. Am ihnen gegenüberliegenden Ende war eine grosse Felswand, vor der ein paar

Spitzhacken lagen. Ansonsten gab es nichts zu sehen, ausser glatten Höhlenwänden.

«Unser Steinbruch!», erläuterte die Frau, die die Führung machte, stolz. «Eine andere Erziehungseinrichtung für euch. Wie es hier läuft, könnt ihr euch vermutlich vorstellen, aber ich erkläre es euch trotzdem kurz: Also, ihr seht doch die Spitzhacken, oder?» – «Ähh, ja.» – «Sehr schön. Damit schlägt ihr Steine aus der Felswand dort hinten. Dann trägt ihr diese in die Ecke dort», sie wies auf eine Ecke, «und das wär's dann auch. Nun, machen wir weiter. Kommt, ich zeig euch den Besprechungssaal, wo wir euch den normalen Tageslauf erklären können. Los, los!»

Da die Mädchen nicht wussten, was sie sonst machen sollten, trotteten sie hinter der Frau her. Diese führte sie durch ein Labyrinth aus Gängen, bis sie wieder vor einer Tür standen. Der *Besprechungssaal* sah eher aus wie eine Besprechungsbesenkammer: ein kleiner Raum, mit einem Tisch und ein paar Stühlen vollgestopft.

Luna und Nina quetschten sich am Tisch vorbei, bis sie zu zwei freien Stühlen kamen, und nahmen dort Platz, während sie auf eine Erklärung warteten. Sie machten sich natürlich Sorgen, was jetzt mit ihnen passieren würde. Aber das war nicht ihr eigentliches Problem. Sie wussten, dass sie misshandelt werden würden. Sie machten sich aber um Nico Sorgen. Denn bei ihm war es überhaupt nicht klar. Wo war er? Was machte er? Ging es ihm gut?

Aber nun hatten sie keine Zeit mehr, sich darüber zu sorgen. Denn die Chefin – oder was auch immer die war – begann wieder zu sprechen, zu erklären: «Also, am Morgen, wenn ihr aufwacht, werdet ihr eine Liste mit den aktuellen Aufgaben an eurer Zimmerwand finden. Wenn ihr die bis am Abend nicht erledigt habt, werdet ihr gefoltert. Viel Spass in eurem neuen (und letzten) Zuhause!»

Sie bekannte das so normal, als würden die Mädchen in einem Hotel einchecken und sie würde sie mit den Annehmlichkeiten des Hotels bekanntmachen. Mit einem Schaudern stellte Luna fest, dass es tatsächlich nicht so ein grosser Unterschied war. Nur, dass sie hier nicht gerade nett behandelt würden und dass sie das hier sehr wahrscheinlich nicht überleben würden.

«Aber wir dachten, ihr könntet mit etwas einfachem anfangen: stricken. Bis zur Nacht müsst ihr mindestens ein Paar Socken gestrickt haben. Sonst... das wisst ihr ja.»

Die beiden Mädchen starrten sie fassungslos an. «Wie sollen wir das denn schaffen???» – «Das ist unmöglich!!!», schrien sie beide gleichzeitig, total ausser sich vor Wut. Diese Frauen konnten mit ihnen alles machen, aber das war nicht möglich! Die konnten doch von ihnen nichts Unmögliches verlangen!

Nach einigem Streiten mussten die Mädchen aber nachgeben. Die Frauen drohten mit allem Möglichen, und brachten gleichzeitig Beweise, dass es möglich war. Obwohl die Mädchen nicht ganz verstanden, was an einem gestrickten Paar Socken ein Beweis sein sollte.

Aber sie mussten sich am Schluss geschlagen geben. Verzweifelt versuchten sie, bis zum Abend ein Paar Socken zu stricken. Aber sie schafften es nicht...

Hartes Training

Silugana sah Nico in die Augen: «Natürlich werde ich dir Schwertkampf beibringen, wenn du willst. Aber ich warne dich: Es wird schwer sein und viel Zeit brauchen.» – «Ja gut», antwortete Nico, «Wir haben ja auch Zeit. Liumana und ich wissen eh nicht, was wir sonst machen sollten, ausser dir beim Wiederaufbau der Höhle helfen.

Und ich muss mich doch gegen Monster verteidigen können. Schliesslich kannst du mich ja nicht immer verteidigen, auch wenn du die beste Schwertkämpferin der Welt bist. Also, würdest du?»

«Klar. Mir wird nach dem Wiederaufbau der Höhle sowieso langweilig sein. Dann kann ich dir ja auch gleich den Schwertkampf beibringen», antwortete Silugana erfreut, dass sie – gleich nachdem sie befreit worden war – auch wieder jemandem helfen konnte und nicht nur untätig in ihrer Höhle herumsass.

Ausserdem fühlte sie sich geschmeichelt, weil Nico sie «die beste Schwertkämpferin der Welt» genannt hatte. «Aber ich bin doch nicht die beste Schwertkämpferin der Welt!», versicherte sie.

«Doch, das bist du!», beharrte Nico. «In der Schule hat unser Lehrer mal gesagt, dass der beste Schwertkampfstil ein Kampfstil der als *Hexen bezeichneten Kräuterfrauen* von früher war. Ich glaube, er meinte Hexen, aber die angeblich vernünftigen Menschen glauben nicht an Hexen. Doch dieser Kampfstil ist ausgestorben, weil die Hexen vermehrt mit Zaubern gekämpft haben, nicht mehr mit dem Schwert. Und sie haben ihr Geheimnis auch nicht mit anderen Völkern geteilt, weil sie Angst hatten, verraten zu werden. Du bist die Einzige, die das noch kann. Das macht dich zur besten Schwertkämpferin der Welt», erklärte er.

«Oh», antwortete Silugana überrascht und geschmeichelt, «Aber woher wusstest du, dass das der Hexenkampfstil ist?» – «Hmm… Das war unglaublich schwer. Du bist eine Hexe und dein Kampfstil ist total beeindruckend. Es war total schwierig, zu erraten, dass das der Hexenkampfstil ist», antwortete Nico grinsend.

Silugana musste lachen: «Okay, das stimmt schon. Aber findest du mich wirklich so gut?» – «Natürlich!» – «Na dann… Danke vielmals! Aber… wann willst du mit üben anfangen?» – «Was für eine Frage! So bald wie möglich natürlich!»

«Das wäre jetzt», meinte Silugana, «Willst du wirklich jetzt anfangen?» – «Ja. Ausser natürlich, du willst oder kannst nicht», antwortete Nico. – «Natürlich können wir jetzt anfangen! Dann führe ich dich mal ein», meinte Silugana.

Dann fing sie an und erklärte ihm die Grundlagen des Schwertkampfs. Nico hörte aufmerksam zu. Liumana zog sich etwas zurück und sah in sicherem Abstand zu. Es war ihr nicht geheuer, da man ihrer Meinung nach nie wissen konnte, wann jemand von ihnen das Schwert ziehen würde.

Am ersten Tag war es aber nur Theorie, nicht Praxis. Den Kampf wollte Silugana am zweiten Tag zum ersten Mal vorführen und natürlich nur mit Holzschwertern.

Zum Abendessen gab es etwas Einfaches: Liumana hatte die Tiere in der Umgebung um Hilfe gebeten, was Lebensmittelvorschläge anging. Ihr war gesagt worden, dass hier in der Nähe Beeren wuchsen, und ein bisschen weiter entfernt war auch ein Ahornbaum. Also machte Liumana Beeren mit Ahornsirup, wobei sie einige Tricks kannte, damit es schneller ging – sie erklärte, dies sei eins von ihren und Nicos Lieblingsessen.

Nico bestätigte das und griff zu. Auch Liumana stopfte sich den Mund voll, und Silugana wusste nicht so genau, ob sie das pro-

146

bieren sollte oder wollte, denn Beeren mit Ahornsirup waren bestimmt sehr, sehr süss, gab dann aber dem Drängen der anderen nach.

Nach dem Essen gingen sie schlafen. Silugana wusste noch, wie sie hier in Notsituationen gesessen hatten, wie sie mit ihren besten Freundinnen herumgeblödelt hatte. Sie versuchte, nicht mehr daran zu denken, denn dann wurde sie traurig. Allerdings war sie jetzt ja auch nicht allein. Sie war froh, dass die anderen zwei da waren, denn die waren sehr nett. Silugana dachte noch lange über diese Höhle nach, und darüber, dass sie noch die Stühle holen musste. Dann schlief sie endlich ein.

Als sie am nächsten Morgen aufwachte, war Liumana schon wach, Nico schlief noch. Liumana wünschte ihr einen guten Morgen und versicherte ihr, dass sie nicht leise zu sein brauchte. Wenn Nico schlief, war er nicht gerade leicht zu wecken.

Nach dem Frühstück holte Silugana die beiden kurzen Holzschwerter, mit denen sie früher mit ihrer Freundin geübt hatte, aus der Truhe im Schlafzimmer. Sie hatte auch lange Holzschwerter, aber für den Anfang waren die kurzen besser.

Danach fing sie an, sich mit Liumana zu unterhalten. Sie redeten über die Zeit, bevor die Menschen angefangen hatten, bis in ihre Heimat vorzudringen[1] und hofften, dass die Menschen wenigstens nicht auch noch den Hexenberg finden würden.

Schliesslich fragte Liumana: «Ich weiss, dass das eine persönlichen Frage ist, und ich verstehe durchaus, wenn du die nicht

---

[1] Auch Liumana war einigermassen alt, auch wenn sie nach Säbelzahntiger-verhältnissen noch eine junge Frau war. Und ausserdem waren die Menschen erst etwa vor 70 Jahren in die Heimat der Samt−Säbelzahntiger eingedrungen.

beantworten willst, aber ich stelle sie trotzdem: Wie alt bist du?»
– «Hmm. Ich muss kurz überlegen… 1397 Jahre alt» – «Jung für
eine Hexe» – «Ja. Und du?» – «Vor 4 Wochen 124 geworden»,
antwortete Liumana.

«Mann, seid ihr alt!», bemerkte jemand von hinten. Beide Frauen
drehten sich ruckartig um, um zu sehen, wer das gesagt hatte.
Nico stand beim Eingang zum Schlafzimmer und hatte – Wow! –
seine Rüstung an. Silugana fragte sich, wie er es geschafft hatte,
diese anzuziehen, ohne etwas falsch anzuziehen und ohne dass
man was gehört hatte.

«Wow, das sieht super aus!», staunte Liumana nach einem Moment verblüfften Schweigens, «Aber wie hast du es geschafft,
die Rüstung fehlerfrei anzuziehen?»

«Ich hab es ungefähr zehnmal versucht, aber die Rüstung war nie
zufrieden!», erklärte Nico etwas genervt. «Die Rüstung? Hat die
ein eigenes Bewusstsein?», fragte Silugana verwirrt. «Sie gibt
Anweisungen: Das dahin, dies dorthin. Das Problem ist, dass ich
nicht gut im Befolgen von Anweisungen bin», antwortete Nico
genervt.

Das musste Silugana erst mal verarbeiten. Sie hatte ja schon viel
erlebt. Aber eine Rüstung, die Anweisungen gibt? Davon hatte
sie noch nie gehört! Das war erschreckend.

«Was trägst du eigentlich unter der Rüstung?», fragte Liumana.
Nico hob seinen rechten Arm, und Silugana sah braune Ärmel.
«Das war auch dabei», erklärte Nico, «Ist sehr angenehm. Aber»,
er wandte sich Silugana zu, «darum geht es doch gar nicht. Ich
hab Hunger! Und nachher will ich mehr von dir über Schwertkampf wissen.»

Er kam zu ihnen herüber und wollte wissen, was es zum «Zmorge» gab. «Ich hab wieder Ahornsirup besorgt, und nebst den
Beeren gibt es auch noch Honig», erklärte Liumana. «Lecker!»,

freute sich Nico und schnappte sich eine Portion Beeren mit Honig und Ahornsirup – meine Güte, so viel Zucker!

«Eine Frage: Wenn du ein Kind der Natur bist, müsstest du dann nicht Wert auf gesundes Essen legen?», fragte Silugana neugierig. «W–wie kommft du denn auf diefe Idee?», fragte Nico mit vollem Mund, schluckte hinunter und erklärte dann: «Ich hab genauso gern Junkfood, wie alle anderen Kinder! Ausser den Vegetariern und denen, die finden, das mache fett, und deshalb dürfen sie das ja nicht essen, vielleicht.»

«Ach, okay», murmelte Silugana. «Ich hab noch eine andere Frage: Esst ihr eigentlich immer ungesund?» Nico lachte. «Nein. Aber wenn wir halt nichts Gesundes zur Hand haben, geben wir uns zur Not auch mit etwas Ungesundem zufrieden», fügte er unschuldig hinzu.

«Jaja, genau», entgegnete Silugana schmunzelnd, «ich glaube, es ist eher umgekehrt. Wenn ihr mal nichts Ungesundes zur Hand habt, gebt ihr euch auch mit etwas Gesundem zufrieden» Nico grinste: «Wäre durchaus möglich.»

Silugana lächelte. Sie konnte schon verstehen, dass dieser Junge Luna – wie Liumana es erzählt hatte – aus der Fassung gebracht hatte. Vor allem, wenn Luna genauso schlimm war wie er. Aber sie konnte auch die tiefe Freundschaft zu Liumana verstehen – und ihre Liebe zu ihm. Oder die Freundschaft mit den Mädchen. Oder auch nicht… Bei diesem Gedanken wurde ihr das Herz schwer. «Nico», fragte sie vorsichtig, «Wie stehts eigentlich mit den Mädchen? Bist du noch fest wütend auf sie? Werdet ihr euch jemals wieder vertragen?»

Sie wusste, was das für eine heikle Frage war, aber sie musste sie einfach stellen. Es schien ihr wichtig zu sein. Und als Hexe hatte sie gelernt, ihren Impulsen zu folgen, da Hexen manchmal Gefühle hatten, die mit der Zukunft zusammenhingen.

Nico wischte sich mit dem Ärmel den Mund ab – natürlich musste er die Rüstung dreckig machen, sobald er sie anhatte. «Gute Frage», meinte er dann. «Nein, ich bin nicht mehr fest sauer. Ich bin gar nicht mehr sauer. Die Mädchen waren verzaubert. Ich nehme das, was sie gesagt haben, nicht mehr ernst.»

Nicht *mehr*, dachte Silugana. Na, wahrscheinlich, seit er wusste, dass sie verzaubert gewesen waren. Aber nun fuhr Nico fort: «Ich würde sagen, wir werden uns schon wieder vertragen – falls wir uns jemals wiedersehen. Ich hoffe bloss, dass Luna nicht mehr sauer ist, weil ich sie eingewickelt habe – du weisst schon, die Ranken, die sie aber eh gleich aufgelöst hat. Sie kann so schrecklich nachtragend sein.»

Er erklärte das so leichthin, aber Silugana vermutete, dass er es in Wirklichkeit längst nicht so locker sah. Er wollte es nur verbergen. Silugana beschloss, die Sache erst einmal auf sich beruhen zu lassen. Natürlich wollte sie Nico helfen, aber sie wusste erstens, dass man die Leute nicht bedrängen sollte, und zweitens glaubte sie, dass Nico damit selbst fertig wurde. Sonst hätte er um Hilfe gefragt. Von ihren bisherigen Erkenntnissen und vor allem den Geschichten, die Liumana ihr erzählt hatte, war sie sich so gut wie sicher, dass Nico seine Probleme nicht versteckte, sondern so bald wie möglich eine Vertrauensperson informierte.

Nico sah sich unterdessen verwirrt seine Rüstung an – oder genauer gesagt seinen Ärmel. Liumana musterte ihn besorgt. «Ist was?», fragte sie dann. – «Ich hab mir doch vorhin den Mund am Ärmel abgewischt, oder?», begann er unsicher. «Ja», antwortete Silugana ebenso unsicher. Was war denn das für eine Frage? Das wusste er doch selber! «Ja, aber das solltest du dir nicht angewöhnen!», tadelte ihn Liumana. «Aber was ist damit?» – «Nun… Mein Ärmel ist nicht dreckig. Klebrig, verschmiert – nichts.»

Silugana

Das erinnerte Silugana an eine Legende, die sie früher immer gern gehört hatte. Aber das war doch nur eine Legende... Trotzdem fing sie an zu erzählen: «Früher hat man uns – unter anderem – von der Legende der Kleidung, die nicht dreckig wird, und der Bürste, die keine Haare ausreisst, erzählt. Die Kleidung besass angeblich auch noch die Fähigkeit, den Besitzer oder die Besitzerin sich so fühlen zu lassen, als ob er oder sie gerade erst geduscht hätte. Die Bürste konnte das gleiche, einfach mit Haarewaschen – das konnten die Kleider nicht.»

Nico sah sich kritisch die Kleidung unter seiner Rüstung an. Dann sah er wieder auf und bemerkte: «Jetzt, wo du es sagst, weiss ich auch, was das für ein Gefühl war, das ich beim Anziehen gespürt hatte. Sauberkeit. Aber... darauf hab ich nie besonders Wert gelegt. Luna hätte das sofort bemerkt... Aber egal. Ich will mehr über Schwertkampf wissen!»

Er sah Silugana herausfordernd an, und sie fand es erstaunlich, dass er sich nach allem, was sie besprochen hatten, überhaupt noch an ihren Plan – Schwertkampf lernen, was sonst? – erinnern konnte. Und sie fand es langsam enervierend, dass er immer solche Gedankensprünge machte. Aber das machte er wahrscheinlich nicht absichtlich.

Auf jeden Fall fingen sie dann an. Sie zeigte ihm mit den Kurzschwertern die einfachsten Techniken plus die Entwaffnung und wie er sich dagegen schützen konnte. Sie hatte ihn vorgewarnt, dass es anstrengend werde, und Nico war gegen Abend ziemlich erschöpft. Silugana hatte nämlich erbarmungslos bis am Abend mit ihm weitertrainiert, nachdem Nico all ihre Warnungen, dass sie hin und wieder eine Pause einlegen mussten in den Wind geschlagen hatte – wer nicht hören will, muss fühlen.

Nico liess sich auf ein Bett fallen und gab ein paar Minuten lang keinen Laut von sich, während er sich keuchend von den langen Kämpfen erholte. Auch für Silugana war es etwas anstrengend gewesen und sie war ziemlich verschwitzt, da es recht heiss gewesen war.

Sie sah zu Nico hinüber, der überhaupt nicht verschwitzt wirkte – vermutlich wegen der Rüstung. Allerdings keuchte Nico noch immer und versuchte offenbar, eine bequeme Position zu finden.

Nach fünf Minuten gab er auf. «Zu heiss!», murmelte er. Dann sah er Silugana vorwurfsvoll an: «Musste das sein? Echt, ich wusste nicht, wie hart du sein kannst!», beschwerte er sich.

Silugana hatte ehrlich gesagt mit einer Schimpftirade und üblen Vorwürfen gerechnet, aber Nico war wahrscheinlich zu erschöpft, um sich noch gross zu beschweren. Dann fiel Silugana wieder ein, dass er erst neun war – oder jetzt vielleicht zehn, egal – und plötzlich hatte sie ein bisschen ein schlechtes Gewissen.

Ach, hör doch auf!, tadelte sie sich selbst, *Er wollte es nicht anders! Er hat es so provoziert! Da ist er schon selber schuld!* Aber ein anderer Teil von ihr widersprach: *Vielleicht ist er selber schuld und vielleicht hat er es so provoziert. Aber er konnte ja nicht wissen, wie du reagieren würdest, und er ist noch so klein! Und du warst schon ziemlich hart!*

Während Silugana noch überlegte, setzte Nico sich auf und sah sie unzufrieden an. Liumana sah von Silugana zu Nico und von ihm zu ihr. Vermutlich wollte sie wissen, ob ein Eingreifen ihr ungefährlich war, oder ob sie gleich eine Explosion auslösen würde.

Silugana holte tief Luft: «Nico, es tut mir leid. Ich… ich habe wohl etwas überreagiert. Ich hatte vergessen, dass du noch klein bist. Oh, Entschuldigung…» Nico lächelte. «Ach, ich habe kein Problem damit, wenn man mich als *noch klein* bezeichnet. Aber du warst richtig unheimlich!», fügte er schaudernd hinzu, was Silugana nicht so ganz verstand.

«Unheimlich?», fragte sie verwirrt. Liumana nickte. «Deine Stimme klang richtig gebieterisch. In deinen Augen leuchtete ein Feuer. Es erinnerte mich an die Zaubervisionen von den alten Kampfhexen, die die anderen Hexen und Zauberer antrieben, weiterzumachen. Schon nur bei den Zaubervisionen war es schwierig, den Befehlen zu widerstehen. Heute... Wenn deine Befehle auf mich gerichtet gewesen wären, hätte ich alles gemacht, was du befohlen hättest.»

«Was? Befehlszwang? Das ist unmöglich! Ich kann doch nie... Nein! Das kann nicht sein!» Sie sah Nico hilfesuchend an, in der Hoffnung, dass er sagen würde, dass er nichts davon wusste, dass das wohl ein Irrtum war. Aber das tat er nicht.

Er sah sie nur misstrauisch an und fragte: «Meinst du, ich hätte mich freiwillig so herumkommandieren lassen? Dann kennst du mich schlecht. Nein, Liumana hat recht. Es war unmöglich, nicht zu tun, was du gesagt hast, egal was ich wollte.»

Er schien nicht sonderlich wütend zu sein, das war schon mal gut. Aber Silugana konnte nicht glauben, was sie da hörte. Seit Ewigkeiten hatte das niemand gekonnt. Es war komplett vergessen gewesen, wie man das machte. Und dass sie Nico herumkommandiert hatte... bei diesem Gedanken wurde ihr schlecht.

Sie wandte sich wieder Nico zu. «Nico, es tut mir so leid! Ich wollte das nicht! Ich wusste gar nicht, was ich tue! Ich... oh, es tut mir so, so leid!», schluchzte sie verzweifelt.

Dann – als sie sich mit Hilfe von Liumana ein bisschen getröstet hatte – sah sie zu Nico hinüber und schämte sich noch mehr. Zuerst hatte sie diesen blöden Befehlszwang angewendet, dann hatte sie das nicht gemerkt, und jetzt fand sie nicht mal Worte, um sich zu entschuldigen, und flennte los, was überhaupt nichts brachte.

Doch als sie Nicos Gesicht sah, verstand sie gar nichts mehr; Nico lächelte und Silugana hätte schwören können, dass etwas Schuldbewusstes in seinem Blick lag. Wer war hier nochmal diejenige, die etwas Unrechtes getan hatte?

Bevor sie noch lange wundern konnte, fragte Liumana: «Nico du Schlitzohr, was hast du denn jetzt schon wieder angerichtet?» – «Nichts. Diesmal wirklich nichts. Es ist nur… Silugana findet das mit dem Befehlszwang schrecklich, aber in Wirklichkeit ist das wohl die Möglichkeit, mich dazu zu bringen, überhaupt zu gehorchen. Du weisst ja, wie eigenwillig ich bin», antwortete Nico frech grinsend.

Liumana lachte: «Oh ja, das weiss ich! Glaub mir, ich kenne niemanden, der oder die eigenwilliger ist als du! Nicht mal Luna ist so was von unmöglich, wenn es darum geht, auf andere zu hören, ihnen zu gehorchen! Obwohl es jetzt gerade nicht mehr so stark ist. Früher war es viel schlimmer. Also Silugana, er ist nicht sauer auf dich», erklärte sie dann an Silugana gewandt.

Silugana war ziemlich überrascht, dass Nico sie nicht anschrie oder losheulte, sondern erklärte, sie habe das einzige Mögliche getan, und zugab, dass er sehr eigenwillig war. Nach dem Abendessen (Äpfel und Bananen, die Silugana im magischen Vorratsschrank, wo nie etwas schlecht wurde, gefunden hatte) kroch Nico ins Bett und schlief ein.

«Er überrascht sogar mich immer wieder», murmelte Liumana, «Wie muss das denn für dich sein?» – «Überraschend», antwortete Silugana. Liumana lachte. Dann wurde sie wieder ernst: «Aber er hat leider Recht. Wenn du ihn trainieren willst, musst du mit dem Befehlszwang weitermachen.»

Silugana starrte sie fassungslos an: «Wie bitte???! Ich kann doch nicht… Nein!» Liumana seufzte: «Mir gefällt es ja auch nicht und ihm wird es erst recht nicht gefallen, aber es ist die einzige Möglichkeit. Und er wird nicht sauer auf dich sein – hoffe ich.»

Silugana wollte überhaupt nicht, aber irgendwann konnte Liumana sie dann doch überreden – nach ungefähr hunderttausend Argumenten und einer halben Stunde. Danach gingen auch die beiden Frauen zu Bett.

Am nächsten Morgen merkte Nico offenbar sofort, was los war, doch es war zu spät. Erstaunlicherweise verdrehte er nur die Augen und liess Siluganas Zauber zu.

Sklavenarbeiten

Nina wurde gerade mal mit *einer* Socke fertig und das auch nur ganz knapp! Luna regte sich so fest auf, dass sie nur eine halbe Socke schaffte, weshalb ihre Strafe doppelt so lang war wie Ninas.

Nina war froh, dass wenigstens Nico nicht hier war, denn er hätte noch viel grössere Probleme mit den Befehlen gehabt als Luna. Das wäre sehr schlecht gewesen! Na gut, Nico jetzt hatte auch seine Probleme, aber das wussten die Mädchen nicht, ausserdem war das erst später. Und Nico wäre auch nicht hier eingesperrt worden. Aber wenn er nicht abgehauen wäre, wäre er zuerst eingesperrt und dann vor die Wahl, sich den Nullilulanern anzuschliessen, oder umgebracht zu werden gestellt worden. Und was dann seine Entscheidung gewesen wäre, ist wohl klar: der Tod.

Die Strafe war ziemlich peinlich: Die Mädchen wurden vollständig ausgezogen und dann in den Matsch gestossen. Danach wurden sie gefoltert. Wie schon gesagt, war die Strafe bei Nina nur halb so lang wie bei Luna.

Danach wollte Nina in der Zelle auf Luna warten, aber sie war so erschöpft und verzweifelt, dass sie sich einfach aufs Bett fallen liess und einschlief.

Als sie am nächsten Morgen aufwachte, sah sie, dass Luna auch wieder da war. Sie sah auch das Frühstück, das ihnen jemand in die Zelle gestellt hatte. Und sie sah – Schauder – den Zettel mit den Aufgaben, den jemand an die Tür gehängt hatte:

AUFGABEN FÜR DEN MORGEN:

1. Zimmer aufräumen + Boden schrubben
2. Das schmutzige Geschirr waschen (vor der Tür)
3. Boden in der Halle schrubben
4. Fenster putzen (alle)
5. Steinbruch (ca. 30 min)
6. Mittagessen machen
7. Servieren + Küchenutensilien abwaschen
8. Wäsche waschen
9. Abräumen + abwaschen

AUFGABEN FÜR DEN NACHMITTAG:

Müssen noch entschieden werden. Guten Morgen!

Nina hätte kotzen können. Das konnten sie niemals alles rechtzeitig schaffen! Sie war komplett verzweifelt, aber sie wolte Luna nicht aufwecken, da diese gerade so friedlich schlief.

Also setzte sie sich auf den kalten Boden und fing an, ihr Frühstück zu essen, aber sie hatte keinen grossen Appetit, was verständlich war; immerhin wusste sie jetzt schon, dass sie die Aufgaben niemals schaffen würden. Ihre Stimmung war auf dem Nullpunkt.

Als Luna aufwachte, sah sie sich als Erstes die blöde Liste an, womit ihre Stimmung dann wohl auch im Eimer war. Sie setzte sich neben Nina, und die beiden Mädchen assen schweigend, bis die Tür aufgerissen wurde und eine Frau hereinstürmte, die verkündete, dass sie ihre Führerin war, und dass sie sich gefälligst beeilen sollten.

Danach führte sie sie nach draussen und befahl, dass sie das Zimmer nachher aufräumen und das Geschirr später abwaschen sollten, denn dafür war jetzt keine Zeit mehr, weil sie sonst gar nichts mehr schaffen würden. Als ob das der Frau wichtig wäre! Sie wollte die Mädchen bestimmt auch nur foltern!

Sie führte sie in eine riesige Halle, wo der Boden total verkrustet war, mit verschimmelten Essensresten, von denen Nina gar nicht wissen wollte, was die mal gewesen waren. Bei dem Gedanken, dass sie das hier alles schrubben mussten, wurde ihr schlecht, zumal sie ja ein begrenztes Zeitlimit hatten.

Die Frau lief durch eine Tür hinaus und drohte an, dass sie bald wieder kommen würde, und mahnte, dass die Mädchen bloss keine Zeit vertrödeln sollten.

Als sie weg war, fingen die Mädchen sofort an, aber sie konnten nicht hoffen, rechtzeitig fertig zu werden. Es ist unmöglich, ihre Gefühle zu beschreiben, sie waren einfach völlig verzweifelt und hatten noch ungefähr hundert andere Gefühle (allesamt negativ), die alle zu einer furchtbaren Laune führten (verständlicherweise).

Sie schafften – wider aller Erwartungen – fast den ganzen Boden, bis die Frau sie wieder holte und erklärte, den Rest des Bodens müssen sie später auch noch machen, aber momentan mussten sie die Fenster putzen.

Das war nicht so schlimm wie erwartet, da es nur sehr wenig Fenster hatte. Leider waren die wenigen Fenster aber ziemlich verdreckt, weshalb sie es dann doch nur ganz knapp schafften, aber immerhin schafften sie es.

Die Führerin führte sie weiter und befahl ihnen, sich um das Zimmer, das Geschirr und den Rest des Bodens zu kümmern, statt im Steinbruch zu arbeiten. Sie warnte sie aber auch, dass der Ausfall des Steinbruchs nur am ersten und höchstens am zweiten Tag möglich war. Danach nicht mehr.

Die Mädchen bedankten sich (weil sie nicht riskieren wollten, dass die Führerin es sich noch einmal anders überlegte) und fingen dann mit dem Zimmer an, was glücklicherweise nicht so schlimm war. Sie brauchten nur fünf Minuten.

Das eigentliche Problem war wohl der Abwasch. Es war ein riesiger Berg aus altem, nicht abgewaschenen Geschirr, das total verklebt war mit... was auch immer. Dafür brauchten sie dreiundzwanzig Minuten, was bedeutete, dass sie noch zwei Minuten für den Boden hatten.

Sie rannten dorthin, was auch wieder eine halbe Minute brauchte, und fingen schleunigst an, aus den verbliebenen eineinhalb Minuten noch das Beste rauszuholen.

Als die Führerin wiederkam, waren sie gerade so knapp fertig und total erschöpft. Sie wollten sich nur noch hinlegen und eine Runde schlafen, nur war das leider nicht möglich. Sie mussten das Mittagessen kochen.

Ihre Führerin zeigte ihnen die Küche, und die Mädchen fingen an. Sie wussten nicht, was sie da kochten, sie improvisierten einfach und hofften, dass es gut kam. Ab und zu probierten sie von dem Essen.

Während Luna servierte, fing Nina schon mal mit dem Abwasch an. Die Mädchen hatten sich nicht abgesprochen, sie hatten einfach gemacht, als ob das alles selbstverständlich wäre.

Dann kam Luna zurück und half in aller Eile beim Abwaschen. Nina fing ein Gespräch an, allerdings wollte sie nur kurz wissen, wie viele Frauen es ungefähr waren und Luna antwortete: «Zu viele». Danach liess Nina das Thema auf sich beruhen.

Die Führerfrau hatte gesagt, dass sie die Waschküche gleich neben der Küche finden würden, also sahen sie dort nach. Dort – in der Waschküche – lag haufenweise schmutzige Wäsche und an der Wand hing ein Zettel:

HEUTE NUR HAUFEN 1. DER REST KOMMT SPÄTER

Also machten sich die Mädels an Berg 1. Ja, man konnte es einfach nicht Haufen nennen. Es war ein Riesenberg, den sie in viel zu kurzer Zeit waschen sollten.

Danach räumten sie die Tische ab, wuschen ab und gingen in ihr Zimmer, völlig verhungert und erschöpft. Sie hofften, dass es dort Essen gab und liefen los.

Tatsächlich gab es dort Essen, welches sie direkt neben ihre Betten stellten, um im Liegen essen zu können. (Wie die alten Römer!) Das war die gute Nachricht. Die schlechte war, dass ihre Aufgabenliste ergänzt worden war:

AUFGABEN FÜR DEN NACHMITTAG:

1. Neuen Tisch und Bänke herstellen
2. Steinbruch (1 Stunde)
3. Folter (1 Stunde)
4. Stricken (was dann eben im Auftrag steht)
5. Häkeln (was dann eben im Auftrag steht)
6. WCs reinigen
7. Betten machen
8. Schlafen gehen

Nina übergab sich diesmal tatsächlich fast. Auch Luna sah aus, als ob sie sich am liebsten übergeben hätte. Aber sie mussten stark bleiben, sonst würde dieses blöde Überwindungsmain sie umbringen. Woher kam eigentlich dieser bescheuerte Name? Wer hatte sich den denn bitteschön ausgedacht?

Bevor die Mädchen sich noch ausruhen konnten, platzte auch schon eine andere Frau herein und erklärte, dass sie ihre Wächterin für den Nachmittag war, und dass sie sich beeilen sollten.

Sie führte sie zur Werkstatt und erklärte ihnen schnell das Wichtigste. Danach liess sie die Mädchen alleine, und die mussten selber sehen, wie sie das Verlangte herstellen konnten.

Nach einer gefühlten Ewigkeit waren sie fertig, und die Führerin kam, um sie abzuholen. Sie hatte immer wieder vorbeigeschaut und beim letzten Mal offenbar berechnet, wie lange die Mädchen noch brauchen würden.

Dann führte sie sie weiter. Und zwar direkt zum Steinbruch! Okay, das war der nächste Auftrag, aber die Mädchen hatten trotzdem auf ein Wunder gehofft, damit ihnen das erspart blieb. Aber die Wunder hatten sie offensichtlich im Stich gelassen.

Nach der Stunde im Steinbruch ging es weiter zur Folterkammer, die Nina aber eigentlich nicht *noch* besser kennenlernen wollte. Sie fand, dass sie ausnahmsweise einmal Glück haben könnten. Doch das hatten sie natürlich mal wieder nicht.

Als auch die Folterstunde vorbei war, die gar nicht so schlimm gewesen war, gingen sie in ihr Zimmer zurück und sahen nach, ob wieder eine Liste hing. Ja, es hing wieder eine. Dort stand:

STRICKAUFTRAG: SOCKEN UND STULPEN

HÄKELAUFTRAG: BABYSCHÜHCHEN

ANLEITUNGEN LIEGEN BEI

Nina atmete erleichtert auf. Die Socken und Stulpen würden mühsam werden, aber sie mochte häkeln und sie hatte schon mal Babyschühchen gehäkelt.

Als sie endlich, endlich fertig waren, mussten sie die WCs reinigen, was keine sehr angenehme Aufgabe war, zumal die Toiletten *ewig* nicht mehr gereinigt worden waren.

Danach machten sie ihre Betten, obwohl sie den Sinn nicht ganz verstanden. Wer macht die Betten kurz, bevor man wieder reinliegt? Ihre Führerin führte sie zu den anderen Zimmern, wo sie die anderen Betten machen mussten.

ENDLICH, nach dem Abendessen konnten sie schlafen gehen. Nina schlief sofort ein und träumte wieder von dem mysteriösen Schwertkämpfer und der hübschen Eliteschwertkämpferin.

Die beiden sassen mit noch jemandem, den Nina nicht genau erkannte, an einem Lagerfeuer und stopften sich mit Marshmallows voll. Wo hatten sie die denn schon wieder her??? Marshmallows wuchsen doch nicht auf Bäumen!

Am nächsten Morgen sah Nina extra nicht zur Tür, bevor sie ihr Frühstück gegessen hatte, da sie sich die Laune nicht wieder verderben lassen wollte.

Als sie fertig gegessen hatten, sahen beide Mädchen auf «drei» zur Tür, um festzustellen, ob dort wieder ein Zettel hing, um ihnen die Laune zu verderben. Natürlich war er da:

AUFGABEN FÜR HEUTE:

1. Zimmer putzen
2. Betten machen (zuerst eigene, dann die anderen)
3. Weben
4. Nähen (allg.)
5. Mittagessen machen
6. Servieren + Pfannen usw. abwaschen
7. Fertig nähen
8. Abräumen + abwaschen
9. Kleider nähen
10. Messer schleifen
11. Steinbruch (1 Stunde)
12. Protokoll führen, während der Sitzung
13. Böden schrubben (euch wird noch gesagt, welche)
14. Folter (je nachdem)
15. Schlafen gehen

«Super», murmelte Nina, da sie überhaupt keine Lust hatte, jetzt auch noch (oder wieder) das Zimmer zu putzen, die Betten zu machen (zuerst die eigenen, dann die anderen), zu weben, zu nähen, Mittagessen zu machen, zu servieren, Pfannen usw. abzuwaschen, fertig zu nähen, abzuräumen, abzuwaschen, Kleider zu nähen, Messer zu schleifen, eine Stunde lang im Steinbruch zu arbeiten, Protokoll zu führen während der Sitzung, Böden zu schrubben (egal, welche) und Folter zu ertragen.

Sie wollte nur das letzte: Schlafen gehen! Ausserdem hatte die Schwertkampflehrerin sich in ihrem Traum an sie gewandt gesagt: «Pass gut auf dich auf, Nina Farfalla. Nächste Nacht – bei euch – ist die Nacht der übernatürlichen Kräfte. Nutze sie!» und Nina wollte unbedingt wissen, was es mit der Nacht der übernatürlichen Kräfte auf sich hatte.

Sie wollte Frieden! Ruhe! Ein Zuhause!

Ein altes Bündnis

Nico regte sich über Liumana und Silugana auf. Er wusste nämlich genau, wer Silugana gesagt hatte, dass sie weitermachen sollte. Und Silugana machte weiter, sogar ziemlich heftig.

Aber Nico war teilweise auch selber schuld; er hatte zugegeben, dass er total eigenwillig war. Er hatte Liumana indirekt dazu ermutigt, Silugana zu sagen, dass sie weitermachen sollte. Und er hatte nicht versucht, den Zauber zu verhindern. Das lag aber vor allem daran, dass er sich nicht schon vor dem Schwerttraining sonderlich anstrengen wollte. Und, dass er über seinen Traum nachgedacht hatte.

Er hatte nämlich von Nina und Luna geträumt: Wie sie gefoltert wurden, wie sie in totale Verzweiflung verfielen und wie sie viele Aufgaben erledigten[2]. Er hatte sogar kurz ihre Gefühle mitbekommen. Nur ganz flüchtig, aber er wusste zumindest, dass es ihnen gar nicht gut ging, und, dass er ihnen nicht helfen konnte. Und ausserdem hatte er sich im Traum übergeben, als er ihre Gefühle mitbekommen hatte.

Aber nun musste er sich wieder auf den Schwertkampf konzentrieren und schauen, dass Silugana ihn nicht mit dem langen Holzschwert schlug, denn das tat weh, und das regte Nico noch mehr auf.

Der Zauber war nämlich nicht so, dass er Nicos Hand lenkte. Kämpfen musste er immer noch selber. Der Zauber sorgte nur dafür, dass er weitermachte, dass er sich nicht weigerte, weiter-

---

[2] Die aus «Sklavenarbeiten»

zumachen. Mit anderen Worten: Der Zauber zwang ihn dazu, weiterzukämpfen, half ihm aber nicht dabei.

Nico wurde gar nicht gern zu irgendetwas gezwungen. Das erinnerte ihn an seine früheren Pflegeeltern. Und das waren *keine* schöne Erinnerungen! Aber *daran* wollte er sich erst recht nicht erinnern, was natürlich bedeutete, dass die Erinnerungen scharf und klar waren: Das strenge, wütende Gesicht seiner Pflegemutter, die ihn aufforderte, gefälligst zu tun, was sie befahl. Das vor Wut verzerrte Gesicht seines Stiefvaters, der ihn am Arm festhielt und ihm mit Prügel drohte, wenn er nicht sofort… die entsetzten Gesichter seiner Pflegeeltern, als der Jugendschutz vor der Tür stand und verkündete, dass ihnen das Sorgerecht weggenommen wurde…

Konzentrier dich auf den Kampf!, rief er sich selbst zur Ordnung. Er hatte mit niemandem ausser Liumana je darüber gesprochen. Sie war fast die Einzige, die ihn schon so lange kannte – ausser Luna, und selbst sie hatte ihn damals kaum gekannt.

Er erinnerte sich noch genau, als er Liumana im Wald heulend erzählt hatte, wie gemein seine Eltern seien, wie Liumana ihn getröstet hatte, gesagt hatte, sie würden eine Lösung finden… Das hatte sie. Sie hatte den Jugendschutz informiert, als Nico drei war.

Seither hatte er sehr nette Pflegeeltern, aber er hatte noch immer nicht mit Luna darüber gesprochen, da er sich möglichst nicht daran erinnern wollte. Nun schlug Silugana schon wieder zu, und er musste schauen, wie er ihren Schlag abwehren konnte, ohne sich das Handgelenk zu verstauchen.

Gegen Mittag bekam er wieder Hunger, aber Silugana wollte von einer Pause nichts hören. Nico grummelte einige Verwünschungen, die sie zum Glück nicht hörte, und versuchte weiterhin, nicht mehr blaue Flecken als unbedingt nötig zu bekommen.

Am Abend hatte Liumana wieder Abendessen gekocht, und Nico konnte sich nicht entscheiden, ob er zuerst essen oder einschlafen sollte. Er liess sich aufs Bett fallen und suchte eine bequeme Position.

Liumana sah zu ihm herüber, sagte dann etwas zu Silugana – mit der sie natürlich schwatzte, typisch – und lief rüber. Dann fing sie an, ihn zu füttern. Leider redete sie dabei weiter mit Silugana, weshalb Nico das ganze Gespräch mitbekam. Es ging um Frauenprobleme, ob Liumana die auch hatte. Die Antwort war übrigens ja, aber das konnte Liumana natürlich nicht einfach so sagen.

Sie musste alles ganz genau erklären und die Unterschiede aufzählen, und die beiden Frauen mussten sich zusammen über den weiblichen Körper aufregen… Echt, Nico wollte gar nicht so viel über Frauen und ihre Probleme wissen! Er hatte seine eigenen Probleme. Aber er war zu müde, um sich zu beschweren. Irgendwann schlief er dann ein.

Er träumte wieder von Nina und Luna, wie sie kurz vor ihrer Hinrichtung – aus irgendeinem Grund wusste Nico, dass es kurz vor ihrer Hinrichtung war – umzingelt wurden.

William trat vor. Er richtete seine Augen auf die Mädchen und sah enttäuscht aus. «So jung, so leichtsinnig», sprach er, während er der wutschnaubenden Nina über die Wange strich, «so hübsch. Schade!», seufzte er. «Es wäre so schön gewesen! Aber ihr habt den Tod gewählt. Nach dem, was ihr getan habt, müssen wir euch hinrichten. Los, los, macht schon!», befahl er seinen Soldaten.

Nico wachte nach dem Traum seltsamerweise nicht erschrocken auf, sondern träumte einfach etwas anderes. Er kuschelte sich in seine Decke und träumte etwas Schönes: Er war wieder zu Hause und spielte mit den Tieren im Wald direkt neben ihrem Haus, bis seine Pflegemutter rief, dass es Essen gab.

Am nächsten Morgen musste Silugana ihn an den Füssen aus dem Bett ziehen, während Nico mit den Fäusten auf den Boden schlug und verlangte, dass sie ihn losliess. Kurz gesagt: Nico hatte einen Wutanfall. Er wollte weiterschlafen und nicht kämpfen. Das verleidete ihm nämlich langsam.

Aber dann fing Silugana wieder mit ihrem Zauber an, und Nico hatte einen *richtigen* Wutanfall: Er schlug auf den Boden ein, versuchte sich freizustrampeln und schrie ziemlich laut: «Loslassen! Aufhören! Du sollst mich loslassen! Hör mit dem Zauber auf! ICH WILL WEITERSCHLAFEN!!!», doch Silugana liess sich davon nicht beeindrucken und zauberte weiter.

Als sie den Zauber vollendet hatte, befahl sie: «Hör auf zu zappeln!» Nico hasste es, seinen eigenen Körper nicht unter Kontrolle zu haben. Er wusste genau, was das für Konsequenzen haben würde, aber er schrie wütend weiter. Und natürlich befahl Silugana dann: «Halt die Klappe!»

Jetzt war Nico richtig sauer. Sie konnte ihm doch nicht einfach den Mund verbieten! Was dachte die sich eigentlich? *Nico* den Mund zu verbieten, könnte eine Freundschaft zerstören! Er *hasste* das *noch mehr* als das meiste andere am Befehlszwang. Konnte dieser Zauber den Charakter verändern? Konnte er Silugana befehlshaberisch machen? Diese Möglichkeit gefiel Nico gar nicht. Er hasste Befehle! Ausser wenn er sie selbst erteilte. Das fand er lustig.

Aber hier erteilte Silugana die Befehle. Und diese Befehle gefielen Nico gar nicht. trotzdem stand er auf und funkelte Silugana böse an. Silugana hob beschwichtigend die Hände: «Tut mir ja leid Nico, nur… wenn du die ganze Zeit so herumschreist, nützt das uns allen nichts! Und das mit dem Zauber tut mir auch leid, aber du hast selbst gesagt, das sei der einzige Weg, dich zum Gehorchen zu bringen!»

Das stimmte. Innerlich machte Nico sich selbst zur Schnecke, weil er das gesagt hatte. Aber jetzt nahm Silugana den Faden wieder auf: «Ausserdem wolltest du unbedingt Schwert-kampftraining, obwohl ich dir gesagt hatte, dass es sehr anstrengend wird. Das hast du dir alles selber eingebrockt.»

Noch ein Punkt für sie. Nico ärgerte sich momentan vor allem darüber, dass er niemanden ausser sich selbst verantwortlich machen konnte. Er hasste es, zugeben zu müssen, dass er Unrecht hatte. Genauso hasste er es, zu wissen, dass er an einer blöden Situation selber schuld war.

Aber nun fing Silugana an, alles Mögliche über Schwertkampf zu erzählen, und das wollte Nico trotzdem nicht verpassen. Silugana erzählte von Anfang an die Geschichte des Schwertkampfes, und sobald sie Nico erlaubte, sich zu setzen, war er richtig zufrieden. Das hier war nämlich spannend! Das Einzige, was nervte war, dass sie den Mundverschliessbefehl noch nicht aufgehoben hatte.

Als sie fertig war, war es schon Mittag. Diesmal erlaubte sie – oh Wunder – eine kurze Mittagspause. Liumana hatte in der Nähe ein Tier erlegt, welches sie zum «Zmittag» gekocht und mit ein paar Kräutern und Geheimnissen aufbereitet hatte. Es war sehr lecker, aber Nico war sauer, weil sie ein Tier getötet hatte. Liumana verteidigte sich, dass sie halt ein Raubtier war und, dass dieses Tier auch schon andere Tiere getötet hatte.

Während dem Essen begannen die Frauen wieder ein Gespräch, diesmal über die unmöglichen Männer, und Nico fand, dass er sich wohl besser zurückzog, wenn er fertig gegessen hatte. Silugana aber hatte andere Pläne: Sie hielt ihn am Arm zurück und erklärte: «Das ist lehrreich. Dann kannst du diese Fehler vermeiden. Und ausserdem will ich nicht, dass du irgendeinen Blödsinn machst. Nach dem, was Liumana mir erzählt hat, machst du nämlich gern Blödsinn.»

Nico dachte, dass der letzte Blödsinn, den er gemacht hatte, als niemand aufpasste, Silugana ziemlich geholfen hatte. Er warf Liumana einen bösen Blick zu, blieb aber sitzen. Er hatte keine Lust, mit den Frauen zu streiten, vor allem, weil sie beide viel älter waren und weil es schwierig war, vernünftige – oder überhaupt – Argumente zu bringen, wenn man nicht sprechen konnte.

Das Gespräch ging bis zum Abend, und sie assen zum «Znacht» nochmal das Gleiche wie zum «Zmittag», da Liumana keine Zeit zum Kochen gehabt hatte. Sie murmelte irgendetwas wie: «Warum muss eigentlich immer ich Essen machen?» – «Weil ich Schwertkampf unterrichten und im Notfall unsere Höhle verteidigen muss», antwortete Silugana. «Und warum kann Nico mir dann nicht wenigstens helfen?»

Nico sah sie überrascht an: «Also erstens, weil mich deine liebe Freundin immer zum Kämpfen zwingt, und zweitens, weil ich nicht kochen kann. Ich bin ein Junge. Ein *kleiner* Junge. Ich hab das nie gelernt.»

«Dann bringe ich es dir eben bei!», knurrte Liumana, «Ich will auf jeden Fall nicht immer allein kochen müssen. Und Silugana muss die Höhle bewachen. Also, morgen bin *ich* mit beibringen dran! Okay?»

Nico seufzte. «Jetzt streitet ihr euch schon, wer mich nerven darf. Muss das sein?» – «Ja, es muss», grinste Liumana. «Und ausserdem verliert Siluganas Zauber langsam seine Wirkung. Eigentlich schade. Es war schön mal zu reden, ohne dass du gleich wieder reinschwatzt.» – «Ich liebe dich auch», grummelte Nico genervt.

Musste die Säbelzahntigerin denn wirklich so nervtötend sein? Wahrscheinlich war Nico noch schlimmer, aber wenn man das selber ist, merkt man es natürlich nicht. Silugana war auch nicht besser als Liumana, vor allem mit ihrem blöden Zauber.

Aber jetzt war erst mal Bettzeit. Das hatten die anderen zwei auch gerade bemerkt: «Streiten können wir uns morgen noch», äusserte sich Liumana, «oder besser nicht. Sonst kleb' ich dir den Mund zu. Aber jetzt ab ins Bett mit dir!»

«Und ihr? Geht ihr noch nicht schlafen?», fragte Nico, obwohl er die Antwort schon vermutete. «Wir? Nein. Wir gehen noch nicht ins Bett. Du bist noch klein. Ausserdem hat dein Wutanfall heute Morgen gezeigt, dass du früh schlafen musst, sonst passiert das wieder.»

Nico wollte widersprechen, aber Liumana legte ihm sanft die Pfote auf den Mund und flüsterte: «Schlaf jetzt. Du bist wirklich mein absoluter Liebling unter den Menschen, aber du nervst mich langsam, wenn du immer widersprichst. Du brauchst Schlaf! Morgen sehen wir weiter, okay? Morgen finden wir eine Lösung.» – «Was denn für eine Lösung?» Aber Liumana wies mit der anderen Vorderpfote zum Bett…

Die beiden Frauen begaben sich in die Mitte der Höhle und fingen an, sich über Menschen, die Umweltverschmutzung und ihre Lieblingsfilme zu unterhalten, während Nico Mühe hatte, einzuschlafen. Super! Aber schlussendlich schlief er dann doch ein.

Am nächsten Morgen wachte Nico als Erster auf, weshalb er vermutete, dass die Frauen noch lange gequatscht hatten. Ein anderer Grund zu dieser Annahme war, dass sie beide in der Mitte der Höhle schliefen, statt in ihren Betten. Dann waren sie wohl zu müde gewesen, um sich noch zu ihren Betten zu schleppen.

Als es Nico im Bett langweilig wurde, stand er auf und zog seine Rüstung an – natürlich zog er die über Nacht aus! Das ist eine *Rüstung*! Viel zu unbequem, um sie über Nacht anzubehalten. Den braunen Einteiler behielt er immer an, da er ja sowieso nicht dreckig wurde. Der hatte sogar eine Kapuze, aber diese hatte Nico noch nicht ausprobiert. Er zog meistens die Rüstung darüber an, sodass er gar nicht an die Kapuze herankam.

Langsam brauchte er keine halbe Stunde mehr, um die Rüstung anzuziehen. Eigentlich würde er am liebsten den ganzen Tag nur in seinem neuen braunen Pyjama herumlaufen, aber Silugana bestand darauf, dass er die Rüstung immer anzog, damit er erstens immer bereit war, falls mal ein Monster angriff, und zweitens wollte sie, dass er lernte, die Rüstung im Notfall ganz schnell anzuziehen.

Wusste Silugana eigentlich, wie nervig es war, die Rüstung immer wieder an- und auszuziehen? Oder wie schwer dieses Ding war? Vermutlich nicht. Und wenn, dann war es ihr wohl egal.

Nach ungefähr einer Stunde wachten die anderen dann auch auf. Bis dahin vertrieb Nico sich die Zeit damit, die Umgebung zu erkunden und immer wieder schmerzlich daran erinnert zu werden, dass er nicht mehr zaubern konnte.

Als er wieder zur Höhle zurückkam, gab es schon «Zmorge». Liumana und Silugana kicherten zusammen. «Aha. Zuerst verschlaft ihr, und dann lacht ihr schon wieder über irgendetwas», stellte Nico verärgert fest. Dann jammerte er: «Ihr schliesst mich total aus!»

«Was? Nein!», rief Liumana erschrocken. «Das… das wollen wir nicht! Es ist nur… wir sind beides Frauen und wir sind beide viel älter als du. Wir haben viel mehr Gesprächsstoff. Und das mit dem ins-Bett-Gehen und so tut mir leid. Es ist einfach so, ich fühle mich für dich verantwortlich – was ich ja eigentlich auch bin – und dann… dann will ich halt auf dich aufpassen! Ich meine, deine Eltern – tschuldigung, deine Pflegeeltern – die müssen dich auch rechtzeitig ins Bett schicken. Ich weiss, das sind andere Umstände, aber ich fühle mich für dich verantwortlich.»

Nico seufzte. «Das höre ich oft – zu oft! Das ist ehrlich gesagt auch der Grund, warum Luna und ich in letzter Zeit – selbst für unsere Verhältnisse – sehr oft gestritten haben. Sie fühlt sich verantwortlich. Und das nervt.»

«Ich will ja nicht unhöflich sein, aber ich glaub ich hab da was verpasst, bei unserem Persönlichkeitsbericht», unterbrach Silugana und runzelte die Stirn. «Pflegeeltern?» – «Ja, ich hab ja keine richtigen Eltern. Ich gelte normalerweise als *Waise*», erklärte Nico voller Abscheu, da er diese Bezeichnung hasste.

«Ahaaa. Das wusste ich noch nicht. Wie viel hast du eigentlich *nicht* erzählt? Übrigens hab ich irgendein komisches Gefühl. Ich kann es nicht genau erklären, es ist einfach *da*», antwortete Silugana frustriert.

«Kenne ich», murmelte Nico. Er hatte dieses Gefühl zu oft. Aber momentan hatte er kaum spezielle Gefühle, denn Hunger, Wut, genervt sein, müde sein, und so weiter, galten nicht als *spezielle* Gefühle. Spezielle Gefühle waren meistens Vorahnungen. Aber eben, Nico hatte momentan fast gar keine speziellen Gefühle. Er wusste, woran das lag, und regte sich auf, dass es keine andere Möglichkeit gegeben hatte, Liumana zu retten. Das war doch echt zum Kotzen!

Aber nun mischte sich Liumana ein: «Silugana, musst du nicht patrouillieren? Und du, Nico, komm mit», erklärte sie streng, aber Nico wusste, dass sie das in Wirklichkeit längst nicht so streng meinte.

Während Silugana aus der Höhle lief, folgte Nico Liumana neugierig. Denn die einzigen speziellen Gefühle, die sich noch meldeten, waren Vorahnungen wegen Liumana. Er hatte das Gefühl, dass sie ihm etwas sagen wollte.

Sobald sie in der kleinen Küche waren, erklärte Liumana leise: «Mit Silugana stimmt etwas nicht. Und ich glaube, ich weiss, was: Der Befehlszauber ergreift langsam Besitz von ihr. Denn eigentlich ist sie meganett und fürsorglich, aber der Zauber lässt sie böse werden. Ich habe ihn für den Moment blockiert, aber das wird nicht lange halten. Ausserdem rotten sich die Monster zusammen. Sie wissen jetzt, dass du ein Kind der Natur bist. Wir brauchen Hilfe. Für Silugana und gegen die Monster!»

«Moment mal… kannst du zaubern? Einfach so diesen Quatsch zu blockieren, da musst du ja irgendwelche Magie anwenden! Und, was die Hilfe angeht… hast du schon etwas Bestimmtes im Kopf? Deinem Gesichtsausdruck nach zu urteilen, ja. Was denn?», fragte Nico neugierig. «Nun… die Säbelzahntiger. Früher gab es so eine Art Bündnis zwischen Säbelzahntigern und Hexen. Beide haben geschworen, einander in Notsituationen zu helfen. Bis heute wurde das nicht aufgehoben. Und Silugana braucht Hilfe. Um ihr Revier zu verteidigen und um wieder zu Sinnen zu kommen», antwortete Liumana.

Nico grinste. «Also sollen die Tiger bei der Verteidigung helfen und dann können sie ganz zufällig auch noch gegen den Fluch helfen. Das hattest du auch überhaupt nicht im Hinterkopf, dass der Chef sie heilen kann.» – «Woher weisst du…» – «Och, du hast mir mehr als einmal von den Heilkräften des jeweiligen Chefs erzählt – weil ich immer wieder davon hören wollte.» – «Ach ja, stimmt. Apropos Heilkräfte und so: Ja, ich kann ein bisschen zaubern. Mit ein paar guten Kräutern können das alle schlauen Samt-Säbelzahntiger. Was natürlich bedeutet, dass Minalusa es nicht kann.» Nico lachte.

Dann mussten sie nichts mehr besprechen. Nico stieg auf Liumanas Rücken und Liumana sprang los. Es war ein wunderbares Gefühl, wieder durch die Wildnis zu reiten, obwohl Nico genau wusste, dass er sich jetzt verletzen konnte, denn die Natur machte keinen Platz mehr. Aber es war trotzdem schön.

Während dem Ritt kratzte sich Liumana an Brombeersträuchern und an allem Möglichen, aber das schien ihr nichts auszumachen. Nico bekam zweimal einen Ast ins Gesicht, aber er war sich das überhaupt nicht gewohnt: «Au! Ich hab schon wieder einen Ast ins Gesicht bekommen! Warum tut das so weh?» –

«Weil wir ziemlich schnell vorbeireiten, und wenn du dich kratzt, tut es eben weh. Tut mir leid, ich würde gern etwas dagegen unternehmen, nur kann ich nicht.» – «Schon gut, ich sollte nicht so herumjammern! Du gibst dir ja Mühe, dass möglichst nichts passiert. Ich bin mir einfach gewöhnt, dass… naja.»

Liumana schien traurig zu werden: «Das ist meine Schuld! Wenn ich gegen dieses Monster gewonnen hätte…» – «Moment mal… du hast mir damit doppelt das Leben gerettet! Erstens hast du dafür gesorgt, dass das Monster mich nicht zerfleischt hat, und zweitens hätte ich meine magischen Fähigkeiten nicht nur für die Unsterblichkeit aufgegeben. Das… hätte ich nicht gekonnt», gestand Nico. «Aber du hast mir keine Wahl gelassen, du... Für dich würde ich alles aufgeben!»

Liumana drehte den Kopf und sah ihn fragend an: «Du hättest deine magischen Fähigkeiten nicht für die Unsterblichkeit aufgegeben? Warum? Ist die Unsterblichkeit das nicht wert?» – «Nö. Ohne magische Fähigkeiten ist es doof. Das ist die Unsterblichkeit nicht wert. An dem sind vermutlich die wenigen Kinder der Natur, die es überhaupt so weit geschafft haben, gescheitert; sie konnten ihre Fähigkeiten nicht aufgeben. Denn nichts ist so wertvoll wie unsere Fähigkeiten – ausser Freunden und Familie.»

Liumana schien darüber nicht so erstaunt zu sein, wie Nico befürchtet hatte – sie kannte ihn halt. Für Nico ergab jetzt alles Sinn: Alle Kinder der Natur tickten ähnlich, wenn nicht sogar gleich. Und sie alle *konnten* ihre magischen Fähigkeiten nicht aufgeben. Für nichts und niemanden – ausgenommen Freunde und Familie. Aber Familie hatten sie keine, und Freunde in Gefahr waren auch nicht da gewesen. Nur bei Nico.

Als sie endlich bei den Säbelzahntigern ankamen, wurden sie gleich vom Chef empfangen (er sah ganz normal aus, aber nach der Art, wie die anderen ihn behandelten, *musste* er der Chef sein). «Guten Tag Liumana, wo hast du so lange gesteckt? Wir suchen dich schon seit Ewigkeiten!» – «Na, meiner Meinung nach hätte sie ruhig noch ein bisschen länger verschwunden bleiben können», grummelte eine Säbelzahntigerin mit rosarotem Fell.

«Minalusa, du könntest echt etwas höflicher sein!», knurrte Liumana. «Ach, wirklich? Sagt die, die ewig lang verschwunden war? Ah, und ich sehe, du hast deinen Kuschelschützling mitgebracht. Habt ihr irgendein Problem? Ist es, weil sich das Baby verletzt hat?»

«Nein, es ist, weil Silugana – die letzte glühende Hexe – von Monstern belagert wird und nur ihr Säbelzahntiger da helfen könnt», antwortete Nico, während er von Liumanas Rücken glitt. Liumana knurrte irgendwas, was Minalusa wahrscheinlich nicht hören sollte.

«Quatsch!», schrie Minalusa, «Es gibt keine glühenden Hexen mehr!» – «Aber den Hexenberg gibt es noch. Und Silugana hat ihn all die Jahrhunderte verteidigt! Und jetzt wird sie von einer Übermacht von Monstern angegriffen! Und ihr wollt nicht helfen? Oder ist nur Minalusa so ein Riesenfeigling?», fragte Nico die Säbelzahntiger.

«Okay, bevor wir einen Streit anfangen, was wollt ihr?», fragte der Chef. «Dass wir den Hexen helfen? Oder besser gesagt *der* Hexe? Wenn das wirklich stimmt, was ihr da erzählt, dann werden wir natürlich helfen. Aber erzählt von Anfang an. Alles von dem Zeitpunkt an, als Liumana von hier weglief. Danach werden wir entscheiden.»

«Okay», stimmte Nico zufrieden zu und sah zu Liumana hinüber. Die Säbelzahntiger wollten vor allem Sachen über sie wissen, also musste auch Liumana erzählen. Ihr schien es nicht gerade zu gefallen, im Zentrum der Aufmerksamkeit zu sein. Sie machte ein Gesicht wie drei Tage Regenwetter.

Minalusa wurde langsam ungeduldig: «Wann fangt ihr endlich an?» – «Sobald du ruhig bist. Da ihr vor allem von Liumana wissen wollt, muss auch sie erzählen», erklärte Nico. «Schon möglich», erwiderte Minalusa gelangweilt, «Aber kannst du so lange stillsitzen? Oder soll ich dich festhalten?» – «Ich glaube, ich kann so lange stillsitzen, danke», entgegnete Nico leicht genervt.

Und dann fing Liumana an, zu erzählen.

Der heilige Schmuck

Liumana erzählte, wie sie durch die Wildnis gelaufen war, da sie gespürt hatte, dass Nico sie brauchen würde, wie sie Nico gefunden und William verletzt hatte – worauf sehr viele Säbelzahntiger, darunter auch ihr Bruder, applaudierten.

Sie berichtete, wie sie etwas herausgefunden hatten, erzählte von Indilis, ihrem langen Ritt zum Hexenberg, Silugana, dem Vorfall mit Liumanas Fast-Tod und ihren Tagen in der Hexenhöhle.

Am Schluss fragten alle, was sie denn recht am Anfang herausgefunden hatten. Darauf hatte Liumana gehofft, denn sie wollte Minalusa schockieren: «Also… wir haben herausgefunden, wer Nicos wahre Mutter ist», erklärte sie und kostete den Moment der Spannung aus. Nico schlug sich mit der Hand gegen die Stirn. Er schien das Gefühl auch nicht zu mögen, wenn einem alle anstarrten.

«Und zwar… Mutter Natur! Nico ist ein Kind der Natur. Das mit den magischen Fähigkeiten war der Test von wegen Unsterblichkeit, und ich glaube, den Rest versteht ihr alle selber.» Nico verdrehte die Augen und grummelte irgendwas – vermutlich «Mach nicht so ein Drama daraus! Auch wenn Kinder der Natur selten sind, ist dein Verhalten einfach nur peinlich!»

Ungläubiges Gemurmel – wegen Liumana. Niemand hatte gehört, was Nico gemurmelt hatte – auch Liumana nicht. Sie vermutete nur. Die Säbelzahntiger tuschelten untereinander und tauschten Informationen über die Kinder der Natur aus. Sie schienen nicht so recht zu wissen, was sie davon halten sollten. Natürlich war ihnen längst klar, dass Nico einen Ursprungsbaum hatte wachsen lassen. Das war *der* Test. Alle schienen zu grosse Angst zu haben, ihre Zweifel zu äussern. Dann: «Das glaub ich nicht!», kreischte Minalusa. «Liumana lügt! Sie will mit

Schummelei zur Chefin werden! Nico soll es doch beweisen! Das ist eine Lüge!» Nico seufzte: «Minalusa, Liumana hat das doch eben erklärt. Ich hab meine magischen Fähigkeiten *verloren,* als ich Liumana gerettet habe! Deshalb lebe ich überhaupt noch. Mein zehnter Geburtstag ist vorbei. Das ist das Geheimnis der Unsterblichkeit: Opfer.»

«Aber du bist nicht unsterblich!» – «Nein, bin ich nicht. Minalusa, du bist unmöglich! Das haben wir auch erklärt. Ich hatte die Wahl zwischen Unsterblichkeit und Liumana retten und einfach meinen zehnten Geburtstag überleben, ohne Unsterblichkeit.»

«Das ist eine Lüge! Ihr habt euch diese ganze Geschichte ausgedacht, damit Liumana an die Macht kommt! Du hast keine magischen Fähigkeiten! Du bist kein Kind der Natur!» – «Und warum kann ich euch dann verstehen?», fragte Nico angriffslustig. «Ähh…» Minalusa suchte vermutlich nach einer ganz üblen Beleidigung.

Doch bevor sie etwas sagen konnte, ging der Chef dazwischen: «Wir können das ganz einfach feststellen», erklärte er. Nico sah ihn erwartungsvoll an: «Wie denn?» – «Wir haben eine Art *Altar* für Mutter Natur. Wenn du eine Hand drauflegst und nichts oder kaum etwas passiert, bist du ein Kind der Natur.

Aber ich warne dich: Wenn du eine Hand drauflegst und *kein* Kind der Natur bist, dann stirbst du!» – «Okay», antwortete Nico ruhig, fast neugierig. Liumana bekam ein mulmiges Gefühl.

«Tu es nicht, Nico», mahnte sie, «Wir wissen nicht, wie das jetzt ist, ohne deine magischen Fähigkeiten!» Nico sah sie mit funkelnden Augen an. «Nur keine Sorge! Hier geht es um meine *Herkunft*, nicht um meine magischen Fähigkeiten», beruhigte er sie. «Ausserdem würde ich zu gern Minalusas Gesicht sehen, wenn wir es beweisen!»

Dann sah er den Chef erwartungsvoll an: «Wo ist dieser Altar?» – «Also gut, dann kommt mal mit!», befahl der angesprochene seufzend und führte sie in eine wunderschöne Höhle. Die Wände waren glatt und von einem sanften Grau, doch sie waren an den meisten Stellen mit einem schwindelerregend leuchtenden, halbdurchsichtigen Stein verziert. Auf dem Boden lag ein aufwendig geknüpfter Teppich. Es hatte keine Möbel, nur eine Art Podest in der Mitte. Geisterhaftes Licht füllte den Raum. Mittendrin stand ein schmaler, runder Altar aus einem halb durchsichtigen blau–türkisfarbenen Material.

Nico legte eine Hand darauf und zuckte zusammen. Er schloss die Augen und fing an, zu zittern. «Nein!», schrie Liumana. «Nimm sie weg! Nimm die Hand weg!»

«Das geht nicht!», antwortete der Chef bestimmt, «Er muss die Hand eine Minute drauflassen!» – «Nein! NEIN!», brüllte Liumana und sprang los, aber die anderen Säbelzahntiger hielten sie fest.

Liumana wehrte sich, biss und trat, aber es waren zu viele Säbelzahntiger. Daraufhin brach Liumana in Tränen aus. «Ha!», rief Minalusa triumphierend, «Jetzt wirst du wegen Lüge und Mord an deinem Schützling verbannt!»

«HALT DEINE BLÖDE SCHNAUZE!», brüllte sie der Chef an, «Siehst du denn nicht, wie verzweifelt sie ist?» – «Das ist doch nur Vortäuschung, damit wir Erbarmen haben und ihr nichts tun!», widersprach Minalusa. «DU WAGST ES, MIR ZU WIDERSPRECHEN?», brüllte der Chef sie noch einmal an.

Eine halbe Minute war vorbei. Nico fing an, in einem grünlichen Licht zu glühen. Alle Säbelzahntiger sahen mit weit aufgerissenen Augen und offenen Mündern zu.

Dann – nach weiteren ungefähr dreissig Sekunden – schwächte sich das Glühen ab. Nico zog, mit immer noch geschlossenen

Augen, die Hand weg und stolperte. Liumana sprang, bevor irgendjemand reagieren konnte, nach vorne und fing ihn auf.

«Danke», flüsterte Nico. «Was ist passiert?», fragte Liumana besorgt. Nico öffnete die Augen, und für einen schrecklichen Moment glaubte Liumana ein Feuer in seinen Augen zu sehen, doch nach einmal blinzeln war es weg, und Liumana war sich sicher, dass sie es sich nur eingebildet hatte.

«Es... es hat wehgetan», flüsterte Nico in ihren Armen. «Wie meinst du das?», fragte Liumana überrascht. «Ein... ein Brennen im ganzen Körper», klärte sie Nico so leise auf, dass ganz bestimmt nur Liumana es verstehen konnte.

Dann schaute er über ihre Schulter und fragte: «Na Minalusa, was sagst du jetzt?» Liumana schaute noch rechtzeitig hin, um Minalusa erröten zu sehen: «Ich... ich fühle mich nicht wohl. Ich gehe ins Bett!» Sie warf Liumana und Nico einen mörderischen Blick zu und ging.

Als sie gegangen war, prustete Nico los: «Hast du ihr Gesicht gesehen? *Huch, da ist der doch tatsächlich ein Kind der Natur! Wie peinlich! Warum lebt er überhaupt noch? Eine Frechheit! Ich muss ganz schnell weg!* Und das alles nur, weil sie zu stolz ist! Tz–tz–tz!»

Liumana lachte. Nico hatte Minalusas Stimme ziemlich gut nachgemacht. Auch die anderen Säbelzahntiger fingen an zu lachen. Nico hatte es geschafft, die Spannung zu lösen.

Als es dämmerte, gab es Abendessen. Nach dem Essen wurde dann abgestimmt, ob sie Silugana zu Hilfe kommen würden, oder nicht. So gut wie alle waren dafür, ihr zu helfen. Das besserte Liumanas Stimmung noch mehr.

Nach dem Abendessen zog Liumana Nico zur Seite und begann: «Ich will ja nicht schon wieder damit anfangen, aber du musst morgen ausgeruht sein. Also, es ist Bettzeit.» Nico seufzte und verdreht die Augen: «Wenn es unbedingt sein muss. Es ist einfach nervig, wenn du dann noch ewig aufbleiben darfst. Und», er grinste, «dann am nächsten Tag verschläfst.»

Liumana wurde rot. «Könntest du das *bitte nicht* erwähnen? Das ist echt peinlich! Es war nur, weil…, weil…» – «Weil ihr euch verschwatzt habt?», schlug Nico noch immer grinsend vor. «Ach, halt doch die Klappe!», seufzte Liumana genervt. «Wir hatten wichtige Themen zu besprechen. Das verstehst du nicht.»

Nico zog eine Schnute und äusserte schmollend: «Immer soll ich die Klappe halten. Wofür hat man denn einen Mund, wenn man ihn nicht benutzen soll?» – «Zum Essen.» – «Und wofür hat man eine Stimme, wenn man sie nicht benutzen darf?»

«Oh, halt's Maul!», schimpfte Liumana, «Und geh schlafen!» Sie hob ihn mit Leichtigkeit hoch auf ihren Rücken, trug ihn zu einer etwas abgelegenen Schlafstelle[3], liess ihn dort in ein Bett fallen und drohte: «Wehe, du meckerst wieder, dann…!»

Nico sah sie nochmals gespielt böse an, rollte sich dann aber zusammen und zog sich die Decke über den Kopf. Er war zwar leicht genervt, schien aber keine Lust auf noch mehr Streitereien zu haben. Liumana ging zum Lagerfeuer zurück.

Die Säbelzahntiger sahen sie respektvoll an. «Machst du das immer so?», fragte einer, «Ich meine, er ist doch ein Kind der Natur…» – «Ach, deshalb hat er noch lange keine Sonderbehandlung verdient. Er ist noch immer ein frecher kleiner Bengel!»

Sie redete noch lange mit ihren Brüdern und Schwestern. Sie redeten über die Geschichten, die sie schon über die Kinder der

---

[3] Die Säbelzahntiger hatten überall Schlafstellen aufgestellt.

Natur gehört hatten. Liumana konnte vieles bestätigen, musste aber auch oft verneinen. Zum Beispiel hatte jemand gehört, dass die Kinder der Natur selbstsüchtig waren. Nico war das definitiv nicht. Manche hatten gehört, dass die Kinder der Natur ohne ihre magischen Fähigkeiten total erschöpft und unbrauchbar wären – auch falsch…

Am nächsten Morgen wurde Liumana von ihrem Bruder geweckt. Nico war gerade daran, seine Rüstung anzuziehen. Liumana musste wieder daran denken, wie anders er jetzt aussah. Er trug seine Rüstung ja auf Wunsch – oder Befehl – von Silugana immer, was ihm – trotz der Tatsache, dass er eigentlich noch immer sanft, aber wehrlos aussah – ein kriegerisches Aussehen verlieh. Die Schrammen im Gesicht machten das auch nicht gerade besser. Und sein wütender Gesichtsausdruck erst recht nicht.

Liumana lief zu ihm hinüber. «Was ist? Warum bist du so wütend?», fragte sie vorsichtig. Sie hoffte, dass er nicht aus irgendeinem Grund sauer auf sie war. «Ich spüre ja nicht mehr viel Spezielles, seit ich nicht mehr zaubern kann», antwortete Nico, «aber ich spüre trotzdem, dass diese blöden Monster die Natur kaputtmachen!»

Jetzt verstand Liumana, warum Nico wütend war. Er liebte die Natur. Und er regte sich auf, dass er nichts gegen diese Monster ausrichten konnte. Früher hätte er die Natur rebellieren lassen können. Jetzt konnte er nur noch hoffen, dass nichts Schlimmes passierte, während sie weg waren, und, dass sie so schnell wie möglich am Ort des Geschehens waren. Es war niemandem von beiden klar gewesen, wie sehr Nico im Kampf gegen die Monster und auch sonst auf seine Zauberfähigkeiten angewiesen gewesen war. Diese Machtlosigkeit setzte ihm ganz schön zu.

Nach ungefähr einer Stunde setzten sich die Säbelzahntiger in Bewegung. Nico kletterte auf Liumanas Rücken. Minalusa war natürlich wieder nirgends zu sehen. Vermutlich wollte sie sich ihre Frisur nicht ruinieren. Was für eine Tussi! Eine Säbelzahntigerin sollte überhaupt keine Frisur haben, und Liumana wüsste zu gerne, woher Miralusa immer ihren Haarspray nahm. Aber sei's drum – dann nervte sie Liumana wenigstens nicht.

Sie liefen wieder den Weg zurück, den Liumana und Nico gekommen waren. Nur waren sie diesmal eine Armee aus kampflustigen Säbelzahntigern, die gegen die Monster eine viel grössere Chance hatten als vorher.

Gegen Abend kamen sie zum Hexenberg, wo Silugana an einem Lagerfeuer sass. Sie stand noch immer unter Liumanas Schutzzauber gegen die Macht des Befehlszwangszaubers. Aber lange würde das nicht mehr halten.

Also lief Liumana zum Chef und erzählte ihm davon. Der Chef machte ein ernstes Gesicht: «Gut, dass du mir das jetzt sagst. Der Zauber wird nämlich immer schlimmer. Das spüre ich und das weiss ich, von anderen Fällen. Hexen kamen früher öfters vorbei.»

Nico, der noch immer auf Liumanas Rücken sass, unterbrach: «Na, dann musst du ja über 200 Jahre alt sein – na, das ist bei den Säbelzahntigern vermutlich nicht allzu alt. Vielleicht... – lass mich raten – 40 oder so?»

Der Chef lachte. «Du bist klug, dass du begriffen hast, dass Säbelzahntiger ganz anders zählen als Menschen. Ich nehme an, das vorher war einfach geraten?» – «Ja.» – «Nun, dann hast du richtig geraten. 200 Säbelzahnjahre sind 40 Menschenjahre. Eigentlich ist es ganz einfach: Das jeweilige Alter durch...» – «Fünf», unterbrach ihn Nico. «Genau», antwortete der Chef lächelnd.

Nico schien zu überlegen. «Aber wie alt bist du denn wirklich? Dann ist Liumana ja... 124 durch fünf... nicht ganz fünfundzwanzig – noch recht jung!», stellte er erstaunt fest. «Aber wie alt bist du jetzt?» – «Dreihundertfünfundvierzig Jahre alt», antwortete der Chef. Nico rechnete nach: «Neunundsechzig. Das ist beeindruckend! Ich meine, dass du schon Hexen behandelt hast! Moment – sollten wir nicht mal zu Silugana und nach dem Rechten schauen?» Immer diese Gedankensprünge! Aber er hatte ja recht. Sie mussten nachschauen.

Das taten sie auch, und es war höchste Zeit: Silugana stand zwar noch unter dem Zauber, aber der hielt höchstens noch eine Minute, das spürte Liumana. Der Chef untersuchte Silugana kurz und flösste ihr dann einen Trunk ein, woraufhin sie ohnmächtig wurde. Der Anführer versicherte den Umstehenden, dass es ihr innerhalb einer Stunde wieder gut gehen würde, dann zog er sich zurück – behauptete er zumindest. In Wirklichkeit aber nahm er Liumana beiseite: «Noch hat es niemand laut gesagt, aber nun bist du die Chefin der Samt-Säbelzahntiger», murmelte er mit gedämpfter Stimme. Liumana spürte einen Kloss im Hals. Daran hatte sie gar nicht gedacht. Aber es stimmte, und sie konnte sich auch nicht weigern…

Dann kam ihr die rettende Idee: «Es ist Kriegszeit», sprach sie, «und mein Schützling braucht meine Hilfe mehr denn je. Ich kann noch nicht zu den Säbelzahntigern zurückkehren. In meiner Abwesenheit ernenne ich Sie zu meinem Stellvertreter, da Sie Erfahrung darin haben.» Ja, sie *wollte* eigentlich gar nicht Chefin werden. Das war ihr eine zu grosse Verantwortung. Und sie mochte Verantwortung – bei Nico war das aus irgendeinem Grund etwas anderes – einfach nicht.

Danach ging sie es den anderen Säbelzahntigern erzählen. Diese waren zwar erstaunt darüber, aber niemand erhob Einspruch. Daraus schloss Liumana, dass Minalusa wirklich zu Hause geblieben war – obwohl die Liumanas Herrschaft sowieso schlechtgesprochen hätte.

Nach dem Abendessen, brachte Liumana Nico ins Bett, und dieses eine Mal beschwerte er sich nicht. Er war einfach nur erschöpft. Denn auf dem Weg zum Hexenberg waren sie angegriffen worden. Dort war ihre Kampfstärke erstmals von einer zweihundertköpfigen Monsterarmee auf die Probe gestellt worden.

Sie hatten alle Monster umgebracht, und waren selbst recht glimpflich davongekommen: Nur eine Tigerkriegerin war gefallen, und wegen ihrem Opfer waren ihre Freundin und ihr Bruder mit gebrochenen Beinen und einer Gehirnerschütterung davongekommen. Da soll noch mal jemand behaupten, Säbelzahntiger seien selbstsüchtig!

Ausserdem hatte Liumana dort auch gesehen, was Silugana Nico mit dem Schwert beigebracht hatte. Er war langsam richtig gut, also hatte der Befehlszwang wenigstens etwas Gutes. Aber natürlich war das ein böser Zauber, den man eigentlich nie anwenden sollte.

Jedenfalls war Nico richtig müde und schlief gleich ein. Liumana lief zu den anderen Säbelzahntigern und unterhielt sich noch bis spät in die Nacht mit ihnen.

Gegen Mitternacht nahm der Chef sie noch einmal beiseite und führte sie zu einem etwas abgeschiedenen Platz: «Tut mir leid, dich zu unterbrechen, doch ich muss dir noch eine Geschichte erzählen, die unter den Chefs immer weitererzählt wird: Vor langer Zeit gab es eine unglaublich mächtige Chefin aller Säbelzahntiger, sie hiess Figastrima. Figastrima herrschte über alle Säbelzahntiger, sogar über die Blut–Säbelzahntiger. Sie war eine gute und gerechte Herrscherin, die alle mochten. Es war eine gute Zeit unter Königin Figastrima…

Doch auch Figastrima ereilte das Schicksal des Alters. Sie wurde 1000 Jahre alt – die älteste Säbelzahntigerin der Geschichte – doch dann starb sie – einen friedlichen, ruhigen Tod, in der Gesellschaft ihrer besten Freunde. Seither konnte niemand mehr alle Säbelzahntiger zusammen regieren, weshalb sie sich in verschiedene Stämme aufgespalten haben.

Später wurde dann von dem sagenhaften Schmuck der Figastrima erzählt, der bei ihrem Tod verschwand. Er hatte ihr nicht Macht, Schönheit, Stärke oder Weisheit verliehen, sondern die Fähigkeit, immer fair zu bleiben – und es heisst auch, dass sie ihre Langlebigkeit den Juwelen verdanke. Doch darüber auch gesagt, dass sie in der grössten Not helfen werden, nur weiss niemand, wie. Es wird auch erzählt, dass sie noch immer Nachfahren hat, die das aber selber nicht wissen. Und es wird berichtet, dass nur eine direkte Nachfahrin ihren Schmuck finden, tragen und gebrauchen kann. Deshalb haben wir die Geschichte auch nur noch unter den Chefs weitererzählt – alle Mädchen und Frauen haben nämlich nur noch nach dem Schmuck gesucht, und an nichts sonst gedacht. Wir mussten dafür sorgen, dass sie sich auf das Wesentliche konzentrieren.

Du fragst dich vielleicht, warum ich dir das erzähle; es ist Tradition, diese Geschichte unter den Chefs immer weiterzuerzählen, und ich wollte das jetzt tun, falls…» – «Nein!», schrie Liumana, entsetzt, nur beim Gedanken daran, was der Chef sagen wollte. «Sagen Sie so etwas nicht! Das wird nicht passieren! Und danke, dass Sie mir diese Geschichte erzählt haben.»

Als sie schon gehen wollte, fiel ihr noch etwas ein, und sie drehte sich nochmal zum Chef um: «Was die bevorstehende Schlacht angeht, habe ich etwas von Nico gelernt, was noch die schlimmsten Situationen nicht ganz so schlimm wirken lässt.» – «Von Nico?», fragte der Chef überrascht, «Was denn?» – «Immer positiv denken. In allem das Gute sehen. Optimistisch bleiben», antwortete Liumana.

Danach ging sie schlafen. Naja, schlafen… eher nicht. Sie lag noch lange wach und dachte über die Situation nach. Irgendwann

– sehr, sehr spät in der Nacht, als vermutlich sonst gar niemand mehr wach war – schlief auch Liumana dann endlich ein.

«The Battle Begins»

Als Nico am nächsten Morgen aufwachte, war ausser Silugana, die gerade ihr Schwert schliff und ihre Wurfmesser überprüfte, noch niemand wach. Sie hatte sich ihre langen Haare zu einem Zopf geflochten, damit sie ihr nicht in den Weg kamen.

Nico zog schnell seine Rüstung an und lief zu ihr hinüber. Silugana schaute von ihren Messern auf und murmelte schuldbewusst: «Nico, das tut mir so leid mit dem Befehlszwang! Ich… ich…» – «Schon gut», erwiderte Nico beschwichtigend, «Du hast mir in der kurzen Zeit unglaublich viel über Schwertkampf beigebracht… alles gut. Ich bin dir nicht böse. Aber… können wir…?» Er brauchte die Frage nicht zu beenden. Silugana wusste, was er wollte. Und sie stimmte sofort zu. Allerdings erklärte sie, dass sie es mal «ernst» proben sollten. Nico stimmte zu.

Als die Säbelzahntiger endlich aufwachten, waren Silugana und Nico schon über eine Stunde lang am Kämpfen. Silugana gab ihm ab und zu Tipps, sonst funkte sie nicht rein und liess Nico einfach ausprobieren.

Nach gut noch einer Stunde hörten sie in der Ferne Kampfgebrüll, das verdächtig nach Monstern klang. Alle Säbelzahntiger versammelten sich alle am Hang, weil sie diese Bestien sofort in Augenschein nehmen wollten.

Nach kurzer Zeit sahen sie die Monster, sie marschierten über die weite Wiese vor dem Hexenberg. Es waren unglaublich viele Ungeheuer; mindestens 500. Die Säbelzahntiger waren aber höchstens 150 an der Zahl. Bald wurden alle unruhig.

Nico bekam langsam Angst und sehnte sich nach der Zeit, als es die Monster noch nicht gegeben hatte. Es war so friedlich gewesen, aber natürlich hatten die Menschen das nicht geniessen können. Wenn sie doch wenigstens das Experiment hingekriegt hätten…

Positiv bleiben!, dachte Nico, *Es nützt nichts, wenn wir jetzt panisch davonstürzen! Wie können wir diese Monster schlagen?* Das war eines der Geheimnisse: *Wie* können wir die Monster schlagen? Nicht: *Können* wir die Monster schlagen? Denn Zweifel benebelten den Verstand. Und dann war da nur noch Panik und ein rot blickendes Lämpchen: *Abhauen! Abhauen! Das schaffen wir nicht! Angst! Panik! Abhauen...* und dann funktionierte gar nichts mehr.

Silugana schritt derweil vor den Säbelzahntigern hin und her und versuchte, ihnen Mut zuzusprechen. Allerdings hörte sie sich selbst nicht gerade zuversichtlich an. Die Säbelzahntiger sahen überhaupt nicht überzeugt aus, und Silugana sah Nico und Liumana hilfesuchend an.

Warum sie Liumana brauchte, war offensichtlich, denn sie war die neue Chefin der Säbelzahntiger, sehr vernünftig und fand immer eine Lösung. Aber warum Nico? Das, was er am besten konnte, war seiner Meinung nach, die Leute zu nerven, vor allem Luna. Es tat weh, an Luna zu denken. Oder an Nina. Oder an sonst jemanden, den er liebte, und von der oder dem Nico nichts Genaueres wusste.

Moment. Zuerst sagst du positiv denken, und dann denkst du kurz vor der Schlacht an das heikelste Thema überhaupt? Nico! Kannst du dich denn nicht mal an deine eigenen Regeln halten?, stauchte er sich selbst zusammen. *Nina, Luna und deine Pflegeeltern müssen warten. Ich weiss, das ist schwierig, aber du musst dich auf die Schlacht konzentrieren! Wegen Liumana. Wegen Silugana.*

Und, warum Nico in der Ich–Form mit sich selbst sprach, aber sich gleichzeitig mit «du» anredete. Das war einfach eine Angewohnheit von ihm. Es ist leichter, mit sich selbst zu schimpfen, wenn man sagen kann: «Du bist unmöglich! Das kannst du doch nicht machen!», als wenn man sagen muss: «Ich bin unmöglich! Das kann ich doch nicht machen!». Das klingt dann einfach bescheuert.

Aber zurück zur bevorstehenden Schlacht: Liumana trat vor und versuchte, die Säbelzahntiger zu ermutigen, aber selbst ihre Stimme zitterte: «Al… also», begann sie unsicher, «Falls wir die Schlacht überleben…» – «Moment mal», mischte Nico sich ein, «Was heisst hier *falls*? *Natürlich* werden wir die Schlacht überleben!»

«Nico», fing nun Silugana an, «das ist überhaupt nicht so sicher! Wir können hier sehr gut sterben…» – «Und das ist sehr ermutigend, nicht wahr?», unterbrach sie Nico wütend. «Habt ihr jemals von Optimismus gehört? Es nützt nichts, wenn ihr sagt, *Wir werden wahrscheinlich eh sterben*. Dann ist es hoffnungslos! Aber wir *haben* eine Chance! Das *muss* euch doch klar sein! Sonst könnt ihr euch auch gleich selbst umbringen, wenn ihr keine Hoffnung mehr seht!», grummelte er ärgerlich. Dann erst fiel ihm auf, dass ihn alle anstarrten.

«Ähh…» Er wurde möglicherweise rot (er wusste es nicht genau, da er sein eigenes Gesicht ja nicht sehen konnte). Liumanas Bruder – derjenige, den William fast umgebracht hat – stiess einen bewundernden Pfiff aus: «Ich verstehe, was du an deinem Schützling so liebst, Liumana! Nicht bei vielen Menschen der heutigen Zeit findet man noch so viel Optimismus. Den haben wir Säbelzahntiger leider tatsächlich fast vergessen», erklärte er dann fast entschuldigend, an Nico gewandt, «aber jetzt erinnere ich mich wieder daran. Danke!»

Dann wandte er sich den anderen Säbelzahntigern zu: «Ich finde, Nico hat recht. Optimismus ist in vernünftigen Ausmassen nicht gefährlich, im Gegenteil; auch Pessimismus kann sehr, sehr gefährlich sein, denn man kann daran – wie Nico gesagt hat – verzweifeln. Also, auf in den Kampf. Für Lunizius!»

«Wer ist Lunizius?», fragte Nico verwirrt. «Und wie könnt ihr ohne Optimismus leben?» Liumanas Bruder lachte. «Ich muss zugeben, es war in manchen Situationen hoffnungslos, und erst jetzt fällt mir auf, woran das liegt.

Und was Lunizius angeht, das ist der Sage nach ein unsterblicher Säbelzahntiger, der früher die Säbelzahntiger regiert hat. Ich weiss nicht mehr genau, warum er aufgehört hat. Auf jeden Fall ist er schon seit so langer Zeit nicht mehr gesehen worden, sodass er als Legende bezeichnet wird. Aber wir hoffen immer noch auf seine Rückkehr.»

«Na, dann hoffen wir, dass er eines Tages zurückkommt», murmelte Nico und meinte das auch wirklich so, «aber ich glaube, wir sollten uns auf die Schlacht konzentrieren. Danke für die Information!» – «Bitte. Du hast recht, wir sollten die Monster abschlachten. Alle anderen sind schon am Kämpfen»

«Dann viel Glück im Kampf!», wünschte Nico, «Noch eine Frage: Wie heisst du eigentlich?» – «Ich heisse Limanoli», antwortete Liumanas Bruder. Dann umarmte er Nico, wünschte: «Viel Glück, Bruder!», und stürzte sich in den Kampf.

Nico war zuerst zu verwirrt, um zu reagieren. Hatte Limanoli ihn gerade wirklich «Bruder» genannt? Er hatte von Liumana schon mal gehört, dass Säbelzahntiger manchmal Menschen «adoptieren», aber nach ihren Erzählungen war das schon seit Jahrhunderten nicht mehr passiert. Na gut… es hatte auch schon lange kein Kind der Natur mehr gegeben. Aber ob das wirklich nur daran lag…

Plötzlich riss ihn ein Monster aus seinen Gedanken, indem es ihn angriff. Zuerst hatte er Mühe, es abzuwehren, aber dann fielen ihm Siluganas Tipps wieder ein, und er konnte das Scheusal mit

Leichtigkeit erledigen. Das war keines von den mächtigen Monstern, nur ein Krieger, der ziemlich dumm war.

Zuerst dachte Nico kurz an Luna, Nina und seine Pflegeeltern, dann kümmerte er sich um die Ungeheuer, die gerade näher kamen. Zu seinem Erstaunen war es noch ganz amüsant, die Monster umzubringen. Bald troff sein Schwert von Monsterblut, und er sah, dass auch die Säbelzahntiger keine Mühe mit den Monstern hatten: Überall explodierten Monster, oder sie zerfielen zu Fell, Staub oder Sand. Oder sie verbrannten zu Asche.

Silugana stand schon knietief in einer Mischung aus Fell, Asche, Staub und Sand und metzelte die Monster in einer übermenschlichen Geschwindigkeit nieder. Sie war ja auch eine Hexe, kein Mensch, aber es war trotzdem total beeindruckend.

Doch nun musste Nico sich wieder auf seine eigenen Gegner konzentrieren. Es war lächerlich einfach, die Monster waren alle ziemlich dumm und nicht sehr gut vorbereitet. Doch genau jetzt kehrte ein Teil von den früheren Vorahnungen, die Nico öfters gehabt hatte, zurück. Er hatte plötzlich ein Gefühl, als ob das hier nur die Ablenkung war. Die Feinde kamen von hinten…

Nico erstach noch ein Monster und schrie dann: «Das ist nur eine Ablenkung! Die eigentliche Bedrohung kommt von hinten! Hört mich denn niemand?»

Silugana und Limanoli drehten sich um. «Was für eine Bedrohung?», fragte Silugana. «Und woher willst du das wissen?» – «Ich hab da so ein Gefühl…» – «Was? Ich dachte, deine Vorahnungen seien mit deinen magischen Fähigkeiten verschwunden!», wunderte sich Silugana.

«Das waren sie auch», bestätigte Nico, «aber jetzt sind sie offenbar wieder da – gerade noch rechtzeitig! Aber wir müssen jetzt…» Er zeigte über die Schulter und hoffte, dass das als Erklärung reichte. Silugana und Limanoli sahen sich an und nickten. Dann drehte sich Limanoli zu Nico um: «Wir gehen schon mal voraus, während Silugana Liumana benachrichtigt. Bitte steig auf.»

Nico freute sich, dass er auf Limanoli reiten durfte, und stieg auf seinen Rücken. Dann rasten sie los. Es war anders, als auf Liumana zu reiten. Limanoli war grösser, stärker und schneller. Er flog nur so über das Gras. So kamen sie gerade noch rechtzeitig auf die andere Seite des Hexenbergs:

Viele Monster hatten sich dort versammelt – mindestens zweihundert! Nico stöhnte: «Das schaffen wir nie!» – «He!», rief Limanoli vorwurfsvoll, «Du hast doch mit dem Optimismus angefangen! Optimistisch bleiben!», schärfte er ihm ein.

«Aber…», begann Nico, «na, egal. Du hast Recht. Aber es ist trotzdem Scheisse!» Er rutschte von Limanolis Rücken, rutschte aus und fiel fast auf die Nase. «Fängt ja schon mal prima an!», murmelte er.

Da standen sie nun vor einer 200-köpfigen Armee, nur sie zwei. Es war hoffnungslos. Dann trat ein Monster vor: «Soso. Das ist also eure *grosse Armee*. Na, die anderen haben wohl zu tun. Also: Wenn ihr jetzt zur Seite geht, werden wir euch schnell und schmerzlos töten. Das Angebot mache ich aber nur einmal. Na?» Nico zog sein Schwert, und Limanoli, links neben ihm, knurrte drohend. Das Monster seufzte: «Also nicht. Na, dann werdet ihr sterben. Ganz allein. Ich werde euch…» Er verstummte.

Ein Herzschlag später brach Liumana durch das dichte Gebüsch hinten und landete rechts von Nico. Silugana glitt von Liumanas Rücken und landete zwischen ihr und Nico. «Sie sind nicht allein!», stellte sie klar, «Nicht ganz.»

Dann zog auch sie ihr Schwert und die vier stürzten los.

Nacht der übernatürlichen Kräfte

Nina hatte Kopfweh. Sie ertrug das Überwindungsmain jetzt schon nicht mehr. Sie wollte das alles nicht tun, doch sie sah keine andere Möglichkeit. Vielleicht war das die Strafe dafür, dass sie Nico so gemein beschimpft hatten.

Nico… Wieder einmal schweiften ihre Gedanken zu dem Jungen, den sie fast wie einen Bruder liebte, und der jetzt irgendwo in der Wildnis war und was auch immer machte.

Aber zurück zu Nina: Es tat ihr so leid, was sie getan hatte! Wenn sie doch nur die Zeit zurückdrehen könnte… Dann könnte sie dieses furchtbare «Missgeschick» rückgängig machen! Und das hier verhindern! Und den Ausbruch der Monster! Und… na, egal. Sie konnte es ja sowieso nicht.

Sie vermisste auch Nicos Optimismus und seine unbeschwerte Fröhlichkeit. Aber Nina war sich sehr sicher, dass selbst die hier verschwunden wäre. Niemand konnte hier glücklich sein! Dafür war es zu schlimm, zu schrecklich! Trotzdem hätte Nico sie vielleicht, vielleicht doch aufmuntern können. (Um das klarzustellen: Nein, hätte er nicht. Nina fing nur wieder mit Wunschdenken an. Weil er ein Junge ist, wäre er gar nicht ins Überwindungsmain gekommen. Und – angenommen mal, er wäre ein Mädchen – wenn… dann hätte er einen Wutanfall nach dem anderen gekriegt und gar nichts gemacht, ausser herumschreien, dass er raus in die Natur wollte.)

Wenn er hier wäre, hätte sie sich nicht so schreckliche Sorgen und Vorwürfe gemacht. Wo war Nico? Was machte er? War er in Gefahr? Wie ging es ihm? All diese Fragen schwirrten Nina durch den Kopf, und sie wünschte, sie könnte sie beantworten. Doch das konnte sie nicht.

Sie hatte Luna noch immer nicht von ihrem Traum erzählt. Luna hatte schon oft versucht, die Wände aufzulösen, aber es hatte wie erwartet und wie in der Zelle nichts gebracht. (Natürlich hatte sie es in der Zelle auch versucht! Sie war ja nicht blöd!)

Es war Abend. Die Mädchen waren erschöpft und ausgepowert. Luna sass neben Nina auf Ninas Bett. Nina fand es an der Zeit, Luna von ihrem Traum zu erzählen, also drehte sie sich zu Luna um und musste zu ihrem Schrecken feststellen, dass Luna weinte.

«Luna! Was ist? Warum weinst du? Ist es wegen Nico?», fragte sie vorsichtig und besorgt. Luna nickte und schniefte. «Ich mache mir solche Vorwürfe! Wie konnte ich nur so gemein sein? Ich weiss, dass es Williams Schuld war! Aber trotzdem... Aber das Schlimmste ist, dass ich in der Nacht auf heute einen Traum hatte.»

«Was, du auch?», fragte Nina verwirrt, «Ich wollte dir gerade von meinem Traum heute Nacht erzählen, als ich gesehen habe, dass du heulst. Ich... ich hab auch gerade über Nico nachgedacht. Aber... was hast du denn geträumt?»

«Ich hab geträumt, dass er und ein Säbelzahntiger einer ganzen Monsterarmee gegenüberstanden. Ich glaub, das ist in der Zukunft. Aber ich will das nicht glauben! Das... das wäre zu schrecklich!», stotterte Luna und sah recht verstört aus. Nina konnte das verstehen. Das Letzte, was sie wollte, war, Nico in einer beinahe unmöglichen – oder überhaupt in einer – Schlacht zu sehen. Bei dem Gedanken überliefen sie kalte Schauder.

«Na, dann können wir nur hoffen, dass du dich irrst», äusserte sie sich, wusste aber tief in ihrem Innern, dass Luna das nicht tat. «Ja», antwortete Luna mit dünner Stimme, klang aber gar nicht hoffnungsvoll.

«Aber nun zu dir: Was hast du geträumt? Du wolltest mir doch von einem Traum erzählen, oder hab ich das falsch verstanden?» – «Nein, du hast richtig gehört. Ich hatte einen Traum von der Schwertkampflehrerin. Aber diesmal hat sie zu mir gesprochen…»

Sie erzählte Luna, was sie geträumt hatte. Luna fand, dass sie dem auf jeden Fall nachgehen sollten. «Alles, was uns irgendwie helfen könnte, das hier zu überleben, *muss* ausprobiert werden! Wir *müssen* das hier überleben! Wir müssen! Sonst…» Sie schauderte. Auch Nina wollte nicht an diese Möglichkeit denken. Wenn sie das hier nicht überlebten, dann… ja, dann würden sie das nicht überleben (das war logisch). Dann würden sie sterben. Und das waren *keine* schönen Aussichten. Wirklich nicht. Sterben war nicht schön. Vor allem unter diesen Umständen nicht. Sie wollte nicht sterben!

Aber solche Gedanken halfen ihr auch nicht weiter. Sie mussten sich jetzt erst mal auf die «Nacht der übernatürlichen Kräfte» konzentrieren. Das hatte erste Priorität. Danach konnte sie ihretwegen im Selbstmitleid versinken, obwohl sie das eigentlich keine so gute Idee fand.

Luna schien immer noch über Ninas Traum nachzudenken. «Okay, dann versuchen wir am besten, die *Nacht der übernatürlichen Kräfte* zu nutzen, und von hier wegzukommen. Hast du irgendwelche anderen Informationen?»

Nina seufzte. «Nein, leider nicht. Sie hat wirklich nur gesagt: *Pass gut auf dich auf, Nina Farfalla. Nächste Nacht – bei euch – ist die Nacht der übernatürlichen Kräfte. Nutze sie!* Sonst nichts. Das lässt immerhin darauf schliessen, dass das schon war oder erst sein wird. Sie hat gesagt *bei euch*, weshalb ich davon ausgehe, dass sie nicht das gleiche Datum hat wie wir.»

Luna pfiff leise: «Gut kombiniert!» Nina wurde wahrscheinlich rot: «Ach was, das ist doch nichts! Das war einfach.» – «Ich kann das nicht einfach so. Bei dir klingt das so einfach.» – «Ich lese auch viele Krimis. Ich nehme an, das kommt dann einfach mit der Zeit. Aber darum geht es doch gar nicht. Also, was können wir tun? Können wir überhaupt etwas tun?» – «Das müssen wir. Versuch mal optimistisch zu sein. Wie... Nico», bat Luna leise.

Beide Mädchen überlegten. Schlussendlich kamen sie zu dem Schluss, dass es wohl am meisten bringen würde, abzuwarten und nachher zu schauen, was sie tun konnten, obwohl das beiden nicht gefiel.

Aber sie warteten geduldig, bis sie das Gefühl hatten, dass es richtig war. Nur kam dieser Moment nicht. Die Mädchen wollten nicht aufgeben, sie würden bis sieben Uhr morgens aufbleiben, wenn es sein musste. *Sie **mussten** hier raus!* Sonst würden sie sterben!

Es dauerte und dauerte und dauerte. Irgendwann hielt Nina es nicht mehr aus und überlegte, wie sie die Zeit überbrücken konnten. Es fiel ihr nur etwas ein, aber das war lustig. Also schlich sie zu Lunas Bett hinüber...

Als sie dort war, tippte sie Luna auf die Schulter, worauf diese sofort hochfuhr und Nina entsetzt anstarrte: «Wie... Wo... Was... Was fällt dir eigentlich ein, Nina? Mich so zu erschrecken! Was ist? Spürst du etwas? Ich nicht. Ich...»

«Neinein, ich spüre nichts. Aber es ist alles gut. Mir ist nur langweilig und ich hatte eine Idee gegen die Langeweile», beruhigte sie Nina und holte tief Luft: «Also, ich dachte, wir könnten vielleicht nochmal das Geschichtenausdenkspiel machen, das war so lustig. Dann schlafen wir auch bestimmt nicht ein! Und wir können die Zeit überbrücken.»

Luna dachte nach. «Okay», antwortete sie dann, «aber kannst du bitte anfangen? Ich hab immer ein bisschen Mühe, bis ich drin bin. Und… können wir bitte *kurze* Geschichten machen? Ich bin mies bei langen Geschichten.» – «Klar, können wir machen. Aber bitte nichts mit Liebe, ja? Darin bin *ich* mies. Okay, da ich anfange, musst *du* mir sagen, worum es gehen soll», erwiderte Nina.

Luna überlegte. «Hmm… Vielleicht – nein Mist, das ist mit Liebe! Öhh, vielleicht… um Sklaven.» Nina glaubte, sich verhört zu haben. «Was?» – «Um Sklaven. Oder genauer gesagt, um zwei Geschwister, ein Mädchen und ein Junge, die es bis jetzt immer gut hatten, und dann plötzlich sklavenähnlich behandelt werden – von ihren Eltern!» Luna kam jetzt richtig in Fahrt: «Und dann müssen sie all die mühsamen Sachen, die das Leben mit sich bringt, erledigen, während ihre Eltern sich wie die Herrscher der Welt behandeln lassen. Die Kinder sind Zwillinge.»

Nina war überwältigt von Lunas Redeschwall. Und von der Tatsache, dass Luna eines von Ninas Fachgebieten in Geschichten erzählen erwischt hatte: Kinder, die gemein behandelt werden. Darüber dachte Nina sich – ziemlich fies, aber eben ein gutes Thema – am meisten und am liebsten Geschichten aus.

«Okay, und wie heissen die beiden?» – «Hmm… Nick und Lilly. Die Namen ihrer Eltern sind egal, da die Kinder sie eh mit *ihre Majestät* ansprechen müssen. Sonst… ich glaube, ich habe alles Wichtige gesagt. Aber wenn dir dieses Thema zu brutal ist…»

Nina lachte. «Zu brutal? Ach bitte, darüber denke ich mir am liebsten Geschichten aus. Das – also unfair behandelte Kinder – ist mein Fachgebiet in Geschichtenausdenken. Du hast genau ein *Lange-Geschichte-Gebiet* erwischt. Tut mir leid.»

«Das ist ja super! Ich mag auch lange Geschichten, solange ich sie nicht selber erzählen muss», erklärte Luna. «Kannst du bitte anfangen?» – «Natürlich! Okay… Nick und Lilly waren zwei glückliche Zwillinge mit einer guten, stabilen Familie: Ihre Grosseltern und ihre Eltern waren sehr nett und fürsorglich.

Doch dann geschah etwas Schreckliches: Irgend so eine gemeine Hexe verzauberte nur so zum Spass ihre Eltern und überhaupt alle ihre Freunde und Familie, so, dass sie Nick und Lilly nicht mehr als Kinder sahen, sondern eher als eine Art Sklaven.»

An dieser Stelle machte Nina eine Pause, um weiterzudenken. Sie spann ihre Geschichten immer weiter, bereitete sich kaum vor. Sie überlegte sich zuerst nur ganz grob, um was es so ungefähr gehen sollte. Deshalb konnte sie auch eventuelle spätere Einwürfe von Luna in die Geschichte aufnehmen. Allerdings brauchte sie dann auch immer wieder Pausen, um weiterzudenken.

Als sie das getan hatte, nahm sie den Faden wieder auf: «Eines Tages wachten die Zwillinge am frühen Morgen auf, weil jemand ihren Wecker verstellt hatte, und der Wecker liess sich nicht einfach so abstellen. Jedoch tauchte eine Mitteilung auf dem Bildschirm auf: *Ihr idiotischen, faulen Kinder sollt auch mal arbeiten! Hier ist euer Auftrag:*

Ihr müsst uns (euren Eltern, die ihr ab sofort Majestät zu nennen habt) Frühstück machen, und es uns ans Bett bringen. Ihr müsst – spürst du das auch?» Auch Luna war aufgesprungen, deshalb nahm Nina an, dass Luna es auch gespürt hatte.

Nina hatte etwas ganz Komisches gespürt; sie konnte dieses Gefühl nicht erklären, aber sie wusste ganz genau, dass jetzt der richtige Moment zum Ausbrechen war.

Luna richtete ihren Blick auf die Türe, und die Tür löste sich auf. Die beiden Mädchen rannten hinaus. Sie rannten die Gänge entlang, Luna voraus. Vermutlich versuchte sie, eine schwache Stelle zum Auflösen zu finden.

Dummerweise kamen sie dabei an dem Konferenzraum vorbei, in dem die «Hexen» noch zu dieser späten Stunde eine Sitzung abhielten.

Sie schlichen, so leise sie konnten vorbei, doch es half alles nichts: Eine «Hexe» schrie auf und zeigte auf sie. Nina verfluchte sie in Gedanken, doch das half nichts… – Moment mal, doch, das tat es. Gerade, als Nina dachte: *blöde Ziege!*, fing die Hexe an zu meckern. Ziemlich bescheuert, wie eben eine «blöde Ziege».

Also konnte auch sie wieder normal zaubern, auch wenn es schwieriger war, als es früher gewesen war. Ihre Zauber mussten schliesslich gegen die Schutzzauber hier ankämpfen…

Aber nun hatte sie Spass. Sie würde sich nachher um die Erschöpfung kümmern. Momentan befahl sie ihren Peinigern lieber, sich selber zu foltern. Luna lief ihr hinterher, als sie Richtung Folterkammer lief, um zuzuschauen, wie sich diese gemeinen Frauen gegenseitig folterten.

Die beiden Mädchen lachten lange. Doch gegen Morgen spürte Nina, wie ihre Kräfte langsam nachliessen. Sie mussten hier hinaus, bevor ihre Kräfte den Schutzzaubern erlagen.

Luna schien das auch zu fühlen, denn sie winkte Nina, ihr zu folgen, und führte sie in einen Raum, wo sie vermutlich besser rauskamen als sonst irgendwo in dieser Anlage.

Sie konzentrierte sich fest, und eine Wand löste sich auf. Nina spürte, dass ihr die Schutzzauber jetzt die Kontrolle über die Erzieherinnen entzogen, und sie wusste, dass sie rennen mussten. Allerdings brach in diesem Moment Luna zusammen. Nina war überhaupt überrascht, dass Luna es noch geschafft hatte, die Wand aufzulösen, und es überraschte sie überhaupt nicht, dass Luna dabei ohnmächtig geworden war.

Aber jetzt musste Nina Luna so schnell wie möglich hier hinausschaffen. Die Wand fing an, sich automatisch zu reparieren, und die bösen Frauen kamen immer näher. Nina glaubte kaum, dass irgendeine Art von Selbstverteidigung ihr jetzt noch helfen würde. Hier konnte man nur noch rennen – so schnell, dass die bösen Frauen einen nicht einholten. Und das tat Nina dann auch: Sie rannte, was das Zeug hielt, so schnell sie konnte, durch die zerstörte Wand hinaus, und halb trug und halb schleifte sie dabei Luna mit, die natürlich noch immer ohnmächtig war. Auch Nina spürte, wie ihre Kräfte sie langsam im Stich liessen.

Sie rannte mit Luna in eine etwas abgelegene Gasse, wo es jede Menge gute Verstecke gab. Nina hoffte, dass sie hier einen kurzen Moment ausruhen könnten.

Sie legte Luna in einem recht guten Versteck sanft auf den Boden und liess sich dann selbst auf den Boden plumpsen, um einen Moment – oder auch mehr – zu verschnaufen.

Nina hörte, wie Suchtrupps in der Morgendämmerung nach ihnen ausschwärmten, versuchten, ihr Versteck ausfindig zu machen. Wenn einer ihnen zu nahe kam, verwirrte Nina ihn ein bisschen, sodass er gleich wieder hinausging und allen, die es hören wollten verkündete, dass hier nichts war.

Wilhelm der Rote

Silugana war in ihrem Element. Sie kämpfte leidenschaftlich gern, auch wenn kämpfen sehr brutal ist. Aber sie war nun einmal so. Sie kämpfte, als ob sie nur dafür geboren war, zu kämpfen. Das war sie ja vielleicht auch. Schliesslich hatte sie in den letzten 200 Jahren viel gekämpft, um ihr Zuhause zu verteidigen.

Doch auch für sie war es schwer, so viele Monster aufs Mal niederzumachen, und sie fragte sich, wie es wohl die Säbelzahntiger machten, und wie es ihnen ging. Aber vor allem um Nico machte sie sich Sorgen.

Säbelzahntiger waren gross und stark und hatten scharfe Krallen, aber Nico hatte gerade erst seine magischen Kräfte verloren und kämpfte noch nicht lange mit dem Schwert, weshalb er auch entsprechend Mühe hatte.

Silugana machte sich furchtbare Sorgen, dass er verletzt wurde, an das Schlimmere wollte sie gar nicht denken. Das durfte nicht passieren! Sie konnte sich das nicht vorstellen, wollte es sich nicht vorstellen und würde auf jeden Fall alles tun, um etwas Schlimmes zu verhindern. Aber was, wenn sie nicht rechtzeitig zur Stelle wäre? Was wenn…

Nein!, rief sie sich selbst zur Ordnung, *daran darfst du nicht denken! Du musst dich auf das Wesentliche konzentrieren! Die Schlacht!* Die Schlacht war in vollem Gange, und es sah nicht gut aus für sie. Liumana und Limanoli waren irgendwo weiter weg, irgendwo in der Schlacht, aber Nico müsste in der Nähe sein. Auf einmal machte Silugana sich furchtbare Sorgen, denn sie hatte so eine Vorahnung… eine düstere Vorahnung.

Danach konnte sie sich kaum mehr auf den Kampf konzentrieren. Sie machte sich solche Sorgen um Nico. Sie musste sich dazu zwingen, weiterzukämpfen und nicht nach Nico zu suchen, um ihn zu warnen und ihn zu beschützen.

Dann geschah es: Silugana hörte links von sich einen Schrei, und rannte sofort los. Das, was sie befürchtet hatte, war passiert. Sie kam gerade noch rechtzeitig auf die Lichtung, um zu sehen, wie Nico das Schwert aus der Hand fiel.

Sein rechter Oberarm war blutüberströmt. Silugana konnte sein Gesicht nicht sehen, war aber nicht sicher, ob sie es überhaupt sehen *wollte*. Sie ging nämlich nicht davon aus, dass Nico nur am Arm verletzt war.

Sie rannte zu ihm, und konnte gerade noch den Schlag des Monsters abwehren, als es Nico den Rest geben wollte. Es war ein kurzer, wütender Kampf, den das Monster begonnen hatte....

...und dann auch verlor. Denn Silugana war sauer: Sie metzelte das Monster blitzschnell nieder, mit Hilfe von einer wirklich wütenden Liumana, die auch herbeigestürzt war.

Danach stürzten sie zu Nico, der schon auf dem Boden kniete. Er hielt seinen verletzten Arm krampfhaft fest umklammert. Siluga-na kniete neben ihn und versuchte Liumana zu überreden, wei-terzukämpfen.

Liumana wollte nicht. Aber als Silugana argumentierte, dass sie heilen könne, und dass Liumana sie unterdessen verteidigen müsse, stimmte Liumana dann doch irgendwann zu und liess Silugana mit Nico alleine, um ihre Wut an den (nicht so armen) Monstern auszulassen.

Silugana beugte sich über Nico und untersuchte seinen verletzten Oberarm. Es war ein übler Schnitt, ziemlich tief, aber glückli-cherweise nicht vergiftet. Das war immerhin etwas.

Silugana vermied es sorgfältig, Nico ins Gesicht zu schauen, denn das Letzte, was sie jetzt brauchen konnte, war, Nicos andere Verletzungen zu sehen. Sie musste sich momentan ganz und gar auf den Arm konzentrieren und die Blutung stoppen.

Das schaffte sie dann auch innerhalb von zwei Minuten. Nico stöhnte. Sein Arm war noch immer blutüberströmt, aber wenigstens hatte die Blutung nachgelassen. Silugana stützte ihn, legte ihn dann aber sanft auf den Boden und sah ihm ins Gesicht.

Dann zuckte sie zurück. Sie hatte es gewusst! Nico war nicht nur am Arm verletzt, sondern auch im Gesicht. Er hatte viele kleinere Schrammen und einen nicht sehr schönen Schnitt auf dem Nasenrücken. Und dazu noch eine klaffende Wunde auf der Stirn.

Blut floss in seine blonden Haare und über seine Wangen. Silugana tat, was sie konnte, allerdings konnte sie die Wunden auch nicht verschwinden lassen. Sie konnte nur dafür sorgen, dass die Blutung nachliess.

Nico öffnete stöhnend die Augen und sah Silugana an. Dann tastete er nach seiner Kopfwunde. «Danke, Silugana. Nur schade, dass ich gerade keinen Spiegel zur Hand habe.» – «Hä, warum?», fragte Silugana verwirrt. Nico grinste: «Hab ich rote Haare? Das sieht sicher komisch aus!» Silugana musste trotz der ernsten Situation lachen. «Bist du wirklich immer so drauf? Selbst, wenn du verletzt bist?» – «Wer sowas fragt, kennt mich schlecht!», antwortete Nico mit frechem Grinsen.

Silugana schüttelte lächelnd den Kopf. Dieser Junge war echt unmöglich! Aber irgendwie auch süss. Also, seine Frechheit war gleichermassen unmöglich wie süss. Sein Optimismus konnte gefährlich sein, aber auch in hoffnungslosen Lagen helfen. Das Einzige an ihm, bei dem sich Silugana sicher über die Funktion war, war sein Leichtsinn. Der war einfach nur gefährlich.

Aber momentan musste sie sich um Nicos Wunden kümmern. (Und ja, dabei benutzte sie natürlich auch ihre Hexenkräfte!) Sie zog Heilkräuter aus der Tasche und versuchte vor allem, den Arm wieder einigermassen hinzukriegen.

Eine anstrengende Viertelstunde später hatte sie es geschafft; am Arm war noch immer ein übler Schnitt zu sehen, aber der Arm würde in den nächsten zwei Stunden funktionstüchtig sein. Silugana warnte Nico noch, dass sich alles, was er in diesen zwei Stunden tun würde, womit er den Arm belastete, danach – sobald die Wirkung ihrer Kräuter nachliess – sofort auf den verletzten Arm auswirken würde, doch Nico tat das mit einem Schulterzucken ab, was Silugana beunruhigte.

Doch nun hatten sie andere Probleme: Sie waren von Monstern umzingelt. Liumana war vermutlich irgendwo in einen gefährlichen Kampf verwickelt, sonst wäre sie noch hier. Silugana machte sich gedanklich Vorwürfe, weil sie Liumana den unmöglichen Auftrag gegeben hatte, ihnen die Monster vom Hals zu halten.

Nico griff nach seinem Schwert und stand auf. Silugana stand ebenfalls auf und zog ihre Schwerter. Sie wollte Nico beschützen. Erst jetzt begriff Silugana, wie sehr sich das Schwertkampftraining bezahlt machte. Sie und Nico brauchten nicht miteinander zu sprechen, sie wussten beide genau, was zu tun war. Sie standen auf, stellten sich Rücken an Rücken auf und streckten ihre Schwerter vor sich aus. Silugana zog eines ihrer langen Messer und gab es Nico.

Nun standen sie beide mit zwei Schwertern in der Hand da, einer riesigen Monstermeute gegenüber. Silugana sah, dass es eine hoffnungslose Lage war.

«Da stehen wir nun, von einer Monsterarmee umzingelt, und wollen das Unmögliche schaffen: Diese Monster besiegen», seufzte sie. Sie konnte Nicos Gesicht nicht sehen, aber seine Stimme klang, als ob er grinste: «Och, das Unmögliche zu schaffen, ist meine Spezialität. Dir zu helfen, dich zu befreien, meine magischen Fähigkeiten zu verlieren, mit Tieren sprechen, die Mobber der Schule alle auszuschalten, meinem Pflegevater mit drei Jahren eine Bowlingkugel an den Kopf zu werfen, mit zwei Jahren aus meinem Zimmer auszubrechen – obwohl es ausbruchsicher war – als meine Pflegeeltern mich dort eigesperrt hatten... also bitte. Allzu schwierig kann diese Monsterarmee jetzt auch nicht sein.»

Was hatte Nico da gesagt? *Seinem Pflegevater mit drei Jahren eine Bowlingkugel an den Kopf werfen, mit zwei Jahren aus seinem Zimmer ausbrechen, als seine Pflegeeltern ihn dort eigesperrt hatten?* Was waren denn das für Eltern, einen Zweijährigen im Zimmer einzusperren, einen Dreijährigen an eine Bowlingkugel zu lassen? Und warum würde er die seinem Pflegevater an den Kopf werfen? Wenn sie diesen Kampf überleben würde, musste Silugana Nico unbedingt einmal über seine Kindheit ausfragen. Offenbar gab es da noch eine Menge Geheimnisse.

Aber momentan musste sie sich auf die grösseren Probleme konzentrieren: Die Monster rückten näher und umkreisten sie immer enger. Silugana packte ihre Schwerter fester. Wenn sie sterben musste, dann im Kampf, während sie Nico beschützte.

Als die Monster in Reichweite kamen, legte Silugana los: Ihre leicht gebogenen, langen, silbernen Klingen wirbelten in ihren Händen und erschlugen Monster mit Höchstgeschwindigkeit. Nico hinter ihr machte seine Sache auch gut: Er ging erstaunlich geschickt mit dem Messer um, dafür, dass er noch nie mit einer ähnlichen Waffe gekämpft hatte. Klar, er benutzte vor allem seine rechte Hand mit dem Schwert (Nein! Er sollte doch den Arm schonen! Naja, aber in dieser Schlacht war es einigermassen schwierig, irgendetwas zu schonen...), aber er benutzte auch das Messer.

Oh nein! Während sie abgelenkt gewesen war, hatte ein Monster die Gelegenheit genutzt und ihr das eine Schwert aus der Hand geschlagen! Wutschraubend zog Silugana ihr zweites Messer, das – wie das, das sie Nico gegeben hatte, – aus einer Mischung aus Gold, Silber und Harz bestand.

In den Jahren ihres Studiums hatte Silugana herausgefunden, dass diese Mischung unglaublich hart, kaum schmelz- oder sonst irgendwie zerstörbar und für Monster noch tödlicher als normale Waffen war, deshalb hatte sie auch zwei lange Messer und zwei Wurfmesser aus dieser Mischung[4]. Da solche Waffen jedoch sehr schwer herzustellen waren, hatte sie auch nicht viele davon.

Ihre anderen zwei langen Messer (sie hatte insgesamt vier und ja, sie war immer bis an die Zähne bewaffnet) waren aus Gold und aus Bronze. Jedoch mochte Silugana ihre Silberwaffen am liebsten (mal abgesehen von denen aus der seltenen Harz-Mischung).

Ihre vielen Wurfmesser waren, wie schon gesagt, zwei aus der Harz-Mischung und die restlichen aus Gold, Silber, Bronze oder Eisen. Da Eisen nicht so wirksam wie die anderen Metalle und die anderen Metalle selten waren, hatte Silugana aus jedem Material (ausser Eisen) so viele Waffen, wie sie es mit dem Mangel an Material hinkriegen konnte, und noch ein paar Eisenwurfmesser für den Notfall. Sie war ziemlich stolz auf ihre Waffensammlung, die sie sich Jahrhundertelang zusammengesucht und -geschmiedet hatte.

Sie konnte mit all ihren Waffen kämpfen und sie hatte gelernt, sich keine Sorgen zu machen, wie sie die Waffen nachher wieder finden sollte, sondern einfach zu kämpfen und dafür zu sorgen, dass sie überlebte. Sorgen um die Waffen konnte sie sich nach der Schlacht machen.

---

[4] Sie hatte sie selber hergestellt. Hexen kauften ihre Waffen nicht in Läden. Die gab es damals noch gar nicht.

Dank ihren Hexensinnen konnte sie Edelmetalle recht gut aufspüren, auch wenn sie unter einer Laubdecke, in einem See, oder einem Jauchetank lagen (war tatsächlich schon mal vorgekommen, als sie vor nicht allzu langer Zeit verirrte Fahrer eines Jauchetanks aus der Reichweite des Hexenbergs verscheuchen musste). Die Monster konnten ihre Waffen nicht anfassen – nicht mal am Griff! – ohne zu Staub zu zerfallen. Wenn sie die Eisenwaffen verlor, war das zwar blöd, aber kein Weltuntergang. Für ihre geliebten Harz-Waffen hatte sie sogar noch eine Sicherung: Eine Art Ledergeschirr, mit dem sie die langen Messer an ihren Armen befestigen konnte, und ein ähnliches Geschirr für die Wurfmesser, nur waren die Wurfmesser mit einer magischen Schnur mit dem Geschirr verbunden, die sich magisch verlängerte, so, dass die Messer mehrere hundert Meter geworfen und dann mit einer Bewegung des Handgelenks zurückgezogen werden konnten.

Das einzige Problem bei dieser Sicherung: Sie brauchte kurz Zeit, um angebracht zu werden, und die hatte man in der Schlacht einfach nicht. Nico hatte diese Sicherung offenbar schon vorher entdeckt, denn er hatte sie angebracht, als die Monster den Kreis enger zogen. Kluger Junge.

Silugana lenkte die Monster mit ihrem zweiten Schwert ab, während sie das Messer mehr oder weniger an ihrem Arm befestigte. Das hatte sie geübt: Mit der einen Hand kämpfen und dann mit der anderen Hand das Messer an der einen Hand anzubringen, damit sie nachher mit der einen Hand das Messer schnappen und mit der anderen Hand das Schwert packen und weiterkämpfen konnte.

Warum kämpfte Silugana denn nicht gleich mit ihren unzerstörbaren gesicherten Super-Duper-Messern? Nun ja, sie kämpfte eben doch am liebsten mit den Schwertern, da diese die grösste Reichweite hatten und dank einem Zauber ganz leicht und doch irgendwie schwer waren – sie hatten eben einfach das perfekte

Gewicht – und, weil Silugana ihre Griffe perfekt angepasst hatte. Silugana liebte zwar ihre Supermesser, aber sie liebte ihre Schwerter im Kampf doch noch am meisten, deshalb hatte sie sie auch mit einem Zauber behandelt, dass sie diese nach der Schlacht gerade als allererstes finden konnte, falls sie sie in der Schlacht verlor. Silugana liebte ihre Waffen ungefähr so, wie ein Kind sein Lieblingskuscheltier.

Jetzt schlug sie nach Monstern, metzelte sie wieder zu Fell, Sand, Staub oder was auch immer nieder, liess ab und zu eins explodieren oder verbrennen und sah ab und zu aus dem Augenwinkel zu Nico hinüber. Er tat ungefähr das Gleiche wie sie, mit dem Unterschied, dass er kleiner (er war ja erst neun und sowieso eher klein für sein Alter) und weniger trainiert war.

Aber Nico war schlau und machte es sich zunutze, dass er so klein war; er tauchte zwischen den Beinen der Monster hindurch und erstach sie von hinten, oder er tauchte ganz plötzlich ab, und ihre Waffen trafen ein anderes Monster.

Es sah wirklich aus, als ob sie gewinnen konnten. Die Monster fielen zuhauf, und weder Silugana noch Nico waren verletzt. Silugana hatte auch keine Waffe mehr verloren. Doch die Monsterarmee nahm einfach kein Ende. Nach einer weiteren Stunde wurde Silugana dann langsam müde, und ihr Mittel gegen die Schmerzen in Nicos Arm würde nur noch eine Dreiviertelstunde halten. Silugana begriff, dass sie zwar besser kämpfen konnte, die Monster aber einfach in der Überzahl waren.

Und dann passierte noch etwas nicht sehr Vorteilhaftes: Langsam lichteten sich die Reihen der normalen Monster, und hinter ihnen kam eine Armee von goldenen und silbernen Monstern. Leider wusste Silugana ganz genau, was das für Monster waren. Sie waren keine von den neuen, aus Versehen von den Menschen erschaffenen Monstern, sondern ein ganz altes Monstergeschlecht, das fast nicht umzubringen war. Zum Beispiel konnten

Siluganas Waffen ihnen nichts anhaben. Nur ein bestimmtes, unglaublich seltenes Gift und etwas anderes, das Silugana vergessen hatte. Ausgerechnet jetzt musste sie es vergessen! Typisch!

Die Monster kamen näher. Sie strahlten Hass aus. Nico wimmerte. «Silugana, was sind das für Monster?» – «Das ist ein uraltes Monstergeschlecht, dem meine Waffen nichts anhaben können und von dem wir gehofft haben, dass es ausgestorben ist.» Sie sah die Monster gehässig an: «Was es aber offensichtlich leider doch nicht ist. Immer müssen diese Monster alles und jeden terrorisieren! Das nervt!»

Das grösste Monster grinste sie mit blutigen Zähnen böse an: «Das enttäuscht dich jetzt, nicht wahr, *Hexe*?» Es spuckte auf den Boden. «Aber wir werden so lange überleben, wie es Hass gibt. Uns kann nichts und niemand besiegen!» Es lachte böse. «Und nun werdet ihr umgebracht. Das wird ein Spass!» Die anderen Monster jubelten. Silugana versuchte verzweifelt, sich an die andere Möglichkeit, sie umzubringen zu erinnern, doch ihr Gehirn wollte die Information einfach nicht preisgeben.

Doch gerade, als die Monster losstürzen wollte, um sie umzubringen, rief eine Stimme hinter den Monstern: «Wie war das mit *Uns kann nichts und niemand besiegen*? Ich glaube, du hast uns vergessen. Oder hast du uns absichtlich nicht erwähnt, um ihnen keine Hoffnungen zu machen? Egal was, ihr seid erledigt!»

Und dann brach eine Armee von roten Tigern durch die Reihen der Monster und metzelte sie so leicht nieder, als wären sie ganz normale Monster – nein, nicht einmal das! Immer, wenn die Krallen eines Monsters das Fell eines Tigers berührten, lösten sich die Krallen zu flüssigem Gold oder Silber auf. Das machten die Monster übrigens auch: Statt zu verbrennen, zu explodieren oder zu etwas zu zerfallen, zerschmolzen sie zu flüssigem Gold oder Silber.»

Die roten Tiger hoben dann die flüssigen Edelmetalle mit Hilfe von irgendeiner Magie in grosse Schüsseln, eine mit Gold, eine mit Silber, die zwischen ihnen herumschwebten, und immer dort hin flogen, wo sie gerade gebraucht wurden – das heisst, überall. Die Monster fielen zuhauf, bis nur noch der Chef übrig war.

Die Tiger kreisten ihn ein und starrten ihn alle feindselig an. Aber sie griffen ihn nicht an. Silugana fragte sich, worauf sie warteten, denn sie sah keinen Grund, ihn zu verschonen. Der Chef der Monster schlug indessen mit den Krallen nach den Tigern, aber die Krallen zerschmolzen zu flüssigem Gold, sobald sie die Tiger berührten.

Dann trat ein roter, grosser Tiger vor und Nico stiess einen Freudenschrei aus: «Wilhelm!» War das Wilhelm der Rote? Der Tiger, den Nico – nach Liumanas Erzählung – gerettet hatte, als er das Portal verschlossen hatte? Tatsächlich hatte er rötliches – oder eigentlich rotes – Fell, aber das hatten alle Tiger hier. Woher wollte Nico wissen, dass das hier Wilhelm war?

Doch nun trat der, der offenbar Wilhelm war, vor und sah den Chef der Monster verächtlich an. «Na, ich würde sagen, du bringst so schnell keinen mehr um. Nur schade, dass man euch nicht auf Dauer umbringen kann. Wo bleibt bloss Felizius? Er ist schon seit dreihundert Jahren verschwunden. Ich weiss, ihr behauptet, ihn umgebracht zu haben, aber das könnt ihr nicht. Mit jahrzehntelanger Folterung könntet ihr *uns* vielleicht umbringen, aber da ihr uns nicht berühren könnt, wäre das fast unmöglich. Und Felizius?» Er lachte «Also, bitte. Er ist für uns ungefähr so, wie für die Säbelzahntiger Lunizius. Unbesiegbar. Doch mit einem grossen Unterschied: Nicht gänzlich unsterblich. Aber was erzähle ich dir das alles, das weisst du ja eh schon. Beenden wir die Sache.»

Er sprang vor, und grub seine Zähne in den Nacken des Chefs. Dieser heulte auf und zerschmolz zu einer Lache aus rauchendem, flüssigem Gold, die die Säbelzahntiger aber nicht in die Schüsseln füllten.

Nico trat vor, gänzlich verwirrt. «Moment, Moment, *was* hast du gesagt? Warum kann man sie nicht auf Dauer umbringen? Und wer ist genauer Felizius? Nicht unsterblich? Wie kann er dann über längere Zeit – und damit meine ich Jahrhunderte – überleben? Kann er das überhaupt? Wie könnt ihr diese Monster umbringen? Was *sind* das genau für Monster? Warum sammelt ihr das Silber und Gold? Und warum das vom Chef nicht? Weil es kocht? Warum können die euch nicht anfassen? Also ich meine, warum schmelzen dann ihre Krallen? Wie seid ihr hergekommen? Wie… was… warum… okay, ähh… kann mir irgendwer diese Fragen beantworten?»

Wilhelm lachte: «Okay, das ist eine Menge an Fragen. Kannst du die mal zusammenfassen, in der Reihenfolge, in der du die Antworten haben willst?» – «Ja, natürlich:

1. Wie seid ihr hergekommen? Wusstet ihr, dass wir Probleme haben?
2. Warum können die Monster euch nicht anfassen?
3. Warum – oder wie – könnt ihr diese Monster umbringen? Und warum können Siluganas Waffen das nicht?
4. Was sind das genau für Monster?
5. Warum kann man sie nicht auf Dauer umbringen?
6. Warum sammelt ihr das Gold und Silber?
7. Warum das vom Chef nicht?
8. Erzählt mir Genaueres über Felizius. Und beantwortet bitte meine Fragen dazu.
9. Ach ja, und bist du der Chef dieser Tiger?

So, ich glaube, das wär's», erklärte er lächelnd und sah dabei die Tiger an, die mit offenen Mündern dastanden.

Dann fing Wilhelm an, zu lächeln und drehte sich zu den anderen Tigern um: «Na, ich hab's euch ja gesagt. Okay Nico, ich werde deine Fragen beantworten, in der Reihenfolge, in der du sie beantwortet haben wolltest:

1. Ja, wir wussten, dass ihr Probleme habt, da wir immer spüren, wo diese Monster sind, wenn sie kämpfen. Allerdings wissen wir verständlicherweise nicht, *wer* genau Probleme mit den Monstern hat. Und wir haben eine Art Portal, das uns dann jeweils in die Nähe bringt. Okay, weiter:

2. Die Monster können uns nicht anfassen, weil wir die *Liebestiger* sind. Ich weiss, das klingt jetzt kitschig, aber es ist nicht herumknutschen gemeint, sondern Liebe zur Familie. Da diese Monster den Hass verkörpern, können sie uns nicht anfassen, aber wir sie umbringen. Das ist ganz schön praktisch.

3. Okay, diese Frage habe ich gerade auch beantwortet. Falls es dich interessiert; die andere Möglichkeit, diese Monster umzubringen, ist ein bestimmtes Gift. Mehr darüber kann dir Walerie hier erklären. Sie hat sich damit beschäftigt.

4. Was das genau für Monster sind? Das erkläre ich dir später.

5. Man kann sie wegen eines Zaubers nicht auf Dauer umbringen. Das ist kompliziert. Vielleicht kann deine – ohh – Hexenfreundin hier – ich wusste gar nicht, dass eine glühende Hexe überlebt hat! – es dir mal genauer erklären.

6. Nun, da wir die Monster nicht auf Dauer umbringen können, sammeln wir sozusagen als Entschädigung ihre Edelmetalle, um daraus Schmuck und Dekorationen zu machen.

7. Das Gold des Chefs ist verflucht. Wir wagen nicht, es anzufassen, da wir nicht wissen, was dann passiert. Das Einzige, was wir wissen, ist, dass es nicht gut wäre.

8. Felizius. Vielleicht kann ich dir das später mal genauer erklären, wenn die Lage etwas entspannter ist. Aber das mit dem Überleben kann ich dir kurz erklären: Ja, Felizius kann das überleben, aber dafür muss er alle hundert Jahre zehn Jahre lang in ein spezielles Land, von dem wir nichts Genaueres wissen. Letztes Mal hat er das vor dreihundert Jahren getan, und er kam nie zurück –»

«Immer diese doofen unsterblichen oder beinahe Unsterblichen Weissnichtwas, die verschwinden und nicht wieder zurückkommen! Wofür sind die denn überhaupt gut?», regte sich Nico auf.

Wilhelm lächelte: «Um ihrem Volk Hoffnung zu geben.» – «Also, wenn sie helfen würden, wäre das – eigentlich logisch – eine grössere Hilfe, als wenn sie nur Hoffnung geben.» – «Ja, das stimmt. Aber nun zu deiner letzten Frage: Ja, ich bin der Chef der Liebestiger. Aber den Rest können wir klären, wenn die Schlacht vorbei ist. Nun müssen wir uns zuerst mal darum kümmern, *dass* sie überhaupt vorbei ist.»

Und dazu gab es nichts mehr zu sagen.

Mutter Natur

Nico war verwirrt. Das war verteufelt viel Information auf einmal, und er musste es erst einmal verarbeiten. Er hatte das Gefühl, dass sein Gehirn explodierte. Und ausserdem fing langsam sein Arm wieder an zu pochen. Nein! Musste das ausgerechnet jetzt sein? Die Schlacht war noch nicht einmal vorbei!

Aber nun durfte er nicht zögern. Er lief zu Silugana und zog sie am Arm. Silugana fuhr herum. «Was ist? Ich muss Monster niedermetzeln!» – «Das weiss ich, aber mein Arm meldet sich wieder.», antwortete Nico und Silugana wurde bleich: «Ach du meine Güte, das hatte ich ganz vergessen! Und so, wie du ihn belastet hast… es würde mich nicht wundern, wenn du sogar ohnmächtig wirst. Das ist ganz übel.»

«*Was?*», fragte Nico ungläubig, «*Ohnmächtig?* Das kann doch nicht dein Ernst sein! Das kann ich mir nicht… Au–au!» Offenbar verlor der Zauber jetzt wirklich seine Wirkung, und Nico konnte sich das mit dem Ohnmächtig werden plötzlich doch sehr gut vorstellen. In seinem rechten Oberarm explodierte der Schmerz, und vor seinen Augen verschwamm alles. Er spürte noch, dass Silugana ihn auffing, als er stolperte, dann wurde alles dunkel.

Plötzlich hörte er eine Stimme, die ihm vage bekannt vorkam: «Nico. Schön, dass ich endlich mal wieder mit dir sprechen kann. Seit du ein kleines Baby warst, hatten wir keinen Kontakt mehr, da ich ganz schön Probleme hatte und dir in deinem Leben nicht dreinfunken durfte, so verlangt es ein uraltes Gesetz. Das fällt mir immer unglaublich schwer, das kann sich niemand vorstellen. Du bist der Erste, der es überhaupt geschafft hat, dass ich mit dir sprechen darf, während du noch am Leben bist. Aber du bist noch nicht unsterblich. Wenn die zweite Entscheidung ansteht, denke daran, was du selbst gesagt hast. Das Geheimnis ist…»

«…Opfer», beendete Nico den Satz, da die Sprecherin eine erwartungsvolle Pause eingelegt hatte. «Genau.» Sie klang zufrieden. «Aber… wie kannst du überhaupt mit mir reden? Ich meine…», er suchte hilflos nach Worten. «Darfst du das überhaupt? Also versteh mich nicht falsch, es ist super! Aber wie ist das möglich? Ich meine… *Im Ernst Nico?* Immer machst du blöde Kommentare, aber wenn es mal drauf ankommt, benimmst du dich, als könntest du nicht sprechen? Genial!»

Die andere Stimme lachte: «Ach, Nico. Das ist doch ganz normal. Alberto war noch viel schlimmer, und das ist Tausende von Jahren her, als es noch nicht ganz so selten war, dass ich mit jemandem spreche.» – «Vielleicht, aber ich bin dein *Sohn*! Ich sollte doch…» – «Nein, Nico. Ich hab noch nie richtig mit einem meiner Kinder gesprochen, ausser, als sie im Sterben lagen. Dann konnte ich. Aber mit dir kann ich jetzt schon sprechen. Das liegt daran, dass du einen sehr wichtigen Auftrag hast. Du musst mich retten!»

«Moment, *was*? *Ich* soll *dich* retten? Warum? Wie?» – «Ach bitte. Die Menschen versuchen ja, die Natur zu retten. Naja, viele der Menschen. Aber momentan gibt es ein anderes Problem als die Umweltverschmutzung: die Monster. Du musst ihren wahren Chef finden, denn der ist nur innerlich ein Monster. Äusserlich ist er ein Mensch. Und… hüte dich vor den Nullilulanern. Sie haben jetzt begriffen, wie mächtig du bist. Sie werden dich jagen.»

«Aber ich bin doch gar nicht mächtig!», jammerte Nico, «Nicht mehr.» – «Oh doch, du bist auch ohne deine magischen Fähigkeiten sehr mächtig – zu mächtig, wenn es nach den Nullilulanern geht. Pass gut auf dich auf! Der wahre Chef der Monster wird immer wieder versuchen, die Mädchen zu bezirzen. Vielleicht schafft er es sogar einmal. Jetzt ist er zwar gar nicht nah dran, aber…

Vielleicht fragst du dich, warum ich dir das alles über ihn erzähle, aber nicht sage, wer er ist. Das liegt daran, dass ich es selber nicht weiss. Ich weiss nur das, was ich dir soeben erzählt habe. Und nun musst du aufwachen. Pass gut auf dich auf! Versprich mir das!»

«Versprochen… Mama. Aber noch eine Frage: Wie alt bin ich jetzt eigentlich? Ich müsste zehn sein, aber irgendwie… hört sich zehn nicht richtig an.» – «Du bist in der Schwebe. Wenn du bei der Entscheidung nicht die Unsterblichkeit erlangst, wirst du entweder sterben oder zehn Jahre alt sein. Wenn du die Unsterblichkeit erreichst, wirst du wohl neun Jahre alt bleiben. Das ist furchtbar kompliziert, ich weiss. Aber vielleicht wirst du es irgendwann verstehen. Nun musst du aber zuerst zurück. Viel Glück!»

Nico wollte nicht aufwachen. Er wollte, dass seine Mutter bei ihm blieb. Er hatte sie, seit er ein Baby war, nicht mehr gehört, gesehen sowieso nicht. Er wollte nicht in die komplizierte, sterbliche Welt zurück, wo er immer irgendwas retten oder machen musste. Er hatte es langsam echt satt!

Andererseits wollte er auch zurück zu Liumana und Silugana und ihnen von seinem Gespräch mit Mutter Natur erzählen. Und er wollte mehr über Felizius erfahren. Und über diese komischen Monster.

Dann schlug er die Augen auf und blinzelte: «Wo sind wir?» – «Gott sei Dank, er ist wach! Nico, ist alles gut?», fragte Liumana besorgt, «Du siehst so verwirrt aus.» – «Das könnte möglicherweise daran liegen, dass du meine Frage nicht beantwortet hast. Oder daran, dass ich gerade mit meiner Mutter geredet habe.»

Liumana schnappte nach Luft: «Silugana, komm schnell! Entweder ist etwas beinahe Unmögliches passiert, oder Nico hat eine Gehirnerschütterung! Und in beiden Fällen solltest du ganz schnell kommen!» – «Siehst du nicht, dass ich zu tun ha… was hast du gesagt? Nico ist wach? Gehirnerschütterung? Ich komme!»

«Ich habe keine Gehirnerschütterung!», protestierte Nico, «Ich habe wirklich mit meiner Mama gesprochen! Wirklich!» Dann erzählte er ihnen von seinem Gespräch mit seiner Mutter.

Liumana und Silugana hörten ihm mit offenen Mündern zu. Ab und zu machten sie erschrockene, verängstigte, besorgte, oder Das-Wusste-Ich-Auch-Schon-Gesichter.

Als er fertig war, starrten ihn beide mit offenen Mündern an und wussten offenbar nicht, was sie sagen sollten. Nico lächelte. «Genau so habe ich mich gefühlt, als mir aufgegangen ist, mit wem ich hier spreche. Von wegen: *Meine Güte, ich rede gerade im Ernst mit Mutter Natur! Das muss ein Traum sein!* Doch ich hab zu viele Fantasy-Bücher gelesen und zu viel eigentlich – logisch betrachtet – Unmögliches gesehen, gehört und erlebt, um das mit dem Traum noch glauben zu können. Wie ist es bei euch?»

«Also, ich hab auch schon ganz schön viel Seltsames erlebt, aber das ist definitiv das Seltsamste…», antwortete Liumana zögernd, «… Aber auch das Tollste!» – «Das Tollste?», fragte Nico verwirrt. Liumana sah ihn an. «Ja, natürlich! Das bedeutet, dass Mutter Natur noch lebt und sogar noch genug Kraft hat, um mit dir Kontakt aufzunehmen. Das ist eine grossartige Nachricht!»

«*Noch lebt???*», fragte Nico fassungslos. «*Natürlich* lebt sie noch! Also deswegen musst du nicht warten, bis sie mit mir redet. Da kannst du auch mich fragen. Das spüre ich. Also bitte, ich bin ein *Kind* der Natur! *Natürlich* würde ich spüren, wenn sie sterben würde. Und das tut sie nicht. Klar, die Menschen mit ihrer Umweltverschmutzung sind das Letzte...» – «Du bist auch ein Mensch», erinnerte ihn Silugana. – «... aber Mama ist stark. Das ist jetzt echt nicht das Hauptproblem. Das sind die Monster. Aber auch mit denen wird sie fertig. Allerdings... wenn wir nicht wollen, dass ein dauerhafter Schaden entsteht, müssen wir die Monster bald aufhalten», beendete Nico seine Erklärung.

Dann wandte er sich an Silugana: «Und ja, ich weiss, dass ich auch ein Mensch bin. Aber das spielt jetzt echt keine Rolle. Ich meine die *anderen* Menschen. Die, die die Umwelt verschmutzen. Klar?» Silugana nickte. «Ich meinte ja nur...» – «Schon klar», lächelte Nico, «aber ich werde nicht so gern unterbrochen. Verstehst du das?» Silugana lachte: «Natürlich! Aber du bist viel schlimmer!»

Dann zogen sie und Liumana sich zu einer Beratung zurück. Nico überlegte, was er jetzt machen könnte. Es wurde langsam Abend, und die Liebestiger hatten sich um ein Lagerfeuer versammelt. Nico könnte Wilhelm über diese Monster und über Felizius ausfragen.

Er schlich um den Kreis der Tiger und blieb dann hinter Wilhelm stehen: «Du hast mir Informationen über Felizius versprochen.» Wilhelm zuckte zusammen und fuhr herum: «Ach, du bist es nur. Ja, das hab ich. Schön, dass du wieder wach bist.»

Diese Bemerkung verwirrte Nico aus irgendeinem Grund. Wie lange war er bewusstlos gewesen? «Wilhelm, eine Frage.» – «Ja?» – «Wie lange war ich bewusstlos?» – «Einen Tag.» – «Was? Na, kein Wunder, dass mein Zeitgefühl durcheinander ist. Wie lange sind Liumana und ich schon unterwegs? Oder besser: Wie viel Zeit ist seit meinem Geburtstag vergangen?», fragte er sich selber und versuchte, nachzurechnen. «Sieben Tage. Eine ganze Woche. Na, es ist mir definitiv länger vorgekommen. Ist auch viel passiert.»

«Das kann ich mir vorstellen», seufzte Wilhelm, «Es muss wahrlich viel passiert sein, seit wir uns beim Portal getrennt haben. Kannst du mir das mal erzählen? Sind das jetzt... drei Wochen? Ja. Ja, es sind drei Wochen.»

Nico lächelte. «Natürlich kann ich dir das mal erzählen. Aber zuerst erzähl du mir bitte, was es mit Felizius auf sich hat. Ich will die ganze Geschichte hören!» – «Okay», gab sich Wilhelm geschlagen, «dann fange ich am besten mal an:

Es war einmal ein junger Tiger, der in der Zeit des grossen Tigerkrieges geboren wurde. Mehr über den Tigerkrieg kann dir Silena, Waleries Schwester erklären. Sie kann das besser als ich. Aber wieder zu meiner Geschichte: Dieser junge Tiger wuchs in der Kriegszeit auf und wurde wie ein Krieger erzogen, da es nicht so aussah, als würde der Krieg bald vorbei sein. Dieser Tiger hiess – na, das weisst du sicher schon – Felizius. Er war vielversprechend. Sehr begabt. Deshalb wurde er als Elitekrieger erzogen.

Als Felizius dann erwachsen war, tobte der Krieg immer noch. Felizius' Vater war im Krieg umgekommen, deswegen wollte sich Felizius unbedingt rächen, schon, als er noch ein Kind war. Doch seine Mutter hielt ihn davon ab, erstens, weil sie ihn nicht verlieren wollte, und zweitens, weil sie seinen Vater, ihren Mann, noch nie hatte leiden können. Sie hatte ihn überhaupt nur geheiratet, weil er sie überlistet hatte und es sich nachher nicht mehr rückgängig machen liess. Auf jeden Fall wurde Felizius dann wie ein Krieger erzogen.»

«Tolle Kindheit», murmelte Nico, «Das hat bestimmt Spuren hinterlassen.» – «Ja», antwortete Wilhelm traurig, «Das hat sie allerdings. Als Felizius endlich in den Krieg ziehen durfte, machte er die Feinde alle nieder und rächte seinen Vater und alle, die im Krieg auf seiner Seite gefallen waren.

Die Tiger auf Felizius' Seite waren überglücklich und bereiteten ein Fest vor. Sie brieten Unmengen von Fleisch, schmückten alles, freuten sich riesig und hörten nicht auf die wenigen überlebenden, alten Soldaten, die sie vor einer grossen Enttäuschung warnten. Das hätten sie aber tun sollen!»

«Natürlich!», unterbrach Nico zum zweiten Mal die Erzählung, «Man sollte immer auf die alten, weisen Krieger hören, denn die wissen am besten, ob es sich lohnt, zu feiern, oder ob zu viele gefallen sind.» Wilhelm sah ihn an: «Genau das meinte ich. Aber weiter: Erst beim Fest merkten sie, wie viele sie verloren hatten. Die alten Soldaten meinten nur, dass die jungen halt hätten auf sie hören sollen. Das Fest wurde ruckartig abgebrochen, und sie trauerten um die Gefallenen.

Irgendwann nahm das Leben dann wieder seinen normalen Lauf, doch Felizius verstand das nicht. Er hatte die glücklichen Zeiten vor dem Krieg nie erlebt.

Alle versuchten, es ihm zu erklären, doch niemand schaffte es. Felizius verstand das alles einfach nicht. Das war nicht seine Welt! Das war ein Riesendurcheinander in seiner guten, vertrauten Welt! Niemand wusste, wie sie Felizius das erklären sollten.

Doch dann verliebte sich Felizius eines Tages in eine hübsche junge Tigerin. Zu seinem Glück verliebte sie sich dann auch bald in ihn, und sie kamen zusammen. Seine Freundin schaffte es, ihm zu erklären, was es mit dieser Welt auf sich hatte. Sie selber hatte die guten Zeiten auch nie erlebt, aber die Tigerfrauen hatten in der Kriegszeit den Mädchen immer von den guten alten Zeiten vorgejammert, deshalb hatten die Mädchen viel weniger Mühe, sich an diese neue Welt zu gewöhnen, als die Jungs.

Jetzt, da er eine Freundin hatte, konnte sich Felizius viel besser an diese neue Welt gewöhnen. Alles war gut für ihn, auch wenn er ab und zu das Kriegstraining mit seinen Kumpels vermisste.

Er und seine Freundin waren zwei Jahre lang zusammen, dann heirateten sie. Es war eine prächtige Feier, alle waren eingeladen, alle waren glücklich. Nur leider ist der Name von Felizius' Freundin, oder jetzt eben Frau, nicht bekannt.

Auf jeden Fall waren sie viele Jahre glücklich zusammen, doch dann verschwand seine Frau. Sie war plötzlich wie vom Erdboden verschluckt und konnte nicht gefunden werden.

Doch Felizius gab nicht auf: Er suchte sie, ging weiter und weiter und hoffte, dass er sie fand. Dabei entdeckte er auch das unsterbliche Land, welches er sich sofort genauer ansah.

Ab da sind sich die Erzählungen nicht mehr einig: Einige erzählen, dass er nach der Suche im unsterblichen Land so erschöpft war, dass er nicht mehr weiterging, die Hoffnung aufgab. Andere erzählen, dass er dort seine Frau in der Hand von Feinden fand, sie befreite, und dass sie zusammen glücklich dort lebten. Wir wollen lieber die zweite Version glauben, aber die erste könnte leider genauso stimmen.

Auf jeden Fall sind sie sich einig, dass Felizius hundert Jahre lang dort blieb und nicht alterte. Es muss ein gutes Leben gewesen sein, auch wenn leider wirklich nicht klar ist, ob mit oder ohne Frau.

Nach diesen hundert Jahren kam er hundert Jahre lang in die sterbliche Welt zurück und half den Tigern. Doch er erzählte ihnen von Anfang an, dass er nur hundert Jahre bleiben könne, wenn er seine temporäre ewige Jugend behalten wollte.

Das tat er dann auch. Nach hundert Jahren ging er wieder für zehn Jahre ins unsterbliche Land, und das wiederholte sich immerfort, bis er dann vor dreihundert Jahren das letzte Mal entschwand und nicht mehr zurückkam.

Manche Sagen erzählen, dass er im unsterblichen Land endlich seine Frau gefunden habe. Andere erzählen, dass er die sterbliche Welt satt hatte und das Leben mit seiner geliebten Frau geniessen wollte. Noch andere erzählen» – er schauderte – «dass er im unsterblichen Land angegriffen wurde. Und die Monster erzählen, dass sie ihn umgebracht haben, aber das glauben wir nicht. Warum, habe ich ja schon dem Chef der Monster erklärt.»

Nico holte tief Luft. Das war ganz schön viel Information! «Und die Monster?», fragte er dann, «Kannst du mir mehr von den Monstern erzählen?» Wilhelm lächelte: «Natürlich!»

Die Legende der Monster

Wilhelm legte sich auf den Boden und machte es sich dort bequem. «Also», begann er, «Es ist eine lange Geschichte. Ich würde es mir gemütlich machen.»

Das liess Nico sich nicht zweimal sagen; er legte die Rüstung ab und machte es sich auf der weichen Erde gemütlich. Es war schon ein komisches Gefühl, zu wissen, dass er gerade auf seiner Mutter lag. Seit seinem Traum heute Nacht (oder Tag oder was auch immer) kam ihm die Tatsache, dass seine Mutter Mutter Natur war, viel wirklicher vor, akzeptabler. Er machte es sich also auf seiner Mama bequem.

Dann sah er Wilhelm erwartungsvoll an: «Na, was ist jetzt mit den langen Monstern – ähh, mit der langen Geschichte der Monster, meine ich natürlich. Was ist mit ihnen? Wie sind sie entstanden? Wann sind sie entstanden? Und warum kann man sie nicht auf Dauer umbringen?»

Wilhelm lächelte: «Nur nicht so hastig!» – «Du klingst wie Baumbart[5]», murmelte Nico. «Fang bitte an.» – «Äh, also, ja», antwortete Wilhelm etwas verwirrt, «also, die Monster sind vor mehr oder weniger 42'020 Jahren entstanden.» – «Also um ungefähr 40'000 v Chr. Ganz schön alt, diese Blechhaufen!»

Wilhelm lachte: «Ja, allerdings! Aber du willst ja auch wissen, *wie* sie entstanden sind...» – «Ja, unbedingt!» – «... dann solltest

---

[5] Ein Ent, also ein laufender, sprechender und denkender Baum aus Herr der Ringe. Der sagt immer «Nur nicht so hastig!», wenn Merry oder Pippin, zwei Hobbits, stressen.

du mich vielleicht nicht immer unterbrechen.» – «Ups. Okay, ich halt jetzt den Mund», murmelte Nico schuldbewusst.

«Na, dann», Wilhelm lächelte wieder, «wollen wir uns mal mit der Geschichte dieser garstigen Kreaturen befassen. Wie schon gesagt, sie sind vor ganz schön langer Zeit aus der Erde gekrochen. Und das meine ich ganz wortwörtlich!»

«Wie Uruk-Hais[6]», kommentierte Nico leise und wurde dann sehr wahrscheinlich rot, «Tschuldigung, ich hab dich schon wieder unterbrochen.»

«Allerdings», bestätigte Wilhelm tadelnd, «und das solltest du doch jetzt wirklich nicht! Sonst muss dir dann jemand den Mund zu halten», drohte er lächelnd. Nico tat verängstigt und schüttelte den Kopf. Ein paar Tiger kicherten. Diese Szene sah bestimmt ziemlich absurd aus.

Dann nahm Wilhelm – mit einem letzten, drohenden Blick auf Nico – den Faden wieder auf: «Also, in der Erde lagerten damals noch jede Menge Edelmetalle, da die Menschen sie noch nicht herausgeholt hatten.

Damals entstanden aus grossen Ansammlungen von Edelmetallen die Gestalten dieser Monster. Sie wurden langsam von einer uralten Macht geformt, die damals noch stärker war als Mutter Natur. Doch die uralte Macht wurde schwächer. Also formte sie Gestalten, in denen sie halbwegs weiterleben konnte.

Als die Gestalten fertig waren, floss der letzte Rest dieser uralten Macht in die Körper, und die Monster erhoben sich. Sie waren unglaublich stark, wegen ihrem Material schwer zu zerstören

---

[6] Ekelhafte Viecher aus Herr der Ringe. Von Saruman, einem bösen Zauberer erschaffen.

und vom Alter her unsterblich. Doch das reichte ihnen nicht. Sie wollten ganz und gar unsterblich sein.

Also stahlen sie Mutter Natur mit einer List ein uraltes, total böses und ultragefährliches Rezept, welches unzerstörbar war, weshalb Mutter Natur ja hatte aufpassen müssen, dass es niemand erwischt. Was dann passierte ist ja klar; die Monster stahlen es. Die Hälfte der Monster starb dabei, aber die andere Hälfte hatte dann das Rezept und führte es auch sofort aus:

Für das Rezept brauchte man das Blut einer Gattung, die es zu der Zeit, als es geschrieben wurde, noch nicht gab. Die Gattung hiess im Rezept irgendwas Unaussprechliches, aber die Monster sprachen es ungefähr so aus: Humano sapionensis. Die Menschen nennen das übrigens heute Homo sapiens, *der weise Mensch*.

Auf jeden Fall brauchten die Monster das Blut vom Homo sapiens: 30 Opfer insgesamt. Zehn Kinder, zehn Männer und zehn Frauen. Die Monster entführten alle, die sie brauchten, und veranstalteten ein riesiges Blutvergiessen.

Sie wurden tatsächlich unsterblich, was sie – mit ihren anderen Eigenschaften – zu unglaublich starken, kaum bezwingbaren Gegnern machte, die vom Hass stärker wurden, sich von Hass ernährten.» – «Wie Dementoren von Verzweiflung… – okay, okay, ich bin ja schon still!» – «Das ist meine letzte Warnung! Aber okay. Wo war ich? Beim Blutvergiessen? Ach nein, beim Hass.

Die Monster ernährten sich also von Hass. Und sie können nur sterben, wenn es auf der ganzen Welt – ausser in ihnen selbst natürlich – keinen Hass mehr gibt. Und das ist so gut wie unmöglich. Leider wissen sie das auch.»

«Hmpf», grummelte Nico, «Diese Monster nerven echt! Die von Menschen erschaffenen sind ja schon schlimm genug, aber die lassen sich wenigstens umbringen! Doch diese hier...» – er schauderte – «Das sind echt miese Spielverderber, wenn man sie nicht auf Dauer umbringen kann. Wie lange bleiben sie denn tot?»

«Wenn wir grosses Glück haben, fünfzig Jahre», antwortete Wilhelm, die Tatsache ignorierend, dass Nico schon wieder unterbrochen hatte. «Allerdings ist das gerade mal dreimal passiert, und du kannst dir vermutlich denken, dass wir uns nicht selten bekämpft haben. Wenn wir grosses Pech haben, bleiben sie nur ein paar Wochen tot, dann kommen die ersten schon wieder zurück... Es hängt davon ab, wie viel Hass, Verwüstung und Unheil es in der Welt im Moment gibt.»

Nico seufzte: «Dann werden sie aber echt nicht lange tot bleiben, wenn man bedenkt, wie viel Verwüstung und Unheil die von Menschen erschaffenen Monster angerichtet haben. Und die sind auch ganz schön voller Hass», gab er zu bedenken.

Wilhelm seufzte: «Du hast wohl Recht. Manche menschlichen Erfinder sind echt mühsam! Wie hiess der nochmal? Feuerlein? Aber es bringt wohl nichts, sich darüber aufzuregen, was war. Wir müssen uns darum kümmern, dass die Zukunft besser wird.

Nur... wie sollen wir das machen? Wir können gar nichts mehr machen! Ausser die Monster immer wieder zu bekämpfen. Aber selbst wir können sie nicht immer aufhalten. Niemand ist sicher – und niemand wird je wieder sicher sein, wenn die Monster nicht aufgehalten werden können...», erklärte Wilhelm nachdenklich und sah Nico dabei an.

«He!», beschwerte sich Nico, «Warum schaust du mich so an? Ich kann doch auch nichts für die Monster!» – «Nein, natürlich nicht!», versicherte Wilhelm schnell, «aber bis jetzt hat es immer ein Wunder gegeben, wenn ein Kind der Natur aufgetaucht ist, und die Monster und das Unheil haben sich eine Weile zurückgezogen – vermutlich wegen der alten Fehde zwischen der Natur und den Monstern. Die Kinder der Natur haben die Monster zurückgeschlagen, mit ihren unglaublichen Kräften.»

«Super», grummelte Nico, «Nur, falls du es noch nicht wusstest: Ich hab leider keine unglaublichen Kräfte mehr, die mir im Kampf gegen die Monster eine Hilfe sein könnten. Das Einzige, was mir momentan gegen die Monster hilft, sind alle Verbündeten sowie mein Schwert und meine Rüstung. Sonst nix.»

Wilhelm starrte ihn zuerst fassungslos an, dann sah er betreten auf den Boden: «Tut… tut mir leid. Ich wollte nicht… ich verlange überhaupt nichts Derartiges von dir! Ich wusste das nicht! Allerdings hatte ich mich schon gefragt, warum du die Monster nicht mit Hilfe der Natur zurückgeschlagen hast. Ich… es war nur so ein Reflex. Allerdings bin ich sicher, dass du trotzdem Grosses vollbringen kannst, was sonst niemand tun kann! Wirklich! Du kannst… Nico? Nico, was ist los? Liumana! Silugana! Nico wird ohnmächtig!», schrie Wilhelm panisch.

Doch Nico hörte ihn kaum mehr, da ihn die Dunkelheit wieder umfing und es sich anfühlte, als würde er schweben. Er fragte sich, was das nun wieder sollte. Das ging doch nicht! Wer hatte denn *jetzt schon wieder* dafür gesorgt, dass er ohnmächtig wurde? Es nervte auf jeden Fall ziemlich!

Da hörte er plötzlich eine bekannte Stimme: «Nico», flüsterte sie liebevoll. Dann wechselte ihre Stimme von einem Flüstern in normale Lautstärke: «Schätzchen, letztes Mal hab ich dir gar nicht sagen können, wie stolz ich wegen deiner Entscheidung auf dich bin!»

«Stolz?», fragte Nico verwirrt, «Warum stolz? Was gibt es denn da stolz zu sein? Ich hab alles falsch gemacht! Ich hab meine magischen Fähigkeiten verloren, und bin trotzdem nicht unsterblich. Und das alles nur, weil ich – als das Monster angriff – zu dumm war, um zu reagieren und Liumana mich retten musste!

Wenn ich schneller reagiert hätte, hätte sich Liumana nicht geopfert. Dann hätte ich meine magischen Fähigkeiten noch!»

«Aber dann wärst du jetzt tot», erinnerte ihn seine Mutter sanft. «Ausserdem hast du mit deiner Entscheidung unbewusst auch noch jemand anderem sehr geholfen – deiner Cousine.»

«Meiner... *was???* Ich habe eine Cousine??? Ist das überhaupt möglich? Ich meine... *hast* du überhaupt... Verwandte? Sonst könnte ich ja gar keine Cousine haben. Wer ist sie?», fragte Nico neugierig, «Und wie hab ich ihr geholfen?»

«Nun...», antwortete Mutter Natur zögernd, «Ich kann dir nicht sagen, wer sie ist, aber deine magischen Kräfte sind nicht einfach verloren gegangen... einige haben sich in Unsterblichkeit verwandelt, aber diese hast du noch nicht. Andere haben Liumana geheilt. Und wieder andere... naja, die sind mit der Kraft deiner Cousine verschmolzen. Und der Rest... ist in meine Reserven geflossen.

Du hast mir und vielen anderen sehr geholfen, als du dich entschlossen hast, deine magischen Kräfte für Liumana zu opfern. Denn sonst hätten sie sich einfach in Unsterblichkeit verwandelt und der Rest wäre verloren gewesen.

Aber Nico... ich mache mir solche Sorgen um dich! Irgendwann wirst du dem Chef der Monster gegenübertreten, und nur du kannst ihn besiegen. Genauso, wie nur Luna die wichtigsten Grenzen wiederaufbauen und nur Nina sich mit Queen Eli, einem der mächtigsten Menschen überhaupt, in deren Fachsprache unterhalten kann.»

«Queen Eli?», fragte Nico verwirrt. – «Ja. Kurz für Queen Elizabeth. Sie heisst wirklich Elizabeth, obwohl ich nie sicher bin, ob ihr Name mal Deutsch war, und sie ihn einfach ins Englische geändert hat, weil es besser passt. Auf jeden Fall ist sie tatsächlich eine Königin – die Königin aller Geschichten. Sie ist die Einzige, die wirklich Kontrolle über die Geschichten hat.»

«Und Nina kann sich mit Queen Eli in deren Fachsprache unterhalten?», fragte Nico mit grossen Augen. «Wirklich?» – «Ja», antwortete Mutter Natur, «Sie ticken ähnlich. Aber Nina hat noch eine andere Bestimmung: Sie muss… noch etwas. Etwas, das nicht mal ich sehen kann. Aber das muss wohl so sein. Sonst wäre ihre Aufgabe ja ganz einfach, und das wäre euch gegenüber nicht fair.» – «Was zum Geier weisst du nicht?»

Natur seufzte: «Das wirst du noch früh genug erfahren. Aber ich bin abgeschweift. Eigentlich wollte ich nur sagen, dass ihr alle drei eine Aufgabe habt, und deine ist es, den Monsterchef zu besiegen. Das ist alles, was ich sagen wollte. Aber…»

«Wollt ihr wissen, was Ninas letzte Bestimmung ist?», unterbrach eine Stimme, die von uralter Macht erfüllt war – aber dennoch nach einer Stimme eines jungen Mädchens klang. «Eli?», fragte die Natur, «Was machst du hier? Weisst du etwa die Antwort?» – «Ja.»

Dann sah Nico sie. Ein Mädchen, so ungefähr in Ninas oder Lunas Alter, das von unglaublich langen, goldenen Haaren umwirbelt wurde – sie waren länger als die von Silugana! Ihre Kleider wechselten zwischen Legolas' Kleidung in den Herr-der-Ringe-Filmen, einer Jedi-Robe, einem Zaubererumhang, einem Camp-Half-Blood-T-Shirt, Anakins Jedi-Kleidung, allen möglichen Kleidern, von denen Nico welche aus Herr der Ringe, Star Wars und Harry Potter erkannte, Pippi Langstrumpfs Kleidung, schwarzen Kleidern – und… war das nicht ein Totenkopfring an ihrer Hand? Ausserdem einem Kleid, das verdächtig nach Elizabeths Kleid in Pirates of the Caribbean aussah, Peter Pans Kleidung, und noch ungefähr hunderttausend anderen Kleidern.

«Waaahhh, mir wird schwindlig von diesen vielen Kleidern!», beschwerte sich Nico. «Kannst du es nicht mal auf *ein* Kleidungsstück begrenzen?» Das Mädchen lächelte, ihre Augen waren seit ihrer Ankunft geschlossen: «Natürlich.» Eine Sekunde später hatten ihre Kleider aufgehört, zu flimmern. Nico keuchte hörbar, als er erkannte, was sie trug; Sie trug *seine* Rüstung, sogar mit dem braunen Einteiler, der dazugehörte.

«Wie… wie kannst du das?», wimmerte Nico. Eli öffnete ihre Augen und Nico schreckte zurück: Ihre Augen glühten dunkelsilbern und waren weit aufgerissen. Sie sah richtig unheimlich aus, gierig, als würde sie ihn gleich auffressen.

Dann schloss sie die Augen, beugte sich vor und schnappte nach Luft. Nico fragte sich schon, ob ihr eine Sicherung durchgebrannt war, dann fing sie an, laut zu lachen. Eigentlich hatte sie – vor allem in den Kleidern – zierlich ausgesehen, doch sie lachte wie ein alter Pirat.

Sie liess sich zu Boden fallen, auf den Rücken – wobei sie ihre Haare einklemmte, die wütend versuchten, sich loszureissen und weiterzuwirbeln – und schnappte keuchend nach Luft.

«Was ist denn so lustig?», fragte Nico eingeschnappt. Queen Nervig – so empfand er sie – setzte sich auf und rieb sich die Tränen aus den Augen. Dann öffnete sie diese. Nico war schon wieder, ohne es zu merken, zurückgezuckt. Doch ihre Augen sahen nun viel menschlicher aus, auch wenn Nico keine eindeutige Farbe bestimmen konnte. Sie wirkten grün-grau, aber Nico war sich nicht sicher.

Dann öffnete sie den Mund und begann zu sprechen. Nico hatte wieder mit einem schläfrigen Singsang, in dem eine uralte Macht mitschwang, gerechnet, doch ihre Stimme klang hart und klar. Nico vermutete, dass es ihre menschlichste Stimme war; es war eindeutig eine Mädchenstimme, aber eher tief für ein Mädchen. Doch die Härte war unmenschlich und unmöglich zu beschreiben. Und doch schien sie eindeutig ein Mensch zu sein. Aber egal, auf jeden Fall begann sie nun zu sprechen: «Du wolltest wissen, wie ich deine Rüstung tragen kann, oder?», fragte sie nun und klang auf einmal ganz vertraulich. «Ja.» Sie lächelte: «Nun, ich kann *alles* tragen, was jemals in einer Geschichte getragen wurde, nur leider funktionieren die Zauber nicht ganz so stark wie in Wirklichkeit, deshalb funktioniert es nicht so gut mit der Bürste...» Sie seufzte resigniert.

«Ach, *du* hast die Bürste?», fragte Mutter Natur überrascht. – «Jupp», antwortete Eli, während sie sich den Schmutz unter den Nägeln hervorkratzte. Ihre Kleidung hatte schon wieder geändert, und sie trug nun ein langes, ärmelloses, smaragdgrünes Kleid. Ihre Haare hatten aufgehört zu wirbeln und nun sah sie aus wie ein ganz normales Mädchen. Sie klang auch so. Alle Härte war aus ihrer Stimme verschwunden. Ihre Stimme klang ganz natürlich.

Dann schrie sie plötzlich auf: «Au! F***ing-Scheiss-Kontaktlinsen! So ein Mist! Nicht schon wieder!» – «Was, du hast immer noch Probleme mit denen?», fragte die Natur ungläubig. «Ich hab dir doch gesagt, du sollst Natur-Kontaktlinsen tragen!» – «Jaaa, aber durch die ist alles grün!», beschwerte sich Elizabeth.

Nico lachte. Er konnte nicht anders, er musste einfach lachen. «Ja, also *so* würde ich auch keine tragen! Aber mal im Ernst: Warum trägst du Kontaktlinsen?» – «Weil ich schlechte Augen habe», erklärte Eli seufzend. «Eigentlich würde ich eine Brille tragen, aber, du verstehst schon, wirbelnde Haare und eine Brille sind nicht gerade beste Freunde.»

Nico prustete wieder los, als er sich vorstellte, wie sich die Haare im Brillengestell verfingen, und Eli laut fluchend die Brille abnahm – oder es auf jeden Fall versuchte. Doch dummerweise hing die Brille total in den Haaren fest, und diese wollten weiterwirbeln.

Elizabeth hatte offenbar seine Gedanken erraten: «Ja, ich hab Stunden gebraucht, um sie wieder aus den Haaren herauszufummeln und bin dabei fast wahnsinnig geworden! Unmöglich!»

Sie sprach mit ihm so vertraut, als wären sie alte Freunde. Und genau so sprach sie auch mit Mutter Natur. Bei ihnen könnte es auch sein, aber Eli war immer noch ein Mensch. Und doch sprach sie mit Mutter Natur wie ihresgleichen. Und ihre Antwort auf *Ach, du hast die Bürste?* war so lässig gewesen, als würde Mutter Natur fragen, ob sie ihre Bürste in die Schule mitgenommen hätte, und nicht, als würde sie ein verschwundenes magisches Objekt bei sich haben, welches zusammen mit Nicos Kleidung unvergleichlich starke Macht ausüben könnte.

Wieder schien Eli Nicos Gedanken gelesen zu haben. Sie fixierte ihn mit ihren schlammgrünen Augen und meinte dann: «Jaja, die Bürste ist mächtig, schön und gut! Aber das wirklich Wichtige daran ist, dass sie keine Haare ausreisst, das Bürsten erleichtert, und dafür sorgt, dass die Haare immer frisch gewaschen sind. Das zählt! Dass die Bürste mächtig ist… das ist ein angenehmer Nebeneffekt, aber unwichtig! Wichtig ist, dass ich die Haare nie waschen muss, und dass deine Rüstung doch gut genug funktioniert, sodass ich nie duschen muss!»

Sie grinste: «Ich hasse duschen!» Das konnte Nico verstehen. Er hasste duschen auch. Da er jetzt in der Natur war, konnte er gar nicht duschen, und dank seiner Rüstung – oder besser dem Einteiler darunter – war es auch gar nicht nötig.

«Ich hasse duschen auch», murmelte er. – «Eben! Und du musst danach nicht auch noch deine Haare auswringen und hast während dem Duschen nicht das Gefühl, als würde dir das Gewicht deiner Haare den Nacken brechen!», grummelte sie, «Ich meine, ich liebe meine Haare über alles, klar, aber es gibt gewisse Nachteile… ich hoffe, du verstehst, was ich meine.»

Ja, das tat er, auch wenn er das natürlich noch nie erlebt hatte. Auf einmal fragte er sich, ob Silugana dieses Problem auch hatte. «Nö», verneinte Eli, die wohl schon wieder seine Gedanken gelesen hatte, «Silugana wäscht sich mit Zaubern, was auch gut ist, weil sie sich sonst vielleicht schon mal das Genick gebrochen hätte. Wenn man bedenkt, wie ruckartig die sich bewegt…

Oh! Vielleicht sollten wir dich mal wieder aufwachen lassen, sonst wird Liumana noch wahnsinnig vor Sorge!», rief sie, den Blick in die Ferne gerichtet. «Aber vielleicht sollte ich euch vorher noch Ninas letzte Bestimmung verraten… NEIN, LIUMANA!!!», brüllte sie plötzlich. Dann wandte sie sich an Nico: «Tut mir leid. Später. Du musst zurück.» Damit verschwand sie, und alles wurde schwarz…

… um gleich danach gleissend hell zu werden. Nico blinzelte. Dann sah er Liumana und Silugana. Liumana lag stöhnend auf dem Boden und Silugana schien mit ihr zu schimpfen. Nico setzte sich auf und rieb sich die plötzliche Müdigkeit aus den Augen. «Was ist denn passiert?», fragte er, «Was hat Liumana gemacht?»

Silugana hob den Kopf: «Die Frage ist eher: Was hast du gemacht? Du bist ganz plötzlich ohnmächtig geworden! Was hast du…» – «Mama hat mich gerufen», unterbrach Nico, bevor sie losschimpfen konnte, «Und dann ist auch noch Queen Eli gekommen und hat gesagt, dass sie die Bürste hat.»

Die beiden Frauen sahen ihn an: «Was???» Nico seufzte und erzählte ihnen die ganze Geschichte von Anfang an. Von Mutter Natur, ihren Erklärungen, wie plötzlich Queen Elizabeth aufgetaucht war, und dass sie ihm wegen Liumana nicht hatte erzählen können, was denn nun Ninas letzte Bestimmung war.

Danach sah er sie an: «Und, was hat Liumana eigentlich gemacht? Was war so dringend, dass sie es mir nicht erzählen konnte?» Liumana sah verlegen drein und Silugana ergriff das

Wort: «Liumana hat sich total aufgeregt, weil du nicht mehr aufgewacht bist...» – «Dabei war ich doch wach!», unterbrach Nico, «Ich war nur woanders – allerdings hab ich keinen blassen Schimmer, wo. Hmpf.»

«Ähh, egal», antwortete Silugana zerstreut. «Auf jeden Fall hat Liumana sich furchtbar aufgeregt, so fest, dass sie den Kopf gegen den Baum dort gerammt hat – warum hast du das eigentlich gemacht?», fragte sie an Liumana gewandt.

Liumana wurde rot: «Ich, ähh... ich weiss nicht», gab sie verlegen zu. Nico sah sie ungläubig an: «Du rammst deinen Kopf gegen den Baum, aber kannst nachher nicht mal erklären, warum? Warum?»

«Das weiss ich ja eben nicht», erklärte Liumana, und langsam wurde ihr ganzes Fell[7] rot. Nico prustete los, und Liumana sah ihn beleidigt an: «Was ist denn so lustig?»

«Dein Fell!», antwortete Nico kichernd, «Du siehst fast schon aus wie Wilhelm.» Liumana zog eine gespielte Schnute, und Silugana gab Nico einen spielerischen Klaps: «He, du unverschämtes kleine Kind! Man macht sich nicht über Leute – oder Säbelzahntiger – lustig! Hat dir das denn niemand beigebracht?» – «Och», entgegnete Nico grinsend, «Einige haben es versucht. Aber ich bin, wie ich bin...»

«Ach, ich weiss!», seufzte Liumana. «Du bist unmöglich und unbelehrbar. Weisst du noch, als ich dir erklären wollte, dass du nicht einfach den Erwachsenen ins Gesicht sagen kannst: *Du bist so dumm!* oder: *Mann, bist du aber hässlich!* Und du wolltest einfach nicht hören! Nicht einmal, als ich die erklärte, dass das

---

[7] Komischerweise wurde bei den Säbelzahntigern das Fell rot, wenn sie sich schämten oder sauer waren.

üble Konsequenzen haben könnte. Oder weisst du noch, als eine hochnäsige dumme Frau auf einer Bananenschale ausgerutscht und mit dem Gesicht in Hundescheisse gelandet ist? Du hast dich kaputtgelacht und ich versuchte, dich davon abzuhalten» Nico grinste: «Und dabei konntest du dir selbst das Lachen kaum verkneifen. Wir waren etwas abseits, damit diese Frau dich nicht sah, oder?» – «Genau», bestätigte Liumana. «Aber was ich eigentlich sagen wollte: Du bist einfach unmöglich, aber ich liebe dich so wie du bist!»

Nico umarmte sie. «Ich liebe dich auch so wie du bist», flüsterte er, «und du bist die beste!»

Die ewige Sonne

Als Luna aufwachte, fragte sie sich, was eigentlich los war. Dann erinnerte sie sich wieder, dass sie ja ausgebrochen waren, Luna jedoch von der Anstrengung zusammengebrochen war. Offenbar hatte Nina sie hierher gebracht.

Wo war Luna eigentlich? Und wo war Nina? Warum hatte Luna keine Ahnung, wo sie war? Sie dachte, sie kenne Nullilula von der Verfolgungsjagd[8], aber sie hatte diesen Ort noch nie gesehen.

Sie setzte sich auf. «Nina?» – «Ich bin hier», antwortete eine Stimme direkt vor ihr. «Bitte, sei leise. Die Wachen können jederzeit hier vorbeikommen.» – «Wachen?», fragte Luna panisch, «Aber… die werden uns finden!» – «Nein», versuchte sie Nina zu beruhigen, «das werden sie nicht.» – «Woher willst du das wissen?»

«Jetzt sei nicht so hysterisch, Luna! Das ist echt nicht nötig! Am Schluss hören sie dich noch! Nein, sie werden uns nicht finden. Woher ich das weiss? Ganz einfach, es sind schon gefühlt hunderttausend Wächter hier vorbeigekommen und haben nachgeschaut, aber ich kann ja meine Zauberkräfte wieder benutzen. Also, sie werden uns *nicht* finden!», antwortete Nina genervt.

Das beruhigte Luna sehr. Sie hatte noch gar nicht an Ninas Verwirrkräfte gedacht, aber nun verstand sie, warum Nina so ruhig über die Wächter reden konnte. Sie schienen keine Gefahr darzustellen. «Aber was, wenn…», begann Luna, wurde jedoch von

---

[8] Nina hat ja schon mal vermutet, dass Luna sich nicht so leicht hatte festnehmen lassen. Nun ja, Luna war so ziemlich durch ganz Nullilula gejagt, bevor die Nullilulaner sie einfangen konnten.

Nina unterbrochen: «Wenn William sie immun gegen meine Zauber macht? Soll er doch! Ich bin nicht mehr so blöd wie damals in der Zelle. Ich habe herausgefunden, wie ich gegen diese verflixten Zauber ankomme.» – «Du hast… was???», fragte Luna, und ein ungutes Gefühl überkam sie. «Moment… wie lange war ich bewusstlos?» – «Ich weiss nicht, ob du das wirklich wissen willst», antwortete Nina zögernd. Doch nun wollte Luna es erst recht wissen. «Sag schon! Wie viele Tage war ich weg?» – «Vier», antwortete Nina langsam.

«Vier», wiederholte Luna. Sie musste diese Information erst mal auf sich wirken lassen. Vier Tage lang war sie also bewusstlos gewesen. Das war ganz schön lange! Komischerweise fühlte sie sich weder sonderlich hungrig noch sonderlich durstig. Doch bevor sie noch lange darüber nachdenken konnte, meinte Nina, dass es langsam Abend wurde, und, dass sie sich deshalb mal etwas zu essen besorgen sollten.

Auf Lunas Frage hin, woher sie denn etwas zu essen bekommen sollten, antwortete Nina, dass es ganz in der Nähe reiche Obstgärten gab, wo meistens keine Wachen positioniert waren. «Und was, wenn doch welche da stehen?», fragte Luna skeptisch. – «Dann warten wir», antwortete Nina schulterzuckend. «Irgendwann werden alle Wachen müde.»

Also liefen sie zu den Obstgärten. Dort angekommen, sahen sie, dass – wie erwartet – keine Wachen vor Ort waren. Sie schlichen über die Wiese und versteckten sich zwischen den Obstbäumen.

Zufrieden fing Nina an, ein paar Äpfel, Birnen und noch anderes Obst zu pflücken, und bedeutete Luna, dasselbe zu tun. Luna atmete erleichtert auf. Entwarnung! Keine Wächter, einfach nur ganz normales Essen, das sie hier essen konnte. Doch komischerweise kam ihr das Obst so trocken vor…

«Da sind sie… HALTET SIE!!!», brüllte in dem Moment eine Stimme von hinten. Luna fuhr herum, und sah, dass hinter ihnen fünf Männer standen, drei von ihnen hatten die Schwerter gezückt, zwei hielten Bogen in der Hand. Vor Schreck fielen ihr die Früchte aus den Armen.

«Scheisse!», murmelte Nina. Dann zog sie eine Steinschleuder aus der Gesässtasche ihrer Shorts und fing an, Steine aufzusammeln, wobei Luna ihr eifrig half.

Als sie einen kleinen Haufen zusammenhatten, legte Nina los. Sie traf recht gut, aber es waren halt Steine, keine Pistolenkugeln oder Pfeile. Nach kurzer Zeit lagen alle Männer am Boden, aber sie machten gleich wieder Anstalten, aufzustehen.

Nina stöhnte, als sie wieder nach Steinen griff. «Das bringt nichts! Einen oder zwei konnte ich immer ablenken mit meinen Steinen, aber fünf, die schon Verstärkung gerufen haben, und mit Bogen bewaffnet sind... unmöglich! Es tut mir leid, Luna!»

Sie sah sie traurig an. Luna wusste genau, dass niemand von ihnen etwas dafür konnte, und sie machte Nina natürlich keine Vorwürfe! Aber Luna hatte nicht vor, sich noch einmal einfangen zu lassen. Wenn es nötig war, würde sie so lange wegrennen und unterwegs alles zerstören, bis die Bogenschützen gezwungen wären, sie abzuschiessen.

Sie sah die fünf Männer, die nun alle wieder auf den Beinen standen, böse an, dann wollte sie sich zu Nina umdrehen, um ihr zu sagen, dass sie lieber sterben würde, als nochmal ins Überwindungsmain verfrachtet zu werden, doch dazu würde es gar nicht erst kommen...

... denn genau in dem Moment, als Luna den Kopf drehen und Nina das erklären wollte, wurden plötzlich zwei Dolche von hinten durch die Brust der zwei Männer links gestochen, während zwei weitere Dolche den beiden Männern rechts die Köpfe abschlugen.

Und bevor Luna verstand, was da vor sich ging, wurden auch schon zwei Klingen vor dem Hals des Anführers gekreuzt. Als die beiden Retter endlich still standen, konnte Luna sie genauer in Augenschein nehmen: Es waren zwei Mädchen!

Das Mädchen links (das die Männer erstochen hatte) hatte kurze dunkelbraune Haare, und trug sozusagen nur Unterwäsche: Ein Top – ungefähr so gross wie ein BH – und eine so kurze Hose, dass sie fast als Unterhose durchging. Die Hose sah so aus, als ob sie mal lange gewesen und dann kurz abgeschnitten worden war.

Das Mädchen rechts hatte etwas mehr als schulterlange, blonde Haare, deren Spitzen angesengt waren, und trug mehr Kleider als ihre Gefährtin: Einen leichten, grünen Pullover und Jeans, und natürlich trugen beide Mädchen Schuhe.

Aber nun wieder zu den Dolchen: Beide Mädchen hielten einen Dolch locker in der einen Hand und hatten mit dem Dolch in der anderen Hand den Dolch der Gefährtin gekreuzt, um den letzten Nullilulaner zu bedrohen.

Nina fiel vor Überraschung fast die Steinschleuder aus der Hand. «W… wer seid ihr?», brachte sie wenigstens heraus, während Luna die beiden Mädchen nur mit offenem Mund anglotzte. – «Ich bin Jill», stellte sich die Kurzhaarige vor. «Mein Name ist Amanda», erklärte die Blonde. «Und wer seid ihr? Seid ihr auch fast gestorben? Oder wie seid ihr in diese Hölle hier gekommen?»

Luna starrte sie entgeistert an: «Fast gestorben?» – «Ja, bei einem Angriff der Monster», mischte sich Jill ungeduldig ein. «Aber erzählt ihr erst, wie ihr hierhergekommen seid. Danach erzählen wir euch unsere Geschichte. Deal?»

«Deal.» Luna mochte dieses Mädchen jetzt schon. Ungeduldig, aber stark, und sie liess sich offenbar nicht unterkriegen. Das zeigten die Narben an ihren muskulösen Armen. Doch nun sah Amanda die beiden Mädchen an: «Okay, wir hören. Was ist eure Geschichte, und warum seid ihr hier an diesem Ort der Verdammnis gelandet?»

Nina fing an zu erzählen, und Luna warf ab und zu etwas ein und erzählte die Geschichte ihrer Flucht, bevor sie ins Gefängnis gesperrt wurde. Jill und Amanda fragten manchmal nach, wenn sie etwas nicht ganz verstanden, aber grösstenteils hörten sie einfach schweigend zu.

Als Nina ihren Bericht beendet hatte, musterte Amanda die Mädchen: «Ihr seht auch so aus, als ob ihr das alles erlebt hättet. Eine ganz schön heftige Geschichte. Nach deiner Art zu erzählen, regt ihr euch aber vor allem über euch selber auf. Wegen Nico.»

Luna nickte traurig. «Ich wünschte, ich wüsste, wie es ihm geht. Ich kann immer noch nicht glauben, was ich dort gesagt habe.» – «Ich auch nicht», erklärte Nina bedrückt. «Aber ihr habt uns eure Geschichte versprochen. Ich möchte sie hören.»

«Okay», stimmte Amanda zu. «Ich denke, ich sollte es erzählen.» – «Das wäre gut.» Jill setzte sich und sah ihre Gefährtin an. Amanda begann zu erzählen:

«Also, alles begann damit, dass unser Vater kurz vor unserer Geburt gestorben ist, und unsere Mutter bei unserer Geburt.» – «Moment», unterbrach Nina. «Eurer Geburt? Seid ihr Zwillinge?» – «Ja. Aber zurück zur Geschichte:

Da wir also nun Waisen waren, sahen sich die Behörden nach Pflegeeltern für uns um. Dummerweise fanden sie keine; die Einzigen, die uns aufnehmen würden, waren drei verrückte Professoren, und die Behörden fanden das eine ganz schlechte Idee. Also sahen sie sich weiter um, mussten uns schlussendlich aber doch den verrückten Professoren überlassen.

Wir haben oft die anderen Kinder dort gefragt, wie es mit normalen Eltern gewesen wäre – falls ihr euch jetzt fragt, was für andere Kinder, nun, die drei verrückten Professoren hatten in ihrem
Riesenlabor eine Art neues Zuhause für Waisen eingerichtet. Es
war eine gute Einrichtung, denn die Professoren waren sehr klug
und konnten die Kinder – oder auch Jugendlichen, obwohl wir
fast nie welche da hatten – unterrichten, egal, welches Alter.

Wir waren ungefähr vierzehn Jahre dort – wir sind jetzt vierzehn
– und als wir dort ankamen, zogen gerade die letzten langsam
aus. Die Letzte zog aus, als wir ein Jahr alt waren. Dann waren
wir ein Jahr lang allein mit den Professoren, aber wir waren damals noch so jung, dass wir das gar nicht bemerkt hatten – ausser, dass wir nun fast die ganze Aufmerksamkeit der Professoren
hatten. Und ja, ich sagte, wir fragten die anderen Kinder, wie es
war… aber wir haben natürlich erst gefragt, als wir richtig sprechen und normal denken konnten. Zu dieser Zeit waren wieder
welche da.

Als wir zwei Jahre alt waren, kam die neugeborene Leslie zu
uns. Ihre Eltern waren bei einem Autounfall gestorben, als sie
vom Spital nach Hause fahren wollten. Wie das neugeborene
Baby *das* hatte überleben können, wissen wir bis heute nicht.
Leslie kann sich verständlicherweise auch nicht mehr erinnern,
immerhin war sie damals erst ein paar Tage alt. Niemand hat ein
so gutes Gedächtnis! Ach ja, noch etwas: Natürlich wurden wir
nicht gestillt. Unmöglich. Aber die Professoren hatten erst zwei
Jahre vor unserer Ankunft einen perfekten Muttermilchersatz
erfunden. Das war genial!

Auf jeden Fall kamen mit der Zeit wieder mehr Kinder zu uns.
Es war schön, wieder Gesellschaft zu haben, aber es war auch
traurig, denn diese Kinder vermissten alle ihre Eltern und ihr
normales Leben. Wir hatten unsere Eltern nie gekannt, und das
Leben im Labor war unser normales Leben, deshalb war es für

uns nicht schlimm, keine Eltern zu haben – wir hatten drei geniale, nette, fürsorgliche Väter.

Auf jeden Fall wuchsen wir dort im Labor auf. Dann hatten unsere *Väter* eine geniale Idee: Sie wollten eine Kreatur erfinden, die sich nur von Luft ernährte, sich schnell vermehrte, sich sehr klein machen konnte und trotzdem unglaublich viel und unglaublich gutes Fleisch abgab.

Vor nicht allzu langer Zeit dachte Feuerlein (einer der Professoren, die anderen heissen Klimmerting und Ohnenhosten, welchen wir aber immer Ohnehose nennen – oder nannten), dass er nun endlich diese Kreatur erschaffen hatte. Er nannte sie *Munaster*. Sie vermehrte sich tatsächlich sehr schnell, aber sie war auf Menschenfleisch aus, anstatt auf Luft. Wir mussten flüchten.

Um die anderen zu retten, stellten wir uns den Monstern in den Weg – und ja, das ist die Entstehungsgeschichte der Monster, die, wie wir gehört haben, die ganze Welt da draussen vernichten. Auf jeden Fall war klar, dass wir dabei sterben müssen.

Wir haben uns gegen die Monster gewehrt, aber sie waren deutlich in der Überzahl, und zusätzlich brach ein Feuer aus. Wenigstens konnten wir die Monster eine kurze Zeit lang aufhalten und den anderen einen Vorsprung verschaffen, der den meisten den Feuertod ersparte.

Schlussendlich explodierte das Gebäude, und wir dachten, nun sei das endgültige Ende gekommen, aber wir überlebten – vermutlich, weil alle Erfindungen in die Luft flogen. Alles wurde dunkel.

Als wir wieder sehen konnten, waren wir hier. Wir belauschten die Männer und fanden schnell heraus, was die Nullilulaner, diese vertrottelten Volldeppen mit Mädchen und Frauen anstellten. Also besorgten wir uns Waffen und hielten uns versteckt.

Als wir euch kommen sahen, wollten wir euch warnen, aber wir wären niemals bis zu euch gekommen, ohne entdeckt zu werden. Also mussten wir hoffen, dass ihr es entweder begreift oder ausbrechen könnt – nochmals Glückwunsch dazu!

Als ihr ausgebrochen wart, wollten wir euch in eurem Versteck nicht zu nahe kommen, da wir kapiert hatten, dass Nina irgendwas mit dem Gedächtnis anstellen konnte und wir keine Gehirnwäsche gebrauchen konnten. Wir haben auf einen guten Moment zur Kontaktaufnahme gewartet.

Nun… ich weiss ja nicht, wie gut euer Versteck in der Gasse ist. Aber wir haben ein tolles Versteck im Keller von einem alten Lagerhaus gefunden. Wenn ihr wollt, könntet ihr mit uns kommen. Und ausserdem», sie zwinkerte verschwörerisch, «hättet ihr Lust, ein bisschen Chaos hier anzurichten? Zu zweit konnten wir das nicht, wir waren zu wenig. Aber zu viert…»

Nina sprang auf. «Das ist eine tolle Idee!», rief sie. Dann sah sie Luna an: «Was meinst du dazu?» Luna stand auf und sammelte die Früchte auf. «Ich bin dabei. Richten wir uns mal ein und randalieren ein wenig!»

Eine erfreuliche Bekanntschaft

Vier Tage waren vergangen seit Nicos Erlebnis mit Mutter Natur und Queen Eli. Er sinnierte immer noch darüber nach. Warum? Weil er nicht glauben konnte, dass er den Monsterchef bekämpfen sollte – oder konnte. Aber vor allem dachte er darüber nach, wie ähnlich Queen Eli ihm eigentlich war; klar, sie war recht mächtig, aber eigentlich wäre Nico das auch – nur, naja, es hatte ja ein paar Unannehmlichkeiten gegeben was das anging, und daran dachte Nico nicht gern. Aber eigentlich wäre er schon mächtig…

Auf jeden Fall war Eli genauso unverschämt wie er und hatte auch die Angewohnheit, auch Leute, die mächtiger oder älter als sie waren oder auch fremde Leute wie alte Freunde zu behandeln.

Jedenfalls waren sie ganze vier Tage lang nicht angegriffen worden, was fast an ein Wunder grenzte. Silugana hatte Nico weiter im Schwertkampf unterrichtet, und er machte grosse Fortschritte. Aber er fühlte sich einsam.

Klar, Liumana, Silugana, die ganzen Tiger… sie alle schwirrten um ihn herum. Aber er vermisste die Gesellschaft von Menschen. Vor allem vermisste er Luna und Nina. Er machte sich Sorgen um sie. Wilhelm hatte ihm alles über die Nullilulaner erzählt, was er wusste. Es klang gar nicht gut, und Nico hatte das Portal für immer verschlossen. Es konnte gut sein, dass er die Mädchen für immer verloren hatte.

Aber Nico war Optimist, und hasste solche Gedanken, weshalb er versuchte, einfach gar nicht an so etwas zu denken. Und da er Nico war, gelang ihm das recht gut. Trotzdem vermisste er die Gesellschaft von Menschen. Liumana wusste davon – er verheimlichte ihr nie etwas. Auch Silugana wusste davon. Doch sie wussten auch nicht, was sie tun sollten.

Denn Tatsache war, dass einfach keine Menschen in der Nähe waren, und dass sie nicht wussten, wie viele Menschen überhaupt noch lebten. Sie waren in einer magischen Welt, sie hatten keine Ahnung, was die Monster in der «normalen» Welt machten. Wie weit sie vorgedrungen waren. Bis in andere Länder? Vermutlich. Ob sie echt alle Menschen niedergemetzelt hatten? Bitte nicht!

Aber ja, niemand hier wusste es. Der Abend brach an, aber Nico war trotz des anstrengenden Trainings nicht müde und lag wach in seinem Bett in der Höhle. Es war der zwölfte Tag nach seinem Geburtstag.

Nico hatte keine Ahnung, ob die Zahl Zwölf etwas bedeutete, aber er spürte plötzlich, dass irgendjemand wollte, dass er einschlief. Was natürlich dazu führte, dass er erst recht wach war. Es war kein gutes Zeichen, wenn jemand wollte, dass er einschlief.

Nico hatte seine Rüstung noch an, da er dachte, eh nicht schlafen zu können. Er wollte aufstehen und Liumana und Silugana erzählen, was er gerade bemerkt hatte, jedoch spürte er, wie seine Augenlieder schwer wurden. Hä, er war doch gerade noch hellwach gewesen! Und er *durfte jetzt nicht einschlafen!* Doch er kam nicht gegen die plötzliche Müdigkeit an…

«Nico!!! Was soll das? Warum kannst du nicht einfach einschlafen? Warum musst du *merken*, dass *jemand* will, dass du einschläfst, und *warum* musst du dann wach bleiben?», schimpfte eine Stimme, die ihm bekannt vorkam.

Nico hob den Kopf und sah, dass er auf einer Lichtung bäuchlings auf dem Boden lag. Vor ihm stand ein Mädchen in smaragdgrünem Kleid mit unglaublich langen, goldenen, wirbelnden

Haaren, das ihn verärgert aus ihren schlammgrünen Augen anstarrte.

«Oh, hallo Eli.» Nico setzte sich auf. «Woher sollte ich wissen, dass du es bist, die will, dass ich einschlafe? Es könnte genausogut irgendein Monster sein, das mich umbringen oder entführen will.» – «Ich *bin* ein Monster», entgegnete sie. «Oder ich kann mich sozusagen in eines verwandeln, wenn ich will. Und das weisst du. Und ich hab dich sozusagen ja auch entführt. Allerdings sehe ich momentan wie ein Mensch aus, und ich habe dich nicht mit bösen Absichten hergeholt.»

Waaahhh! Dieses Mädchen! Nico kannte sie ja nicht lange, aber sie konnte ganz schön nerven, vor allem, wenn sie irgendeine Aussage verdrehte und damit auch noch Recht hatte. (Ja gut, das hier war das erste Mal, dass er das bei ihr erlebte, aber es nervte ihn schon ziemlich.)

Na gut, aber wenn er darüber nachdachte… Eigentlich war er genauso schlimm! Aber da es sonst niemand in seinem Umfeld tat, und da er sich natürlich nicht über sich selber ärgerte, hatte er bis jetzt nie bemerkt, wie sehr das nerven konnte.

Aber nun fing Eli wieder an zu sprechen: «Also, falls du dich fragst, warum ich dich hergeholt habe: Ich mag dich. Ich weiss, toller Grund, aber ich muss dir auch noch was sagen, etwas Wichtiges: Du wirst morgen ein paar Leute treffen, die dir sehr sympathisch sind. Vor allem er. Denen kannst du vertrauen. Aber allen anderen Leuten, die du nachher triffst – falls du überhaupt welche triffst, ob sie nun sympathisch sind oder nicht – darfst du nicht trauen. Nicht mal, wenn du sie kennst.

Deinen Freundinnen kannst du vertrauen – also, falls du sie wiedersiehst – und deren Begleitung auch. Aber bis dahin darfst du niemandem, ich wiederhole *niemandem*, den du triffst vertrauen. Nicht mal deinen Pflegeeltern.

Ich weiss, das klingt hart, aber die Zukunft ist verschwommen. Ich habe zu Hause in meinem Schloss euer Buch, aber viel sehe ich nicht. Auf jeden Fall wirst du überleben, bis die sieben Wochen um sind. Deine Freundinnen auch. Und entweder überlebt ihr nachher alle drei, oder ihr sterbt alle drei. So sagt es das Buch. Und das Buch lügt nie. Wirklich nie.»

«Moment mal, *was???*», unterbrach Nico. «Was für ein Buch? Und wie um Himmels Willen meinst du das mit Leben und Sterben? Woher weisst du das? Und, Himmel nochmal, was für sieben Wochen??? Kannst du bitte Klartext reden? Schloss? Buch? Sieben Wochen? Zukunft? Mir platzt gleich der Kopf!»

Eli grinste: «Tut mir leid, ich sollte das vielleicht mal erklären.» – «Allerdings!», grummelte Nico unzufrieden. Sie nickte: «Gut, dann halt den Mund!

Also, ich bin die Königin aller Geschichten, was bedeutet, dass ich natürlich auch ein Schloss habe. Dort habe ich eine unendliche Bibliothek mit allen jemals erfundenen und allen von mir ausgewählten wahren Geschichten im Keller.

Ich hab auch einen Fahrstuhl, der ziemlich speziell funktioniert: Ich kann eine bestimmte erfundene Geschichte auswählen, und dann komme ich in diese Welt. Ich weiss, das ist unglaublich. Keinen Kommentar. Leider funktioniert das mit wahren Geschichten nicht. Auf jeden Fall nicht, bevor tausend Jahre seit dem Tod des letzten mitspielenden Charakters vergangen sind. Ich liebe mein Schloss!

Aber nun zu den sieben Wochen: Damit ist der Tag, sieben Wochen nach eurer Trennung, gemeint. Also in… drei Wochen, zwei Tagen… – in dreiundzwanzig Tagen gemeint. Dann wird sich entscheiden, ob ihr lebt oder sterbt.

Das Buch… wie soll ich das erklären? Ich hab in meinem Schloss ein Buch, in dem sich eure Geschichte von selber aufschreibt. Das ist recht cool. Ich kann nicht reinschreiben, natürlich nicht! Aber ich weiss immer genau, was bei dir wie bei den Mädchen gerade passiert.

Bevor du fragst: Ja, den Mädels geht es gut. Sie haben vor vier Tagen zwei nette Leute kennengelernt. Jetzt rauben sie gerade eine Bank aus – ja, sie stiften Unruhe. Die Nullilulaner haben es nicht besser verdient! Blödmänner!

Aber wieder zum Buch: Ich kann es über die Zukunft fragen, aber in neunundneunzig von hundert Fällen bekomme ich keine Antwort. Letztes Mal hatte ich Glück.

Übrigens: Schau, dass du dein oder deine Kapitel schnell fertigmachst. Dich kann ich im Auge behalten, aber nach Nullilula kann ich nur flüchtige Blicke werfen, und auch dann sehe ich nur Standbilder. Grummel! Ich hasse das! Ich will wissen, was passiert!» Sie stampfte wütend mit dem Fuss auf.

Nico konnte nicht anders, er prustete los. Eli hatte sich gerade wie ein trotziges Kind angehört, das verlangte, dass sein Vater es auf die Schultern nehme, damit es sehe, was die anderen auch sehen... offenbar war sie auch noch ein halbes Baby – genau wie Nico. Nina hatte nicht Unrecht gehabt, als sie ihn *Baby* genannt hatte.

«Ich habe noch eine Frage.» Ihm war gerade noch was eingefallen. «Bürste oder Ninas Bestimmung?», fragte Eli. «Okay, *zwei* Fragen», verbesserte sich Nico. «Hätt ich bloss nicht gefragt!», grummelte das Mädchen.

«Na gut, was willst du zuerst wissen?» – «So komisch das auch klingen mag, ich will zuerst von der Bürste hören.» – «Das klingt gar nicht komisch», widersprach sie. «Es ist durchaus verständlich, dass du zuerst von der Bürste wissen willst. Die ist momentan für dich irgendwie *greifbarer* als Nina.»

«Irgendwie schon», murmelte Nico. «Also...?» – «Also, ich hab die Bürste, die, kombiniert mit deinem braunen Jumper, unglaublich starke Macht ausüben kann.

Aber die Hauptsache ist, dass sie die Haare bürstet, ohne auch nur ein Haar auszureissen. Das ist richtig cool. Naja, das Beste ist eigentlich, dass sie die Haare auch noch *wäscht*. Und sie glänzen nachher so schön.

Ich hab die Bürste so manipuliert, dass meine Haare nicht nur einen Tag, sondern eine ganze Woche lang trotz ihrem Gewirbel perfekt gebürstet sind. Danach muss ich sie zwar wieder bürsten, aber das tut die Bürste fast von selber, und meine Haare halten dann endlich mal still – solange die Bürste sie berührt.»

Moment mal, was???, tönte eine bekannte Stimme. *Du hast die Bürste* **manipuliert***??? Was, wenn du sie kaputtgemacht hast? Das wäre...* «Auch nicht so schlimm, dann könnten die Monster wenigstens keinen Gebrauch davon machen», unterbrach Elizabeth. «Und ausserdem hab *ich* Nico hierhergeholt. Ich will *allein* mit ihm reden. Sonst hätte ich ihn wohl kaum hergeholt!»

Aber er ist **mein** *Sohn!*, erwiderte die Natur. *Ich kann mit ihm sprechen, wann ich will! Und du kannst doch nicht einfach meinen Sohn entführen!* – «Wie du siehst, kann ich es doch!» *Also, das ist doch einfach...*

«Hey, könnt ihr *bitte* aufhören, um mich zu streiten?!», unterbrach Nico genervt. «Klappe!», riefen beide gleichzeitig. Nico wollte etwas erwidern, aber er brachte den Mund nicht auf. Tja, man sollte sich eben nicht in den Streit zwischen zwei unglaublich mächtigen, sehr wahrscheinlich unsterblichen Wesen einmischen. Das wurde Nico etwas spät klar. Genervt sah er zu, wie Eli mit einem Baum stritt.

Moment, *was???* Okay, vermutlich trat seine Mutter einfach in Gestalt eines Baumes auf. Es war trotzdem komisch, zuzusehen,

wie ein Mädchen mit wirbelnden Haaren und ständig wechseln-
den Kleidern mit einem Baum stritt. Tja, komische Dinge gab es
auf der Welt! Nico liebte ja unlogische Fantasygeschichten, aber
das hier war einfach zu absurd! Und das beste Theater der Welt!
Aus seiner Sicht.

Aber nun machte Elizabeth einen unheilvollen Kommentar: «Ich
kann dich nicht gerade ernst nehmen, *du bist ein Baum!*», lachte
sie. Der Streit hatte sich schon lange wieder beruhigt, und war
jetzt nur noch ein freundschaftliches Kabbeln.

Na, das lässt sich ändern!, dröhnte nun die Natur. Eli erbleichte:
«Aber das hast du schon seit Jahrtausenden nicht mehr gemacht!
Tu es nicht! Nicht vor *seinen* Augen!», rief sie und zeigte auf
Nico. *–Warum nicht?*, fragte Nicos Mutter, *er ist doch mein
Sohn! Und überhaupt: Warum musst du auch meine Gedanken
lesen? Du hast mir total die Überraschung versaut!*

«Ich bin, wie ich bin!», antwortete Eli schulterzuckend. «Und du
traust dich sowieso nicht!» – *Na, warte nur! Und wie ich mich
traue! Ich habe meine alte Gestalt nicht verloren, nur keine Sorge!* Dann bewegte sich der Baum und nahm langsam die Gestalt
einer jungen Frau an. Sie hatte hüftlange, schokoladenbraune
Haare und lebhafte grüne Augen.

Ihr Kleid war grün-braun und von ozeanblauen, gewundenen
Streifen, die wie Saphire glitzerten, durchzogen. Offenbar Flüs-
se. Es gab auch paar graue Stellen, vermutlich Berge.

Noch war ihre Gestalt verschwommen und nicht fest, ein Wirbel
aus Wind, Wasser und Blättern. Nico wusste nicht so recht, ob er
das wirklich sehen wollte, es könnte auf irgendeine Art gefährlich sein, aber es faszinierte ihn ganz schön.

Doch jetzt fühlte er plötzlich, wie er langsam aufwachte. Aber er
wollte nicht! *Nicht jetzt!* Er wollte es den beiden anderen sagen,

aber er brachte noch immer keinen Ton heraus. Na genial! Und die beiden bemerkten gar nichts! Super!

Dann wurde alles hell und Nico merkte, dass er geschüttelt wurde. «Ja, was ist?», murmelte er schläfrig. Warum war er plötzlich so müde? Das war er doch vorher auch nicht gewesen! Wenigstens funktionierte seine Stimme wieder.

«Wir haben drei Kinder entdeckt!», flüsterte Liumana. «Sie sind alleine und scheinen nicht gefährlich zu sein. Aber das musst du entscheiden. Du kennst dich von uns am besten mit Menschen aus.» – «Ich kenn mich überhaupt nicht mit Menschen aus!», widersprach Nico, «Menschen sind komisch!» – «Aber du bist immerhin ein Mensch! Du kannst mit ihnen kommunizieren.»

«Das kann Silugana auch!», maulte Nico. «Ja, aber vor ihr werden sie Angst haben. Sie strahlt Macht aus. Dich stört das nicht, du bemerkst es nicht einmal, weil du es dir gewöhnt bist. Du hast das früher auch getan. Luna und Nina tun das auch.

Ihr seid Menschen, deshalb bemerken die Menschen es bei euch nicht. Aber Silugana ist eine Hexe, bei ihr wird es bemerkt. Und dann werden sie panisch abhauen. Wir brauchen dich!»

«Na schön», grummelte Nico müde. Dann wälzte er sich aus dem Bett und lief zum Höhlenausgang, wo er sah, dass sich alle Tiger irgendwo versteckt hatten – hinter Büschen und Felsen, auf Bäumen, in der Höhle.

«Wir wollen sie nicht erschrecken», erklärte Liumana. «Jetzt kommst du hoffentlich allein klar, oder?» Nico nickte, und seine Säbelzahnfreundin zog sich mit Silugana, die ihm ermutigend zunickte, in die Höhle zurück.

Nico trat durch die Büsche und sah sich um. Tatsächlich standen keine zwei Meter von ihm entfernt zwei Mädchen und ein Junge, der ihm augenblicklich sympathisch war.

«Hallo!», rief Nico. Die Kinder fuhren alarmiert herum und starrten ihn an. Während die Mädchen misstrauisch Nicos Rüstung musterten und offenbar nicht wussten, was sie davon halten sollten, entspannten sich die Gesichtszüge des Jungen.

«Hallo», antwortete er lächelnd. «Schön, mal wieder einen anderen Menschen zu sehen!» – «Meine Rede!», kommentierte Nico grinsend und streckte dem Jungen seine Hand hin. «Ich bin Nico.» Der andere Junge schüttelte ihm lächelnd die Hand. «Hallo, ich bin Felix. Leslie, Olivia, kommt doch her. Er wird euch ja wohl nicht aufspiessen!»

Nico lachte: «Nein, keine Sorge! Das Schwert benutze ich nur gegen Monster! Ihr scheint keine Monster zu sein, soweit ich das beurteilen kann, auch wenn man nie sicher sein kann.» Während er das sagte, dachte er an Elis Worte: «*Du wirst morgen ein paar Leute treffen, die dir sehr sympathisch sind. Vor allem er. Denen kannst du vertrauen. Aber allen anderen Leuten, die du nachher triffst – falls du überhaupt welche triffst, ob sie nun sympathisch sind oder nicht – darfst du nicht trauen. Nicht mal, wenn du sie kennst.*»

Nun schienen auch die Mädchen langsam Vertrauen zu fassen. Die grössere kam auf ihn zu: «Hallo, ich bin Leslie. Tut mir leid, dass ich zuerst misstrauisch war, aber du hast ja selbst gesagt, dass man nie weiss, wem man vertrauen kann.»

«Natürlich! Ich hätte euch auch nicht vertraut, wenn mir nicht jemand heute Nacht noch gesagt hätte, dass ich den nächsten Menschen, die ich treffe, vertrauen kann. Aber vielleicht sollte ich euch mal warnen: Ihr werdet höchst wahrscheinlich Angst vor meinen Freunden haben. Nur keine Sorge, sie werden euch nichts tun! Bitte lauft nicht weg! Ich kann mit ihnen sprechen, ich verstehe auch, was sie sagen. Vermutlich werdet ihr denken, dass sie euch etwas tun wollen, aber das ist nicht so. Bitte, bitte lauft nicht weg! Ich habe schon seit… drei Wochen und fünf Tagen keine richtigen Menschen mehr gesehen!»

Leslie sah ihn mitleidig, aber auch unsicher an: «Wenn deine Freunde keine Menschen sind, was sind sie dann? Und warum hast du schon so lange keine Menschen mehr gesehen?» – «Weil ich davongelaufen bin, als die Mädchen verzaubert waren und gesagt haben, sie brauchen mich nicht. Und was meine Freunde angeht…», er fasste Felix am Arm, «du läufst nicht weg, ja?»

Felix sah ihn an: «Was deine Freunde auch sind, solange sie keine Monster sind und uns nicht angreifen, werde ich nicht abhauen! Versprochen! Aber du musst mir versprechen, dass du mir deine Geschichte erzählst. Und zwar nicht nur ab dem Punkt, als die Monster kamen. Von Anfang an. Ich habe da so ein Gefühl… Wir werden uns sehr gut verstehen. Du hast eine interessante Vergangenheit…»

Nico war überrascht. Er überlegte kurz. «Na schön», lenkte er dann ein, «ich werde dir meine Geschichte erzählen. Meine *ganze* Geschichte. Aber nur dir. Und nur unter der Voraussetzung, dass du mir auch deine Geschichte erzählst. Die ist auch sehr entsetzlich, das spüre ich. Also… Deal?»

Felix sah ihn lange an. Er schien zu überlegen, was Nicos Gefühl mit der verstörenden Geschichte bestätigte. Dann nickte er kurz, aber bestimmt. «Deal.»

Olivia und Leslie glotzten ihn fassungslos an: «Aber… du hast das noch nie jemandem erzählt! Die Professoren mussten selber herausfinden, was deine Geschichte ist, weil du nicht darüber sprechen wolltest!», stammelte Leslie schockiert. Felix nickte. «Das stimmt. Aber ich habe das Gefühlt, dass es sich lohnt, Nicos Geschichte zu hören. Das ist es mir allemal wert. Also, Nico. Abgemacht. Aber du erzählst zuerst.»

«Schön, mach ich», stimmte Nico zu. «Und jetzt stelle ich euch mal meine Freunde vor – ihr könnt rauskommen! Ich hoffe, ich habe die Angelegenheit geklärt, und sie werden nicht davonrennen!» In dem Moment als er fertiggesprochen hatte, traten die Tiger hinter den Büschen und Felsen hervor, sprangen von den Bäumen und kamen aus der Höhle.

Unglaubliche Geschichten

Felix schnappte nach Luft. Mit *Tigern* hatte er nun echt nicht gerechnet! Und... waren die Säbelzahntiger nicht ausgestorben? Offensichtlich nicht. Aber all die Tiger hier machten einen friedlichen Eindruck. Sie betrachteten die drei Kinder (Leslie, Olivia und Felix) neugierig, aber sie schienen nichts Böses im Sinn zu haben. Das war schon einmal gut.

Dann trat plötzlich eine junge Frau mit knielangen Haaren vor. Sie strahlte etwas aus... Macht. Sie schien sehr mächtig zu sein und trotz ihres jungen Aussehens hatte Felix das Gefühl, dass sie recht alt war. Warum er dieses Gefühl hatte, konnte sich Felix nicht erklären. Es war einfach *da*.

Aber bevor er noch länger darüber nachdenken konnte, spürte er, wie jemand an seinem Ärmel zog. «Komm, lass uns die Geschichten hinter uns bringen», flüsterte Nico. Er führte Felix in eine wunderschöne Höhle und erklärte ihm, dass dies früher der geheime Zufluchtsort der glühenden Hexen gewesen war – es hatte also tatsächlich einmal Hexen gegeben!

Nun sei diese Höhle gewissermassen ein Zuhause für Nico, Liumana (eine Säbelzahntigerin, wie Nico erklärte) und Silugana (die letzte glühende Hexe – *was*, es gab immer noch eine Hexe???) geworden. Nico führte Felix in) einen grossen, offenen Teil der Höhle und dann in eine durch einen Vorhang abgetrennte Nische, in der sich eine grosse Truhe und ein paar Betten befanden.

Dort liess er sich auf eines der Betten plumpsen und forderte Felix auf, «Platz zu nehmen»: sich auch auf ein Bett zu setzen. Felix gehorchte und sah Nico erwartungsvoll an. Er war gespannt, denn er vermutete wegen Nicos Verhalten, dass dieser auch keine einfache Kindheit gehabt hatte. Felix erkannte so

256

etwas sofort, da konnten die anderen es noch so gut verstecken. Er bemerkte dergleichen vermutlich dank seiner schweren Kindheit gleich. Wenigstens einen Vorteil hatte ihm diese grauenhafte Zeit gebracht.

Was Felix vor allem so schlimm fand, war nicht wirklich, dass Julia ihn so schlecht behandelt hatte, sondern, dass seine Schwester ihn gehasst hatte und, dass er seine Schwester gehasst hatte. Und – das hatte er nie jemanden auch nur *annehmen* lassen –, aber er hatte beim Tod seiner Eltern gar keine so grosse Trauer empfunden, wie es eigentlich logisch gewesen wäre. Julia schien viel mehr Mühe damit gehabt zu haben, obwohl sie immer wütend auf ihre Eltern gewesen war, weil diese Felix auch liebten. Tja, diese blöde Nuss!

«Soll ich anfangen, oder willst du lieber in Erinnerungen schwelgen?» Nicos leicht ungeduldige Stimme holte Felix in die Realität zurück. «Was? Ähh ja, bitte fang an. Sorry, ich war gerade in Gedanken woanders.»

«Ich hab's bemerkt», kommentierte Nico lachend. Dann holte er tief Luft und begann zu erzählen: «Also, was du vielleicht wissen solltest: Ich hab eigentlich keine richtigen Eltern. Meine Mutter ist Mutter Natur – bitte keinen Kommentar! Sonst verwirrt mich das, und dann hab ich keinen Bock mehr, weiterzuerzählen. Also, meine Mutter ist Mutter Natur. Das ist auch der Grund, warum ich keinen Nachnamen habe.

Ich wuchs also bei Pflegeeltern auf. Es ist ja auch gut, dass es Pflegeeltern gibt, aber meine ersten Pflegeeltern wussten um meine Macht in der Natur – über welche ich übrigens nicht mehr verfüge, weil ich sie für Liumana und mein Leben geopfert habe – lange Geschichte. Erzähl ich dir später.

Auf jeden Fall wussten diese Arschlöcher um meine sehr, sehr starken Fähigkeiten in der Natur. Ich weiss nicht, ob sie auch wussten, wer meine Mutter war, aber sie wollten sich meine Kräfte schamlos zunutze machen.

Sie baten mich, das Wetter so zu ändern, wie sie es wollten. Am Anfang tat ich das auch, aber ich bemerkte bald, dass das, was ich hier tat, nicht richtig war. Also hab ich mich geweigert, weiterhin Wetter und Natur zu ihren Gunsten und anderer Leute Schaden zu beeinflussen. Deshalb haben sie mich gehasst.»

«Und das haben sie dich wohl auch spüren lassen», vermutete Felix mitfühlend. «Ja, allerdings!», bestätigte Nico schmunzelnd. «Wenn ich jetzt daran zurückdenke, kommt mir manches lächerlich vor.» Dann wurde er wieder ernst. «Das meiste leider nicht.

Auf jeden Fall hab ich das alles Liumana erzählt, ich hab ihr jeden Tag erzählt, was passiert ist. Als ich vier Jahre alt war, schaffte es Liumana, den Jugendschutz zu verständigen. Frag mich nicht, wie, ich weiss es nicht! Ich meine, sie kann ja nicht einfach so den Leuten vom Jugendschutz von dem Problem erzählt haben.

Denn erstens ist sie eine Raubkatze, zweitens verstehen die Menschen kein Tigerisch, und drittens gilt ihre Spezies als ausgestorben. Naja, ich muss sie irgendwann mal fragen. Aber nicht jetzt, jetzt will ich deine Geschichte hören, wie versprochen.

Ach ja, ich hab dann natürlich neue Pflegeeltern bekommen. Diesmal nette. Luna kenne ich schon sehr, sehr lange, Nina nicht ganz so lang. Aber alles, was irgendwie mit den Monstern zu tun hat, erzähle ich später, wenn deine beiden Freundinnen auch dabei sind.»

«Okay, dann erzähle ich dir am besten mal meine Geschichte», begann Felix. Er hatte das Gefühl, dass er Nico alles erzählen konnte, auch die Tatsache, dass ihn der Tod seiner Eltern nicht so schwer getroffen hatte, wie man vielleicht dachte. Was allgemein eine schwere Kindheit anging, würde Nico ihn verstehen und nicht so wie andere wenn sie davon gehört hatten, entsetzt rufen: «Ach, du armer Kleiner! Das tut mir ja so leid!»

Naja,… «Kleiner» würde Nico wohl eher nicht sagen. Er schien nicht viel älter als Felix zu sein, jünger als Olivia auf jeden Fall. Aber auch sonst würde Nico ihn wohl eher verstehen.

Und da war noch etwas… Nico hatte Felix ohne grosses Zögern das Wichtigste erzählt und war dabei ziemlich locker gewesen. Felix bewunderte das. Immerhin war Nicos Geschichte auch nicht ganz ohne und Felix war beeindruckt, dass Nico so distanziert darüber sprechen konnte – auch wenn es schon lange her war.

Er überlegte. Natürlich würde er Nico von Julia erzählen, von dem Tod seiner Eltern – aber nicht *genau*, was passiert war –, er würde von seinem Leben ausserhalb von zu Hause und vom Labor erzählen. Aber seine Geheimnisse – abgesehen von eben diesem kleinen beim Tod seiner Eltern – blieben Geheimnisse.

Aber nun bemerkte er, dass Nico ihn ungeduldig anstarrte. Oh Mist, stimmt, Felix sollte wohl endlich mal mit Erzählen anfangen! «Entschuldigung… Ich… egal, ich fange jetzt an.»

Und so erzählte Felix Nico *seine* Geschichte. Er hielt sich nicht mit Details auf, wie zum Beispiel, *was* Julia so gemacht und gesagt hatte – solche Dinge hatte Nico schliesslich auch nicht erwähnt. Aber das mit den Eltern erzählte er ihm. Die Trauer, die nicht richtig eintreten wollte. Er erklärte auch noch kurz die Sache mit den Professoren und ihrem Labor und wie es im Labor mit den anderen Kindern gewesen war. Und was er schon wieder verloren hatte.

Als Felix geendet hatte sah Nico ziemlich schockiert aus. «Und du heisst ausgerechnet *Felix*! Heisst das nicht *Glück* oder sowas ähnliches? Passt auch super!» Felix lachte. «Allerdings! Ironie des Schicksals. Ich bin froh, dass du nicht mit *ach, das tut mir ja so leid für dich!* gekommen bist! Andere machen das immer, und es nervt so! Ich meine, ich erzählte das nie selber, das taten andere, aber deshalb war es nur noch schlimmer!»

Nico grinste. «Das kann ich mir vorstellen! Natürlich reagiere ich nicht so! Ich weiss zwar nicht, wie sich sowas anfühlt, niemand ausser den zuständigen Behörden, meinen Pflegeeltern, Liumana, Luna und mir wusste überhaupt davon, dass meine Pflegeeltern nicht meine richtigen Eltern sind.

Jetzt weiss es auch Silugana, ich verheimliche solches Zeug nicht vor ihr. Ich bin mir ziemlich sicher, dass Luna diese Sache Nina erzählt hat. Ich habe es jetzt dir erzählt. Und ausserdem wissen diverse Tiere – dazu gehören alle Samtsäbelzahntiger und vermutlich auch alle Liebestiger – wer meine wahre Mutter ist.

Aber so komische alte Tanten, die so reagieren würden, wissen nichts davon. Und das ist auch gut so. Aber nein, ich bin ja keine alte Tante, also reagiere ich auch nicht so», erklärte er kichernd, und Felix prustete los.

Die beiden redeten noch über dieses und jenes und freuten sich, endlich mal wieder mit einem gleichaltrigen Jungen zu reden. Immerhin waren sie vorher beide nur mit zwei älteren Mädchen unterwegs gewesen.

«Es war schon komisch», gab Felix zu, «bis vor der Monsterattacke waren immer noch andere Jungs da, und plötzlich war ich nur noch mit den beiden unterwegs. Ich meine, ich mag sie ja wirklich, aber ich bin mir sowas einfach nicht gewöhnt!» – «Na, ich war meistens mit Tieren in der Natur zusammen», erklärte Nico nachdenklich, «und wenn ich doch mal mit Menschen gesprochen habe, dann war das entweder in der Schule – Fragen beantworten, Gruppenarbeiten, und so weiter – oder zu Hause mit meinen Pflegeeltern. Freiwillig mit nicht viel älteren Menschen hab ich eigentlich nur mit Luna und Nina geredet.»

«War bei mir nie so», murmelte Felix. «Ganz unter uns, ich glaube, Olivia hat sich in mich verguckt! Sie versteckt es gut, aber diese Blicke, die sie mir verstohlen zuwirft, das sanfte Zittern, das durch ihren Körper geht, wenn ich sie berühre, ihre Verschwiegenheit, wenn wir bei Gesprächen irgendwie auf das Thema Liebe kommen... es ist verwirrend. Ich glaube nicht, dass Leslie wirklich etwas mit Sicherheit *weiss*, aber sie scheint starke Vermutungen zu haben – die sie weder mir noch Olivia mitteilt.»

Nico grinste: «Gut möglich, dass Olivia in dich verliebt ist. Immerhin scheint sie nur wenig älter als du, und du bist sanft, nett, keiner von diesen blöden Machos – das kann ich gut beurteilen, ich hab viele erlebt, die Nina verführen wollten. Nina hasst solche Typen. Aber wieder zu dir: Ich weiss ja auch nicht, warum, aber manche Mädchen finden es toll, wenn Jungs nicht so kurze Haare haben.»

«Jaaa, aber trotzdem... bis jetzt war noch nie jemand in mich verliebt. Ich weiss nicht, was ich davon halten soll.» – «Also in *mich* war noch nie jemand verliebt», erklärte Nico grinsend, «aber das ist auch logisch. Ich bin einfach unmöglich: Ich bin stur, ich kann manchmal ein echtes Baby sein, ich rede mit Bäumen und Tieren, ich mag normalerweise Menschen nicht, und ich will mit niemandem über meine Vergangenheit reden... hihi, ich bin, wie ich bin. Und deshalb hatte ich noch nie irgendwelche Probleme mit Liebe und dem ganzen Quatsch. Apropos Liebe: Warst du jemals verliebt, oder bist du jetzt verliebt?»

«Ach Quatsch, ich hab nix mit Liebe am Hut», grummelte Felix, «deshalb weiss ich ja auch nicht, was ich davon halten soll, dass Olivia möglicherweise in mich verliebt ist.» – «*Möglicherweise?*», fragte Nico ungläubig, «so, wie du es beschrieben hast, ist sie ziemlich sicher in dich verliebt!»

«Dann halt ziemlich sicher», seufzte Felix. «Ist doch auch egal. Ich weiss trotzdem nicht, was ich davon halten soll. Es ist verwirrend. Wir sind auf der Flucht vor Monstern und versuchen, nicht umgebracht zu werden, und die ist verliebt!»

«Das ist das Leben!», erklärte Nico grinsend, «vor allem Mädchen schaffen es, sich in den unmöglichsten Situationen in die unmöglichsten Typen zu verlieben – womit ich nicht sagen will, dass du unmöglich bist.

Aber vielleicht sollte ich dir erzählen, dass sich Luna mal in den Jungen verliebt hat, der ihr am vorherigen Tag ihr Lieblingskleid geklaut hat – und sie wusste genau, dass er es war! Ähh ja, Luna mag Make-up und schöne Kleider. Aber ja, deshalb ist das ja ein gutes Beispiel von Mädchen und Liebe: *unmöglich*!»

Felix kicherte. Das klang wirklich komisch. Und er wusste selber, dass Mädchen manchmal sehr verdreht sein konnten – Jungs zwar auch, aber die Mädchen waren meistens schwerer zu durchschauen – auf jeden Fall fand Felix das. Vielleicht lag das auch einfach daran, dass er ein Junge war. Er wusste es nicht.

«Vielleicht sollten wir mal rausgehen und den Mädchen und den Tigern – und natürlich auch Silugana – erzählen, was sie wissen wollen – natürlich nur, was wir erzählen wollen», überlegte Nico.

Felix nickte. «Das ist eine gute Idee. Du hast Recht, wir sollten sie nicht so lang warten lassen. Ich habe nur noch kurz über das mit den Mädchen nachgedacht...» – «Du scheinst ja ständig irgendwelchen Gedanken nachzuhängen. Finden das die Mädchen gut, weil sie dann über Mädchensachen reden können, oder blöd, weil du dann kaum ansprechbar bist?» – «Eher doof.» – «Bei mir wären sie vermutlich froh, wenn ich endlich mal den Mund halten würde, damit sie mal über Mädchenzeugs reden können, ohne dass ich die ganze Zeit motze, dass ich auch mitreden will und dass dieses Thema blöd sei.»

«Ach, du nervst die Mädchen oft?», fragte Felix amüsiert. Nico kicherte: «Manchmal habe ich das Gefühl, nur geboren worden zu sein, um die Mädchen zu nerven. Komm, gehen wir raus – die anderen Mädchen nerven.»

Felix kicherte: «Gut, gehen wir. Die werden sich freuen herauszufinden, dass wir uns doch nicht zu Tode gelabert haben!» Das brachte Nico zum Lachen.

Dann liefen sie endlich – beide noch grinsend – zum Höhlenausgang, wo die Mädchen schon ungeduldig warteten.

Quatschköpfe!

«Na, ihr habt aber auch lange gebraucht!», brummte Liumana genervt. «Tut mir ja leid, aber ich habe schon seit Ewigkeiten mit keinem Jungen mehr geredet!», verteidigte sich Nico.

«Was?», fragten Leslie, Olivia und Felix wie aus einem Mund. «Nichts, ich hab gerade mit Liumana geredet», antwortete Nico und zeigte auf Liumana – schliesslich wussten die Mädchen noch nicht, wer Liumana war.

«Oookay…», murmelte Leslie verwirrt. «Kannst du wirklich mit Tieren sprechen, oder bildest du dir das nur ein?» – «Also bitte, nur weil ich meine magischen Fähigkeiten verloren habe, heisst das noch lange nicht, dass ich mich nicht mehr mit Tieren unterhalten kann!», grummelte Nico genervt.

Liumana stupste ihn sanft an: «Sie können ja nicht wissen, dass du je magische Fähigkeiten hattest. Sie wissen nichts von deiner Mutter.» – «Ou stimmt, Tschuldigung. Meine Mutter ist die Natur, deshalb kann ich mit Tieren und früher auch mit Bäumen reden. Ich hatte auch ziemlich viel Macht über die Natur – also eigentlich über meine Mutter. Waaahhh! Ich darf nicht darüber nachdenken, sonst werde ich wahnsinnig. Auf jeden Fall hab ich diese Macht jetzt nicht mehr, aber mit Tieren kann ich immer noch reden.»

«Daran bin nur ich schuld!», murmelte Liumana bedrückt. «Das stimmt, du bist daran schuld, dass ich noch mit Tieren sprechen kann und auch daran, dass ich überhaupt noch lebe!», grummelte Nico. «Schon wieder vergessen, was ich dir über magische Fähigkeiten und Kinder der Natur erklärt habe?»

Liumana antwortete nicht, aber Nico wusste, dass sie sich noch immer Vorwürfe machte. Er legte die Hände sanft um ihren Hals und flüsterte: «Du hast mich gerettet. Ich hätte schneller reagieren müssen. Naja, dann wäre ich jetzt tot.»

Liumana hob den Kopf und sah Nico an: «Na gut, ich höre auf, mir Vorwürfe zu machen. Es passt mir zwar nicht, aber deine Logik mit Leben und Tod ist einfach zu logisch.»

Nico lachte: «Logischerweise ist Logik dafür da, logisch zu sein! Das ist ja logisch.» Nun mischte sich Silugana ein: «Könnt ihr bitte mal mit eurem Geschwätz über Logik aufhören, es wird langsam unlogisch!» – «Nein, es klingt nur unlogisch, es ist noch immer logisch. Aber du hast Recht, vielleicht sollten wir mit dem Gerede über Logik aufhören. Für die, welche die Tiersprache nicht verstehen, klingt das, was wir besprechen, bestimmt unlogisch», erwiderte Nico.

Liumana, Silugana und Nico brachen in schallendes Gelächter aus. «Der war gut!», keuchte Silugana mit Tränen in den Augen (weil sie so fest gelacht hatte).

«Was ist jetzt logisch?», fragte Felix verwirrt, «oder eben unlogisch?» Das brachte die anderen drei wieder zum Kichern. Schliesslich erbarmte Silugana sich und erklärte kurz, worüber sie geredet hatten. Und dann erklärte sie noch kurz, welchen Vorfall sie besprochen hatten.

«Oookay...», murmelte Leslie verwirrt. «Das klingt schon mal interessant. Könntest du, Nico, uns bitte mal erzählen, wie du in diese Situation geraten bist?» Nico erklärte kurz, dass seine Mutter wirklich die Natur war und er deshalb bei Pflegeeltern aufgewachsen war. Dass er diese einmal wechselte, verschwieg er.

Dann erzählte er, was seit dem Angriff der Monster passiert war. Ab und zu warf Silugana etwas ein, oder Liumana ergänzte etwas, was entweder Nico oder Silugana übersetzen musste. Liumana war frustriert, dass sie sich nicht direkt mit den Kindern unterhalten konnte.

Aber eigentlich fand sie es dann später praktisch, da sie alles Mögliche sagen konnte, ohne dass die drei Kinder es verstanden – wenn Nico oder Silugana es nicht übersetzten.

Als Nico geendet hatte, pfiff Felix anerkennend durch die Zähne. «Da hast du aber einiges erlebt! Definitiv Spannenderes als wir. Wir rannten nur in der Wildnis herum und hofften, nicht zu verhungern, nicht zu verdursten und nicht von Monstern gefressen zu werden. Und ab und zu haben wir ein Monster getroffen. Meistens entkamen wir unverletzt, aber…» Er zeigte Nico seinen linken Arm und entblösste eine lange Narbe an der Innenseite seines Unterarms, die sich von seinem Ellbogen bis zu seinem Handgelenk erstreckte.

«Autsch», kommentierte Nico, «das muss wehgetan haben.» – «Hat es auch. Aber es war glücklicherweise nicht vergiftet und ist ziemlich schnell gut verheilt.» – «Da hattest du aber Glück!», rief Silugana aus. «Die meisten Wunden, die von Monstern verursacht werden, rufen üble Schmerzen und teilweise sogar Lähmungen und bleibende Schäden hervor, selbst, wenn sie nicht vergiftet sind.»

Nico nickte. Er erinnerte sich nicht gern an den Zwischenfall mit seinem rechten Arm. Das hatte in der Tat ziemlich wehgetan. Er konnte sich noch sehr gut erinnern, wie das Monster seine Kralle in Nicos Arm gebohrt und nach unten gezogen hatte. Es war ein recht langer, ziemlich tiefer Schnitt und sehr, sehr schmerzhaft gewesen.

«Woran denkst du, Nico?», riss ihn Felix' Stimme aus seinen Gedanken. «Deinem Gesicht nach ist es kein schöner Gedanke.» – «Allerdings nicht», murmelte Nico, «ich habe gerade daran gedacht, wie mir dieses blöde Monster den Arm aufgeschlitzt hat.»

Silugana verzog angewidert das Gesicht: «Es war echt nicht schön, das kann ich dir sagen! Tut mir leid, wenn euch jetzt schlecht wird, aber ich sollte dir vielleicht sagen, dass das Monster sogar über deinen Knochen gekratzt hat, so tief war der Schnitt!»

Olivia wurde bleich. Nico war nicht ganz so schockiert; wenigstens erklärte das, warum es so unmenschlich wehgetan hatte. Aber es war trotzdem ekelhaft. Leslie runzelte die Stirn und besah sich Nico genauer. Seltsamerweise verzog auch Felix keine Miene, während er Nicos rechten Oberarm betrachtete. Nico fragte sich, woher Felix wusste, welcher Arm es gewesen war. Und Felix' Blick schien durch Nicos Rüstung hindurch die verheilte Wunde zu sehen.

Liumana schien von Siluganas Neuigkeiten nicht überrascht. «Ich hab es kurz gesehen», knurrte sie, «also, ich habe den Knochen gesehen. Ich glaube, wenn ich ein Mensch wäre, hätte ich mich übergeben müssen. Es war echt kein schöner Anblick.»

Jetzt verzog Felix leicht das Gesicht – er hatte zwar Liumana wohl nicht verstanden, aber er reagierte auf das vorher Erwähnte: «Autsch. Das muss echt wehgetan haben! Aber vielleicht sollte ich… okay, zurück zu unserer Geschichte: Ein- bis zweimal haben wir es geschafft, dass ein Monster von einer Klippe in seinen Tod stürzte. Aber sonst…»

«Das ist doch grossartig», unterbrach Nico, «immerhin hattet ihr weder magische Fähigkeiten noch irgendwelche anderen Waffen.» Er tastete nach seinem Schwert. Den restlichen Tag lang redeten sie über alles Mögliche, und die Mädchen erzählten ihre Lebensgeschichten – kurz zusammengefasst, da vermutlich beide nicht gerne darüber sprachen.

Silugana grub noch ein paar Schwerter, Dolche, Wurfmesser, Speere, Pfeile und Bögen aus, und die drei Neulinge durften sich eine Waffe aussuchen. Da sie sich nicht entscheiden konnten, liess Silugana sie alle Waffen reihum ausprobieren.

Schliesslich entschied sich Leslie für ein Schwert und ein paar Wurfmesser. Olivia nahm zwei lange, gebogene Dolche und Felix wählte Pfeil und Bogen, da er den Nahkampf nicht mochte – er meinte, *eine* Narbe sei seiner Meinung nach genug. Allerdings glaubte Nico nicht, dass das der eigentliche Grund für Felix' Wahl war.

Silugana versprach Leslie und Olivia, sie zu trainieren, erklärte aber, dass sie selbst eine Niete im Bogenschiessen war. Da warf jedoch plötzlich Limanoli ein, dass er gut im Bogenschiessen sei, was Nico für Felix übersetzte – ja, ein Säbelzahntiger, der gut im Bogenschiessen ist. Tiere gibt's! Auf jeden Fall bot Limanoli an, Felix das Bogenschiessen beizubringen. Das fanden alle eine gute Idee, auch wenn sich die beiden durch Zeichensprache verständigen müssten, da Silugana die Mädchen trainieren und Nico selber noch üben würde.

Nachdem sie das alles besprochen hatten, gab es Abendessen. Silugana hatte Früchte und Fleisch aus ihrem Vorratsschrank geholt. Die Tiger und Säbelzahntiger (ausser Liumana) suchten sich selber etwas zu fressen.

Als sie gegessen hatten, sagte Silugana: «So, jetzt aber ab ins Bett mit euch, Jungs! Ihr seid noch klein und braucht Schlaf. Und ausserdem wollen wir mal einen Mädelsabend machen. Das haben wir abgemacht, während ihr mit Limanoli gesprochen habt.»

«Und wir werden mal wieder nicht gefragt!», grummelte Nico, «komm Felix, ich will nicht mit dieser hartnäckigen Hexe streiten. Vor allem nicht, weil die anderen diese Idee auch super finden. Grummel! Mädelsabend! Hmpf!»

Er lief grummelnd in die Höhle und Felix lief ihm hinterher. «Und schwatzt nicht mehr lange!», rief ihnen Silugana noch hinterher. «Sonst seid ihr morgen müde!»

Als sie in der Höhle, waren, liess Nico sich auf sein Bett fallen. «Natürlich müssen sie jetzt noch schwatzen, während wir schlafen sollen! Ich sag dir was: Nicht wir sind die, die morgen müde sind. Die Mädels werden nicht aus den Federn kommen. Aber gut, nicht mein Problem. Hattest du schon jemals Pfeil und Bogen in der Hand?»

«Nein», antwortete Felix. «Ich hoffe, ich lerne das schnell! Es wäre doof, wenn Monster angreifen, und ich schiesse auf euch und die Tiger!» Nico kicherte. «Ich würde sagen, du brauchst dir keine Sorgen zu machen», beruhigte er Felix, «ich weiss zwar nicht, wie das beim Bogenschiessen ist, aber ich hatte vorher noch nie ein Schwert in der Hand und hab es ziemlich schnell gelernt. Es war eigentlich einfach. Und ich war am Anfang schrecklich schlecht. Du wirst das Bogenschiessen schnell lernen. Mach dir keine Sorgen. Du packst das schon!»

«Danke. Dann hoffen wir mal das Beste.» Die beiden redeten noch ein bisschen miteinander, dann meinte Felix: «Jetzt sollten wir vielleicht wirklich mal versuchen, zu schlafen. Ich will Silugana keinen Grund zum Schimpfen geben.»

«Du hast Recht», seufzte Nico, «ich will mich nicht mit dieser Hexe anlegen, am Ende verzaubert sie mich noch! Das wäre nicht gerade lustig! Also, gute Nacht.» – «Gute Nacht.»

Zu seinem Erstaunen lag er nicht mehr lange wach, sondern schlief schon nach ungefähr zehn Minuten ein. Er hatte nicht mal seltsame Träume. Er konnte sich zwar nachher nicht mehr erinnern, *was* er geträumt hatte, aber wenn es was Wichtiges gewesen wäre, würde er sich ja wohl noch daran erinnern!

Am nächsten Morgen fiel Nico aus dem Bett, weil er sich beim Strecken zu weit zur Seite gerollt hatte. Toller Tagesstart! Nico stand verdattert auf und sah sich um. Felix wachte auch gerade auf. Die Frauen und Mädchen waren nicht da. Waren sie draussen eingeschlafen? Oder waren sie in die Höhle gegangen und dort eingeschlafen?

Nun stand auch Felix langsam auf und rieb sich die Augen. Nico sah ihn an: «Guten Morgen. Kommst du mit, die Mädels suchen? Sie sind nämlich, wie du siehst, nicht hier. Entweder sind sie woanders in der Höhle oder draussen. Und draussen wäre schlecht. Na, fest steht auf jeden Fall, dass sie so lange geschwatzt haben, bis alle eingeschlafen waren – ausserhalb der Betten!»

Lange brauchten sie nicht zu suchen: Alle lagen zusammen und aufeinander in der Sitzecke, in der noch immer die zerfetzten Kissen, die Silugana um jeden Preis behalten wollte, lagen, und in der jetzt auch der Tisch stand.

«Aha.» Nico lief hinüber und verschränkte die Arme: «Wir sind also diejenigen, die heute verschlafen? Das seh ich aber anders. Und das meine ich wortwörtlich; ich *sehe* euch hier schlafen. Offenbar seid ihr ja diejenigen, die heute verschlafen.»

Er lief hinüber, schob Leslie von Liumana hinunter und zog an Liumanas rechtem Säbelzahn. Er wusste, dass Liumana das hasste und dass sie davon sehr wahrscheinlich aufwachen würde. Und es funktionierte. Liumana fuhr aus dem Schlaf hoch und schnappte nach ihm. Nico zuckte zurück und hob die Hände. «Hey, ich bin's doch! Nico.»

«Du weisst genau, dass ich das hasse, Nico!», knurrte Liumana. Felix wich besorgt zurück. Klar, er verstand die Tiersprache nicht. Für ihn, Leslie und Olivia klang alles, was die Tiger sagten, wie Knurren. Und wenn dann ein Tiger auch in ihrer Sprache knurrte, dann musste das ziemlich unheimlich klingen.

Und ausserdem starrte Liumana Nico böse an. Nico war sich so etwas gewohnt, aber Felix nicht. «Ich weiss, dass du das nicht ausstehen kannst, aber es ist schon Tag! Und du sagst immer, dass der Tag zu schön zum Verschlafen ist! Und überhaupt, Silugana hat gestern noch gesagt, dass wir heute müde seien, wenn wir noch schwatzen. Aber ihr habt länger geschwatzt, also seid ihr auch entsprechend müder. Weisst du, wie man Silugana wecken kann?»

«Zieh sie an den Haaren», gähnte Liumana, «so kannst du sie wecken. Aber ob du nachher wirklich mit ihr reden kannst, weiss ich nicht. Hängt davon ab, ob sie dich gleich verhext oder nicht.» Dann schlief sie wieder ein.

«Na super!», grummelte Nico. «Felix, bring dich in Sicherheit. Ich versuche jetzt, Silugana aufzuwecken und hoffe, dass sie mich zum Dank nicht verhext.»

Banküberfall

Es war der fünfte Tag seit Nina und Luna Jill und Amanda getroffen hatten. Bis jetzt hatten sie ab und zu einen Schuppen angezündet, aber vor allem geplant. Heute war der grosse Coup.

Nina war aufgeregt. Sie hatte noch nie eine Bank überfallen. Das war gegen das Gesetz. Aber hier in Nullilula hatte Nina keine Gewissensbisse. Die Nullilulaner waren Verbrecher. Hier musste man keine Gesetze beachten. Einfach nicht.

Der Plan war fertig. Sie würden heute Nacht angreifen, wenn es dunkel war. Sie würden die Bankangestellten mit Bomben bedrohen, etwas Geld zum Spass klauen und die Bank schlussendlich in die Luft jagen.

Nur langsam wurde es dunkel. Wenn es doch nur schneller dunkel würde! Nina hatte Angst, erwischt zu werden, aber sie wollte den Nullilulanern eins auswischen. Und sie hatten ja immerhin Bomben. Und jede Menge Handgranaten, die Jill und Amanda aus dem Waffenlager der Nullilulaner gestohlen hatten.

Als es endlich vollständig dunkel war, schlichen sie zur Bank. In der letzten Nacht hatten Jill und Luna dort jede Menge Bomben angebracht, die sie auf Knopfdruck explodieren lassen konnten. Sie hatten auch eine Warnbombe angebracht. Oder besser zwei. Eine war etwas besser versteckt als die andere.

Wenn die Nullilulaner eine fanden, dann suchten sie nach anderen. Dann würden sie die weniger gut versteckten Bomben finden. Und dann dachten sie, die Bank wäre in Sicherheit.

Sie hätten dann die Illusion, dass sie die Mädchen erwischen könnten. Und dann wäre die Überraschung umso grösser, wenn die Mädchen dann doch noch Bomben zünden würden. Andererseits waren die Nullilulaner natürlich gewarnt, wenn sie die

Bomben fanden. Und sie könnten eine Falle stellen. Aber die Mädchen waren vorbereitet, sie hatten Dolche, Messer, Pistolen und Handgranaten dabei, plus die Fernbedienung für die Bomben und zwei Bomben, um den Bankleuten zu zeigen, was sie vorhatten. Natürlich hatten sie auch bestimmte, ganz fiese Sprengkörper im grossen Tresor angebracht[9]. Diese Bomben würden das meiste Geld einfach schmelzen lassen, und dann wäre es nichts mehr, ausser einer Metallpfütze.

Natürlich konnte Luna sowas auch durch ihre magischen Fähigkeiten erreichen, aber ihre Kräfte sollten für Notfälle geschont werden, und die Nullilulaner wussten nichts von Lunas Fähigkeiten.

Diese Bomben würden das ganze Metall schmelzen, aber es wurde nach der Explosion gleich wieder fest und konnte nicht mehr geschmolzen werden. Die Nullilulaner liebten Geld über alles, das hatten die Zwillinge (Jill und Amanda) in ihrer Zeit hier in Nullilula herausgefunden.

Das war auch der Grund, warum die Mädchen die Bank überhaupt überfallen wollten; sie wollten den Nullilulanern schaden. Die Mädchen konnten das Geld nicht brauchen, wofür auch? Immerhin wurden sie überall gesucht.

Und sie waren Mädchen. Wenn Mädchen gesichtet wurden, wurden sie ins Überwindungsmain gesteckt. Also, einkaufen konnten die Mädchen sowieso nicht. Aber sie wollten das Gold

---

[9] Die Nullilulaner waren so blöd, das meiste Geld in einem grossen Tresor unterzubringen. Allgemein war ihre Logik echt seltsam. Sie hatten kein fliessendes Wasser und auch kein elektrisches Licht, aber elektrische Wände und Waffen, die viel weiterentwickelt und viel gefährlicher als alle Waffen in der normalen Welt waren.

stehlen, da das Gold nach dem Überfall das Einzige noch Brauchbare war.

Und genau das wollten sie den Nullilulanern wegnehmen. Sie wussten, dass die Nullilulaner Goldsensoren hatten, aber Jill, die sich mit solchen Sachen ausserordentlich gut auskannte, hatte alle, wirklich *alle* Sensoren in Nullilula so manipuliert, dass sie statt Gold Müll aufspürten.

Wie sie alle gefunden hatte? Nun, die Mädchen hatten zwei dieser Sensoren gestohlen, und Jill hatte einen von denen so manipuliert, dass er alle Sensoren fand. Ausserdem hatte Amanda durch sorgfältige Recherche (Beobachtungen, belauschte Gespräche, Einbruch in die geheimen Archive, usw.) herausgefunden, dass die Nullilulaner nur zwei Anleitungen zum Bau von den Sensoren hatten – eine im Hauptteil des Waffenlagers und eine im grossen Safe. Diese würde bei der Explosion natürlich zerstört werden. Die andere Anleitung… Naja, Jill und Amanda waren schon oft in ein Waffenlager eingebrochen. Und als sie genau wussten, wo sich die Anleitung befand, haben sie sie einfach schnell geklaut. Darin waren sie jetzt wohl Profis.

Apropos Safe: Nina hatte Luna und Jill natürlich gefragt, wie sie hineingekommen waren und wie sie die Bomben platziert hatten, ohne dass sie von den Nullilulanern bemerkt worden waren. Luna hatte geantwortet: «Nun, wir wussten ja, wo die Hintertür ist. Ich habe die Schlösser der Hintertür aufgelöst, und wir sind hereingeschlichen, wo wir prompt von einem Wachposten erwischt wurden. Jill hat ihn niedergeschlagen.»

An dieser Stelle hatte Nina seufzend eingewendet, dass sie, wenn sie dabei gewesen wäre, den Wachposten hätte verwirren können. Amanda hatte aus dem Hintergrund gerufen, dass sie ihn doch wenigstens hätten hypnotisieren können. Darauf hatte Jill geantwortet, dass sie erstens keine Zeit gehabt hatten, und dass sie das zweitens nicht konnte.

Amanda konnte das, weil sie sich mit der menschlichen Psychologie befasst hatte. Sie und Nina hatten schon bei den Vorbereitungen bemerkt, dass sie sich beide für Psychologie interessierten. Nina hatte auch bemerkt, dass Jill eher die draufgängerische, starke Schwester war, während Amanda am liebsten ewig plante. Sie wusste auch sehr viel. Nicht, dass Jill dümmer als ihre Schwester war, überhaupt nicht; sie setzte ihre Intelligenz einfach anders ein. Sie kannte sich zum Beispiel sehr gut mit Technologie aus.

Auf jeden Fall hatte Luna dann den Faden wieder aufgenommen: «Wir sind durch alle Türen und so gut durchgekommen, da ich die Schlösser einfach auflösen konnte. Wenn wir mal eine Wache sahen, hat Jill sie niedergeschlagen.

Einmal sahen wir gleich mehrere, die ungefähr zehn Meter entfernt waren. Allerdings hatten wir Glück; sie standen direkt unter einer an der Decke aufgehängten Kiste voller Gold. Ich habe die Halterung aufgelöst und die Männer… die Männer…»

«Die Männer wurden zermantscht», beendete Jill den Satz für sie, «dann hat Luna alles Gold in der Kiste aufgelöst, bis auf vier kleine Goldbarren, die wir mitgehen liessen, weil sie so schön waren. Schaut, hier.»

Sie zog zwei kleine Goldbarren mit kleinen eingravierten Bildern von Schlachten und Folter aus der Tasche. Nina mochte ja Schlachten und Grausamkeiten nicht, aber sie musste zugeben, dass es Verschwendung gewesen wäre, diese grauenhaften Kunstwerke zu zerstören.

Leicht genervt hatte Luna dann weitererzählt: «Als wir endlich beim grossen Safe angekommen waren, habe ich kleine Teile der Wände aufgelöst, so weit in den Safe hinein, dass nur noch ein Zentimeter Wand zwischen den Bomben und dem Geld war.

Dann haben wir die Löcher mit Gips, den Jill natürlich dabeihatte – Amanda hat ja vor unserem Aufbruch extra nochmal kontrolliert, dass wir alles haben –, verstopft, und dann sind wir wieder rausgeschlichen – wobei Jill noch ein paar Wachen bewusstlos schlagen musste.

Beim Rausgehen haben wir die Alarmanlage ausgelöst, weil wir Gold dabeihatten, konnten aber abhauen, bevor die Nullilulaner herausfanden, wer da in ihre Bank eingebrochen war. Uns haben sie gar nicht im Verdacht, da Mädchen ihrer Meinung nach *zu dumm, zu ängstlich und zu unselbständig dafür* seien.»

Das war Lunas (und Jills) Bericht, wie sie die Bomben am Tresor mehr oder weniger unbemerkt angebracht hatten. Die anderen Bomben waren einfach gewesen. Schliesslich hatten die Mädchen Pläne, wo sie die Bomben anbringen wollten, und Jill und Luna brauchten nur zwanzig Minuten herumzurennen, um die vierzig Bomben anzubringen – wenn sie sich aufteilten, was von Anfang an der Plan gewesen war.

Also, der erste Teil des Plans, die Bank zu überfallen, war gut gelaufen (die Vorbereitung). Jetzt musste nur noch der zweite Teil (der Überfall) und der dritte Teil (die Flucht) gut laufen, dann hatten sie den Nullilulanern ordentlich eins ausgewischt.

Endlich war es vollständig dunkel und es konnte losgehen. Die vier Mädchen hüllten sich in schwarze Umhänge, die Jill und Amanda aus den Kleidungsvorräten zufälliger Nullilulaner gestohlen hatten. Dann schlichen sie im Schutz der Dunkelheit Richtung Bank.

Als sie dort angekommen waren, traten sie durch die schwer gesicherte Türe. Zuvor aber hatte Amanda darauf bestanden, dass alle nochmals ihre Waffenvorräte kontrollierten. Sie war besorgt, dass der ganze Plan möglicherweise daran scheitern würde, dass eine von ihnen eine Handgranate oder ein Messer, eine Pistole, halt einfach irgendeine Waffe zu wenig hatte. Widerwillig gingen Jill und Luna ihre Vorräte durch.

Nina verstand, was Amanda meinte. Die anderen beiden Mädchen waren einfach zu stürmisch. Sie hatte Luna bis jetzt noch nie so unvorsichtig und unbedacht erlebt. Jills Anwesenheit tat ihr offenbar nicht gut

Nun hatten endlich alle ihre Waffen gezählt, und sie hatten bemerkt, dass Luna zwei Granaten zu wenig und Jill keine Munition mehr in ihrer einen Pistole hatte. Auch die zweite war leer.

«Na also!», zischte Amanda gereizt. «Was, wenn du hättest schiessen müssen und erst dann bemerkt hättest, dass du schon all deine Munition an den Vortagen verschossen hast, Jill? Und du, Luna: Ich hab genau berechnet, wie viel Munition jede braucht, um sich im Notfall zu unserem geheimen Treffpunkt durchzusprengen. Wenn du zu wenig Handgranaten hast, kommst du möglicherweise nicht hin, und dann hast du den Salat!»

Luna und Jill hoben die Hände: «Okay, okay, entschuldige Amanda, du hattest Recht», erklärten beide. «Ich bin eben aufgeregt», fügte Luna hinzu, «das hier ist immerhin mein erster Banküberfall.»

«Das ist für uns alle der erste Banküberfall», flüsterte Amanda, «genau deshalb ist es wichtig, dass wir genau kontrollieren, ob wir alles haben. Wenn wir aufgeregt sind, vergessen wir schnell was. Ich dachte mir schon, dass ihr zwei Hühner was vergessen werdet, deshalb hab ich noch Extravorräte eingepackt. Hier.»

Sie reichte Jill neue Munition und Luna zwei Handgranaten. Dann verteilte sie an alle vier noch Ersatzmunition mit der Erklärung, dass man sich nie in Sicherheit wiegen sollte. Und was, wenn sie viele Leute aus dem Weg schiessen müssen, weil ihnen eine halbe Armee entgegenkommt, und sie hatten mitten im Gefecht keine Munition mehr? Dann sässen sie ganz schön in der Patsche.

Ausserdem hatte Amanda, bevor sie gegangen waren, darauf bestanden, dass alle noch ein einigermassen langes Messer oder einen Dolch einpackten. Damit konnte man Leute lautloser ermorden und war auf kurze Distanz viel treffsicherer als mit einer Pistole. Immerhin konnte man es dem Feind direkt ins Herz rammen.

Nun traten alle gut vorbereitet in die Bank ein. Sie waren noch immer vermummt, weshalb sie niemand aufhielt. Vermutlich hielten die Bankangestellten sie für irgendwelche Boten, die Geld überbringen oder abheben mussten und nicht erkannt werden wollten. Na, wenn die Boten so gekleidet waren, dann hatten Jill und Amanda genau die richtigen Nullilulaner beraubt.

Alle Wachen liessen sie, ohne zu fragen, durch, und dann bot sich sogar einer an, sie sofort in den Hauptraum zu eskortieren. An seinem Blick und seiner Stimme erkannte man sofort, dass er sich bei den «wichtigen Boten» wichtigmachen wollte. Aber gut, er kam ihnen grad gelegen. Die Mädchen wussten nämlich schon, wo der Hauptraum war, aber niemand ausser Amanda hatte die Pläne so genau studiert, dass sie sie auswendig konnte. Und auch Amanda musste öfters überlegen. Wenn sie immer wieder stehen blieb, würde das bei den Wachen Verdacht erregen. Wichtige Boten wussten den Weg zum Hauptraum, dem «wichtigen» Raum, doch in- und auswendig!

Also nickte Jill, und der Mann führte sie in den Hauptraum (das Sitzungszimmer), wo er sich dann verabschiedete, um wieder auf seinen Posten zu gehen. Die Mädchen sahen sich um. «Nanu, wir erwarten doch gar keine Boten!», rief ein junger Mann am Empfangstresen erstaunt aus. Auch die anderen Männer sahen sich nun überrascht nach den vermummten, mysteriösen und für die

Nullilulaner unheilvollen Neuankömmlingen um – auch wenn die nicht wussten, dass die «Boten» unheilvoll für sie waren.

«Wir kommen mit einer dringenden Nachricht», flüsterte Jill, «verschliesst die Türen, es ist streng geheim!» Das war ein kluger Schachzug, denn so konnten sie den Überfall besser durchführen. Und durch das Geflüster dachten die Männer erstens, es sei wirklich sehr geheim, und hörten zweitens nicht, dass Jill kein Mann war.

Als alle Türen verschlossen waren, sahen die Männer die Mädchen neugierig an: «Was gibt es denn so Wichtiges, dass es nicht mal unsere vertrautesten Wachen wissen dürfen?»

Statt einer Antwort hob Luna unmerklich die Hand, und die Schlüssel lösten sich auf. Der Mann, der sie hielt – der junge Mann, der sich vorher über die «Boten» gewundert hatte – schrie entsetzt auf: «W-was soll d-das d-denn? Das kann doch nicht wahr sein! Aus was für einem Material sind denn diese Schlüssel gemacht?»

«Aus massivem Gold!», fluchte ein älterer Mann, «da ist was faul! Ist irgendwelche Säure in der Nähe, die Gold, aber keine menschliche Haut zersetzt? Denn seine Hände scheinen ja okay zu sein.» – «I-ich hab ü-überhaupt n-nichts ge-gespürt», stotterte nun der junge Mann, «e-es war n-nicht mal warm!»

«Es ist auch komisch, dass die Schlüssel gänzlich verschwunden sind!», wunderte sich ein dritter Mann, «das muss eine ganz neuerfundene Säure sein.» Dann hob er die Stimme: «Falls ihr uns das sagen und auch gleich vorführen wolltet, Boten, dann hoffe ich doch sehr, dass ihr auch ein Mittel zur Wiederherstellung der Schlüssel habt. Denn sonst sind wir hier eingeschlossen.»

Luna hatte die Schlüssel nicht ganz aufgelöst, das konnte sie gar nicht. Es gab immer eine «Pfütze». Aber sie hatte Teile des Bodens aufgelöst und dafür gesorgt, dass nichts mehr an der Hand des Mannes war. Dann war das Gold im Boden verschwunden. Da Luna nur Löcher in den Boden gemacht hatte, sahen die dummen Nullilulaner die Löcher auch nicht. Sie dachten tatsächlich, das Gold habe sich gänzlich aufgelöst.

Nun gab Amanda das Zeichen, und alle vier schoben sich die Kapuze vom Kopf. Die Männer starrten sie fassungslos an: «Da-das kann… nicht sein!», kreischte der ältere Mann, «die Mädchen!» – «Ich hab's euch doch gesagt!», kam nun eine Stimme aus dem Schatten. Dann trat ein Mann aus dem Schatten hervor und Nina stockte der Atem: Es war William! «Schnappt sie euch! Albert, Henrich und Jagolan, nehmt sie fest. Sie sind Mädchen, sie werden sich nicht allzu sehr wehren. Ihr solltet das schaffen. Ihr habt doch die Handschellen, oder?»

Zwei Männer zogen fies grinsend Handschellen aus der Tasche und kamen auf die Mädchen zu. Aber es waren nur zwei Männer. Was machte denn der Dritte so lange? Genau das Gleiche schien sich William auch zu fragen. «Was zögerst du denn so lange, Jagolan?», blaffte er den jungen Mann von vorher ungeduldig an, «na los, hopp! Ich will die Mädchen in Ketten sehen!»

«Moment!», rief Nina. «Nur nicht so hastig!» Dabei musste sie ein Lachen unterdrücken, da ihr gerade auffiel, dass sie wie Baumbart geklungen hatte. «Es täte uns sehr leid, eure Bank zu zerstören, aber wir werden es tun, wenn ihr nicht genau tut, was wir sagen!»

William grinste nur hämisch: «Wir haben eure kleinen Bomben gefunden. Los Henrich, zeig sie ihnen! Und jag, nur, damit sie wissen, mit wem sie es zu tun haben, ihre Müllgasse in die Luft!» – «Mit Vergnügen!», erwiderte Henrich hämisch grinsend, «die werden uns nicht so schnell wieder unterschätzen!» Er steckte die Handschellen zurück in die Tasche und hievte mit beiden Händen einen Sack hinter dem Tresen hervor, welchen er dann auch auf dem Tresen ausleerte.

Insgesamt waren zehn Bomben drin, alle mit einer Hülle aus Metall. Nina war erleichtert: Das waren die weniger gut versteckten Bomben, der Köder sozusagen, denn die gut versteckten Bomben hatten eine Hülle aus Bronze. Von den Bronzebomben, wie die Mädchen sie gerne nannten, hatten Luna und Jill siebenundzwanzig versteckt, ausserdem drei Warnbomben und eben auch die vier Auflösebomben im Tresorraum.

Nachdem er alles ausgeleert hatte, drückte Henrich auf den Knopf einer Fernbedienung, die genauso aussahen, wie diejenigen, welche die Mädchen benutzen würden. Alle Mädchen schrien auf, jammerten und beschimpften die Nullilulaner – nicht, weil sie ihr Versteck in die Luft gejagt hatten, aber das sollten die Nullilulaner glauben. Denn dann dachten sie, dass das ein schwerer Schlag für die Mädchen sei, auch wenn sie entkamen, und kümmerten sich um ihr Geld.

Das hatten sich die Mädchen überlegt, bevor sie losschrien. William grinste bösartig und erteilte nochmal den Befehl: «Nehmt sie fest! Und ich möchte dich nicht wieder zögern sehen, Jagolan! Sonst werde ich böse!» Doch bevor die Männer überhaupt nach den Handschellen greifen konnten, flog hinter ihnen eine Kiste voll Goldbarren in die Luft. Luna hatte den ersten Auslöser gedrückt.

«Wir haben noch jede Menge Bomben versteckt», warnte sie, «wenn ihr nicht tut, was wir wollen, fliegt eure kostbare Bank mitsamt eurem wertvollen Geld in die Luft! Und wir haben Auflösebomben beim Tresorraum versteckt. Das heisst: Eine falsche Bewegung, und euer kostbares Geld ist weg!»

Damit schien keiner der Nullilulaner gerechnet zu haben, nicht einmal William. Sie glotzten die Mädchen fassungslos an. Dann fing William an, zu lachen: «Hahaha! Hahaha! Die bluffen doch nur! Hahaha! Wir haben zu ihrem Glück eine Bombe nicht erwischt, und die denken, dass sie uns damit einschüchtern könnten! Hahaha!»

Nun stimmten auch die anderen Nullilulaner erleichtert in sein Lachen ein. Wenn ihr Anführer das dachte, dann war es so. Alle Nullilulaner lachten – alle ausser einem. Jagolan sah die Mädchen unsicher an. Er schien sie – im Gegensatz zu den anderen Nullilulanern – nicht zu unterschätzen. Nina wusste nicht, was sie von dieser Erkenntnis halten sollte.

Aber jetzt hörte sie plötzlich zwei gedämpfte Knalle. Darauffolgend hörte man dumpf, wie Räume einstürzten. Die Nullilulaner hörten auf zu lachen und sahen erschrocken auf.

Luna grinste böse: «Das waren gerade zwei von euren Goldlagerkammern. Ihr seht also, wir bluffen nicht. Wir haben noch viele Bomben versteckt und werden dieses Gebäude in die Luft jagen und euer Geld im grossen Tresor auflösen oder schmelzen, je nach Art der Bomben. Aber jetzt zu unserem Deal: Lasst uns in Frieden leben und gebt uns vier Goldbarren im Wert von tausend Goldmünzen. Also jeder soll so viel wert sein. Insgesamt im Wert von viertausend Goldmünzen.» Sie grinste selbstgefällig. «Noch Fragen?»

«Ja», knurrte William und sein Gesicht war rot wie eine Tomate, «warum sollen wir das tun? Warum sollen wir euch nicht wieder einsperren, oder, falls ihr uns das nicht tun lasst, umbringen? Ihr seid einfach zu dumm für uns, ihr Mädchen! An sowas habt ihr wohl gar nicht gedacht, hä?»

«Ich erklär dir mal, wer hier dumm ist», entgegnete Amanda entnervt: «Du bist der Dumme hier! Wofür haben wir wohl Bomben versteckt?! Genau, um sowas zu verhindern! Wenn ihr auch nur *versuchen* sollet, uns zu fangen oder umzubringen, dann fliegt hier das ganze Gebäude in die Luft! Klar, wir könnten dabei auch sterben. Aber das wäre es doch wert, nicht wahr, Mädels?»

Die anderen Mädchen jubelten zustimmend: «Wenn wir schon sterben, dann nicht, ohne euch eins ausgewischt zu haben!» – «Das wird ein Spass! Mir doch egal, ob wir dabei draufgehen!» – «Wenn wir bei der Explosion draufgehen, dann wirst du sehr wahrscheinlich auch sterben, William, also überleg dir gut, was du jetzt tust!»

William glotzte sie an: «Das werdet ihr nicht tun! Ihr Mädchen könnt sowieso kein Blut sehen! Und ausserdem habt ihr viel zu viel Angst vor dem Tod! Ich wette, ihr würdet euch schon bei der blossen Vorstellung von Leichen übergeben! Hahaha!»

Nina und Amanda zogen gleichzeitig ihre Pistolen und gaben gleichzeitig einen Schuss ab. Henrich und Albert sanken, ins Herz oder in den Kopf getroffen, zu Boden und blieben dort reglos liegen.

William glotzte die Mädchen erneut fassungslos an. Dann wandte er sich an die Bankangestellten und befahl tonlos: «Gebt ihnen die Goldbarren.» Und flüsternd fügte er hinzu: «Und verständigt die Wachen!» Ha! Als ob die Mädchen das nicht gehört hätten! Diese arroganten Kerle würden noch staunen!

Endlich mal Ruhe!

Felix sah bange zu, wie Nico zu Silugana hinüberlief. Hoffentlich liess Silugana nicht irgendeinen üblen Zauber los. Vor allem hoffte Felix, dass sie Nico nicht verzauberte – die Jungs verstanden sich supergut, vor allem, weil sie beide eine Zeitlang nur zwei ältere Mädchen als Gesellschaft gehabt hatten. Und natürlich fanden es beide super, endlich mal wieder mit einem gleichaltrigen Jungen zu sprechen.

Nico hatte Felix gestern erzählt, dass er zwar normalerweise eher wenig mit gleichaltrigen Jungen sprach, es aber trotzdem irgendwie vermisst hatte. Er hatte auch einen Grund, warum er nicht gerne mit anderen Kindern sprach – die hatten seine Macht gespürt und zwar nicht gewusst, was es war, ihn aber komisch gefunden.

Ausserdem meinten sie, dass er viel zu oft in der Natur sei, und dass er vermutlich gar nicht mit der modernen Technik klarkäme. Nico hatte Felix auch erzählt, dass das stimmte und dass das vielleicht daran liege, dass sich die Natur – eine Urkraft – einfach nicht mit der neuesten Technik und all dem Schnickschnack vertrage. Felix fand das eine ziemlich plausible Theorie.

Er verstand, was Nico meinte, dass er nicht gern mit den anderen Kindern sprach, weil sie ihn komisch fanden. Die anderen Kinder hatten Felix immer geärgert, weil sie eben wussten, dass Julia so ziemlich über ihn bestimmen konnte. Allerdings hatte Felix keine Mühe damit gehabt, da er es sich gewohnt war, allein zu sein, und da es ihm völlig egal war, was andere Kinder über ihn dachten.

Nico hatte auch erklärt, dass es ihm egal war, was die anderen über ihn dachten – Kinder wie Erwachsene. Allerdings hatte er keine Geduld. Wenn die anderen Kinder ihn geärgert hatten, war er meistens woanders hingegangen. Und dann hatten sie gedacht, sie könnten ihn provozieren. Dabei war Nico nur davongelaufen oder hatte sich die Ohren zugehalten, weil er nicht in Ruhe nachdenken konnte, wenn die anderen irgendwas laberten.

Keiner von beiden hatte es ausgesprochen, aber beide Jungs wussten, dass sie einander sehr gut verstanden – und dass sie ziemlich gute Freunde werden würden. Felix wollte Nico gelegentlich fragen, wie *er* es denn gefunden hatte, nur mit zwei Mädchen unterwegs zu sein.

Aber zuerst mal musste Nico es schaffen, Silugana aufzuwecken, ohne dabei verzaubert zu werden. Na, das konnte heikel werden. Und Felix hatte keine grosse Lust, noch mehr aufgebrachte weibliche Lebewesen zu sehen, die wütend waren, weil Nico sie geweckt hatte. Es hatte Felix voll und ganz gereicht, zu sehen, wie Liumana Nico angefaucht hatte. Das war ziemlich unheimlich gewesen.

Jetzt kam der kritische Moment: Nico kniete neben Silugana nieder, packte eine Strähne ihrer Haare und zog heftig daran. Ehrlich gesagt fand Felix das ziemlich gewagt. Er selber hätte vorsichtig gezogen und dann vielleicht etwas fester, wenn sie nicht aufgewacht wäre. Ähh nein, er hätte sie einfach schlafen lassen. Aber Nico war wohl einfach anders. Trotzdem war es riskant.

Und Nico schaffte es tatsächlich. Silugana fuhr herum und packte ihn am Nacken. «Aua!», beschwerte er sich, «das tut weh!» – «Es soll ja auch wehtun!», knurrte Silugana. «Warum musst du mich auch wecken, hä?»

«Lass sofort meinen Nacken los!», jammerte Nico. «Nein, das werde ich nicht!», fauchte Silugana. «Und jetzt sag endlich mal, warum du mich weckst, so früh am Morgen!» – «Lass zuerst meinen Nacken los! Du brichst mir noch den Hals!», jammerte

Nico wieder. Er griff nach Siluganas Hand und versuchte, ihren Griff zu lockern.

Silugana schlug ihn und fauchte: «Jetzt halt endlich den Mund und erzähl mir, warum du mich weckst! Was fällt dir eigentlich ein?! Kannst du eine arme müde Frau nicht einfach schlafen lassen???»

Nico prustete los: «Soll ich jetzt den Mund halten oder dir erklären, warum ich dich geweckt habe?» – «Oh Mann, wie blöd bin ich… Ein Kommentar, und ich schlage dich bewusstlos!», warnte Silugana Nico. Dann liess sie endlich seinen Nacken los.

«So, und jetzt erklärst du mir, was du mir an den Haaren zu ziehen hast!», befahl sie. Nico befühlte seinen Hals und sah sie vorwurfsvoll an. Dann erklärte er: «Liumana hat gesagt, dass ich dich so wecken könne. Und es funktioniert ja offenbar.»

«Meine Güte!», rief Silugana. «Warum stellst du dich so blöd an? Natürlich hast du mich an den Haaren gezogen, um mich zu wecken, und nicht zum Spass! Ich meine, so leichtsinnig bist ja nicht mal du! Aber *warum wolltest du mich wecken?*»

«Ach sooo… Also, ich wollte dich wecken, um zu sagen, dass ich das unfair finde. Ihr erklärt uns, dass wir sofort schlafen müssen, weil wir sonst am nächsten Tag müde sind und verschlafen, aber dann quatscht ihr noch ewig lange, und nachher seid ihr diejenigen, die verschlafen! Es ist gefährlich, in dieser brenzligen Situation übermüdet zu sein, das hast du selbst gesagt! Und wenn ihr trotzdem verschlafen dürft, dürfen wir das ja wohl auch!»

«Nein, dürft ihr nicht!», widersprach Silugana. «Ihr sollt gefälligst schnell schlafen, sonst gewöhnt ihr euch das an und dann seid ihr nicht rechtzeitig wach, wenn es ein Notfall ist – vor allem du, Nico, dich kann man ja sowas von nicht wecken, wenn du mal schläfst… Und nein, ich will jetzt keinen Kommentar hören! Halt den Mund und geh doch raus. Du kannst ja mit Felix spielen oder ihr könnt reden oder mit euren Waffen üben... macht doch, was ihr wollt, lasst mich einfach schlafen! Ich bin müde... Und wenn du mich noch einmal weckst, weiss ich nicht, ob ich dich nicht verzaubern werde...»

Nico stand auf und drehte sich um. Dann verdrehte er die Augen, lief Richtung Höhlenausgang und gab Felix ein Zeichen, ihm zu folgen. Das hätte Felix sowieso getan, auch ohne dass Nico ihm extra zu verstehen gab, dass er ihm nachlaufen sollte.

Nico führte ihn zu einem ruhigen Plätzchen, etwas abseits der Höhle in dem kleinen Wäldchen, das neben der Höhle lag. Dort legte sich er bäuchlings auf den Boden und schaute zu Felix hinauf, der sich nun auch setzte.

«Also, laber, laber, laber. So, jetzt haben wir gelabert, jetzt können wir zurückgehen und Silugana nerven», grinste Nico. «Naja, du hast gelabert», korrigierte Felix, «ich bin mal wieder nicht zu Wort gekommen.»

Nico grinste breit. Dann bemerkte er: «Tja, ich habe eben pausenlos gelabert und du bist nicht zu Wort gekommen. Weisst du, es gibt ein ganz tolles Rezept, wie man zu Wort kommt: Man schreit die ganze Zeit laut herum, dass man was sagen will, dann hören sie schon zu.» – «... oder geben dir eins aufs Maul», gab Felix zu bedenken.

«Okay, das könnte auch passieren», gab Nico zu, «deshalb hab ich noch eine bessere Methode: Ich schreie einfach ganz laut, was ich sagen will, dann hören sie es.» – «... und nachher halten sie dir eine Standpauke, hauen dich und nennen dich ein unverschämtes Balg», kicherte Felix.

«Hast du damit etwa schon Erfahrungen gemacht und es mir verheimlicht?», fragte Nico scheinbar tadelnd. «Nee, das nicht» – «Ich hab's mir doch gedacht!», rief Nico. Dann hob er tadelnd den Zeigefinger und ahmte den strengen Ton der Eltern nach: «Nanana junger Mann, das geht aber gar nicht! Du bist *viel zu gut* erzogen! *Viel zu gut!* Das ist einfach unverschämt!»

Felix prustete los. «Ja, aber wenn das unverschämt ist, dann solltest du doch zufrieden sein! Schliesslich beschwerst du dich ja, dass ich deiner Meinung nach *zu wenig* unverschämt bin!» – «*Zu wenig?* Du bist überhaupt nicht unverschämt! Du bist so wenig unverschämt, dass es direkt unverschämt ist!»

Die Jungs brachen in schallendes Gelächter aus. «Jetzt hör doch mal auf, so ein Durcheinander zu machen, *junger Mann!* Davon bekommt man doch Kopfweh!», tadelte Felix, verfehlte aber die Wirkung, da er immer noch kicherte.

Dann beruhigten sie sich wieder. «Mal eine ganz andere Frage», begann Felix, «wie fandest *du* es eigentlich, mit zwei älteren Mädchen unterwegs zu sein?» – «Nervig. Auf jeden Fall, wenn Luna mir wiedermal erklärte, dass so ziemlich alles, was ich mache, unhöflich und unanständig sei. Aber es war auch lustig. Ich vermisse sie. Also beide Mädchen aber irgendwie schon vor allem Luna. Ich kenne sie halt schon viel länger als Nina.»

«Das verstehe ich… du hast von dem Streit erzählt… was dachtest du eigentlich, als die Mädchen plötzlich so herumgezickt haben?», fragte Felix. – «Ich dachte, was das eigentlich für blöde Zicken seien und warum die sich jetzt plötzlich so blöd aufführen müssen. Also kurz gesagt; ich war wütend. Sehr wütend. Und genau das hat William ja auch bezweckt. *Der* ist das Arschloch!»

«William… kannst du mir mehr über diesen Blödmann erzählen? Ich meine, was weisst du überhaupt über ihn?» – «Nicht viel. Und immer, wenn ich über ihn nachdenke, bekomme ich schlechte Laune.» – «Na gut, anderes Thema: Was hältst du von Fangenspielen?» Nico grinste: «Das ist glaubs die beste Idee, die ich heute Morgen gehört habe. Aber du bist Fänger!» und er rannte davon.

Felix lief hinterher, aber Nico war schnell und kannte sich hier aus. Doch dann machte er den Fehler, aus dem Wald zu rennen, wo Felix ihn gut sehen konnte. Trotzdem war Nico schnell. Felix wünschte, Nico hätte seine Rüstung an, aber heute hatte er sie ausnahmsweise mal nicht an, weil Silugana nicht kontrollierte. Also war er ziemlich schnell.

Immerhin war Felix auch nicht langsam, und als er Nico endlich mal sah, beschleunigte er und holte langsam auf. Allerdings würde er dieses Tempo auch nicht lange durchhalten. Doch dann erwischte er Nico, wobei er ihn absichtlich schubste, um einen kleinen Vorsprung zu gewinnen, den er dringend brauchte, da Nico ihn sonst sofort wieder erwischen würde. Felix rannte wieder in den Wald und hoffte, dass Nico ihn dort wenigstens nicht gleich sehen würde. Allerdings kannte Nico den Wald natürlich viel besser und erwischte Felix dann bald.

Sie spielten noch ungefähr eine Stunde lang, wobei Nico in den Bach fiel. Danach überlegten sie, was sie noch anstellen könnten. Keiner hatte Lust, jetzt mit den Waffen herumzuhantieren, vor allem nicht, weil Silugana ja nicht ausdrücklich gesagt hatte, sie sollen es tun. Sie hatte gesagt, die Jungs sollten tun, was sie wollen, und genau das hatten sie jetzt auch vor – was bedeutete, dass Nico Felix in den Bach schubste.

Felix tauchte prustend wieder auf und bat Nico, ihm herauszuhelfen. Aber Nico kannte diesen Trick und wollte nicht. «Na schön, dann eben anders», murmelte Felix. Er zog an Nicos Bein, womit er ihn aus dem Gleichgewicht brachte, worauf Nico dann doch noch in den Bach fiel.

Als er wieder auftauchte, spritze er Felix nass und rief: «Somit erkläre ich die Wasserschlacht für eröffnet! Den Teilnehmern ist alles erlaubt, wodurch kein ernsthafter Schaden entsteht. Möge der Bessere gewinnen!»

Naja. Nach einer halben Stunde zogen sie sich schnaufend und lachend aus dem Wasser und liessen ihre Kleider an der Sonne trocknen, wobei sie sich über alles Mögliche unterhielten. Sollten die Mädchen und Frauen doch in der Nacht quatschen, die Jungs holten das am Tag nach – was übrigens viel schöner war.

«Liest du eigentlich gern?», fragte Felix irgendwann während des Gesprächs. «Japp, aber nur Fantasy. Alles andere mag ich nicht. Und irgendwie kommt mir dieses ganze Abenteuer wie eine Fantasygeschichte vor!» – «Hmm, stimmt, du hast Recht! Dieses ganze Monstergezeugs und das ständige Herumrennen und all das… Ja, das fühlt sich allerdings an, wie eine Fantasygeschichte!» – «Genau. Und jetzt hab ich eine Idee, was wir machen können.» – «Was denn?», fragte Felix unsicher. Dem Funkeln in Nicos Augen nach war er nicht so sicher, ob ihm die Idee gefallen würde.

«Wir könnten Wahrheit oder Tat spielen», erklärte Nico, «und bei Tat ist so ziemlich alles erlaubt.» – «Na gut, dann spielen wir Wahrheit oder Tat», stimmte Felix zu, «aber ich fange an!» Nico grinste. «Von mir aus.» – «Also, Wahrheit oder Tat?» – «Hmm… ich will mal wissen, wozu du fähig bist – also Tat. Ach ja, übrigens: Man darf nicht zweimal hintereinander Wahrheit nehmen, weil das langweilig wäre» – «Okay… entweder du weckst Silugana nochmals auf – dann bleib ich aber weit weg von der Höhle – oder du nimmst diese Spinne dort in die Hand… kannst du eigentlich mit Spinnen sprechen?» – «Nein, ich kann nur mit *grossen* Tieren sprechen.» – «Kannst du denn mit Riesenspinnen sprechen?» – «Nö, es sind immer noch Spinnen. So, was ist die dritte Möglichkeit?» – «Die dritte Möglichkeit… Hmm… du besorgst mir was zu essen» – «Hmpf. Du weisst, wie du bekommst, was du willst. Gut, ich schaue, ob ich an das Essen in der Höhle komme. Grummel, grummel!»

Felix

Felix sah grinsend zu, wie Nico Richtung Höhle davonlief. Allerdings machte er sich jetzt schon Sorgen, was Nico ihm denn bei Tat auftragen würde – denn er konnte ja nicht zweimal hintereinander Wahrheit nehmen…

Der Tod

Jedes der Mädchen nahm grinsend einen Goldbarren entgegen. Die Nullilulaner schienen gar nicht glücklich mit diesem Deal. «Ihr werdet sie nicht brauchen können», warnte William, «die Leute kennen euch. Niemand wird euch was verkaufen!»

«Das wissen wir», entgegnete Jill ruhig, «aber Gold ist so schön! Und ausserdem muss es euch ganz schön aufregen, dass wir jetzt einfach so mit eurem Gold abhauen. Ätsch!»

Luna löste einen Teil der Wand auf, sodass ein Gang entstand. Die Nullilulaner sahen sich überrascht um. Sie schienen immer noch nicht kapiert zu haben, dass das eines der Mädchen war. Und selbst wenn – sie würden immer noch nicht wissen, *welches* Mädchen es war.

Jill hob die Hand und die Mädchen rannten los. Zuerst Amanda, da sie die Pläne der Bank auswendig kannte. Dann Nina, um Amanda notfalls zu helfen, falls sie nicht mehr weiter wusste.

Dann Luna und schlussendlich Jill, um ihnen den Rücken zu decken. Die Nullilulaner legten zum Schiessen an, aber Jill war schneller; mit ihren zwei Pistolen schoss sie zwei Nullilulaner ins Herz, dann sah sie die anderen Nullilulaner drohend an: «Ihr seht, dass ich etwas vom Schiessen verstehe. Und wenn ihr uns angreifen wollt, dann wird es euch genauso ergehen wie euren zwei Kollegen dort!»

Dann wandte sie sich um und rannte den anderen Mädchen hinterher in das nun erreichbare Gewirr von Gängen. Wo es dummerweise ein paar Wachen hatte. Aber die waren schnell erledigt. Und dann rannten die Mädchen, so schnell sie konnten, hinaus. Sie hörten hinter sich ein paar Wachen, aber die meisten wurden von Jill niedergeschossen. Auch Luna machte ein paar

Mal Gebrauch von ihrer Pistole, während die anderen zwei Mädchen sich darum kümmerten, dass sie sich nicht verirrten.

Als sie endlich draussen waren, rannten sie noch hundert Meter, verschwanden hinter einer Mauer und drückten die Knöpfe, um die Bomben hochgehen zu lassen. Einen Bruchteil einer Sekunde später knallte es gewaltig hinter ihnen, und die Bank flog in die Luft – mitsamt allen Nullilulanern, die noch im Innern gewesen waren. Diese flogen nun durch die Luft.

Die Mädchen sahen sich grinsend an, dann liefen sie alle vier in verschiedene Richtungen los – alle mit dem Ziel, auf Umwegen zu ihrem Versteck zu kommen. Natürlich mussten sie alle Augenzeugen umbringen, da niemand wissen durfte, wo sie sich wirklich versteckten. Sonst würde das noch zu einer Katastrophe führen!

Nina lief los, und sah bald einen Nullilulaner, welchen sie sicherheitshalber durch den Kopf schoss. Sie wollte Verfolgungen vermeiden und es machte ausserdem Spass, Nullilulaner zu ermorden. Denn diese grausamen Männer hatten schon so viele Frauen und Mädchen missbraucht und nachher ermordet!

Amanda hatte mal eine Liste mit den Namen aller Mädchen und Frauen, die hier jemals vergewaltigt und umgebracht wurden, gefunden, sie aber den anderen Mädchen nicht zeigen wollen. Sie hatte nur mit der Information herausgerückt, dass über *neunhundert* Namen darauf standen.

Das war ziemlich schockierend, und Nina machte es durchaus nichts aus, ein paar Nullilulaner zu erschiessen, nur um sie an einer eventuellen Verfolgung zu hindern. Die Nullilulaner waren Schweine. Nein, so durfte man sie eigentlich nicht nennen, da Schweine als Tiere eigentlich süss und definitiv keine solchen Arschlöcher wie die Nullilulaner waren! Die Nullilulaner waren idiotische, unzivilisierte Wüstlinge. *Definitiv* die Sorte Männer, die Nina am meisten hasste.

Aber statt solchen Gedanken nachzuhängen, sollte Nina sich besser auf den Weg konzentrieren. Denn sonst verlief sie sich, wurde gefangen, und dann würde es ihr ergehen wie den über neunhundert Mädchen und Frauen vor ihr. Und das wollte sie auf gar keinen Fall!

Glücklicherweise kamen ihr nicht mehr viele Nullilulaner in den Weg und sie konnte mühelos zu ihrem Geheimversteck gelangen, wobei sie auf dem Weg dorthin noch manche Umwege lief, nur, um zum Spass noch ein paar Häuser in die Luft zu jagen und noch ein paar Nullilulaner zu erschiessen.

Als Nina ankam, waren Luna und Amanda schon da, und Jill kam zwei Minuten nach Nina an und erzählte, dass sie auch noch ein paar Häuser in die Luft gejagt hatte. Das hatten Luna und Amanda übrigens auch getan, waren dabei einfach schneller gewesen.

Nach dieser erfolgreichen Nacht legten sich die Mädchen alle erschöpft schlafen und fragten sich, was der nächste Tag – oder eher der heutige Tag, da es schon nach Mitternacht war – wohl bringen würde. Ein paar Stunden später standen sie wieder auf, schlichen heraus und beobachteten das Spektakel, das die Nullilulaner aufgrund ihrer geliebten Bank – oder eher ihres geliebten Geldes – veranstalteten.

Es war ziemlich witzig, da alle wie aufgescheuchte Hühner herumliefen und einige sogar um ihr *armes kleines Geldchen* heulten. Die waren ja schrecklich! Wenn es um Geld ging, waren sie ja genauso schlimm wie Dagobert Duck! Naja, ihr Ziel hatten die Mädchen auf jeden Fall erreicht. Die Nullilulaner fühlten sich elend – zwar nicht aufgrund der von ihnen und ihren Vätern begangenen Verbrechen, aber immerhin fühlten sie sich mies. Das war schon mal gut. Sie hatten es nicht anders verdient!

Am nächsten Tag brachen Nina und Amanda in den Raum ein, wo die Nullilulaner alles aufbewahrten, was sie jemals geschrieben hatten – abgesehen von der Namensliste mit den über neunhundert Frauennamen. Im Raum waren insgesamt zehn Schriftstücke, in der Grösse von A-4 Blättern, mit grosser, hässlicher Schrift beschrieben. Die Nullilulaner schrieben wohl wirklich nicht gern.

In den nächsten Tagen (die Nina irgendwann nicht mehr zählte) gingen Nina und Amanda die Schriftstücke durch und versuchten, das hässliche Gekrakel zu entziffern, was ziemlich schwierig war. Ausserdem übten alle Mädchen schiessen und mit Dolchen kämpfen, indem sie sich zufällige Nullilulaner als Opfer aussuchten und angriffen. Die Nullilulaner überlebten diese Angriffe jeweils nicht. Und nebenbei jagten die Mädchen immer wieder irgendwelche Gebäude aus Spass in die Luft. Das gefiel den Nullilulanern überhaupt nicht, was die Mädchen natürlich freute.

Dann passierte eines Tages etwas Schreckliches: Luna und Nina waren gerade zusammen auf Zerstörungs-Expedition, als sie umzingelt wurden. Natürlich schossen sie auf die Nullilulaner, doch, egal, wie viele sie erschossen, es kamen immer neue. Und irgendwann ging den Mädchen die Munition aus.

Als die Nullilulaner sie festnehmen wollten, wehrten sie sich, aber irgendwann waren auch alle Dolche und Messer weg und schliesslich auch alle Handgranaten, was die Lage für die Mädchen ziemlich ungemütlich machte. Die Nullilulaner wollten sie wieder festnehmen, und die Mädchen wehrten sich mit Händen und Füssen, doch es brachte nichts. Sie wurden gefesselt und vor William geführt.

«Soso, wir haben euch», grinste er, aber irgendwie schien er auch traurig. «Schade, dass ihr so viel Schaden angerichtet habt, ich hatte mich schon auf euch gefreut! Aber auf solches Verhalten steht bei uns leider die Todesstrafe, und da können wir keine Ausnahme machen – erst recht nicht, weil ihr unsere Bank in die Luft gejagt habt! Wo sind denn die anderen zwei Mädchen?»

Nina war erleichtert. Wenigstens würden sie nicht mehr ins Überwindungsmain gebracht werden. da war der Tod echt das kleinere Übel! William versuchte noch, aus ihnen herauszubringen, wo sich Jill und Amanda befanden. Doch er brachte kein Wort aus den Mädchen heraus – weder mit seinen Zauberkräften noch mit seinem Charme. Nina wusste jetzt nämlich, wie sie sich und ihre Freundinnen gegen Williams Zauber schützen konnte. Und mit seinem Charme erreichte William bei den Mädchen nichts mehr. Sie hegten zu tiefen Groll gegen ihn, als dass sie ihm jemals bei irgendwas helfen würden! Sie kannten das Monster in seinem Innern.

Irgendwann gab sich William geschlagen und verabschiedete sie enttäuscht, erstens, weil er, wie er es ausdrückte «dachte, ihr seid vernünftige Mädchen und würdet brav bleiben, wo ihr seid, und uns nicht so einen Ärger machen» und zweitens, weil sie ihm nicht verraten wollten, wo sich Jill und Amanda momentan höchstwahrscheinlich aufhielten. Nina war es gleichgültig, dass William enttäuscht war – es war ihr sogar sehr recht!

Dann wurden die Mädchen in einen Kerker gebracht, wo sie am nächsten Tag wieder herausgeholt und anschliessend umgebracht werden sollten. Es gab keinen Ausweg. Die Mädchen zerbrachen sich die ganze Nacht den Kopf darüber, wie sie hier hinauskommen sollten, kamen aber zu keinem Schluss.

Am nächsten Tag wurden sie am Mittag aus ihrer Zelle heraus und auf einen Hof gezerrt. Auf dem Hof standen zwei Guillotinen, und Nina lief es kalt über den Rücken. Sie sah sich um: Um den Hof herum war eine Tribüne errichtet worden, wo sich hunderte Nullilulaner versammelt hatten. Darunter erkannte Nina auch die Frauen vom Überwindungsmain. Und Jagolan, der aber im Gegensatz zu den anderen Nullilulanern keineswegs freudig aufgeregt zu sein schien – im Gegenteil, er sah bang und – etwa traurig? – zu den Mädchen hinunter.

Jetzt wurden die Mädchen zu den Guillotinen gezerrt und unter der Klinge festgebunden, wobei Luna sich so sehr wehrte, dass die Wachen sie bewusstlos schlugen. Nina war darüber so überrascht, dass es ihren Wachen ein Leichtes war, sie festzubinden.

Nun trat William vor die jubelnde Menge der Nullilulaner und verschaffte sich Gehör. Dann zählte er nochmals alle «Verbrechen» auf, die die Mädchen begangen hatten: wobei er damit anfing, dass sie Mädchen seien.

Nachdem er schliesslich eine halbe Stunde lang gelabert hatte, beendete er seine Rede und drehte sich zu den Henkern um. Davon gab es gleich zwei, da sie die Mädchen gleichzeitig hinrichten würden. William gab den Henkern ein Zeichen, und diese holten aus, um dann mit Äxten das Seil zu kappen. Vermutlich, damit es dramatischer war, als wenn sie einfach das Seil lösen würden. Und vielleicht hatten die Nullilulaner auch Angst, dass die Henker es zuerst nicht schaffen würden, das Seil zu lösen. Das würde doch allen den Spass verderben!

Nina sah auf zu den Klingen der Äxte, die, von Sonnenlicht erfasst, in einem Feuer zu lodern schienen, dem unausweichlichen Feuer des Todes… Nina schauderte. Manchmal waren ihr ihre Gedanken selbst viel zu dramatisch. Sie schaute nochmals besorgt zu Luna hinüber, die noch immer bewusstlos war. Vielleicht war das auch besser so. Dann musste sie dem Tod wenigstens nicht ins Auge schauen. Nina schaute wieder zu der in ihren Augen immer noch golden lodernden Klinge hoch und spürte eine Ohnmacht nahen.

In dem Moment, als die Klinge niedersauste, wurde alles dämmrig und Nina glaubte, die Guillotine verschwimmen zu sehen. *Das ist also das Ende, der endgültige Tod. Wenigstens geht es schnell und ist eigentlich schmerzfrei*, dachte sie noch, dann wurde alles schwarz.

Chilompatis

Nico wusste nicht, wie viele Tage vergangen waren, seit er mit Felix Wahrheit oder Tat gespielt hatte. Auf jeden Fall hatten sie seit damals nur trainiert und Monster erschlagen. Irgendwann hatte er aufgehört, die Tage zu zählen.

An diesem Nachmittag fühlte Nico plötzlich, dass er unerklärlicherweise total erschöpft war. Also legte er sich schlafen. Er dachte, dass er sich beim Training vielleicht leicht überanstrengt hatte und, dass ein kleines Nickerchen ja wohl nicht schaden konnte.

Kaum war er eingeschlafen, als er auch schon eine bekannte Stimme hörte: «Falls du dich fragst, was das soll, ich wollte dich mal wieder sehen. Es war langsam langweilig ohne deine frechen Kommentare. Und sonderlich viel ist bei mir auch nicht los.»

«Aha. Du, ich hab die Übersicht verloren. Was für ein Tag ist heute?» – «Heute ist der fünfte Mai. Es sind vier Wochen vorbei, seit deinem Geburtstag. In einer Woche ist der Tag der Entscheidung. Juhu, ich freu mich schon!

Ich glaube, ich sorge für eine Live-Übertragung auf meine Kinoleinwand und mache mir Popcorn. Das wird ein Supertag! Naja… für dich vielleicht nicht. Aber ich glaube nicht, dass du stirbst. Du bist ja schliesslich nicht blöd!»

«Na, danke für das Kompliment. Aber was muss ich denn eigentlich tun, während du hier auf der faulen Haut liegst?» – «Das kann ich dir nicht sagen. Ich weiss es nicht genau. Und ausserdem darf ich dir nichts sagen, nicht mal wenn ich es wüsste, sonst sind die uralten Gesetze am Arsch – oder wohl eher ich.»

Nico lachte: «Aha. Du liegst dann also hier vor der Glotze und frisst Popcorn, während ich eine Entscheidung zu treffen habe, die entweder dafür sorgt, dass Luna, Nina und ich am Leben bleiben, oder aber uns alle umbringt. Juhu.»

«Ganz genau», antwortete Eli grinsend, «so läuft das ab. Und deine Mutter wird sich vermutlich Sorgen machen, aber sie wird es überleben – genau wie du. Und nein, ich hab das Buch nicht gefragt – also doch, eigentlich schon, aber es hat nicht geantwortet – aber ich *weiss* einfach, dass du das überleben wirst.

Und ich glaube, ich hole mir auch noch Süssigkeiten – ich hab nämlich eine Box mit Süssigkeiten in meinem Palast, die nie leer wird und immer genau die Süssigkeiten enthält, die ich will. Ich werde wohl die ganze Box mit in mein Privatkino nehmen. Und ich lade ein paar meiner Lieblingsfiguren ein. Das wird toll! Aber die bekommen dann keine Süssigkeiten! Sonst hat es nicht genug für mich!»

«Mann, bist du vielleicht ein Geizhals! Du hast doch gerade selbst gesagt, dass der Vorrat endlos ist!» – «Ähh… stimmt. Aber dann tapen sie mit ihren Dreckfingern, in *meine* Süssigkeiten! Igitt!» Nico musste wieder lachen: «Du bist einfach unmöglich!» – «Schon möglich», grinste Eli. «Aber wir sind wieder abgeschweift. Und vielleicht sollte ich dich mal zurückschicken, sonst verpasst du noch den Znacht. Und das will ich dir ja nicht antun. Ausserdem hab ich heute Abend noch einen Termin. Ich muss die Leute nerven gehen. Bye-bye!»

«Okay… Tschüss! Und viel Spass beim Leute-Nerven» – «Danke!», lachte Eli. «Ich werde Spass haben! Aber jetzt schicke ich dich zurück, sonst verpasst du wirklich noch das Aberdessen. Und das wäre ziemlich blöd für dich. Also, tschüüss!»

Dann verschwamm alles, und Nico wachte auf – gerade noch rechtzeitig, denn die anderen nahmen sich schon zu Essen. Und es duftete herrlich. Was die wohl wieder gekocht hatten? «He, ich will auch noch!», rief Nico und sprang auf. Liumana drehte sich um: «Oh, du bist wieder wach?», fragte sie. «Super! Warum bist du eigentlich so früh schon schlafen gegangen? Das passt überhaupt nicht zu dir!»

«Eli hat mich gerufen. Also, das heisst, dass sie wollte, dass ich einschlief, deshalb war ich plötzlich so müde. Übrigens, in einer Woche ist dieser komische *Tag der Entscheidung*, der mich jetzt schon nervt. Und sie will dann in ihrem Kino sitzen und sich die Ereignisse hier draussen über die Leinwand anglotzen. Und sie will ihre Lieblingsfiguren einladen, mitzuschauen, aber die dürfen dann keine Süssigkeiten essen, weil sie sonst Elis Süssigkeiten dreckig machen würden. Auf jeden Fall behauptet Eli das.»

«Moment mal, was?», fragte Felix sichtlich verwirrt. – «Ich hab dir doch von Eli erzählt, oder?», begann Nico. «Ja.» – «Also, ich hab dir ja auch erzählt, dass sie ein totaler Kindskopf ist, oder?» – «Ja.» – «Gut. Dann wundere dich ab jetzt einfach nicht mehr, wenn ich komisches Zeugs von ihr erzähle. Sie ist, wie sie ist – unmöglich. Noch viel schlimmer als ich. Und das will was heissen! Aber das spielt jetzt überhaupt keine Rolle! Ich hab Hunger und ich will was essen!» – «Okay, okay, du bekommst dein Essen», lachte Liumana. «Hier. Und nachher erzählst du uns ganz genau von der Begegnung mit Eli.»

«M… ma fön», nuschelte Nico mit vollen Backen. «Nico, du bist unmöglich!», rief Silugana. «Was hast du gesagt? Ich meine, wie soll man denn so etwas verstehen?!» Nico schluckte das Essen hinunter. «Ich sagte: *Na schön*», erklärte er. Olivia lachte: «Das *wolltest* du sagen. Allerdings kam es etwas anders raus, und niemand hat dich verstanden.»

Nico grinste: «An sowas muss man sich bei mir gewöhnen!» Er schob sich gleich noch einmal eine grosse Ladung Essen in den Mund, welchen er fast nicht mehr zubrachte, und er musste sich die Hand vor den Mund halten, damit ihm das Essen bei den ersten Bissen nicht aus dem Mund fiel.

Liumana schlug sich mit der Pfote gegen die Stirn und schüttelte lachend den Kopf. Dann sah sie Nico an: «Im Ernst jetzt? Kannst du denn nicht mal einen kleineren Bissen nehmen?» Silugana übersetzte, da Nico gerade nicht sprechen konnte.

Nico, der immer noch mit seinem Essen kämpfte, sah auf und schüttelte entsetzt den Kopf. Dann schluckte er einen Teil des Essens hinunter und nuschelte: «Dann… dann würde ich ja verhungern!»

Alle prusteten los – alle ausser Silugana, die sich aber auch nur mit Mühe ein Lachen verkneifen konnte, und Nico, der sonst das restliche Essen ausgespuckt hätte. Und ausserdem hatte Nico ja die Bemerkung gemacht, die alle zum Lachen brachte.

«Na danke», grummelte Felix leicht genervt, «wegen dir hab ich jetzt Wasser in die Nase bekommen!» – «Besser als Süssmost», antwortete Nico. «Mein Vater – also mein Pflegevater – hat mich einmal zum Lachen gebracht, als ich am Süssmosttrinken war. Und nicht viel später hat er es gleich nochmal gemacht! Du kannst dir vorstellen, wie glücklich ich darüber war…»

Olivia grinste: «Gut zu wissen. Wenn du nächstes Mal Süssmost trinkst, bring ich dich zum Lachen.» – «Dafür musst du erst mal wissen, wie du mich zum Lachen bringst», gab Nico zurück und begann zu trinken. «Und ausserdem musst du wohl einige Zeit warten, bis ich wieder Süssmost in der Hand habe. Ätsch!»

«Ich werde dir schon noch Süssmost besorgen, warte nur…», drohte Olivia, aber die Drohung ergab nicht richtig Sinn. Wie kann man jemandem drohen, ihm Süssmost zu besorgen? Nico lachte: «Jetzt hab ich aber Angst. Sie droht mir mit *Süssmost*. Wie furchterregend. Seht ihr wie ich zittere?» Dabei machte er sich nicht mal die Mühe, ein Zittern nachzuahmen.

Liumana grinste: «Ihr seid echt Quatschköpfe! Aber jetzt müsst ihr ins Bett. Ihr alle. Silugana und ich werden vielleicht noch ein bisschen reden, dann würden wir aber hier draussen bleiben, damit wir euch nicht stören. Allerdings geh ich vermutlich auch gleich ins Bett. Ich bin hundemüde», gähnte sie.

«Ja, ich denke, wir werden diesmal alle gleichzeitig ins Bett gehen», stimmte ihr Silugana zu, nachdem sie für die anderen übersetzt hatte, und unterdrückte ein Gähnen. Dann sah sie die Kinder auffordernd an und machte eine Handbewegung Richtung Höhle. «Nach euch.»

Die Kinder standen auf und liefen widerwillig auf die Höhle zu. Sie waren schon müde, aber sie hatten keine Lust, jetzt ins Bett zu gehen. Aber niemand wollte sich mit Silugana oder Liumana anlegen. (Also, Nico hätte sich schon mit Liumana angelegt – aber den Kürzeren gezogen.)

In den nächsten fünf Tagen kämpften sie ein paar Mal gegen Monster, ansonsten trainierten sie. Am Abend erzählten Silugana und Liumana gerne am Lagerfeuer irgendwelchen Geschichten, die sie selbst erlebt hatten, oder welche, die bei ihrer Spezies bekannt waren.

Als Liumana mal wieder von Lunizius erzählte, meckerte Nico: «Ja, der ist ja schön und gut und stark, aber er bringt nichts, wenn er ständig abwesend ist. Ich meine, warum müssen Schutzheilige immer weg sein, wenn man sie braucht?»

Darauf hatte Liumana gelacht: «Ich weiss auch nicht, warum die immer weg sind. Aber du hast Recht, so bringen sie wirklich recht wenig. Eigentlich nur Hoffnung, dass sie irgendwann zurückkommen, und die Legenden über sie sollen zeigen, wie stark ein Säbelzahntiger werden kann.»

Aber sonst passierte eigentlich nicht viel. Es war immer das Gleiche: Am Morgen mussten sie erst mal Nico aus dem Bett bringen, dann trainierten alle, manchmal mussten sie ein paar

Monster umbringen, am Abend sassen alle beisammen und redeten, und dann gingen alle ins Bett. Immer dasselbe.

Doch am sechsten Tag – am 11 Mai – wurde Liumana plötzlich von grossem Lärm geweckt. Sogar Nico schien schon wach, allerdings hatte er seine Rüstung noch nicht angezogen und sein Blick war noch trüb vor Müdigkeit.

Liumana setzte sich verwundert auf, rieb sich die Augen und sah sich nochmal in der Höhle um. «Was ist denn los?», fragte sie an Nico gewandt. – «Wenn ich das wüsste…», gähnte Nico. «Aber ich weiss leider genau so wenig wie du. Niemand hat meine Frage, was denn los sei, beantwortet. Sie rennen nur alle herum wie aufgescheuchte Hühner.»

«HEY!», rief Liumana, um Aufmerksamkeit zu bekommen. Sofort blieben alle stehen. Leslie, Olivia und Felix sahen Liumana teils besorgt, teils ängstlich an. Natürlich. Für sie hatte dieses *Hey* wohl nach lautem Tigergebrüll angehört.

«Was ist?», fragte Silugana. – «Ich will wissen, was hier los ist», erklärte Liumana. «Kann mir das bitte mal erklären? Ich meine, klar, irgendetwas ist los, sonst wärt ihr ja nicht so aufgeregt. Aber *was ist passiert???*» – «Erinnerst du dich an die Legende vom Urmonster Chilompatis?», fragte Silugana. – «Ja, natürlich. Jeder kennt die. Aber was ist jetzt eigentlich passiert?» – «Moment, was für ein Urmonster?», mischte sich nun Nico ein. «Und wie kann man so einen komischen Namen haben? Und was ist mit *Jeder kennt diese Legende*? Ich kenne sie nicht. Und das würde ich gerne ändern.»

Silugana seufzte. «Na gut, für diese Geschichte haben wir jetzt auch noch Zeit. Also: Bevor die Gold- und Silbermonster erschaffen wurden, entstand ein anderes Monster. Dieses Monster lebte zur Dinosaurierzeit und war am Aussterben der Dinosaurier schuld.»

«Was fällt dem eigentlich ein, einfach die Dinos umzubringen?!», empörte sich Nico. «Was ist das für ein Scheissmonster??? Was denkt das eigentlich, was es ist??? Einfach die Dinos umzubringen! Grummel, grummel!»

Silugana lächelte: «Genau. Auf jeden Fall hiess dieses Monster Chilompatis. Als sich dann die Menschen entwickelten, verbannten die Natur und ihr Bruder, die nicht wollten, dass Chilompatis noch eine Spezies ausrottete, diesen von der Erde.

Das war die Legende von Chilompatis. Nun aber zu dem Problem, von dem Liumana wissen wollte: Viele Tiere erzählen, dass sie ein riesiges Monster gesehen hatten, das die Natur verwüstet. Und Felinuss der Hirsch schwört, dass es Chilompatis war.»

Liumana schnappte nach Luft: «Aber das ist unmöglich! Die Urkräfte haben Chilompatis für immer von der Erde verbannt! Er ist weg! *Für immer!*»

Von draussen hörte man jetzt lautes Gebrüll und die Schreie der erschrockenen Tiere. «Aber er ist ja offenbar wieder da», bemerkte Nico trocken, «auf jeden Fall klingt es so. Ich glaube, ich frage diesen Blödmann mal, was er hier zu suchen hat, obwohl Mama ihn verbannt hat! Was denkt der sich eigentlich?!»

Er stand auf, legte seine Rüstung an, band sich sein Schwert um und lief aus der Höhle, bevor irgendwer ihn stoppen konnte. Liumana lief ihm entsetzt hinterher, doch als sie am Höhlenausgang ankam war es schon zu spät; Nico stand einem riesigen Monster gegenüber.

Um Chilompatis tobte ein Sturm. Nico sah ihn entschlossen an, das Schwert fest in der Hand: «Warum bist du wieder auf der Erde und wie lang? Was hast du dir eigentlich dabei gedacht einfach zurückzukommen? Bist du blöd? Wenn Mama dich verbannt, kannst du dann nicht einfach weg bleiben?»

Das Monster sah auf ihn hinab. «Ahhh, wieder so ein nervtötendes Kind der Natur», grinste Chilompatis spöttisch. «Was willst du gegen mich ausrichten? Gegen mich kämpfen? Ha, dass ich nicht lache! Aber du willst wissen, warum ich zurückgekommen bin? Weil ich Lust hatte. Und die Urkräfte hatten mit der neuen Monstersorte zu tun. Es war nicht schwer, den Bann zu brechen. Ich bin vor ziemlich genau 30'018 Jahren zurück auf die Erde gekommen. Aber genug geplaudert. Ich bring dich jetzt mal um. Wenn du mich ganz nett bittest, werde ich dich vielleicht durch einen schnellen Schnitt durch die Kehle töten.»

Nico packte sein Schwert fester: «Versuchs doch!» Chilompatis lachte höhnisch und schlug nach Nico, der aber geschickt auswich und den Fuss des Monsters mit dem Schwert streifte. Chilompatis runzelte die Stirn und besah sich den Kratzer, den Nicos Schwert hinterlassen hatte. «Hmm… Bis jetzt hat sich noch niemand getraut, gegen mich zu kämpfen. Das wird lustig!»

Nach einigen Stunden kämpfen sah er das dann wohl anders. Und nachdem sie den ganzen Tag und bis nach Mitternacht gekämpft hatten, sah er entnervt auf Nico hinunter: «Warum lässt du dich nicht einfach umbringen?» – «Weil ich keine Lust habe. Neue Erfahrung für dich, nicht?»

Um ungefähr ein Uhr schlug Nico Chilompatis eine Kralle ab. Dieser ragte noch immer hoch über Nico auf und sah auf ihn herunter. Aber jetzt lag etwas anderes in seinem Blick. War das etwa… Respekt? Liumana konnte kaum glauben, was sie da sah.

«Du hast gut gekämpft, Kind der Natur. Aber du bist erschöpft und wirst das nicht mehr lange durchhalten. Ich habe eine letzte Frage an dich, bevor ich dich endgültig umbringe: Würdest du deine Stimme opfern, wenn du damit deinen Freundinnen – die dich beschimpft und ausgestossen haben – das Leben retten könntest?», fragte Chilompatis dröhnend und siegessicher.

Plötzlich sah Liumana Felix vortreten: «Ich habe eine Frage», rief er Chilompatis zu. Dieser drehte den Kopf: «Was?» Sein Tonfall klang mürrisch. – «Leben die anderen noch? Ich meine, du weisst schon, die Kinder aus dem Labor»

Chilompatis lachte schadenfroh: «Wünsch es dir doch! Hahaha!» Felix schaute ihn mit einem *Das-ist-nicht-dein-Ernst*-Ausdruck in den Augen an, zuckte dann aber die Schultern und strich sich die Haare aus dem Gesicht, was aber wegen Chilompatis' Sturm sowieso nichts brachte. «Na gut. Einen Versuch ist es wert. Ich habe nichts zu verlieren: *Ich wünsche mir, dass alle Überlebenden unserer alten Familie, bei denen es möglich ist, herkommen. Und zwar zu einem bestimmten Zeitpunkt, bei einem bestimmten Zauber. Ich sag aber nicht, wann und wie.* Und jetzt hau doch ab, du dummes Ungeheuer! Siehst du nicht, dass du Nico nervst?» Er drehte sich um und lief zurück durch die Bäume, von wo er hergekommen war. Ein seltsamer Auftritt.

Nun drehte sich aber Chilompatis wieder zu Nico um und fragte: «Na, du unnützes Kind, hast du dich inzwischen entschieden? Wirklich ärgerlich, dieses grünäugige Baby! Erinnert mich an andere Kinder der Natur. Aber egal, was ist deine Entscheidung?»

«Was ist das denn für eine Frage???», brüllte Nico durch den Sturm, «Natürlich würde ich das! Sie sind meine besten Freundinnen und egal, was sie getan haben, natürlich würde ich sie retten wenn ich könnte, egal was es kostet! Sonst wäre ich auch nicht besser, als sie es waren! Im Gegenteil, ich wäre viel schlimmer!»

«Neiiiiin!!!», kreischte Chilompatis und explodierte in einem grellen Licht. Eine Hitzewelle ging von ihm aus, und es verschlug Liumana den Atem. Nico schrie auf, dann liess er sein Schwert fallen, fiel auf die Knie und griff sich an den Hals.

Der Feuerball löste sich auf, und für einen Moment war alles still. Dann fielen plötzlich zwei Gestalten aus dem Nichts zu Boden, sie waren dort aufgetaucht, wo der Feuerball geschwebt war.

Nina und Luna lagen bewusstlos auf dem Boden und bewegten sich nicht. Ihre Haare waren total verfilzt, ihre Kleidung dreckig und zerfetzt. Nico sah sie an und schien seinen Augen nicht zu trauen, was durchaus verständlich war.

Nun trat Felix vor und sah sich die beiden Mädchen an. Auch Leslie und Olivia kamen nun aus den Schatten und näherten sich vorsichtig den Mädchen. Doch dann streifte plötzlich ein Wind durch die Bäume, wirbelte Blätter und Äste auf, entzündete sie und wirbelte dann alles zu einem einzigen, brennenden Wirbelsturm.

Als sich der Wind und das Feuer sich gelegt hatten, sah man zwei Gestalten. Bei genauerem Hinsehen sah man zwei Mädchen, eine mit kurzen, dunkelbraunen Haaren, und eine langhaarige Blondine mit versengten Haarspitzen. Beide Mädchen hatten je zwei Dolche in den Händen, die sie sich jetzt gerade in den Waffengürtel steckten und jede noch einen Dolch und ein Messer am Gürtel. Sie waren bis auf die Zähne bewaffnet. Wie Silugana.

Die Kurzhaarige öffnete den Mund: «Wir haben deinen Ruf gehört, Felix. Und wir sind gekommen. Klug von dir, unser Kommen mit dem Zauber, der Luna und Nina rettet, zu kombinieren. Wusstest du, dass wir auch in Nullilula waren?»

Felix' Augen begannen, freudig zu leuchten: «Jill? Amanda? Seid ihr das wirklich? Wie habt ihr das überlebt?» – «Das ist eine lange Geschichte», antwortete die Blonde. «Aber das ist momentan nicht das wichtigste.»

Leslie und Olivia hatten bis jetzt nur überrascht dabeigestanden, aber als Jill und Amanda, wie sie offenbar hiessen, die Arme ausbreiteten, stürmten sie auch los, und alle umarmten sich. Währenddessen stand Nico auf, und bewegte die Lippen, jedoch kam kein Laut aus seinem Mund. Er zog eine Schnute, lächelte dann aber, als er zu den anderen hinübersah.

Liumana lief zu ihm hin und legte ihm die Pfote auf die Schulter. «Das hast du sehr gut gemacht!», lobte sie. «Du hast deine Freundinnen gerettet!» Er lächelte und sah Liumana an. Komischerweise konnte sie durch seine Augen hindurchsehen und seine Gedanken lesen. Sie wusste genau, was er gerade dachte: *Wundervoll, aber ich will meine Stimme zurück! Diese Monster sind alles Idioten!*

«Ich weiss, Nico», antwortete sie grinsend. Ehrlich gesagt war sie recht überrascht, wie locker Nico damit umging. Allerdings hätte sie es eigentlich auch wissen müssen. Sie kannte ihn von allen (ausser Mutter Natur und ein paar Leuten, die sich um Waisen kümmerten und sich bestimmt nicht mal mehr an ihn erinnerten) schon am längsten. «Aber wir werden das schon schaffen. Ich werde bei dir bleiben und dir helfen, wann immer du meine Hilfe brauchst. Ich weiss, dass es ziemlich blöd für dich ist, nach dem Verlust deiner magischen Fähigkeiten auch noch deine Stimme zu verlieren. Aber sonst hättest du deine Freundinnen verloren. Ich spüre, dass sie kurz vor dem Tod waren. Und, wer weiss? Zeit heilt Wunden. Vielleicht kommt es mit der Zeit wieder.»

Nico nickte wieder und jetzt konnte Liumana seine Gedanken in ihrem Kopf hören: *Wenigstens versteh ich dich und die anderen Tiere noch. Und du verstehst mich auch immer noch. Und ich kann endlich mal fluchen, ohne dass es irgendjemand hört. Ich kann sogar beeinflussen, ob du meine Gedanken verstehst.* Liumana lachte. «Ja», antwortete sie, «das ist doch schon mal was.

Und jetzt, komm. Wir müssen uns um deine bewusstlosen Freundinnen kümmern!»

Endlich sicher

Als Nina aufwachte, hatte sie ziemlich starke Kopfschmerzen. Ihr war auch übelst schlecht. Dann merkte sie, dass alles ruhig war. Wo war sie denn? Das wüsste sie gerne. Sie schlug die Augen auf. Zuerst war alles verschwommen. Dann, nach ein paarmal energisch blinzeln, sah sie klarer. Sie lag in einer Art Höhle auf einem weichen Bett. An der Wand standen Regale voll von allen möglichen Einmachgläsern, in denen sich unbekannte Flüssigkeiten befanden. Es war warm und gemütlich, und Nina genoss die Stille. Nach dem ständigen Geschrei der Nullilulaner, die bei ihrer Hinrichtung dabei gewesen waren, fand Nina es herrlich, dass es endlich einmal still war.

Dann sah sie jemanden neben sich. Einen Jungen in einer Rüstung, mit etwas längeren blonden Haaren und warmen braunen Augen. Es war der Junge, den Nina in ihrer Vision mit dem riesigen Vieh, um das ein Sturm tobte, und auch in den anderen Träumen gesehen hatte. Aber er kam ihr auch sonst bekannt vor. Sein Gesicht war zerkratzt und mit Blut und Dreck verschmiert, aber Nina hatte das Gefühl ihn zu kennen. Dann durchzuckte sie plötzlich die Erkenntnis. Aber das konnte doch nicht sein. Trotzdem…

«Nico?», fragte sie leise. Er nickte. «Du siehst so anders aus. Was ist passiert?» Nico sah sie an, sagte aber nichts. «Du willst nicht darüber reden?», vermutete Nina. Nico sah sie wieder an, und diesmal konnte sie seinen Blick deuten: *doch, eigentlich schon.* Was war denn nur passiert?

Und was war mit dem Schwertkämpfer? Das konnte unmöglich Nico sein! Vermutlich sah er dem Schwertkämpfer nur ähnlich, sie hatten sich wohl beide lange in der Natur aufgehalten und zurechtkommen müssen. Aber Nico hatte doch magische Fähigkeiten, oder? Er konnte alles wachsen lassen, verletzte sich nie an Ästen und dergleichen, und seine Wunden verheilten in der Natur sehr schnell. Aber er war trotzdem vor allem im Gesicht, aber auch an den Armen verletzt.

Dann fiel Nina noch ein anderer Unterschied auf: Nico strahlte keine Macht mehr aus! Es war für sie ganz natürlich und ihr auch gar nicht richtig bewusst gewesen, aber Luna, Nina und Nico strahlten normalerweise Macht aus. Nun konnte sie diese bei Nico nicht mehr fühlen. Ein ungutes Gefühl beschlich sie. Dann wandte sie sich wieder dem Thema Reden zu: «Geht es nicht?», fragte sie. Wieder ein Nicken. «Warum?» Dann begriff sie. Sie erschauderte. «Du bist stumm?» Ein vages Nicken. Nina verstand die Botschaft: gewissermassen. Nina war ziemlich schockiert «Was ist denn passiert? Oh, stimmt. Du kannst mir ja gar nicht antworten. Blöd von mir. Es tut mir leid. Wo ist Luna?»

Nico wies mit dem Daumen über die Schulter. Nina sah nach rechts und sah dort Luna liegen. Plötzlich hatte sie schreckliche Angst. «Sie ist doch nicht etwa...» Ihre Stimme versagte. Nico schüttelte den Kopf. Nina seufzte erleichtert.

Dann nahm sie plötzlich vom Höhleneingang her eine Bewegung wahr. Sie schaute auf und sah... einen Säbelzahntiger! Sie schrie panisch auf, aber Nico sah nur kurz zum Eingang hinüber und machte dann eine besänftigende Geste. «Ein Freund von dir?», fragte Nina. Nico machte eine Handbewegung für solala. «Eine Freundin?», korrigierte sich Nina. Nico nickte. Der Säbelzahntiger brummte und zeigte auf Luna. Nina hatte Angst, dass die Säbelzahntigerin Luna zum Frühstück wollte, aber Nico grinste, drehte sich um und schüttelte Luna sanft.

Luna stöhnte und schlug die Augen auf. Dann sah sie sich verwirrt um. «Wo... wo bin ich?» Dann sah sie Nico an. «Nico? Bist du das wirklich? Du siehst total anders aus als letztes Mal. Warum sind deine Haare länger?» Nico grinste und formte mit den Fingern eine Schere, wie bei Schere-Stein-Papier und dann eine Handbewegung für «nein». «Keine Schere?», fragte Nina. Nico nickte. «Warum redest du eigentlich nicht?», fragte Luna.

Nico sah Nina an, und Nina verstand, was er wollte. Sie erzählte Luna, was sie herausgefunden hatte. «Oh nein!», rief Luna und sah Nico mit einer Mischung aus Mitleid und Unglauben an, als Nina fertig war. Auch Nina fand das Ganze noch immer sehr schockierend und hätte gern gewusst, was denn passiert war.

Währenddessen knurrte und brummte die Säbelzahntigerin irgendetwas, während Nico sie anschaute. Offenbar konnten sie so kommunizieren. Wahrscheinlich diskutierten sie. Schliesslich wandte sich die Säbelzahntigerin an die Mädchen und Nico schloss die Augen. «Hallo, Luna und Nina. Ich bin Liumana», begrüsste sie jemand, und Nina ging auf, dass es die Säbelzahntigerin war.

Die beiden Mädchen sahen sie erstaunt an. «Warum verstehen wir dich plötzlich?», fragte Luna verwirrt. Liumana lächelte: «Nico kann es für eine Zeit lang sozusagen übersetzen. Dann kann ich euch erzählen was passiert ist, da er ja leider… verhindert ist. Also…»

Und dann erzählte Liumana ihnen die ganze Geschichte, angefangen bei dem Verschliessen des Portals bis zu dem Kampf gegen Chilompatis und der fiesen Frage, die Chilompatis gestellt hatte. Die Mädchen hörten gebannt zu, bis sie fertig war. (Allerdings ging Liumana nicht gerade ins Detail und erzählte – auf Nicos Wunsch – nichts von Schwert und Rüstung. Auch hatte Leslie Liumana gebeten, gar nicht von ihr, Olivia oder Felix zu erzählen.)

«Was, sieben Wochen???», fragte Nina gänzlich verwirrt. «Ich dachte, es waren nur sechs!» – «Nein, offenbar wart ihr fünf Wochen im Überwindungsmain, nicht vier», antwortete Liumana. «Na, eher ungefähr eine halbe Woche im Überwindungsmain und viereinhalb Wochen am Unruhe stiften», korrigierte Luna.

«Am Unruhe stiften?», fragte Liumana verwirrt. «Ja, wir sind nach ungefähr einer halben Woche abgehauen. Danach haben wir uns eine Woche lang versteckt. Als wir dann Jill und Amanda getroffen haben, haben wir angefangen, mit ihnen Unruhe zu stiften. Aber wir kamen nicht raus. Das Portal wäre der einzige Weg raus gewesen, aber das war ja verschlossen», erklärte Luna, während Liumana gebannt zuhörte. Sie schien verwirrt.

Nina sah kurz zu Nico hinüber. Seine Miene deutete darauf, dass er zwar «Herrje!» dachte, aber gleichzeitig schien er auch leicht amüsiert. Nina beschloss, später genauer darauf einzugehen. Liumana sah auch zu Nico hinüber und lachte dann leise: «Ja, da bist wohl wirklich du schuld, aber du musstest das Portal verschliessen. Sonst…» Sie schauderte. «Na, egal.»

Also doch!, dachte Nina. Es war doch Nico gewesen, der das Portal verschlossen hatte! Sie hatte sich also doch nicht getäuscht! Nur… wie hatte er das geschafft? Nina beschloss, bei Gelegenheit nachzufragen.

«Was ist eigentlich mit Jill und Amanda?», fragte Luna besorgt. «Ach, macht euch um die keine Sorgen», beruhigte sie Liumana, «die sind draussen und trainieren, wie sie mit ihren Dolchen am besten umgehen. Aber ich bin noch nicht ganz fertig mit der Geschichte.» Dann erzählte sie noch ganz den Schluss der Geschichte. «Und dann wart ihr eine Woche lang bewusstlos», schloss sie. Nina wusste nicht, was sie sagen sollte. Jetzt verstand sie, warum Nico keine Macht mehr ausstrahlte. Das war eigentlich klar, wenn er seine Fähigkeiten verloren hatte. Aber diese Ähnlichkeit…

In dem Moment fing Luna an, zu schluchzen, und Nina hatte andere Probleme als Nicos Ähnlichkeit mit dem Schwertkämpfer: «Oh nein, oh nein, oh nein! Das ist alles meine Schuld! Ich

war so fies! Ich habe den Streit damals angefangen! Buhuhu!»,
heulte Luna.

Nico schüttelte den Kopf und sah Liumana an. Dann wandte sich
diese an Luna: «Nico sagt, dass du nicht daran schuld bist. Er
sagt, dass dieser Streit ihm das Leben gerettet hat, da er sonst nie
oder zu spät erfahren hätte, dass er ein Kind der Natur ist» –
«Das sagst du?» fragte Luna. «Nach all den Gemeinheiten, die
ich dir an den Kopf geworfen habe?» Nico nickte und sah verwirrt aus. Nina ging auf, dass er das vermutlich ziemlich natürlich fand. Es war ihm egal, was die Mädchen gesagt und getan
hatten, solange sie es nicht wieder taten. Er war bei so ernsten
Sachen noch nie nachtragend gewesen.

Nina runzelte die Stirn. «Moment mal... dein zehnter Geburtstag
ist vorbei, aber du lebst noch. Heisst das, dass du jetzt unsterblich bist?» «Das wissen wir nicht so genau», antwortete Liumana, «Nico meint, er fühle sich überhaupt nicht anders. Mutter
Natur sagt, er sei in der Schwebe, noch neun, obwohl sein zehnter Geburtstag vorbei ist. Wir wüssten zu gern, was passiert ist,
aber fest steht nur eins: Er ist das älteste Kind der Natur, das es
je gab. Und das ist schon mal sehr gut!»

«Eine andere Frage: Wie könnt ihr kommunizieren?», fragte
Luna und sah die beiden erwartungsvoll an. «Ich kann seit dem
Kampf gegen Chilompatis gewissermassen Nicos Gedanken le-
sen, wenn ich ihm in die Augen schaue. Das ist sehr praktisch.»

Nina hatte noch ein anderes Problem: «Du hast das mit der Woche bewusstlos doch nicht ernst gemeint, oder?» – «Doch, natürlich! Ihr wart eine Woche lang bewusstlos!» Nina konnte das
nicht glauben. Warum? Weil sie fast gestorben wären? Denn Jill
und Amanda waren ja auch in Nullilula gewesen und jetzt offenbar nicht bewusstlos.

Nico sah Liumana an. und Liumana sah plötzlich sehr besorgt
aus. «Natürlich! Tut mir sehr leid, das hatte ich komplett verges-

314

sen! Natürlich, klar!» Und dann brummte und knurrte sie plötzlich nur noch und Nina verstand kein Wort mehr.

«Was ist los?», fragte sie, aber Liumana lief nur zu Nico, der auf ein Bett gesunken war und sich nicht mehr bewegte. Die Übersetzung musste ihn sehr viel Kraft gekostet haben. «Nico! Nico! Ist alles in Ordnung mit ihm?», fragte Nina Liumana besorgt. Liumana nickte und liess die Mädchen zu ihm. Nico atmete gleichmässig, und sein Puls ging ruhig. Er schien nur zu schlafen. «Ich hoffe, es geht ihm gut!», schluchzte Luna, «Ich fühle mich so schuldig an all dem! Vor allem das mit seiner Stimme. Da sind ja wirklich unbestreitbar wir dran schuld! Buhuhu!»

«Ist schon gut», tröstete sie Nina. «Er lebt. Das ist doch die Hauptsache! Übrigens hätte ich ihn fast nicht erkannt», meinte sie an Liumana gewandt, «er sieht so… anders aus. Älter. Verantwortungsbewusster.» Liumana gab ein Geräusch von sich, das wohl ein Lachen sein sollte. Vermutlich sah sie das mit *verantwortungsbewusster* anders. Und *älter* wahrscheinlich auch. «Ähh, okay… Er sieht jedenfalls anders aus. Und dass er Schrammen im Gesicht hat… kommt das vom Verlust seiner magischen Fähigkeiten? Ich meine, sonst verletzt er sich in der Natur ja nie!»

Liumana brummte und nickte. «Dann sind da noch die anderen Veränderungen. Die Auffälligste ist wohl, dass er längere Haare hat. Das ist wirklich…» aber Nina kam nicht mehr dazu, zu sagen, was sie sagen wollte. «Natürlich!» Luna schlug sich gegen die Stirn. «Das ist es!» Sie sah Nina an: «Ich hab dir doch erzählt, dass mir bei der Kombination von braunen Augen und blonden Haaren etwas nicht gepasst hat, oder?» – «Äh, ja?» – «Jetzt weiss ich, was das war: seine Haare waren zu kurz! Etwas länger gefallen sie mir viel besser!»

«Stimmt, du hast Recht!», rief Nina aus, «Natürlich! Die Rüstung, die langen Haare, die Schrammen, alles ist so anders. Er sieht einfach nicht mehr so schwach und wehrlos aus! Das war er zwar eh nie, aber er sah so aus. Jetzt tut er das nicht mehr. Bescheuert; genau jetzt, wo er seine stärksten Zauberkräfte nicht mehr hat! Das Einzige, was sich nicht verändert hat, sind seine Augen. Sie sind noch immer so warm, so vertrauensvoll wie früher. Deshalb hab ich ihn schlussendlich auch erkannt. Aber die Veränderungen machen mir auch ein bisschen Angst», gab sie zu. «Mir auch», murmelte Luna bedrückt.

Nina betrachtete Nico nachdenklich. Er sah älter aus mit den Schrammen, auch sein Gesichtsausdruck hatte sich verändert. Er sah nicht mehr nur so leichtsinnig, so verspielt aus. Seine Haare waren struppig und ungefähr sieben Zentimeter lang. Das überraschte Nina, da *ihre* Haare normalerweise nicht so schnell wuchsen. Sie beneidete Nico fast, allerdings auch nur wegen der Sache mit den Haaren. Ninas Haare konnten nie lang genug sein… für ihren Geschmack. Aber wieder zu Nico: Sein T-Shirt und seine Shorts (er trug im Sommer *immer* T-Shirt und Shorts) hatte er – wie schon erwähnt – gegen eine rötlich-braune Rüstung eingetauscht. Ein langes Schwert hing an seiner Seite. Es war Nina am Anfang gar nicht aufgefallen, und Liumana hatte es auch nicht erwähnt. Aber langsam dämmerte es Nina, wie Nico die vielen Monster umgebracht hatte. Bei dem Gedanken wurde ihr schlecht, da sie sich Nico und ein Schwert einfach nicht zusammen vorstellen konnte. Nico war eigentlich von friedlicher, sanfter Natur, und da schien ein Schwert einfach fehl am Platz. Ausserdem *war* Nico ja hoffentlich nicht der geniale Schwertkämpfer. Also, vermutlich hatte er andere Tricks. Das musste so sein! Denn sonst… – egal.

«Was ist das für ein Schwert?», fragte Nina, noch immer überlegend, was Nico wohl für Tricks angewandt hatte. Liumana knurrte irgendetwas, und Nina fiel wieder ein, dass ihr niemand diese Frage beantworten konnte. Nico hatte seine Stimme verloren, und weder Luna noch Nina konnten irgendeine Tiersprache verstehen. Und Nico konnte auch nicht die ganze Zeit übersetzen, da ihn das viel Kraft kostete.

Dann sah Nina zu Luna hinüber. Diese kniete neben Nico und strich ihm sanft über die Haare. Nico lag auf der linken Seite und bewegte sich noch immer nicht. Luna sah zu Nina auf. «Ich hoffe, es geht ihm bald wieder gut! Wir schulden ihm so viel!», erklärte sie mit weinerlicher Stimme. «Ich hoffe auch, dass es ihm bald wieder gut geht!», stimmte Nina zu, kniete neben Luna nieder und nahm Nicos Hand.

Er hatte kein Fieber, und sein Puls ging immer noch ruhig, was beruhigend war. «Das wird schon wieder», tröstete sie Luna, glaubte aber selbst nicht richtig dran. Selbst wenn Nico seine Stimme *und* seine magischen Fähigkeiten zurückbekommen würde, würde er nie wieder derselbe sein, das spürte Nina. Sie wusste nur nicht, ob das gut oder schlecht war. Sie fand es nicht gut, da sie grossflächige Veränderungen nicht mochte. Aber vielleicht würde Nico vernünftiger werden. Vielleicht würden er und Luna nicht mehr so oft streiten. Das wäre dann ein Fortschritt. Auf die Frechheit könnte sie verzichten. Allerdings sollte Nico gefälligst immer noch blöde Kommentare machen, sonst wäre es ja nicht lustig!

Luna schluchzte: «Wenn *wir* wieder gefangen und fast umgebracht wurden, warum muss dann *er* den Ärger haben?» – «Das weiss ich nicht. Es ist einfach unfair!», presste Nina nur mühsam hervor, da auch sie kurz vor dem Losheulen war.

Nico drehte sich auf die andere Seite, dann öffnete er die Augen und sah Nina fragend an. Wahrscheinlich fragte er sich, warum Luna weinte und warum Nina eine Hand in seinen Haaren hatte. Nina hatte das gar nicht bemerkt, aber jetzt wurde sie – wahrscheinlich – rot, und zog schleunigst die Hand aus seinen Haaren. Nico grinste sie frech an. So nach dem Motto: *Ha, ich hab dich erwischt!* Dann sah er Liumana fragend an. Liumana brummte und knurrte etwas, aber ihre Stimme klang erstaunlich sanft. Offenbar erzählte sie Nico gerade, was passiert war, nachdem er ohnmächtig geworden war.

Nina ging zu Luna, kniete sich neben sie und legte ihr einen Arm um die Schulter. «Ist schon gut», tröstete sie Luna, aber sie konnte selbst kaum sprechen. Schliesslich fing auch sie an zu weinen. Das war alles so unfair! Warum musste die Welt so ungerecht sein?! Warum?

Plötzlich legte ihr jemand die Hand auf die Schulter. Nina zuckte zusammen und drehte sich abrupt um. Es war Nico. Er bot ihr die Hand an und half ihr auf. Dann wandte er sich Luna zu und half auch ihr hoch. Er lächelte.

Luna wischte sich die Tränen ab, hob Nico hoch, und die zwei umarmten sich. Nina spürte eine innere Verbindung zwischen ihnen, eine Verbindung, die so stark war, dass Nina dachte, das könne unmöglich nur freundschaftlich sein. Irgendetwas verbargen ihr ihre beiden Freunde. Irgendetwas fast Unheimliches.

Liumana hatte diese Verbindung offenbar auch gespürt, denn sie schien darüber nachzudenken, was das für eine Verbindung war. Nina tat dasselbe. Sie hätte so gerne gewusst, was das für eine Verbindung war, aber sie hatte keinen blassen Schimmer.

Dann – nach ungefähr fünf Minuten – lösten sich Luna und Nico aus ihrer Umarmung und sahen Nina und Liumana an. Sie lächelten. Nina versuchte sich zu erinnern, wann sie Nico das letzte Mal umarmt hatte, aber bevor sie noch lange darüber nachdenken konnte, fiel ihr Nico auch schon um den Hals.

Nina war überglücklich. Sie umarmte Nico und schluchzte dabei leise, teilweise vor Freude, teilweise, weil die ständige Angst, erwischt zu werden, und die Angst vor dem Tod sie langsam einholten, und teilweise, weil sie sich schuldig fühlte: Zuerst hatte sie Partei ergriffen und Nico ihrer Meinung nach ziemlich übel beschimpft, dann hatte sie sich einfach so fangen lassen, dann hatte sie Luna aufgeweckt und sie auch in Schwierigkeiten gebracht, dann musste Nico sie beide retten, und jetzt hatte sie nicht mal ihre Gefühle unter Kontrolle, und *er* musste *sie* trösten. Nina fühlte sich so etwas von nutzlos! Wenigstens ging es Luna wahrscheinlich ähnlich, das war irgendwie tröstlich.

Dann – als sie sich wieder aus der Umarmung lösten – sah Nico besorgt zum Eingang, als ob er auf jemanden wartete. Er sah Liumana fragend an, aber die zuckte nur die Schultern und machte ein besorgtes Gesicht. – «Wartet ihr auf jemanden?», fragte Nina nach. Nico nickte. «Auf wen?», fragte Nina. Dann ging ihr auf, dass es eine blöde Frage war. Wer sollte die beantworten?

In diesem Moment kam eine junge Frau durch den Eingang herein, sah die Mädchen und seufzte erleichtert: «Ihr seid wach! Das ist sehr gut.» – «W-wer bist du», fragte Luna ängstlich. Nina konnte das verstehen. Diese Frau strahlte Macht aus. Gefährliche Macht. Diese Macht fühlte sich zwar gut an, aber wenn sie böse wäre… Schauder!

Aber nun antwortete die Neue: «Ah, ich sehe, Liumana hat meine Bitte beherzigt und mich in ihrem Lagebericht nicht erwähnt. Danke, geschätzte Freundin. Also», begann sie an die Mädchen gewandt, «ich bin Silugana, die letzte glühende Hexe – naja, eher die letzte Hexe überhaupt. Ich war lange hier auf dem Hexenberg gefangen, bis Nico mich unabsichtlich mit einem Missgeschick freigelassen hat. Danke, übrigens nochmal, Nico. Aber nun wieder zu euch Mädchen: Falls ihr euch fragt, wo wir uns befinden, wir sind auf dem Hexenberg. Und nun würde ich gern mit euch reden, Mädchen. Ich weiss, dass es euch vor allem um Nico geht, aber ich würde trotzdem gern mal eure Lebensgeschichte hören. Wenn das möglich wäre…» – «Natürlich!», unterbrach Luna. Dann wurde sie rot. «Ähh, tschuldigung…»

Silugana lachte: «Ach, das macht nichts. Ich bin mir das schon gewohnt.» Nico warf ihr einen gespielt bösen Blick zu, sagte aber nichts – wie sollte er auch? Nina vergass das die ganze Zeit. Silugana setzte sich im Schneidersitz auf den Boden, und die Mädchen folgten ihrem Beispiel. Nico liess sich auf ein Bett fallen, und Liumana kam zu den Mädchen und Silugana getrottet und machte es sich auf dem Boden gemütlich.

Dann fing Luna an, zu erzählen. Vieles kannte Nina schon von den vielen Gesprächen in der Zelle, aber es gab auch Neues. Aber alles in allem kam Nina zu dem Schluss, dass sie schon vorher ein recht gutes Bild von Luna gehabt hatte.

Dann war Nina mit Erzählen dran. Sie erzählte von ihrer Kindheit, wie sie Luna und Nico das erste Mal gesehen hatte, und was sie damals über sie gedacht hatte. Luna rieb sich die Hand, als könne sie sich immer noch an den Biss erinnern.

Nico machte ein teilweise schuldbewusstes, teilweise amüsiertes Gesicht, als fände er den Zwischenfall im Nachhinein eher lustig als fies von Luna, und als würde er es – vielleicht, vielleicht – sogar ein bisschen bereuen, dass er Luna gebissen hatte. Aber Nina sah auch Genugtuung in seinen Augen.

Nach Nina war Silugana dran. Ihre Geschichte war länger als die der Mädchen, aber sie war auch viel älter – wie alt wollte sie nicht sagen. Aber das war auch nicht nötig. Es war einfach klar, dass sie trotz ihres jungen Aussehens sehr alt war.

Sie war eine Hexe. Nach ihrem Bericht schienen die zweihundert Jahre an den Altar gebunden nicht den grössten Teil ihres Lebens auszumachen. Und danach zu urteilen, *wie* viel sie erzählte, musste sie wirklich sehr, sehr alt sein…

Während Silugana erzählte, kamen Jill und Amanda in die Höhle und setzten sich zu den Mädchen. Als Silugana fertig erzählt hatte, war es schon dunkel. Plötzlich trat jemand aus den Schatten beim Höhleneingang. Es war ein elf- oder zehnjähriges Mädchen mit mittelangen blonden Haaren und blauen Augen. Sie war muskulös und sah aus wie die Art von Mädchen, die einen zwei Jahre älteren Jungen in der zehn-Uhr-Pause verprügeln, ohne ausser Atem zu kommen und ohne bei den Aufsichtspersonen unangenehm aufzufallen. «Hi, ich bin Olivia», stellte sie sich vor. Sie trug ein schmuddeliges blaues, knielanges Kleid und wohl ehemals hellblaue Turnschuhe.

«Ähm, hallo Olivia. Kennst du Nico? Ich bin übrigens Luna», stellte sich Luna etwas verwirrt vor. – «Ich bin Nina», stellte sich nun auch Nina vor. – «Ich weiss», antwortete Olivia. «Nico hat mir von euch erzählt. Bis ich neun war, lebte ich bei meinen Eltern auf einem Bauernhof. Dann… zerstörte ein Waldbrand mein Zuhause. Meine Eltern… sie haben den Brand nicht überlebt. Danach habe ich im Labor bei den verrückten Professoren gelebt – bis Feuerlein so dumm war, das Monster zu erschaffen. Ich bin zehn – oder jetzt vielleicht elf – Jahre alt. Ich weiss es auch nicht so genau. Vermutlich elf.»

«Nein, du bist noch zehn», erklärte ein sehr hübsches Mädchen mit blauen Augen und wunderschönen, hüftlangen schwarzen Haaren, das gerade aus den Schatten hervortrat. Sie trug ein schwarzes T-Shirt, schwarze Jeans und… Schnürsandalen? Nina hatte noch nie einen Menschen gesehen, der Schnürsandalen trug! Das Mädchen war zwölf oder dreizehn Jahre alt. Nun sprach sie weiter: «Nico sagte doch vor zwei Wochen, es sei der fünfte Mai. Dann ist jetzt der neunzehnte. Das heisst, du hast erst in neun Tagen Geburtstag.»

«Neun Tage… das ist ja fast nichts», grummelte Olivia mürrisch. «Und glaubst du etwa, ich hätte die Daten noch im Griff?» Das Mädchen mit den langen schwarzen Haaren schüttelte den Kopf. «Nein, das glaube ich nicht. Deshalb habe ich es dir ja auch erklärt.» Dann wandte sie sich an Luna und Nina: «Hallo, mein Name ist Leslie. Ich bin zwölf Jahre alt. Meine Eltern habe ich

nie gekannt, sie starben bei einem Autounfall kurz nach meiner
Geburt. Ich habe den Unfall seltsamerweise überlebt und bin im
Labor bei den drei Professoren grossgeworden. Vielleicht hat Jill
oder Amanda mich mal erwähnt. Wie geht es euch beiden?» –
«Mir geht es gut», antwortete Nina. Leslie war ihr sehr sympathisch. Sie wirkte irgendwie mysteriös, aber sie schien ein
freundliches Mädchen zu sein, das wusste, was sie wollte. «Mir
geht es auch gut», meldete sich jetzt Luna zu Wort und sah dann
Leslie und Olivia an, die immer noch standen: «Setzt euch doch
zu uns.» – «Gerne.» Die beiden nahmen Platz.

Nico runzelte die Stirn, und Liumana brummte irgendetwas. Silugana schaute Leslie an: «Wo ist Felix?» Leslie zuckte die
Schultern. «Keine Ahnung. Ich bin mit Olivia hereingekommen
und hab ihn schon seit über einer Stunde nicht mehr gesehen.» –
«Oh, verdammt», murmelte Silugana, «ich hab ihm doch verbo-
ten, alleine draussen herumzustreunen, wenn es dunkel ist! Ich
dachte, der Junge sei vernünftig!» – «Wer ist Felix?», fragte Luna verwirrt.

«Ich», meldete sich eine Stimme zu Wort. «Und ich bin hier,
keine Sorgen.» Ein Junge trat aus den Schatten. Er war kleiner
als Nico und wirkte jünger. Aber sein Gesichtsausdruck war
ganz anders. Er wirkte viel vernünftiger als Nico und hatte auch
etwas Geheimnisvolles an sich – er wirkte noch mysteriöser als
Leslie. Nina betrachtete ihn stirnrunzelnd. Felix trug ein grünes
T-Shirt, braune Shorts und braune Sandalen – normale Sandalen,
nicht so wie Leslie. Er hatte grüne Augen und unregelmässig
geschnittene gerade braune Haare, etwas länger als schulterlang.
Er wandte sich an Luna und Nina: «Ich bin Felix. Meine Eltern
sind auch tot… mein Vater hat meine Mutter erschlagen und
dann Selbstmord begangen…» Sein Gesicht verdüsterte sich, als
er das sagte. «Damals war ich sechs…» Er sprach nicht weiter.
Es reichte auch. Nina war schockiert. Ja, Leslies Eltern waren
bei einem Autounfall ums Leben gekommen. Das war traurig,

aber Leslie hatte selber gesagt, dass sie sie nicht gekannt hatte. Olivias Eltern... es war bestimmt schrecklich, mit neun Jahren seine Eltern zu verlieren. Aber Felix... er war erst sechs gewesen? Sein Vater hatte seine Mutter umgebracht? Und dann Selbstmord begangen? Das war entsetzlich! Felix wirkte auch tief im Innern unglücklich. «Ja, und seine ältere Schwester ist ein Arschloch!», warf Olivia ein. – «Du hattest eine ältere Schwester?», fragte Nina. «Ich *habe* eine», verbesserte Felix sie, «sofern die Monster sie nicht umgebracht haben, aber das glaube ich nicht...» – «Schade», unterbrach Olivia. – «*Schade*???» Luna klang fassungslos. «Vielleicht war seine Schwester nicht gerade nett, aber immerhin hat er noch eine Schwester!» – «Ich hätte lieber keine», murmelte Felix. Dann sah er zu Nico hinüber. «Ich habe genug von diesem Thema. Ich bin müde. Wie wär's, wenn wir schlafen gingen?»

Die anderen stimmten zu, aber Nina lag noch lange nach und dachte über Felix' Geschichte nach. Sie fand es einfach durch und durch entsetzlich, dass ein so kleines Kind so Schreckliches erlebt hatte. Das Leben war einfach nicht fair!

Elis Palast

Es war wieder eine Woche vorbei, seit Nina und Luna aufgewacht waren. Nina glaubte insgeheim, dass sich Leslie, Olivia und Felix die ganze Zeit versteckt und gelauscht hatten. Auch Jill und Amanda hatten wahrscheinlich gelauscht.

Nina wusste, dass Nico leicht genervt darüber war, dass es jetzt so schwierig war, sich mit den anderen zu unterhalten. Zuerst musste Liumana seine Gedanken lesen – was unterdessen auch ging, wenn sie ihm nicht durch die Augen sah – dann musste sie sie laut aussprechen, und dann musste Silugana für die Menschen übersetzen. Wenn Nico allein mit jemandem war – ausser natürlich Liumana –, machte er Handzeichen oder schrieb mit einem Stock auf den Boden. Das ging auch.

In dieser Woche war etwas vorgefallen, etwas sehr Aufschlussreiches: Luna hatte sich furchtbar über etwas aufgeregt: «… ich meine, das ist so eine Sauerei!», rief sie und verwarf die Hände. Plötzlich stampfte Nico mit dem Fuss auf und starrte Luna böse an – sehr böse. «Was ist?», fragte Luna, aber Nina wusste, was los war; sie hatte gesehen, wie sich der Baum neben Luna aufgelöst hatte.

Nina stupste Luna vorsichtig an, und Luna fuhr herum. «Ja, was ist?», blaffte sie genervt. Dann wurde sie rot. «Entschuldige Nina, ich bin einfach genervt. Ich verstehe nicht, was Nico jetzt schon wieder zu motzen hat.» – «Na, *das* kann ich dir sagen», murmelte Nina, «du hast einen Baum aufgelöst! Kein Wunder, dass er wütend ist!» Luna schlug die Hände vor den Mund. «Oh nein, das tut mir ja so leid, Nico! Es tut mir so leid!», schluchzte sie. Nina verstand nicht, was Luna da zu heulen hatte. «Warum weinst du denn?», fragte sie deswegen, «verwandle besser den Baum wieder zurück in einen Baum!» – «Das kann ich ja eben nicht!», heulte Luna, «was ich einmal aufgelöst habe, kann ich nicht mehr *wiederaufbauen*. Es bleibt dann aufgelöst.»

«Das darf aber nicht sein!», entrüstete sich Nina, «Es darf sowas auf der Welt gar nicht geben! Etwas, was zerstört und nicht mehr rückgängig gemacht werden kann! Das *kann* gar nicht sein! Du *kannst* nicht die Fähigkeit haben, etwas aufzulösen, was man dann nicht mehr aufbauen, heilen, was auch immer kann! Das würde die grundlegenden Gesetze der Magie und Natürlichkeit umwerfen! Das kann einfach nicht sein!» – «Ist es auch nicht», mischte sich Felix leise ein. Luna, Nina und Nico drehten sich verwirrt zu ihm um. «Was?», fragten die Mädchen. «Woher willst du das wissen?»

Statt einer Antwort ging Felix zu der Stelle, wo kurz zuvor noch der Baum gestanden hatte und wo nun eine Pfütze war und kniete daneben nieder. Nico sah aus, als ob er demnächst losheulen würde – er liebte eben die Natur – seine Mutter.

Aber nun berührte Felix die Baumpfütze mit der rechten Hand. Vor den verwunderten Augen der Magic Kids stieg die Pfütze in die Höhe und verformte sich langsam, aber stetig zu einer schemenhaften Darstellung eines Baumes. Dann wurde sie fester und fester – bis dort schliesslich wieder ein Baum stand – genau derjenige, den Luna aufgelöst hatte!

Die Magic Kids starrten den Baum und nachher Felix ungläubig an. «Was zum…», setzte Luna an, sprach aber nicht fertig – sie war zu verblüfft. – «Wenn ich will, kann ich kaputte oder zerstörte Sachen und Orte wieder reparieren», erklärte Felix unsicher, «ich konnte sogar einmal… einmal, als eine Schulkollegin von einem Auto angefahren wurde und mehrere Knochen gebrochen und die Nieren beschädigt waren, konnte ich sie heilen. Einfach so. Ich war nachher zwar erschöpft, wie wenn ich eine Weile gerannt wäre, aber ich hatte sie einfach so schnell heilen können. Und ich *spüre* auch, wenn jemand verletzt ist. Dafür bekam ich dann nachher von den Mitschülern den Spitznamen *Hexer*», erklärte er grinsend.

Während Nina und Luna Felix nur ungläubig anglotzten, schnappte sich Nico einen kleinen Stock und ging in die Hocke. Nina bemerkte erst, was Nico gemacht hatte, als Felix es vorlas: «*Dann hast du also auch magische Fähigkeiten, genau wie wir – du bist sozusagen das Gegenstück zu Luna. Sie löst Sachen auf, du reparierst kaputtes Zeugs*. Ja, du hast Recht Nico! Das stimmt...»

«Warum hast du uns denn nicht schon längst erzählt, dass du das kannst?», fragte Luna verwundert. – «Ich hielt es nie für nötig. Ihr habt eure Fähigkeiten ganz beiläufig während der Geschichte erwähnt. Ich habe sie während der Flucht nie benutzt. Ich meine, das hilft gegen die Monster auch nicht. Ich kann nicht willkürlich irgendwas aus dem Boden schiessen lassen, wie Nico es konnte. Ich kann nur kaputtes Zeugs reparieren. Und das hilft gegen die Monster nichts. Was sie einmal zerstört haben, können sie auch zweimal zerstören. Also, wenn schon, dann nützen meine Fähigkeiten etwas, um gebrochene Knochen und kaputte Organe zu heilen, was bis jetzt zum Glück nie nötig war. Leider kann ich deine Stimmbänder nicht heilen, Nico, da diese noch intakt sind. Sie erzeugen einfach keinen Ton mehr. Mit Magie kann ich mich nicht anlegen. Auf jeden Fall nicht mit solcher Magie.»

Nico sah auch nicht so aus, als hätte er erwartet, dass Felix ihm helfen konnte. Er kniete erneut nieder und schrieb wieder etwas in den weichen Boden: *Natürlich kannst du das nicht heilen, Felix. Sonst wäre diese Magie ziemlich blöd. Die ist ja genau darauf spezialisiert, dass es nicht heilt – auf jeden Fall **noch** nicht.*

Oh Mann, Nico mit seinem ewigen Optimismus! Nina beneidete ihn ehrlich dafür, dass er auch in den allerschlimmsten Situationen noch überzeugt war, dass es einen Ausweg gab – naja, bis jetzt hatte er damit noch jedes Mal recht behalten...

An diesem Abend, zwei Tage, nachdem Felix gezeigt hatte, dass er auch zaubern konnte, verkündeten Jill und Amanda, dass sie mit Silugana und Liumana etwas suchen gehen mussten. Und, dass die anderen nicht mitkommen konnten. Die anderen waren verständlicherweise schockiert und empört und erklärten, dass sie doch ohne Silugana nicht weitertrainieren konnten und, dass die Zwillinge, die Hexe und Liumana das doch nicht machen konnten – alle beschwerten sich laut, ausser Nico, der Liumana vermutlich über Gedanken einige Vorwürfe machte und herummotzte, dass sie doch wenigstens sagen könnten, worum es ging. Auf jeden Fall brummte Liumana etwas, und Silugana erklärte, Liumana habe Nico erklärt, dass sie ihm nicht sagen konnte, worum es ging, woraufhin Nico gekränkt das Gesicht verzog.

Plötzlich hörte Nina hinter sich eine ihr unbekannte Stimme: «Ihr könnt doch in meinen Palast kommen und dort bleiben, solange die weg sind. Ich bin übrigens Queen Eli.»

Alle drehten sich um, und Nico winkte dem Mädchen mit den wirbelnden Haaren lächelnd zu. Eli grinste und winkte zurück: «Hallo Nico. Übrigens: In meinem Palast könntest du vorläufig wieder sprechen, da der gegen alle Flüche immun ist.»

Nico strahlte und nickte. «Du kommst also?», fragte Queen Eli, das mysteriöse Mädchen mit den wirbelnden Haaren und der magischen Aura. «Sehr schön.» Dann wandte sie sich an die anderen: «Was ist mit euch? Kommt ihr auch?» – «Ich kenne dich zwar nicht, aber wenn Nico dir vertraut, dann vertraue ich dir auch. Ich komme mit», meldete sich Nina. – «Ich komme auch. Irgendjemand muss dafür sorgen, dass Nico sich wenigstens halbwegs gut benimmt», erklärte Luna lächelnd. – «Du bist Queen Eli?», fragte Felix. «Nico hat mir von dir erzählt. Und auch, was du nach seiner Erzählung über deinen Palast erzählt hast. Das würde ich zu gern mal sehen. Ich komme mit.»

Queen Eli grinste. Offenbar glaubte sie den Kampf für gewonnen, in dem Moment, als Felix erklärte, er komme mit. Und anscheinend hatte sie Recht: «Gut, ich komme mit», lenkte Olivia schnell ein. «Also, ich will ganz sicher nicht allein hier bleiben!», rief Leslie. «Vor allem nicht, wenn Jill und Amanda wieder ohne mich irgendwohin abhauen!» Sie bedachte die Zwillinge mit einem bösen Blick.

Dann verabschiedeten sich alle von denen, die auf Mission gingen. Vor allem Nico brauchte sehr lange, um sich von Liumana zu verabschieden. Und auch Leslie nervte noch eine Weile die Zwillinge, weil sie mit ihnen mitkommen wollte. Als sich dann endlich alle fertig verabschiedet hatten, wischte Eli mit der Hand durch die Luft, und alles verschwamm zu einem Strudel aus Farben.

Als Nina wieder klar sah, standen sie in einer riesigen, wunderschönen Schlosshalle. «Sehr schön hast du's hier!», bemerkte Nico anerkennend. Dann weiteten sich seine Augen und er holte tief Luft und schrie: «Juhu!!! Ich kann wieder sprechen! Auf jeden Fall für den Moment.»

Eli lächelte: «Ganz genau. Fühlt euch hier wie zu Hause. Ich führe euch schnell herum und zeige euch dann, wo ihr schlaft. Hat irgendjemand was dagegen, dass ihr einfach geschlechtsgetrennte Schlafzimmer habt? Niemand? Sehr schön. Dann führe ich euch mal herum.»

Sie zeigte ihnen ein paar Orte, wie zum Beispiel ihre unendliche Bibliothek. Auf Nicos Frage hin erklärte sie, dass sie ihnen den Fahrstuhl für die verschiedenen Welten vielleicht morgen zeigen werde – vielleicht auch nicht. Vielleicht würde sie ihn ihnen auch nie zeigen.

«Ach ja, übrigens: In diesem Palast wachsen meine Haare schneller. Das ist auch bei den meisten Kindern unter zehn Jahren so. Ich weiss, das ist jetzt blöd, da alle Mädchen über und die beiden Jungs unter zehn Jahre alt sind. Aber ich kann es auch nicht ändern. Einfach, damit ihr euch nicht wundert, Jungs, wenn eure Haare plötzlich verrücktspielen», erklärte sie dann nach der Führung plötzlich.

«Und das sagst du jetzt?», fragte Nico ungläubig. «Hättest du uns nicht früher warnen können?» – «Nö», antwortete Eli, «was hätte es denn gebracht? Und ich war anderweitig beschäftigt. Es ist mir gerade erst wieder eingefallen. So, und jetzt essen wir, und dann gehen wir schlafen.»

Nina war glücklich. Für den Moment war die Welt in Ordnung. Sie hatte das Gefühl, dass sie das Schlimmste hinter sich hatte. Wenn sie gewusst hätte, wie falsch sie dabei lag... Ihr Abenteuer hatte gerade erst angefangen!

Dank

Mein erster Dank geht an meine Mama, Michèle Combaz Thyssen, und an mein «Gotti», Carole Enz, die das Buch für mich durchgelesen, korrigiert und herausgegeben haben. Dann danke ich meinen Freunden, Florin Ruch und Aline Schütz, die immer die neuste Version durchgelesen und mir Feedbacks und Ideen gegeben haben. Auch an alle meine anderen Verwandten und Freunde, die mir in irgendeiner Form geholfen haben, geht ein herzliches «Merci». Und besonders dankbar bin ich meinen Figuren, die das Buch irgendwie von selbst geschrieben haben.

Über die Autorin

Lisa Thyssen

Die Autorin Lisa Thyssen ist vierzehn Jahre alt, lebt mit ihren Eltern und ihrer Schwester sowie dem Kater Rocco in Horgen am schönen Zürichsee. Das Mädchen besucht die Kantonsschule Zimmerberg und ist ein grosser Fan von Fantasy- und Science-Fiction-Abenteuern. In ihrem ersten Buch der Reihe «Magic Kids» werden einige magisch begabte Kinder vor harte Prüfungen gestellt. Lisa Thyssen schreibt bereits an der Fortsetzung, denn die haarsträubenden Abenteuer von Nico und Co. haben mit dem ersten Buch erst so richtig begonnen!

Weitere Bücher der Rabenherz-Autorinnen

Carole Enz, Michèle Combaz Thyssen
Rabenherz – Teil 1 – ISBN 978-3-907860-00-7
Rabenherz auf Schloss Neu-Bechburg – Teil 2
– ISBN 978-3-907860-14-4
Rabenherz und das Schwert von Glanzenberg – Teil 3
– ISBN 978-3-907860-22-9
Rabenherz im Banne der Pandemie – Teil 4
– ISBN 978-3-907860-23-6
Rabenherz – von der Engelsburg zum Teufelsberg – Teil 5
– ISBN 978-3-907860-24-3
Rabenherz – vom Ritter zum Cyborg – Teil 6
– ISBN 978-3-907860-25-0

Michèle Combaz Thyssen
Der Schlüssel des Scarabäus – Fantasy – ISBN 978-3-907860-01-4
Die Rache des Scarabäus – Fantasy – ISBN 978-3-907860-06-9
Die Tochter des Scarabäus – Fantasy – ISBN 978-3-907860-15-1
Die kleine Schildkröte, die gern fliegen wollte – Bilderbuch
– ISBN 978-3-907860-16-8

Lisa Thyssen, Michèle Combaz Thyssen
Kleiner Specht auf grosser Reise – Bilderbuch
– ISBN 978-3-907860-18-2

Lisa Thyssen, Désirée Thyssen, Michèle Combaz Thyssen
Das Abenteuer der Baum-Seele – Bilderbuch
– ISBN 978-3-907860-20-5

Carole Enz
Fao oder Der Aufschrei der Wildnis – Aus dem Leben eines
Rehbocks – ISBN 978-3-907860-07-6
Waldkauz Hannu –
Tier-Fabeln – ISBN 978-3-907860-12-0
Psi oder Die letzte Hoffnung für Jado 2 – Science Fiction –
ISBN 978-3-907860-03-8
Psi und das Geheimnis der Jado-Schattenblattpalme –
Science Fiction – ISBN 978-3-907860-04-5
Psi und die Abgründe des Jenseits – Science Fiction –
ISBN 978-3-907860-05-2
Sieben Leben, sechs Entscheide und ein Piraten-Kapitän
– Fantasy – ISBN 978-3-907860-13-7

Carole Enz, Jeannette Lagler
Rehkitz Rafael hat Angst vor dem Gewitter – Bilderbuch
– ISBN: 978-3-907860-17-5

Ebenfalls bei Sistabooks erschienen

Viktoria Abdai
Alle Wege führen in die Schweiz – Odyssee einer Exil-Ungarin
– ISBN 978-3-907860-02-1

Steffi Gmür
«Ich bin d'Steffi» – «Ich bin krank, und trotzdem ist mein Leben
lebenswert!» – ISBN 978-3-907860-11-3

Harry Schneider
Bosco Quarino – Die Walser in Bosco Gurin
– ISBN 978-3-907860-08-3
Picchio Rosso – Schweizer Agententhriller im Zweiten Weltkrieg –
Teil 1: ISBN 978-3-907860-09-0 / Teil 2: ISBN 978-3-907860-10-6

Thomi Eichhorn
Fördern – Wie Fördern gelingen kann (Fachbuch für Lehrkräfte)
– ISBN 978-3-907860-21-2

eBooks von Sistabooks

Etliche Sistabooks-Bücher sind auch in digitaler Form erhältlich, allerdings nicht über den Verlag, sondern in diversen Online-Shops.

www.sistabooks.ch